两晋士族文学研究

孙明君 著

中州古籍出版社
·郑州·

图书在版编目(CIP)数据

两晋士族文学研究 / 孙明君著 . —郑州：中州古籍出版社，2022.9
ISBN 978-7-5738-0328-3

Ⅰ.①两… Ⅱ.①孙… Ⅲ.①古典文学–文学研究–中国–晋代 Ⅳ.① I206.2

中国版本图书馆 CIP 数据核字（2022）第 174464 号

LIANGJIN SHIZU WENXUE YANJIU

两晋士族文学研究

责任编辑　梁瑞霞　翟　楠
责任校对　邓正辉
装帧设计　曾晶晶

出 版 社	中州古籍出版社（地址：郑州市郑东新区祥盛街 27 号 6 层　邮编：450016　电话：0371-65723280）
发行单位	河南省新华书店发行集团有限公司
承印单位	郑州印之星印务有限公司
开　　本	710 mm×1000 mm　1/16
印　　张	23.5
字　　数	320 千字
版　　次	2022 年 9 月第 1 版
印　　次	2022 年 12 月第 1 次印刷
定　　价	68.00 元

本书如有印装质量问题，请联系出版社调换。

前　言

2004年5月，笔者获得了题为"两晋历史与文学之关系研究"的国家社会科学基金项目，在阅读古代典籍和近代以来学术大家的论述时，越来越清楚地认识到门阀士族问题是深入把握两晋历史与文学之关系的关键所在。从日本汉学家内藤湖南先生到中国史学家陈寅恪先生、钱穆先生无不强调这一点。内藤湖南先生指出："要言之，在六朝时期，贵族成为中心，这是中国中世纪一切事物的根本。在它未发生变化和解体之前，就是中国的中世纪社会……在这一贵族时代发生的各种文化现象，如经学、文学、艺术等等，都具备了这一时代的特征。这时期的文化成为中国文化的根本，今天的中国文化也是在这一基础之上建筑起来的。"① 陈寅恪先生在《述东晋王导之功业》一文中也提出"门阀一端乃当时政治社会经济文化有关之大问题"。② 钱穆先生说："魏晋南北朝时代之门第，当为研究中国社会史与文化史以及中国家庭制度者必须注意，亦自可不待言而知。"③ 从门阀士族的角度去研究两晋的文学创作无疑是一个极为重要的

---

① ［日］内藤湖南《中国史通论（上）》（中译本），社会科学文献出版社，2004年版，第311页。
② 陈寅恪《金明馆丛稿初编》，北京三联书店，2001年版，第55页。
③ 钱穆《中国学术思想史论丛》卷三，安徽教育出版社，2004年，第186页。

视角。

所谓士族文学是指以士族文人为主体所创作的，内容上具有鲜明士族意识，在艺术上体现出士族阶层审美倾向的文学作品。两晋是士族文人最为活跃的时代，他们是文坛的主要势力，他们的思想情感可以左右文坛走向，他们的审美风尚可以引导时代潮流。所以从文学史的角度看，两晋时代可以看作士族文学盛行的时代。在两晋之前的汉魏时代和之后南朝时代，虽然也有一些士族文人创作的体现士族意识的作品，但他们不能主宰文坛的走向，他们的作品不能代表时代的主旋律。从这个角度说，只有两晋可以称为士族文学时代。此前的汉魏时代是士族文学的萌生期，后此的南朝则是士族文学的式微期。

由于本书涉及到文学、史学、政治学等学科范畴，这就决定了研究方法的多样性。本书采用的主要研究方法有：第一，文学与历史、哲学相结合。鲁迅先生在《魏晋风度及文章与药及酒之关系》中所开创的方法，就是从研究社会思潮、生活习俗、文人心理入手去研究文学，也就是从历史的角度去研究文学。朱自清先生明确说："文学史的研究得有别的许多学科做依据，主要是史学，广义的史学。"（林庚《中国文学史·序》）文学的存在也是历史的、思想的存在，要研究一定时代的文学必须要通晓这一时代的历史与思想文化。无疑，从社会史与思想史的角度去把握两晋士族文学的内涵，是深化士族文学研究的重要途径。第二，文献整理与文本考察相结合。人文科学研究的常识告诉我们：学术研究的质量首先取决于学术资料的真伪。因此任何学术研究都应该以文献作为基础。倘若没有扎实的文献作基础，所谓的学术研究只能成为空中楼阁和过眼烟云。第三，微观分析与宏观把握相结合。如果没有微观分析做基础，一味追求所谓的宏观把握，所得出的结论必然大而无当，脱离史实；倘若一味沉溺在微观分析中，没有宏观研究的眼光，其结论必然只见树木，不见森林。只有微观分析与宏观把握相互结合才是学术研究的唯一正途。只有把一位作家、一个时段的研究，放置在中国文学史发展的大背景中去分析，才能认识其规律、揭示其内涵。是故，本书在研究方法上重视文史哲学科的结合，重视文献资料的考索，重视历史发展的源流，力求从历史—文化的大背景中探查两晋士族文学。

全书由三个部分组成。第一部分是概论篇，包括士族及两晋士族、两晋士族文学研究综述、两晋士族文学之特征、两晋士族文学之嬗变、"庄老告退而山水方滋"析论等章节。第二部分为分论篇，主要是对两晋士族文学中的重要诗人与作品展开具体析论，如陆机《文赋》与士族文学创作论、陆机与士族乐府之范型、二陆赠答诗中的东南士族、兰亭雅集前后的会稽士族、谢灵运的庄园山水诗、谢灵运《拟魏太子邺中集诗》研究等。第三部分是附论篇，对与本课题相关的一些两晋文学之外的问题展开评介与析论，其中包括谢朓《拜中军记室辞随王笺》释证、庾信诗赋中的士族意识、陈寅恪士族理论述评、黄节与汉魏六朝诗歌之笺注、日本学者六朝诗歌研究一瞥等内容。

为了便于读者诸君阅读，谨将全书主要结论予以介绍：

1. 所谓士族乃是指：第一，出身于在正史中有明确记载的门第之家；第二，其父祖中有当朝公卿大夫；第三，本人在文化方面具有高深的造诣。本书在判断一位诗人是否属于"士族"时，除了上述三个特征外，对个别难以确定身份的士人，看他是否与其他士族诗人群体过从甚密，被士族诗人们视为该士族群体中的一员，同时，判断士族文人的另外一个重要标准就是看他的创作中是否具有一定的士族意识。

2. 所谓士族意识乃是该作家之创作具有强烈的门第观念和鲜明的贵族志趣。

3. 所谓士族文学是指士族文人所创作的文学作品。一般而言，士族文学具有如下三个特征：第一，在思想上以反映士族意识为中心；第二，在艺术形式上追求新变，体现士族阶层的审美风尚；第三，由于士族文人通常以群体形式出现在文坛上，同一个群体内的作家之作品风格也具有一定的共同性。

4. 两晋士族文学之嬗变历程。第一个阶段是西晋时期，这个阶段有两个士族群体活跃在洛阳地区：一个是中原士族群体，代表人物是潘岳和石崇；一个是东南士族群体，代表人物是陆机陆云兄弟。两个群体之间有一定交往，二陆兄弟都参加了贾谧的"二十四友"集团。第二个阶段是东晋中期，这个阶段活跃在文坛上的是侨姓会稽士族群，代表人物有孙绰、王羲之、谢安等人。此期盛行玄言诗。第三个阶段是东晋末期及刘宋初年，此期活跃在文坛上的是谢氏家族群体。这个时期又可以分为前后两段，前一段的领袖人物是谢混，后一段的代表人物是谢灵运。此期山水文学开始兴盛。

5. "庄老"与"山水"是东晋士族文学中的两重主题。在永和时代"庄老"与"山水"的关系表现为"以玄对山水"，到了义熙—元嘉时代，"庄老"与"山水"的关系表现为"庄老告退，而山水方滋"。"庄老"与"山水"之间的动态关系形成于兰亭诗人。"庄老告退、山水方滋"不是一场诗界革命，仅仅是一次士族审美情趣的转移。不论是前者还是后者皆以士族意识为其底色，属于士族文学的不同板块，士族玄言诗与士族山水诗内在相通。形成这一现状既有社会政治方面的原因，也与士族阶层审美风尚的转移相关。

6. 陆机的《文赋》是一篇创作论，它涉及到了创作构思、创作方法、写作技巧、创作灵感等一系列问题。从士族文学的角度看，陆机的《文赋》是一篇具有明显士族意识的创作论。士族意识并不是陆机创作论中的点缀，而是其创作论中的精髓。陆机《文赋》中的士族意识不仅体现在思想内容方面，也渗透在艺术形式方面。从思想内容方面看，陆机所推崇的儒家思想及儒家诗学观中渗透着家族意识；从艺术形式方面看，陆机所倡导的"丽藻"审美观带有士族阶层的特色；陆机"雅而艳"的文学观念，不仅开启了六朝士族文学，而且影响了整个六朝文学的走向，但它与宫体诗之间又有着质的区别。

7. 魏晋文人乐府大致有三种类型：一为曹操乐府，一为（曹）丕

（曹）植乐府，一为陆（机）谢（灵运）乐府。曹操乐府乃英雄的乐府，其诗中的忧患意识、天下襟怀，千古唯此一人。曹丕、曹植乐府乃文士乐府，曹丕乐府多吟人生之忧，曹植后期乐府多咏失志之痛，在后世文人中最容易引起共鸣。陆机、谢灵运乐府乃是士族文人乐府，其声誉隆盛于中古之时，沉寂于明清之后。太康时代，陆机把文士乐府引入到士族文人乐府的苑囿之中。陆机不仅用绮靡的风格去改造旧经典，同时，用乐府记录和再现了贵族们的物质生活，表现出具有士族特色的功业追求。在六朝这样一个门阀士族异常兴盛的时代，陆机乐府比三曹乐府更具有典范性。

8. 魏晋是一个赠答诗兴盛的时代。东南士族文人群体赠答诗表现了生活在北方社会中的东南士族群体的南人意识和士族意识，以及他们进退维谷的尴尬处境。他们既有建功立业、克振家声的激情，也有急流勇退、回归故土的渴望。这个群体之间具有亲如手足、相濡以沫的"阶级"情谊。和邺下文人集团的赠答诗一样，二陆与东南士族赠答诗具有独特的诗史价值。

9. 《兰亭序文》是王羲之所作，不是后人的伪托；《兰亭序文》未能入选《文选》在于其自身的白璧之瑕；《兰亭序文》最大的价值在于它生动地再现了会稽士族的生活方式和精神世界，具有无可替代的文献价值。关于"达"与"未达"的问题，会稽士族在文学上艺术上是"达"的，在政治上也追求"达"，但在经济上，在士族的利益上，他们并不旷达。

10. 谢灵运的山水诗可分为庄园山水诗和远游山水诗两大类型。在其所有山水诗中，庄园山水诗最能体现他的士族意识。贵族别墅的兴盛不仅为山水诗的兴起提供了物质条件，同时庄园的山光水色也成为诗人审美的对象和诗歌表现的主体，庄园山水诗是古代山水诗的一个分支。在中国诗史上，谢灵运是第一位用心描写庄园山水的诗人，而且庄园山水在他的整个山水诗中占有很大比重。庄园山水诗更加典型地表现了士族阶层的审美情趣，开拓了山水诗的格局和诗境，对中国古代山水诗产生了广泛影响。

11. 学术界对谢灵运《拟魏太子邺中集诗》（以下简称为《拟邺

中》）写作动机的探究，主要有模拟说、隐喻说、再现说等。以上说法从不同角度触及了谢灵运诗歌的内在意蕴——士族意识。《拟邺中》是谢灵运士族意识在模拟之作中的折射，它透露了士族诗人对现实的不满，它在一定程度上再现了中古贵族生活的场景。与其说谢灵运在拟作中所表现的邺中生活是一段让人心仪的历史追忆，不如说它是士族心目中的乌托邦世界。

12. 谢灵运的《拟邺中》以建安时代邺下诗人为模拟对象，成功地模拟了曹丕记忆中"欢愉之极"的生活，但是，在拟诗中诸子放弃了各自的理想，安于享乐生活，同时诗人也忽略了曹氏父子与邺下文士之间的矛盾和摩擦，从而，我们认为《拟邺中》并不完全符合史实。可以说，邺下之游是存在于曹丕脑海中的完美记忆，而谢灵运却将它扩大为一个时代一个精英群体的集体性完美记忆。

13. 关于谢灵运的《拟邺中》的写作年代，目前主要有三种看法。第一，《拟邺中》的写作与谢灵运和庐陵王刘义真的交游相关；第二，完成于谢灵运生命的最后几年，即元嘉八年（431）前后；第三，作于早岁摹用功于模拟五言诗时期。笔者认为谢灵运《拟邺中》完成于义熙十一年（415）前后。理由如下：第一，六朝时期，模拟的风气兴盛。一般来说，用功模拟的情况，大都发生在青少年时代。第二，义熙十一年（415）至义熙十二年，谢灵运集中创作了多首给同族兄弟的赠答诗，这些诗与《拟邺中》中的情感大体吻合。《拟邺中》当与以上家族诗完成于同一时期。第三，从现存作品看，在谢灵运49年的人生中，山水诗的写作开始于永初三年（422），这一年诗人38岁。在此之前很少有山水描写。《拟邺中》中山水描写成分不仅很少而且质实朴素，不似后期所作。

14. 《拜中军记室辞随王笺》是谢朓的代表作之一，前人认为它抒写了谢朓对随王萧子隆的深情厚意。经过对相关史实的考察，笔者认为：永明十一年（493）冬天，谢朓从早年的倾心子隆，转变为"阿附齐明"。写作《拜中军记室辞随王笺》之时，虽然在个人情感层面谢朓对随王子隆具有一定的依恋之情，但在政治层面已经决定要为西昌侯萧鸾集团效劳。此文由中所包含的内容有三：一是追忆自己与随王子隆之间的旧情；二是宣告自己将在政治层面与随王子隆彻底切割；三是希望随王子隆在春天时离开荆州，回到京城建康来。纵观古今论者，由于大家的关注只在第一点，相对忽略了后两点，从而也可以说未能真正把握《拜中军记室辞随王笺》一文的要旨。

15. 庾信诗赋中的士族意识不仅表现在他强烈的家族观念和对萧梁士族群体境遇的描写上，同时也体现在他后期的创作中。庾信后期的政治生命中有两大矛盾，一是思念故国与歌颂北朝的矛盾，二是隐居与出仕之间的徘徊，这一切皆源于庾信强烈的士族意识。通过自己的努力，建立功名，耀祖光宗，则是庾信一生不曾放弃的追求。

16. 关于庾信《哀江南赋》的写作年代，20世纪以来具有代表性的观点有六种之多，可归结为北周前期说（鲁同群、胡政）、北周中期说（王仲镛、牛贵琥、林怡）和北周后期说（陈寅恪）。其中陈寅恪先生的观点影响最大，许多通行的文学史著作皆采用此说。在前修时贤的启发下，据笔者的初步考证，庾信《哀江南赋》当创作于北周明帝元年（557）至明帝武成二年（560）之间。

17. 陈寅恪先生的士族阶级理论乃是有别于人民阶级观的另一种思想观念，运用士族阶级观可以看到人民阶级观所忽视的一些历史现象。在中国中古门阀士族盛行的时代，士族阶级是一种特殊的社会集团。陈寅恪先生的士族阶级观对于提醒学术界对于门阀士族的重视与研究，具有重要意义，但是，不宜将士族阶级的历史作用过分夸大。士族阶级的门风似乎不宜用"优美"予以概括，曹魏集团与司马氏集团之间的斗争并不是阉宦阶级与士族阶级之间的较量。

18. 黄节先生不仅善于写诗而且善于注诗，同时也是一位仁人志士，在他身上，志士、诗人、学者始终融为一体。黄节先生对汉魏六朝诗歌的笺注"取材宏博，态度谨严"，是20世纪古籍整理、研究中的典范之作。

其"以古注古"的方法,"于事不敢妄附,于志则务求其明"的治学态度,以诗救世的精神在新世纪的古代文学研究和整理工作中依然具有重要的指导意义。

19. 目前世界范围内的中国古代文学研究队伍大致可以分为三个方阵:一是以汉语为母语的中国学者,二是西方世界的学者,三是亚洲地区汉字文化圈内的、中国周边国家的学者。日本学者处在中国学者与西方学者之间,他们无法抹去从古代就深受中国文化影响的历史痕迹,不论是江户时代的汉学也好,还是后来的东洋学、中国学也好,他们在世界的中国文学研究中是一个值得重视的方阵。回顾过去,日本学者在中国六朝文学研究方面也和其它领域一样,取得了巨大的成就。

两晋士族文学内容庞杂,涉及面广泛,作者才疏学浅,课题研究又有结项时间上的限制,是故,目前提交给读者诸君的书稿,一定存在不少问题,希望得到大方之家的教正。

目 录

概论篇

第一章　士族及两晋士族 …………………………………………… 3
第二章　两晋士族文学研究综述 …………………………………… 16
第三章　两晋士族文学之特征 ……………………………………… 35
第四章　两晋士族文学之嬗变 ……………………………………… 57
第五章　"庄老告退而山水方滋"析论 …………………………… 79

分论篇

第六章　陆机《文赋》与士族文学创作论 ………………………… 97
第七章　陆机与士族乐府之范型 …………………………………… 112
第八章　二陆赠答诗中的东南士族 ………………………………… 133
第九章　兰亭雅集前后的会稽士族 ………………………………… 150
第十章　谢灵运的庄园山水诗 ……………………………………… 183
第十一章　谢灵运《拟魏太子邺中集诗》研究 …………………… 197

附论篇

第十二章	谢朓《拜中军记室辞随王笺》释证	227
第十三章	庾信诗赋中的士族意识	246
第十四章	陈寅恪士族理论述评	290
第十五章	黄节与汉魏六朝诗歌之笺注	316
第十六章	日本学者六朝诗歌研究一瞥	331

征引书目 347
后记 353

◎ 概论篇

第一章　士族及两晋士族

门阀士族是中国历史中的特殊产物，它对中国社会历史产生了重大影响。这一点早已引起了学术界的关注。近代以来，对于门阀士族制度在中国历史上的作用，从内藤湖南先生到陈寅恪先生、钱穆先生都作了强调。士族阶层是魏晋时代极为重要的一种社会势力。士族与非士族的分界看似简单，其实颇为复杂。哪些士人属于士族阶层？哪些士人不属于士族阶层？哪些朝代属于门阀制度时代？士族阶层是否具有不同的发展阶段？各个阶段有什么样的特征？凡此，学术界向来有不同的理解。在进入士族文学研究之前，有必要从史学的角度界定"士族"之范围，梳理士族之发展历程。

一、士族的界定

与"士族"相近或相同的词语有数十种之多，毛汉光先生说："两晋南北朝正史，以及后来学者对该期间累世官宦家族之称呼，共得二十八种。曰高门；曰门户；曰门地；曰门第；曰门望；曰膏腴；曰膏粱；曰甲族；曰华侨；曰贵游；曰势族；曰势家；曰贵势；曰世家；曰世胄；曰门胄；曰金张世族；曰世族；曰著姓；曰右姓；曰门阀；曰阀阅；曰名族；

曰高族；曰高门大族；曰士流；曰士族。上列二十八种称呼，所指意义小异而大同，由于各人对同一事实所着重之点不同，遂有名词上的差异。"①在毛先生看来，虽然这其中有指家门贵盛者、有指身份华贵者、有指权势显赫者、有指家族绵延者、有指姓氏观点者、有指社会地位者、有指家族声名者、有指政治文化者，但都是对同一社会阶层的不同称呼。唐长孺先生指出："'势族'和'世族'在当时虽有密切的关系，有时可以互通，但毕竟不是同义语。"② 从已有的研究成果看，学者在以上28种称呼中，使用最多的还是强调累世为官的"世族"和强调文化素养的"士族"两种称呼，本书以为在判断个体士人身份和文学成就之时，比起士人的累世为官的门第来，还是其自身的文化素养更为重要，是故本书选择了"士族"一词。

一般来说，所谓士族乃是指由地主阶级中享有政治、经济特权的家族所组成的一个特殊阶层。然而，正如唐长孺先生指出："士庶从来有别，但是怎样才算士族却缺乏明确规定。"③ 目前影响较大的分类法有如下数种：

1. 《新唐书·柳冲传》中记载的唐人柳芳的分类：

> 过江则为"侨姓"，王、谢、袁、萧为大；东南则为"吴姓"，朱、张、顾、陆为大；山东则为"郡姓"，王、崔、卢、李、郑为大；关中亦号"郡姓"，韦、裴、柳、薛、杨、杜首之；代北则为"虏姓"，元、长孙、宇文、于、陆、源、窦首之。

柳芳将士族分为五类26家，这种划分立足于唐代，并不符合两晋时代的实际。东南"吴姓"指三国时期吴国的高门士族，他们在西晋时代

---

① 毛汉光《中国中古社会史论》，上海书店出版社，2002年版，第141页。
② 唐长孺《唐长孺文存》，上海古籍出版社，2006年版，第136页。
③ 唐长孺《唐长孺文存》，第305页。

作为亡国之族并不能享受到与北方门阀士族同等的待遇，以太康诗人陆机为例，陆机出身高华，其诗文具有强烈的士族意识，但西晋政府不仅不承认他的门第，反而以"寒素"征召他出来做官。吴地的朱氏在南朝没有出现过达官显贵。"侨姓"是东晋南朝时代活跃的贵族，其中的谢氏在东晋时还被视为"新出门户"，至于袁氏和萧氏在东晋也并不显赫，萧氏如果不是凭借其帝王身份根本无法进入侨姓名家之列。山东、关中的郡姓士族在西晋并非门阀士族中的领袖。过江较晚的士族在东晋并不得志，例如华阴士族杨佺期、太原望族王懿等。至于"虏姓"更与东晋朝廷无关。所以柳芳的论述不能作为我们判断两晋士族时的标准。

2. 在士族最为兴盛的东晋时代，并没有建立过士族制度，现在所能看见的倒是北魏时孝文帝制定的有关制度，他把中原士族分为4个等级：

> "郡姓"者，以中国士人差第阀阅为之制，凡三世有三公者曰"膏粱"，有令、仆者曰"华腴"，尚书、领、护而上者为"甲姓"，九卿若方伯者为"乙姓"，散骑常侍、太中大夫者为"丙姓"，吏部正员郎为"丁姓"。凡得入者，谓之"四姓"。（《新唐书·柳冲传》）

按照这个标准衡量，三世中有人为官，且官职在五品以上，方可称为士族。北魏制定这样的制度，纵然是向南朝学习的结果，但同时也是与北朝政治相结合的产物，它能在多大程度上折射南朝士族制度，我们无法判断。即使它吸纳了南朝相关制度，但它与东晋甚至于西晋之间一定存在着很大的区别。正如陈寅恪先生所说："在六朝初期所谓高门，不必以高官为唯一之标准。……非若六朝后期魏孝文之品目门第专以官爵之高下为标准也。"[①] 而北魏所谓的士族只是以官职作为判断是否属于士族阶层的唯

---

① 陈寅恪《金明馆丛稿初编》，北京三联书店，2001年版，第148页。

一准绳。

3. 日本学者宫崎市定先生主张根据士人开始做官的品级去划分士族。他说："在贵族制度发达的同时，五品和六品之间划出了一条官僚线，这就是大夫和士之间的分界线，不过这条线很浅，而在六品以下生成的贵族线则被大大强化。由此形成了经常以六品起家的门地二品特权阶层，这个阶层通常被称作士族、士类。"①

4. 毛汉光先生把士人的身份分为三类：士族、小姓、寒素。他说："本书中士族之定义，包含柳芳所说的郡姓、虏姓、吴姓；亦包括正史中所提及的大族；还包括一切三世中有二世居官五品以上的家族。故本书所谓士族实比一般所谓高门大族之门第范围为广，是广义的士族。"② 毛汉光先生规定三世中有两世居官五品以上，为什么必须是两世而不是一世？并没有讲明理由。

如果仅仅停留在理论上，宫崎市定先生和毛汉光先生的划分不失为可取的标准，一旦落实到实际中，并不能达到一清二楚的境地。一是现存的两晋历史资料残缺太多，无法做出具体准确的判断。二是现实的情况太复杂，士族并不是朝廷指认的一个明确的社会阶层。宫崎市定先生也承认："名族和寒士，是相比较而言的。大凡贵族社会是阶层社会，自上俯视，阶层无限；自下仰望，也是阶层无限。有时候从上面看的寒士，从下面望上去却是名门。而且，中央的寒士和地方的寒士，还有等级区别。"③ 此外，已经有多位学者指出，不能根据别人的称呼来判断是属于寒人和庶族。"在史料上探究东晋以后的这批寒士、寒人等的真实形态是困难的。之所以这么说，是因为寒士、寒人等的称呼，屡屡用在自我谦逊以及侮辱别人的场合。"④ "在魏晋南北朝时，常有大士族称次级大士族为寒族、寒

---

① 宫崎市定著《九品官人法研究》（中译本），中华书局，2008年版，第339页。
② 毛汉光《中国中古社会史论》，上海书店出版社，2002年版，第37页。
③ 宫崎市定著《九品官人法研究》，第154页。
④ 宫崎市定著《九品官人法研究》，第154页。

门，这是相对的称呼，其实次级大士族也是士族。同理，一个次级大士族亦会称初次形成的士族为寒门。"① 士族与寒族是相对的，"第其门阀，有四海大姓、郡姓、州姓、县姓。"（《隋书·经籍志》）从四海大姓的角度看，郡姓、州姓、县姓皆是寒族。从郡姓的角度看，州姓、县姓皆是寒族。从州姓的角度看，县姓也属于寒族。同时，士族也是变动不居的，没有一成不变的士族。即使同是琅邪王氏的后裔，他们的门第也有高下之别。

综合前人的意见，笔者认为士人之士族身份的认定有彼此相关的三个条件：1. 是否出身于在正史中有明确记载的门第之家；2. 其父祖中是否有当朝公卿大夫（三公、大将军、九卿、州领兵刺史、郡太守）；3. 本人在文化素养方面是否具有高深的造诣。其中参与过朝廷决策、影响过国家命运的家族为门阀士族，其余为普通士族。在士族之下的一个阶层应该称作庶族，或者称作寒族、小族。《世说新语·政事》刘注引虞预《晋书》云："山涛，字巨源，河内怀人。祖本，郡孝廉。父曜，宛句令。涛早孤而贫，少有器量，宿士犹不慢之。年十七，宗人谓宣帝曰：'涛当与景、文共纲纪天下者也。'帝戏曰：'卿小族，那得此快人耶！'" 按照现行的阶级分类法，士族和庶族（寒族、小族）皆属于封建统治阶级，士族是统治阶级中的上层，庶族（寒族、小族）是其中的中下层。

当然由于时代不同，每个士族门户有其独特的发展历史，每个士人有其具体状况，所以对于单个的家族和个体士人身份的认证还需要具体分析。此外，史学史中的"士族"概念与文学史上的"士族文学"中的"士族"概念彼此联系，但并不完全等同。相比之下，士族文学中的"士族"概念要比史学中的"士族"概念宽泛得多。本书在判断一位诗人是否属于"士族"时，除了上述特征之外，对个别难以确定身份的士人，看他是否与其他士族诗人过从甚密，被士族诗人视为士族群体中的一员，

---

① 毛汉光《中国中古社会史论》，第37页。

同时，判断士族文人的另外一个重要标准就是审视他的创作中是否具有士族意识。有关士族文学中士族意识的定义我们在下章再谈。

二、汉晋士族的不同特征

在中国学术界，通常把魏晋南北朝时期看作一个相对独立的阶段。蒙思明先生说："如果中国通史要用统治集团的阶级性来分段落的话，无疑的，魏晋南北朝应当叫作世族统治时代。世族是这个时段的决定因素。不明了这一时段世族阶级的存在及其重要地位，是不能明了这一时段的历史的，是不能对这一时段的政治制度、经济结构、社会风尚得到正确理解的。"① 魏晋南北朝时代处于汉唐两个大帝国之间，是一个分裂的混乱的时代，门阀士族的存在是这个时代的特有现象。多数学者认为：两汉时代是士族阶层的萌芽期，魏晋时代是士族阶层的形成期。曹魏集团实行九品中正制是士族制度形成的重要标志。东晋是士族势力发展的鼎盛期。士族阶层在南朝时代渐趋没落。唐代开始诗赋取士，士族制度逐步消亡。当然，关于士族阶层的形成学术界也有种种不同看法，有人认为士族形成于西汉，② 也有人认为士族形成于东汉中后期。③ 关于士族政治，田余庆先生在其《东晋门阀士族》一书中认为门阀政治存在的形式是门阀士族与皇权的共治，所以门阀政治只存在于东晋一朝，三国时期的吴和后面的南

---

① 蒙思明《魏晋南北朝的社会》，上海人民出版社，2007年版，第1页。
② 余英时说："在西汉末叶，士人已不再是无根的'游士'，而是具有深厚的社会基础的'士大夫'了。这种社会基础，具体地说，便是宗族。换言之，士人的背后已附随了整个的宗族。士与宗族的结合，便产生了中国历史上著名的'士族'。"（余英时《士与中国文化》，上海人民出版社，1987年版，第220页）"士族在西汉后期的社会逐渐取得了主导的地位，实是不可否认的历史事实。"（同上，第225页）
③ 崔向东说："豪族的士族化是一个漫长的过程……在两汉时期，尤其是西汉，因时代出士而世代为官的大族尚不普遍，士族或世族直到东汉中后期才真正产生。"（崔向东《汉代豪族研究》，武汉崇文书局，2003年版，第13页）

朝都不能看作门阀政治时代。

在日本汉学界,"关于如何从总体上把握中国史的课题,自二十世纪二十年代内藤湖南的世代区分说提出之后,时至今日其构想仍在学术界具有着经久不衰的巨大影响。"① 内藤湖南先生把中国古代历史分为上古、中世、近世三段,所谓中世即从五胡十六国至唐中叶(100—816),他认为:

> 唐是中世的结束,而宋则是近世的开始。……中世和近世的文化状态,究竟有什么不同?从政治上来说,在于贵族政治的式微和君主独裁的出现。六朝至唐中叶,是贵族政治最盛的时代。②

这种见解在日本和西方学术界产生了广泛影响。美国学者包弼德先生在《斯文:唐宋思想的转型》中也采纳了这样的观点。③

就两汉魏晋南朝士族而言,可以分为两个相对独立的系统,一个是两汉士族系统,一个两晋南朝士族系统。曹魏士族和孙吴士族是两大系统之间的过渡阶段,是两晋士族的前身,暂且归之于两晋南朝系统之中。虽然两晋士族和南朝士族并不相同,但相对于两汉士族来说,可以把两晋南朝士族划归一个系统。在两晋南朝士族系统中,又可以划分为西晋(包括曹魏和孙吴)士族、东晋士族、南朝士族三个不同的小系统。在上述两大系统的多个阶段中,士族在各个时期社会地位不同,发挥的历史作用不同,所以具有不同的时代特征。

---

① 日本谷川道雄《中国中世社会与共同体·自序》(中译本),中华书局,2002年版。
② 内藤湖南《概括的唐宋时代观》,载《日本学者研究中国史论著选译》第一卷,中华书局,1992年版。
③ 包弼德:"对十六国南北朝时代到9世纪的士,我将称之为'门阀',从9世纪到北宋晚期,则称之为'学者官员',从北宋晚期以来,称之为'文人'。"(包弼德《斯文:唐宋思想的转型》中译本,江苏人民出版社,2001年版,第36页)

为了区别两个系统内的士族，姑且把两汉士族称之为世家大族。① 关于士族阶层在历史上的功过，我们可以听见两种截然相反的意见。一种意见认为：士族是一个腐朽的阶级，在历史上发挥着消极作用。士族制度在政治、经济上的特点，决定了魏晋南北朝时期阶级矛盾、民族矛盾、统治阶级内部矛盾往往特别尖锐，导致南北长期分裂割据的政治局面。士族田庄经济强化了封闭的自然经济，阻碍了商品经济的发展。士族是地主阶级中的腐朽集团，越到后期越发腐朽，是一群社会寄生虫。这样的看法兴盛于1949年之后讲究人民性、阶级性的年代，带有明显的时代特征，显然不尽符合历史实际。所以在今天的研究中几乎没有人完全照搬了。另一种意见恰恰相反，他们认为：士族具有儒家的仁孝精神，具有优美的门风，是中国古代历史上一个优秀的群体。陈寅恪先生和钱穆先生都持这样的观点。钱穆先生说："自东汉有察举，而门第始兴起。……门第即来自士族，血缘本于儒家，苟儒家精神一旦消失，则门第亦将不复存在。"② 两位先生之所以强调和渲染士族的儒学色彩，一方面立足于中古士族的时代特征，另一方面是意图通过强调这一点来拯救现世人心，用心良苦。可是，我个人认为对两汉世家大族的儒学色彩不必过分夸大。士族与儒家的关系主要体现在东汉时代。即使在东汉阶段，儒学修养也不是士族的唯一特征。到了西晋之后，士族与儒学的关系渐行渐远。

田余庆先生指出："名士，不同时期其条件也不全同。大抵汉末名士长于识鉴，魏晋名士特重玄言。少数人如光逸、王尼，门户太低，因特殊条件而游于名士行列，但终不能成为士族。"③ 同样是名士，汉末名士并

---

① 田余庆先生说："东汉所见世家大族，是魏晋士族先行阶段的形态。……其实西汉历史中所见的豪强大族，也是这一发展序列中的一种形态。西汉豪强大族的一部分，经济势力日益巩固，又得为儒学世家，由通经入仕，而使自己的地位上升，遂成为东汉的世家大族。"(《东晋门阀士族》，北京大学出版社，1991年版，第328页)
② 钱穆《中国学术思想史论丛》卷三，安徽教育出版社，2004年版，第141页。
③ 田余庆《东晋门阀士族》，北京大学出版社，1991年版，第334页。

不看重家庭出身，而两晋名士特别讲究门第。所以，"士"标明的是士人的社会身份，而"士族"标明的是士人的家庭出身。活跃在两汉时代的名士是天下之士，两晋名士乃是家族之士。东汉末年的士分为清流和浊流，在清流名士中固然有一些出身于世家大族之士，但其中也有不少出身清贫的士，例如，据《后汉书·赵壹传》载，赵壹出身边鄙之地清贫之家，却可以"名动京师，士大夫想望其风采"。所以我们认为，两汉社会是一个以"天下士"为中心的社会，和个人出身于什么家族没有直接的关系。而两晋时代则是一个以"家族士"为中心的社会，活跃在这个时代的大名士无不出身于门阀士族之家。从汉末清流士人到建安士人、到正始士人，活跃在社会上的是天下之士。天下之士以嵇康被杀、阮籍去世为界，划上了句号。两晋士族中，只有王导、谢安这样的士族精英，既是家族之士同时也是天下之士。

西汉的世家大族多在两晋时默默无闻。西汉时期世家大族的代表是金张两族。左思《咏史》诗云："金张藉旧业，七叶珥汉貂。"据《汉书·金日磾传》记载，从汉武帝到汉平帝七代皇帝之间，金氏家族一直有人担任内侍。据《汉书·张汤传》记载，自汉宣帝、元帝以来，张氏家族为侍中、中常侍、诸曹散骑、列校尉者凡十余人。"功臣之世，唯有金氏、张氏，亲近宠贵，比于外戚。"然而到了东汉时代，金张世家不复兴盛。东汉时代曾为儒学而四世三公的家族，在两晋时代大多默默无闻。"汉末在政治上最活跃的大姓、名士是所谓'党人'，我们看到很多权威人物，后来对他们的家族地位并无影响。"[①]

处于汉晋之间的曹魏和孙吴政权，在士族发展史上是一个过渡阶段。有人喜欢将汉魏连称，有人则习惯将魏晋并列。从士族制度的角度看，大家习惯上认为曹魏实行的九品中正制是士族制度形成的标志："魏氏立九品，置中正，尊世胄，卑寒士，权归右姓已。其州大中正、主簿，郡中

---

① 唐长孺《唐长孺文存》，第133页。

正、功曹，皆取著姓士族为之，以定门胄，品藻人物。晋、宋因之，始尚姓已。然其别贵贱，分士庶，不可易也。于时有司选举，必稽谱籍，而考其真伪。故官有世胄，谱有世官，贾氏、王氏谱学出焉。由是有谱局，令史职皆具。"（《新唐书·柳冲传》）从曹操来看，他实行这个制度是由于"军中仓卒，权立九品"，是当时的权宜之计。后来，到了曹丕时代，主动向士族阶层靠拢，自愿选择了九品官人法。相比于曹魏，孙吴政权对待士族阶层要主动许多。陈寅恪先生说："孙氏之建国乃由江淮地域之强宗大族因汉末之扰乱，拥戴江东地域具有战斗力之豪族，即当时不以文化见称之次等士族孙氏，借其武力，以求保全而组织之政权。"① 孙吴政权与曹魏政权不约而同地实行了九品官人法。

西晋政权中的门阀士族由两个部分构成：一是汉魏旧族，二是新出门户。这里的汉魏旧族并不是汉魏声望最高或者儒学修养最高的世家大族，而是跟随司马氏父子、支持他们改换门庭的部分高门士族。还有一些家族，本来属于寒士阶层，因为拥戴禅位有功，作为新出门户，跻身于贵族行列。唐长孺先生指出："其实士族形成时也正如太宗所说'止取今日官爵作高下'，所以西晋人都谴责中正定品趋附权势。""魏晋所重者是父、祖官爵，时代悬隔的远祖对于定品高低至少在魏晋时并无重大关系。简单地说，中正考虑的主要是'当代轩冕'，而不是'冢中枯骨'。"② "西晋人谴责中正品第高下据当时权势而定，中正所据的'门资'，实际上即当代的官爵。东晋南朝中正品第业已固定，沈约指出：'凡厥衣冠，莫非二品'，若干家族属于'门地二品'，即按照门地理应二品，当前官爵的高低，权势的大小和中正定品的关系并不像西晋那样重要。"③ 西晋时代，石苞出身寒素之家，他的儿子石崇作为开国功臣之子，凭借着"当代轩冕"的招牌，俨然成为洛阳士族群体中的领袖。颍川庾氏中，庾嶷为魏

---

① 陈寅恪《金明馆丛稿初编》，第57页。
② 唐长孺《唐长孺文存》，第134页。
③ 唐长孺《唐长孺文存》，第142页。

太仆，从子峻为晋司空；陈郡谢氏中，谢缵为魏典农中郎将，子衡为晋国子祭酒等。颍川庾氏和陈郡谢氏都属于新出门户之列。

司马氏家族本身就是著名士族，他们为了笼络其他士族大家，利用门阀政治实行统治。当时传言曰："贾、裴、王，乱纲纪；王、裴、贾，济天下。"（《晋书·贾充传》）平阳贾充、河东裴秀、太原王沈是掌握当时政治实权的三大家族。在他们之外，范阳卢氏、博陵崔氏、弘农杨氏、河东裴氏也非常著名。琅琊王氏后来居上，一枝独秀。王祥仕魏晋，累迁太常、司徒、太尉、太保；王戎、王衍也先后身居高位。唐人刘璟曰："王夷甫相晋，崇尚浮虚，以迷流品，卒致沦夷。"（《新唐书·刘璟传》）西晋士族沉溺于声色享乐，在整个中国历史上都非常有名。他们所接受的是《列子·杨朱》中的享乐思想，并不符合老庄自然之致。

在西晋时代有一个特别的士族群体，这就是原为孙吴政权中的东南士族。在吴国被平之后，东南士族经过了若干年的徘徊观望。期间虽然西晋政权征召陆喜等人以笼络东南士族，但收效甚微。《晋书·武帝纪》载："吴之旧望，随才擢录。"《晋书·陆云传》载太康中，晋廷下诏："伪尚书陆喜等十五人，南土归称，并以贞洁不容于（孙）皓朝，或忠贞而获罪，或退身修志，放在草泽。主者可随本位就下拜除，敕所在以礼发遣，须到随才授用。"吴亡十年之后，大户子弟中才开始有人走出了江东地区，来到洛阳，尝试与西晋政权接触、合作。一开始是二陆和顾荣"三金"，后来这个队伍在慢慢增多。背井离乡的他们生活在洛阳地区，形成了一个特殊的士族群体。所以说当时的洛阳有两个士族群体，一个北方士族，一个是东南士族。两个士族群体之间有交流，但也有深刻的矛盾。

东晋时代是士族势力的鼎盛时期。这个时代的门阀士族有五家，开始是琅琊王氏家族，"王与（司）马，共天下"（《晋书·王敦传》）。继而是颍川庾氏、谯国桓氏、陈郡谢氏和太原王氏等相继掌权，形成了庾与马、桓与马、谢与马、（太原）王与马共天下的局面。"东晋的当权士族，除桓氏情况特殊可以不论外，并没有严格意义的出于东汉世家大族的所谓旧族门户。降格以求，或多或少有东汉门户渊源可以探寻的，也只有琅琊王氏和太原王氏，如此而已。"①

当年的东南士族熬到了东晋时代，其地位与当年不可同日而语，当年他们去洛阳投靠北方政府，现在是流亡政府来到了自己的地盘上。"元帝始过江，谓顾骠骑曰：'寄人国土，心常怀惭。'"（《世说新语·言语》）以王导为代表的侨姓士族需要与吴姓士族联合起来，才可能保持东南地区不沦入胡人之手。陈寅恪先生说："王导之笼络江东士族，统一内部，结合南人北人两种实力，以抵抗外侮，民族因得以独立，文化因得以续延，不谓民族之功臣，似非平情之论也。"② 东晋以降，北方来的侨姓士族和东南的吴姓士族共同成为东晋南朝士族的主体。侨姓士族特别是其中的王谢等家族是此期主角，吴姓士族只是北方士族的配角。较之于汉魏两晋，南朝的士族制度最为严格，但从整体上看士族制度又渐趋没落。此时，士族与寒门的界限基本固定，"士庶区别在晋、宋之间似乎已经成为不可逾越的鸿沟，然而那只能是表示士族集团业已感到自己所受的威胁日益严重，才以深沟高垒的办法来保护自己。"③ 没有政治军事上的特殊功绩便不能上升为士族。唐长孺先生说："从宋代开始国家颁布了一种硬性规定以后，士族标准有定，士族的称号却反而易于获得。"④ 士族的称号易于获得了，士族也就掉价了。由于南朝的皇帝对门阀士族采用又拉又打的策略，可以给士族子弟授予高官，但不给他们实权；很多士族子弟因为衣食无忧，沉溺在享乐生活中，妄自尊大，自我感觉良好，不思进取，从而走向慢性自杀。在侯景之乱中，南朝士族死亡甚众。南朝时士族已经失去了上升力，再没有出现王导谢安式的士族精英人物。士族的寄生性腐朽性在南朝表现得更加清晰。

---

① 田余庆《东晋门阀士族》，第331页。
② 陈寅恪《金明馆丛稿初编》，三联书店，2001年版，第77页。
③ 唐长孺《唐长孺文存》，第288页。
④ 唐长孺《唐长孺文存》，第305页。

长期以来，人们认为两晋是一个玄学兴盛，儒学衰微的时代，实际上儒学在此期并没有退出历史舞台，其它学说未能从根本上动摇儒学的地位。许多士族思想信仰的主流依然是儒学。不过此期的儒学已经与原始儒学距离很大，已经从"天下儒学"转变为"家族儒学"。哲学上从儒家价值观走向儒释道多元文化并存。

第二章　两晋士族文学研究综述

有关本章的几点说明：1. 本书不是对两晋文学研究成果的全面梳理。虽然目前还没有直接以"士族文学"命名的研究专著，但是在本期文学史著作和学术专著、论文中有很多涉及到与"士族文学"相关的内容。2. 本书的讨论以两晋士族文人为中心，始于西晋诗人陆机，止于晋宋之际诗人谢灵运。从而本章包含了有关谢灵运研究的综述。东晋诗人陶渊明一向是两晋文学研究中的热点，资料浩繁，成就突出，鉴于陶渊明不属于门阀士族阶层，且已经有钟优民先生的《陶学发展史》（吉林教育出版社，2000年版）等著作，故本章中未包含对陶渊明等非士族诗人研究成果的综述。3. 一般综述性文章中，将20世纪以来的研究分为三个时段，第一个时段是20世纪初至1949年，第二个时段是1949年至1978年，第三个时段是1978年至今。鉴于第一、二个时段研究成果较少，特别是第二时段受庸俗社会学影响，对两晋文学研究极少、评价极低，是故本章将前两个时期合二为一。第一部分从20世纪初至1978年，第二部分从1978年至2008年。近30年来出版了众多的研究专著，概括起来看，可以分为以下数类：文学通史著作、魏晋南北朝文学（或魏晋文学）研究、魏晋南北朝诗歌辞赋（或魏晋诗赋）研究、两晋文学（诗歌）专题研究、文人集团研究、作家作品研究、两晋文学与政治之关系、两晋士风与诗风之关系、两晋文学与哲学宗教（玄学、儒学、佛教、道教）之关系、两晋文学与士族之关系等等。鉴于该部分内容庞杂，成果众多，故又分上下两节。上节侧重介绍文学史教科书、文学史著作中涉及的"两晋士族文学"之内容，下节专门讨论与"士族""士族与文学"研究相关的问题。4.本章的研究综述以中国大陆地区为主，也涉及了少量在大陆能够看到的港台地区研究成果和在大陆出版的外国学者的著述。有关日本学者的研究现状详见本书第十六章《日本六朝诗歌研究一瞥》。

一、1900年—1978年

纵观20世纪初期到1978年之间的整个中国文学史研究，学者们在先秦文学（以《诗经》和《楚辞》为主）、唐诗宋词、明清小说的研究方面投入了大量精力，取得了较高的成就。相对而言，魏晋南北朝文学（也有学者称之为中古文学或六朝文学）的研究较为薄弱。就魏晋南北朝文学研究来看，建安文学、陶渊明、南朝文论（《文心雕龙》《诗品》）和《昭明文选》是本期研究的重点和热点，对于两晋文学的研究则相对薄弱。两晋时代历时155年，除了西晋初期的太康文学和晋宋交替时代的陶渊明之外，其他作家都没有受到应有的重视。虽然一些文学史也写到了两晋文学，但一般都只是作家生平的介绍以及作品之思想性艺术性的概括描述，未能深入挖掘其内在逻辑和深层底蕴。其中从建国之初到"文革"期间的研究中，不仅对两晋主流文学涉猎较少，而且凡涉及之处几乎持全盘否定的态度。在多数学人看来，两晋是士族制度社会，士族是一个腐朽的阶层。在他们的把持下，文学成为表现士族阶级狭隘思想感情和不健康艺术趣味的工具，为了掩盖内容的空虚，他们刻意追求形式的华美，把文学推向形式主义的泥潭。

值得庆幸的是，在整体研究不够兴盛的状况下，还是出现了一些学术名著，为后人的研究指明了方向。刘师培先生的《中国中古文学讲义》、鲁迅先生的《魏晋风度及文章与药及酒之关系》、王瑶先生的《中古文学史论》等著作的出现，推进了魏晋南北朝文学研究的进程。刘师培先生的《中国中古文学讲义》撰写于1917年，刘著摒弃了旧的研究方法，系统介绍了魏晋南北朝时代文学变迁的大势，脉络分明，贴切精要。关于士族文学，刘先生有这样的论述："自江左以来，其文学之士，大抵出于世族；而世族之中，父子兄弟各以能文擅名。"① 鲁迅先生的《魏晋风度及文章与药及酒之关系》一文系1927年夏天在广州的学术演讲。该文将魏晋文学的研究与当时的社会政治情势联系起来，开启了中古文学研究的新路向。王瑶先生的《中古文学史论》在继承鲁迅研究方法的基础上，对中古文学进行了更加全面系统的发掘。其中《潘陆与西晋文士》和《玄言·山水·田园》两文专门论述两晋文学。

此期的诗文笺注可以黄节先生的成果为代表。黄节先生注有《汉魏乐府风笺》《魏文帝魏武帝诗注》《曹子建诗注》《阮步兵咏怀诗注》《鲍参军诗注》《谢康乐诗注》等。黄节先生的笺注"取材宏博，态度谨严"，是20世纪古籍整理、研究中的典范之作。其"以古注古"的方法，"于事不敢妄附，于志则务求其明"的治学态度，以诗救世的精神在新世纪的古代文学研究和整理工作中依然具有重要的指导意义。详见本书第十五章《黄节与汉魏六朝诗歌之笺注》。

海外和港台学者也有诸多研究成果。笔者所看见的数种，出版年代集中在二十世纪七八十年代。邓仕梁先生的《两晋诗论》（香港：香港中文大学出版，1972年版）是对两晋诗坛的全面梳理，其中既有对两晋诗歌的综论，也有对两晋诗人的具体分析，还有对玄言诗、佛理诗的析论；朱义云先生的《魏晋风气与六朝文学》（台北：文史哲出版社，1980年版）概述了六朝学术思想与文学之间的关系，作者认为六朝士人背离了传统的伦理道德，这一股歪风导源于空虚的佛老思想；张仁青先生的《六朝美

---

① 刘师培《中国中古文学讲义》，上海古籍出版社，2000年版，第22页。

文学》（台北：文史哲出版社，1980年版）认为在思想上有个人、浪漫、颓废、唯美主义之勃兴，在文学上有山水、田园、神怪、游仙、隐逸、厌战作品之出现；洪顺隆先生的《六朝诗论》（台北：文津出版社，1982年版）和《由隐逸到宫体（六朝诗论二）》（台北：文史哲出版社，1984年版），涉及到六朝咏物诗、山水诗、游仙诗、隐逸诗、田园诗、玄言诗、宫体诗等内容，作者强调其研究乃是从"原始资料中辛苦经营出来的"。1949年之后，大陆的学者和港台的学者分道扬镳，走上了不同的学术路向。多数港台学者一方面恪守中国传统的治学方法，另一方面有条件了解日本和欧美的研究进展，总体来说，在大陆用人民性、阶级性和现实性来衡量古代作家作品的时候，他们还在沿着20世纪前期的学术路向继续前行。港台学术界并不存在类似大陆学术的几个阶段。到了新时期之后，大陆学者开始有条件接触到一部分港台学者学术研究的动态，两岸三地的交流越来越密切。

二、1978年—2008年（上）

1978年以来，大陆学术界在对两晋文学的评价方面有了明显的改变，研究成果也颇为丰富。第一，在文献整理方面出现了一批质量上乘的著述，其中有校注本、编年史、年谱、史料考辨等，为研究者提供了较为理想的文本。例如，金涛声先生点校的《陆机集》（中华书局，1982年版）；黄葵先生点校的《陆云集》（中华书局，1988年版）；陆侃如先生的《中古文学系年》（人民文学出版社，1985年版）；顾绍柏先生的《谢灵运集校注》（中州古籍出版社，1987年版）；刘跃进、范子烨先生编的《六朝作家年谱辑要》（黑龙江教育出版社，1999年版）；王增文先生的《潘黄门集校注》（中州古籍出版社，2002年版）；曹道衡、沈玉成先生的《中古文学史料丛考》（中华书局，2003年版）；刘运好先生的《陆士衡文集校注》（凤凰出版社，2007年版）等。

第二，出版和发表了许多研究专著和论文。作者队伍人才辈出，其中既有造诣精深的老一辈专家学者，亦有意气风发、思想敏锐的中青年学人。徐公持先生说："曹道衡的著作，特色在于对有关史料的深入发掘和清理，并在此基础上对有关文学史面貌的重新描述，因此而具有开拓的品格。……罗宗强的研究侧重在文学思想史，其特色在于眼界比较开阔，不仅仅就文论着眼，而是从广阔的社会风尚和深厚的文化背景中来考察文学思潮。……葛晓音的研究，其特色则是对本时期文学发展脉络的准确细致把握和对于影响文学发展诸多因素的全面深入理解。"① 谨将本期的文学史著作和相关专著介绍于后：

1. 文学通史著作。近30年来，出版了多种文学史教科书，影响最大的有两种：一种是章培恒、骆玉明先生主编的《中国文学史》，该书1996年由复旦大学出版社出版。经过修订之后，复旦大学出版社和上海文艺出版社2007年联合出版《中国文学史新著》。该书以人性的发展作为文学演变的基本线索，以文学形式为考察的重点，进行了审慎的考证和深入的研究。其中晋代诗文占有"魏晋文学"一章中的两节：一、陆机、左思与西晋诗文；二、东晋诗文与陶渊明。另一种是袁行霈先生主编的《中国文学史》，该书1999年由高等教育出版社出版。其作者中有来自北京大学、北京师范大学、复旦大学、南京大学、南开大学、中山大学等著名高校的学者。全书充分吸收今人的研究成果，论述详细。每卷之后附有文学史年表和研修书目，便于读者进一步深入学习。较之前人，该书对两晋文学的研究进一步细化，其《两晋诗坛》一章，分为五节：一、陆机与太康诗风；二、左思与刘琨；三、郭璞的游仙诗；四、王羲之与兰亭唱和；五、孙绰、许询与玄言诗。陶渊明别为一章。此外，还有聂石樵先生的《魏晋南北朝文学史》（中华书局，2007年版）等。纵观这些著作，往日

---

① 曹道衡等《分期、评价及其相关问题——魏晋南北朝文学研究三人谈》，《文学遗产》，1999年2期。

那种视两晋诗坛上泛滥着形式主义诗风和玄言诗之逆流的观点已经消失，各种著作虽然在具体评价上有所差异，但都能够尽量客观地看待两晋诗坛，理性分析其文学风尚。

徐公持先生编著的《魏晋文学史》（人民文学出版社，1999年版）是中国文学通史系列中的一种，全书45万字出于一人之手。该书有两个特征，一是注意对中小作家的论述；二是在参考前人研究成果的基础上，努力反映作者自己的学术个性，提出了很多富有新意的见解。徐公持先生指出："门阀势力强大在文坛亦有相当反映，东晋文士出身大族者甚多，他们常居文坛核心，带动文坛风气。当时文坛虽尚不能说受门阀所垄断，有如政治一般，但东晋文学风尚之形成，很大程度上受世族文士左右，则是事实。……遗落世务，旷放闲适，便成为东晋世族文士文学创作的基本情趣和格调，而这也就成为东晋主流文学风格的核心特征。这种文学特征在在皆是，包括诗、赋、文诸体，几乎贯穿东晋百年。"[①] 徐先生对东晋文学特征的把握非常恰切，"遗落世务，旷放闲适"的确是东晋士族文学的重要特征之一，而"东晋世族文士文学创作"已经近似于"士族文学"这一概念，当然徐先生说的是"东晋世族文士"之"文学创作"，与本书所谓士族文学还是有所区别。但不可否认，在徐先生这里，"士族文学"这个概念已经呼之欲出了。曹道衡、沈玉成先生编著的《南北朝文学史》（人民文学出版社，1991年版）同样材料翔实，叙述准确。该书指出："前人认为，南朝文学之所以繁荣，帝王的提倡是一个重要的因素，……这当然符合事实。不过帝王的好尚仍然以士族的风气为归依。"[②] 曹道衡先生的《汉魏六朝文学论文集》（广西师范大学出版社，1999年版）中多篇文章涉及到两晋士族文学问题，如《从两首〈折杨柳行〉看两晋间文人心态的变化》一文认为："太康诗人和元嘉诗人心态的不同，其根本

---

① 徐公持《魏晋文学史》，人民文学出版社，1999年版，第453页。
② 曹道衡 沈玉成《南北朝文学史》，人民文学出版社，1991年版，第13页。

原因当然是由于魏晋之后门阀制度的形成。"① 其《试论东晋文学的几个问题》有感于研究者忽视东晋文学的现状，并就诗歌格律、南北文化交流、玄言诗等问题谈了自己的看法，呼吁学术界应该重视对东晋文学的研究。其《南朝文学与北朝文学研究》（江苏古籍出版社，1998年版）在介绍南朝文学发展的社会原因时特别强调了门阀士族的变迁与内部矛盾。

2. 魏晋南北朝文学（或魏晋文学）研究。

罗宗强先生的《玄学与魏晋士人心态》（浙江人民出版社，1991年版）认为从东汉末年到晋宋之交，士人心态发生了四次大的变化。西晋名士转向任自然而纵欲，追求"士当身名俱泰"，东晋士人走进了一个偏安的心态中，追求宁静的精神天地。导致士人心态变化的重要因素有政局、哲学思潮、社会环境、家族关系、经济地位、文化教养等。罗先生的《魏晋南北朝文学思想史》（中华书局，1996年版）认为："（西晋）没有激情的一代士人，创造了缺乏激情的华美的文学。……刘宋以后，高门世族逐渐退出权力中心。……这或是刘宋之初文学创作倾向又从玄思回归到抒情上来的动因。"② 葛晓音先生的《汉唐文学的嬗变》（北京大学出版社，1999年版）由作者1980年到1988年期间撰写的33篇论文组成，其中的《论齐梁文人革新晋宋诗风的功绩》《山水方滋 庄老未退——从玄言诗的兴衰看玄风与山水诗的关系》等文章探讨了晋宋齐梁文学嬗变之势。葛晓音先生在《诗国高潮与盛唐文化》（北京大学出版社，1998年版）中有《东晋玄学自然观向山水审美观的转化》一文探讨了东晋时代"自然"从哲学的理念转入审美范畴的历史过程。李文初先生的《汉魏六朝文学研究》（广东人民出版社，2000年版）中涉及了孙绰、王羲之、谢灵运等士族文人，探讨了玄言诗、山水诗等诗歌类型。詹福瑞先生的《南朝诗歌思潮》（河北大学出版社，2005年版）根据南朝的历史背景和

---

① 曹道衡《汉魏六朝文学论文集》，广西师范大学出版社，1999年，第321页。
② 罗宗强《魏晋南北朝文学思想史》，中华书局，1996年版，第6页—第7页。

诗歌发展，对诗歌思潮作出了深入分析。文章认为士族阶层在南朝社会有其重要的地位，"就文化性质而言，元嘉思潮和永明思潮，统属于士族文化。且不要说这两次思潮均以士族的政治、经济、文化为背景，就是思潮中的领袖人物、代表诗人，也多出自士族文人。"① 他的《汉魏六朝文学论集》（河北大学出版社，2001年版）也讨论了汉魏文学中的许多重要问题，开人眼界。张可礼先生在编写了《东晋文艺系年》（山东教育出版社，1992年版）的基础上完成了《东晋文艺综合研究》（山东大学出版社，2001年版），该书把东晋文艺作为一个有机的整体来分析，文章特别重视门阀士族与东晋文艺之间的关系，分别探讨了四大门阀士族与文艺世家、门阀士族文艺世家的个性和共性、门阀士族文艺世家形成的主要原因以及门阀士族对东晋文艺的影响等问题。此外，田彩仙女士有《汉魏六朝文学与乐舞关系研究》（文化艺术出版社，2006年版）探讨了此期文学与艺术之间的关系。

3. 魏晋南北朝诗赋（或魏晋诗赋）研究。

王钟陵先生的《中国中古诗歌史》（江苏教育出版社，1988年版）分为上下两卷，上卷从范畴上把握中古诗歌，下卷论述了从汉末建安到隋代诗歌的发展史。作者自云："本书在写作中，除了注意尽量贯彻史的研究就是理论的创造和整体性这两条原则外，还十分注目于以下两点：一是建立一个科学的逻辑结构，二是尽力从民族文化—心理的动态的建构过程上来把握文学史的进程。"② 就两晋文学而言，作者对玄言诗、山水诗的论述颇为具体清晰。钱志熙先生的《魏晋诗歌艺术原论》（北京大学出版社，1993年版）在两晋部分中，作者深入地分析了两晋文人群体在构成成分、群体人格表现、审美趣味等方面的不同。作者认为在魏晋时代士人社会的社会关系中最引人注目的就是势族与素族士人的关系问题，出现了

---

① 詹福瑞《南朝诗歌思潮》，河北大学出版社，2005年版，第7页。
② 王钟陵《中国中古诗歌史》，江苏教育出版社，1988年版，第17页。

寒素与世族学术的分流。在他的《魏晋南北朝诗歌史论》（北京大学出版社，2005年版）中，作者进一步认为东晋社会盛行门阀士族的玄言文风，"像郭璞这样的寒素文学家的重镇人物，在当时又并不为世所重，不能以其承传的西晋寒素文学精神转移风会，反为门阀士族的玄言文风所转移。"① 傅刚先生的《魏晋南北朝诗歌史论》（吉林教育出版社，1995年版）对魏晋南北朝诗歌史论的叙述立足于两个基本点：一、作家主体自身的自觉；二、对五七言诗规律的把握。程章灿先生的《魏晋南北朝赋史》（江苏古籍出版社，1992年版），该书在《南朝赋》中有"赋的贵族化倾向"一节，涉及到世族大族与辞赋创作的关系。于浴贤先生的《六朝赋述论》（河北大学出版社，1999年版）把六朝赋分为山水、咏物、登览等不同的题材并进行了分析。

4. 山水诗研究。李文初等先生的《中国山水诗史》（广东高等教育出版社，1991年版）将中国山水诗分为五个时期，其中先秦至西晋为孕育期，东晋为形成期，南北朝为勃兴期。王玫教授的《六朝山水诗史》（天津人民出版社，1996年）论述了六朝山水诗发展的过程，特别强调了东晋门阀士族与士族文化在山水诗形成过程的作用，作者提出："东晋士族文化的形成是以东晋门阀政治、庄园经济为现实基础，以独立自由的人格为心理依据，这种士族文化必然具有士族阶层独特的品位与表征。"她认为晋宋山水诗从士族文人手中产生的重要因素在于："士族门第雄厚的经济基础为他们的山水实践提供足够的物质保障，深厚的文学艺术修养和出类拔萃的创作才能又使他们丰富的山水感悟体验藉尽可能完善的艺术形式加以体现。"她对有关士族文人与山水诗的分析清晰而全面。

5. 玄学与玄言诗研究。1979年以来，玄学研究在哲学界逐渐兴盛起来。相应的，在文学界对魏晋玄言诗的研究也日渐形成了热点。截至目前，以玄言诗为题的论文达百篇左右，已出版的学术专著4部，它们是：

---

① 钱志熙《魏晋南北朝诗歌史论》，北京大学出版社，2005年版，第95页。

张廷银先生的《魏晋玄言诗研究》（台北文史哲出版社，2003年版）、陈顺智先生的《东晋玄言诗派研究》（武汉大学出版社，2003年版）、王澍先生的《魏晋玄学与玄言诗研究》（中国社会科学出版社，2007年版）和胡大雷先生的《玄言诗研究》（中华书局，2007年版）。以上著作皆对玄言诗的产生背景、发展历程、审美取向等问题展开了论述。张著对玄言诗产生的背景与条件、玄言诗的文本特征以及在文学史上的地位等方面用功甚多。王著涉及到玄风与玄言诗的关系、陶渊明与玄学和玄言诗等问题，具有较强的理论辨析色彩。胡著从"魏晋玄学要义与玄言诗正名"开始，对前玄言诗时代和和玄言诗时代具有玄学色彩的诗人进行了深入研究，对玄言诗的特点总结得更为全面细致。

从玄学与文学角度进行研究的专著也有多种，其中有孔繁先生的《魏晋玄学和文学》（中国社会科学出版社，1987年版）；卢盛江先生的《魏晋玄学与文学思想》（南开大学出版社，1994年版）和《魏晋玄学与中国文学》（百花洲文艺出版社，2002年版）；唐翼明先生的《魏晋文学与玄学》（长江文艺出版社，2004年版）；皮元珍教授的《玄学与魏晋文学》（湖南人民出版社，2004年版）；徐国荣先生的《玄学与诗学》（中国社会科学出版社，2004年版）；黄应全先生的《魏晋玄学与六朝文论》（首都师范大学出版社，2004年版）等等。孔著在汤用彤先生《魏晋玄学和文学理论》启发下，讨论了玄学如何促进文学的发展，文学又如何反作用于玄学。卢著《魏晋玄学与文学思想》重点探讨了玄学与正始、两晋和南北朝文学思想的关系，《魏晋玄学与中国文学》在阐述了魏晋玄学的形成及其特质和意义之后，还研究了魏晋玄学与中国文人性格、与古代文学创作、与古代文学理论、与古代文艺等方面的关系。唐著汇集了作者魏晋南北朝时期文学、清谈、玄学的多篇论文。皮著研究了玄学与魏晋文学的本体重构、玄学与魏晋文学各种文体创作、玄学与魏晋文学批评、玄学与魏晋文学的审美风貌等。徐著意在阐述在玄学文化的时代大背景下，玄学与诗学之间的不可分离的关系，对很多问题的剖析非常深入。黄著讨论了魏晋玄学与文学的自觉、与《文心雕龙》、与六朝乐论画论之间的关系。

6. 地域与文学之关系研究。《汉书·地理志》论述了不同区域体系的文化总貌。自此以后，历代积累了许多相关资料。认真清理有关史料，探讨两晋地域与文学之间的关系，应该是一个很有潜力的研究方向。胡阿祥先生的《魏晋本土文学地理研究》（南京大学出版社，2001年版）是从空间的角度对魏晋时期文学现象的地理分布、组合及其变迁的研究。上篇为"魏晋时期文学家籍贯的地理分布"，下篇为"魏晋时期各地区本土文学的成长"。在结语部分作者提出了"中国历史文学地理研究构想"等问题，其见解新人耳目。

7. 文人集团研究。胡大雷先生的《中古文学集团》（广西师大出版社，1996年版）对从先秦至隋的文人集团进行了集中阐述。阮忠先生《中古诗人群体及其诗风演化》（武汉出版社，2004年版）探析了三曹七子、竹林七贤、二十四友、阳夏八谢、竟陵八友等诗人群体。张爱波博士的《西晋士风与诗歌》（齐鲁书社，2006年版）对二十四友集团进行了细致研究，她认为世族、势族、士族属于三个不同的社会阶层。[①]

8. 两晋文学研究。日本学者佐藤利行先生的《西晋文学研究》（中国社会科学出版社，2004年版），本书以陆机和南人集团为中心，围绕他们的文学创作和文学活动，考察西晋文学的特征和本质。梅家玲教授的《汉魏六朝文学新论——拟代与赠答篇》（北京大学出版社，2004年版），该书以拟代与赠答文学为中心，从一个新的角度审视了汉魏六朝文学。书中将二陆赠答诗分为兄弟间互为赠答、与长官友僚间的赠答、代作赠答三类加以析论，讨论了二陆赠答诗中的自我、社会与文学传统等问题。叶枫宇先生的《西晋作家的人格与文风》（上海三联书店，2006年版），从西晋的政治环境、思想文化等方面考察了西晋文人人格个性化倾向的成因；

---

① 张爱波《西晋"世族""势族"及"士族"之考辨》，《北方论丛》，2006年5期。

从地域、家族文化等方面探讨作家人格与文风之间的关系,力图从作家个体差异性方面把握西晋文学的特征。

21世纪以来的博士学位论文中以两晋及晋宋文学为题者不少。例如,姜剑云博士的《太康文学研究》(中华书局,2003年版)是一篇以实证、考辨为主的论文,文章对太康时期的重要作家的生平事迹与人格进行了考述和分析,对太康文学思想做了细致的考察。同时还辑录了多位重要作家的著述。王澧华博士的《两晋诗风》(上海古籍出版社,2005年版)系统描述了两晋诗风,作者对中古文学的研究开始于1981年,本书是长期思考的产物。作者自云:"本书上下两编对两晋诗风的研究,大抵本着'以晋还晋''据晋论晋'的原则和程序。"陈道贵博士的《东晋诗歌论稿》(安徽教育出版社,2002年版)采用史论结合的方式,在把握此期诗歌发展脉络、凸显其演变轨迹的基础上,广泛联系社会现实,揭示嬗变之因。同时注意对具体问题的研究。陈桥生博士的《刘宋诗歌研究》(中华书局,2007年版)"全书以'情与理''才与学''雅与俗'这三对既对立又统一的概念作为构架,说明作者能够从宏观上把握刘宋作为诗歌转关阶段的三个主要特征。这种构架突破了一般论述王朝诗歌史常用的先时代影响、后文本研究的老套,使全书有了鲜明的问题意识。"[①] 蔡彦峰博士的《元嘉诗学研究》(中国社会科学出版社,2007年版)采用艺术系统范畴的某些内涵和传统诗学的方法,同时也采用了西方诗学的相关研究思路,去清理、把握元嘉诗学体系,是国内第一部系统研究刘宋时代诗学的专著。

9. 作家作品研究。在谢灵运研究方面,李雁先生的《谢灵运研究》(人民文学出版社,2005年版)围绕谢灵运的生平、思想、创作展开了全面细致的研究,作者自云:"本书在论证考辨等环节上崇尚实证,行文力

---

① 陈桥生《刘宋诗歌研究·序》,中华书局,2007年版。

戒空泛，弃绝浮言；即便是解读诗文，也以其人其世为出发点，不敢随意穿凿。"①

三、1978年—2008年（下）

两晋士族文学研究既是一个史学课题，也是一个文学课题。我们在讨论士族文学问题时，有关士族问题是需要我们首先面对的，同时它与文学研究之间关系密切。

士族问题是史学界长期关注的一个热点。唐代林宝的《元和姓纂》是有关姓氏的重要文献。《新唐史·宰相世系表》中含有中古士族谱系的相关资料。唐人柳芳将士族分为过江侨姓、东南吴姓、关中郡姓和代北虏姓四个类型（《新唐书·柳冲传》）。清人钱大昕治史，特别重视三项内容："曰舆地、曰官职、曰氏族。"（《潜研堂文集》卷24）

当我们今天说到对中古士族与文学、地域与文学研究时，不能不特别提到陈寅恪先生的理论。"陈寅恪先生著作甚多，其作品涉及的学术领域甚广，从其作品中可发掘出许多理论和方法。"② 陈先生的以下名言，给家族与地域文化研究的学者指明了方向。他说："盖自汉代学校制度废弛，博士传授之风气止息以后，学术中心移于家族，而家族复限于地域，故魏晋南北朝之学术、宗教皆与家族、地域两点不可分离。"③ 同时，他还说："东汉以后学术文化，其重心不在政治中心之首都，而分散于各地之名都大邑。是以地方之大族盛门乃为学术文化之所寄托。中原经五胡之乱，而学术文化尚能保持不坠者，固由地方大族之力，而汉族之学术文化变为地方化及家门化矣。故论学术，只有家学之可言，而学术文化与大族盛门

---

① 李雁《谢灵运研究》，人民文学出版社，2005年版，第9页。
② 毛汉光《中国中古政治史论》，上海书店出版社，2002年版，第1页。
③ 陈寅恪《隋唐制度渊源略论稿》，三联书店，2001年版，第20页。

常不可分离也。"① 从海外到大陆，陈先生的理论影响了一代又一代学者，甚至有学者表示愿意以自己的著作能够成为陈先生经典见解的一点注疏。

王伊同先生的《五朝门第》初版于1943年，由成都金陵大学中国文化研究所印行，是研究六朝门阀士族制度的名著。全书论述了士族在政治上的优遇、私门政治的盛衰、高门在经济上的垄断、高门士族的风范、高门士族的习俗等问题。

在港台地区，出现了很多研究士族的著作。钱穆先生的《略论魏晋南北朝学术文化与当时门第之关系》（《新亚学报》5卷3期，1963年版）不仅涉及到门阀士族在政治社会、学术思想、文学艺术等各个方面的内容，更重要的是一反流俗之见，充分肯定了魏晋南北朝时期世家大族的成就与功绩。钱穆先生指出："魏晋南北朝时代之门第，当为研究中国社会史与文化史以及中国家庭制度者必须注意，亦自可不待言而知。"②"魏晋南北朝时代一切学术文化，及相互间种种复杂错综之关系，实当就当时门第背景为中心而贯串说之，始可获得其实情与真相。"③ 他还说："当时门第传统共同理想，所希望于门第中人，上自贤父兄，下至佳子弟，不外两大要目：一则希望其能具孝友之内行，一则希望其能有经籍文史学业之修养。此两种希望，并合成为当时之家教。其前一项之表现，则成为家风；后一项之表现，则成为家学。"④ 和陈寅恪先生的论述一样，钱先生的论述也在被学者广泛征引。

何启民先生的《中古门第论集》（台湾学生书局，1978年版）由9篇论文构成，分别论述了中古门第之本质、汉晋变局中的中原士风、永嘉前后吴姓与侨姓关系之转变、中古南方门第——吴郡朱张顾陆四姓之比较研究、南朝的门第、南朝门第经济之研究等问题。毛汉光先生的《中国中

---

① 陈寅恪《金明馆丛稿初编》，三联书店，2001年版，第147页—第148页。
② 钱穆《中国学术思想史论丛》卷三，安徽教育出版社，2004年版，第186页。
③ 钱穆《中国学术思想史论丛》卷三，第184页。
④ 钱穆《中国学术思想史论丛》卷三，第159页。

古社会史论》（上海书店，2002年版）采用计量统计、分析比较、个案研究等方法，对汉唐之间的社会历史进行深入研究。作者认为在这七个世纪中，士族不仅在社会中居于主导地位，在政治方面亦占各期高级官吏之绝对优势。《中古士族性质之演变》一文认为：士族内部存在着质变，即由武质而文质，由社会性而政治性，由经济性而形而上的趋向等等。《中古大士族之个案研究——琅琊王氏》等文章较早用个案分析当时的士族，为后来的研究者作出了师范。苏绍兴先生的《两晋南朝的士族》（台湾联经出版事业公司，1987年版），由叙论、略论、专论和附录几个部分构成。文章对士族形成的经过、士族政治地位的盛衰、士族政治地位与经济力量的关系等问题展开了论述。还涉及了对琅琊王氏、陈郡谢氏的个案分析和对比研究。陈启荣先生的《汉晋六朝文化社会制度》（台北新文丰出版公司，1997年版）中的《中国中古"士族政治"渊源考》一文注重士人作为知识分子由知识而产生的理想精神，在现实上遭遇的困难和所引发的心态。

大陆方面，唐长孺先生在三联书店分别于1955年和1959年出版了《魏晋南北朝史论丛》和《魏晋南北朝史论丛续编》，1983年在中华书局出版了《魏晋南北朝史论拾遗》等，其中的《九品中正制试释》《士族的形成和升降》《南朝寒人的兴起》等论文对六朝时期的门阀制度现象以及门阀士族与学术文化的关系有深刻而独到的论述。唐长孺先生的研究论证严谨，思理深刻，体系完整，嘉惠学林，被誉为中国六朝士族研究的奠基人。田余庆先生的《东晋门阀士族》（北京大学出版社，1991年版）是新时期出现的中国大陆地区最具学术价值的中国政治史著作之一。田余庆先生在"自序"中说："本书定名为《东晋门阀政治》，原意并不是截取历史上门阀政治的一个段落加以研究。在作者看来，严格意义上的门阀政治只存在于江左的东晋时期，前此的孙吴不是，后此的南朝也不是；至于北方，并没有出现过门阀政治。"作者认为所谓门阀政治只存在于东晋一朝，其存在形式是门阀士族与皇权的共治。全书史料丰富，考证扎实，见解深刻，文笔简练。

方北辰先生的《魏晋南朝江东世家大族述论》（台北文津出版社，1991年版）论述了两汉到南朝时期江东世家大族的政治活动以及文化活动、集团结构等问题。陈明先生的《儒学的历史文化功能——士族：特殊形态的知识分子研究》（学林出版社，1997年版）考察了儒家思想植根的社会基础及其历史文化功能，描述分析了中古时期南朝玄学士族与北朝经学士族的具体活动。王永平先生的《六朝江东世族之家风家学研究》（江苏古籍出版社，2003年版）主要致力于江东本土士族研究，重视士族家族的文化特征，其中不仅有个案研究也有群体探索。吴正岚博士的《六朝江东士族的家学门风》（南京大学出版社，2003年版）与王永平著作题目不谋而合，在具体问题和研究思路、主要观点上有所区别，各有异彩。王永平先生的《六朝家族》（南京出版社，2008年版）侧重介绍了琅琊王氏、陈郡谢氏、兰陵萧氏、吴郡陆氏和张氏、吴兴沈氏之家族文化，属于家族文化个案研究之系列。

目前与"士族与文学之关系"相关的研究成果已经为数不少。涉及两晋士族与文学的有：程章灿先生的《世族与六朝文学》（黑龙江教育出版社，1998年版），丁福林先生的《东晋南朝的谢氏文学集团》（黑龙江教育出版社，1998年版）等；涉及南朝士族与文学的有刘跃进先生的《门阀士族与永明文学》（北京三联书店，1996年版）；涉及唐代士族与文学的有李浩先生的《唐代三大地域文学士族研究》（中华书局，2002年版）和《唐代关中士族与文学》（中国社会科学出版社，2003年版）等。

在六朝士族与文学研究领域，程章灿先生的《世族与六朝文学》全书分为三篇，上篇为总论部分，在"世族宗亲伦理对六朝文学题材的影响"一章中，考察了六朝文学题材中咏颂亲情、追远述先、缅怀传统、训诲诫诰等方面的内容。作者提出："世族一方面普遍重视对子弟的教育和培养，重视家族荣誉与社会地位，强调孝悌之道；而与此同时，却逐渐淡化了等级分别和忠君报国的思想成分。"① 在"世族及世族文学集团对六朝文学批评的影响"一章中，作者论证了世族及世族文学集团对六朝文学批评的影响。他认为六朝时代两种文学集团最为引人注目：一是政治文学集团，一是世族文学集团。世族文学集团又可以分为两种类型："一种是由单一世族家族成员构成的；一种是由两个或两个以上世族家族成员构成的；有时也兼容一些非世族成员。"② 文章认为"方法的移植、概念的渗透和术语的借用是世族人物品藻影响文学批评几点最显著的表现。"中篇家族论，分别就陈郡谢氏、吴郡张氏做了个案研究，"从谢夫人'意大不说'看东晋王谢二族之关系"探析了世族之间的矛盾和摩擦。文章认为："六朝世族普遍爱尚文义，其群体趣味与个体性情在文学活动和诗文创作中皆有表露，反之，其性情与趣味又不能不影响其文学思想与创作实践。"③ 下篇"作家作品论"，围绕作家袁宏和《世说新语》、沈约的《奏弹王源》、何逊的《咏早梅》等作品进行了考论。最后一章是一组丛考文章。卞孝萱先生评价说："作者擅长以史入文，考论融汇，在文史的结合点上实现突破。……既有统摄全篇的宏观研究，更有以点带面的个案解剖，视角新颖多变，论证深入细密，颇见功力。"丁福林先生的《东晋南朝的谢氏文学集团》是对谢氏文学士族的个案研究。文章从谢氏家族的崛起写起，一直写到南朝后期谢氏家族的衰落，重点描述了谢安、谢灵运、谢惠连、谢朓等人的政治生涯和文学创作，展现了谢氏家族文学创作的历史，从一个侧面反映了六朝文学。

　　刘跃进先生的《门阀士族与永明文学》一书分为上下两编，上编为"永明文学综论"，探讨了永明文学与江南士族之间的关系等学术问题。下编为"永明文学系年"。刘跃进先生说："我的研究方法主要是受到陈寅恪先生的影响，尝试从宗族文化和区域文化的角度重新审视门阀士族在

---

① 程章灿《世族与六朝文学》，黑龙江教育出版社，1998年版，第4页。
② 程章灿《世族与六朝文学》，第25页。
③ 程章灿《世族与六朝文学》，第53页。

推动近体诗发生、发展过程中所扮演的重要角色。"① 他的研究注重从宗族文化和区域文化的种种复杂现象中，去探索中古文学思潮。书中讨论了"竟陵八友"在永明文学发展过程中的地位，作者认为"竟陵八友"在促进南北士族的融合、推动文化事业的繁荣和引领士族命运的转折等方面发挥了重要作用。曹道衡先生在该书《序》中说："这部专著的一大特色就是避免了过去很长一个时期内论述文学发展原因时，只是简单地归结为社会基础的原因而忽视种族、区域文化等等重要因素。在这部专著中论到永明文学产生的原因时，就紧紧地扣住所谓'竟陵八友'的活动。把他们的出现，和南北士族从隔阂到融合的过程联系起来，把他们和当时的政局、宗教、哲学、文学、艺术以及目录学等等文化领域的变化联系起来。这就使他对社会存在的论述和关于文学发展本身的研究融为一体，毫无机械拼凑之感。"②

在魏晋南北朝文学之外，李浩先生的两种唐代士族与文学研究专著值得关注。李浩先生的《唐代三大地域文学士族研究》（中华书局，2002年版）主要考察了唐代关中、山东、江南三大地域文学士族的构成、流动及其演变的历史过程与基本特征。作者提出了"唐代三大地域"与"唐代文学士族"的概念，并将文学士族这一特殊的文人群体置于地域文化背景上，运用地域—家族的研究策略，对文学士族的发生发展的"内在理路"与外部环境作互动分析。他的《唐代关中士族与文学》（中国社会科学出版社，2003年版）是第一部从家族文化的角度研究唐代关中地域文学的著作，作者力图探讨唐代关中地区士族演变与文学发展的种种关联性，并缘此对唐代关中文学进行文化透视。文章提出了关中文化精神、关中文学士族、关中文学群体等范畴，被学界誉为："这两本书，从人地关系的理论前提出发，运用'地域—家族'结合的研究方法，对唐代关中、

---

① 刘跃进《门阀士族与永明文学》，三联书店，1996年版，第3页。
② 刘跃进《门阀士族与永明文学·序》，第4页。

山东和江南这三大地域的士族文学进行探讨,对与地域士族文学有关的士族的贯望、迁徙、婚姻、教育、科举考试、宗教信仰和文体改革、牛李党争等问题进行考察,提出了一系列新的见解,取得了一系列新的突破,体现了近年来我国学术界在文学地域性研究方面的实绩。"①

不论是魏晋南北朝文学还是唐代文学,我们所看见的主要是一些对"文学士族"的研究以及探讨"士族与文学"之间关系的著作。各种学术刊物上发表的两晋士族与文学之关系的研究论文数量犹丰,限于篇幅不再赘述。

综上所述,虽然时代不同,观点各异,但所有学者都认同:1. 在两晋历史上,士族阶层在政治军事经济文化诸领域发挥着巨大的作用;2. 士族文人的政治追求、哲学体悟和审美风尚在一定程度上决定着两晋文学的走向,可以说两晋文学深深地打上了士族阶层的印记。虽然还没有直接出现以"士族文学"为名的研究专著,没有形成公认的"士族文学"的提法,更缺乏对士族文学的整体性研究。但在两晋文学研究中,特别是在两晋赠答诗、玄言诗、山水诗的研究当中,实际上已经广泛涉及了两晋士族文学的具体内容和特征。至于对"两晋士族与文学之关系"的研究,更可视为士族文学研究的一个组成部分。

上述研究成果披荆斩棘,导夫先路,已经为两晋士族文学研究做好了奠基工作,其中部分研究已经颇为具体而深入。可见,"士族文学"特别是"两晋士族文学"是文学史上的客观存在。当然,与我们应该达到的研究水平相比,我们现有的研究还存在较大差距,关于两晋士族文学研究还有大量的工作等待着我们去做。在中国文学史发展历程中是否存在一个士族文学?士族文学从何处开始?到何处结束?它发生、兴盛和衰退的内在原因是什么?在思想内容和艺术表现方面它有什么样的特征?总之,边缘的个案的研究已经不少,系统的纵贯的研究还有待深入。

---

① 曾大兴《文学地域性研究的最新突破》,《唐都学刊》,2004年6期。

第三章　两晋士族文学之特征

关于中古士族问题,历史学家很早以来就展开了深入研究,完成了许多高水平的研究成果。相较之下,对士族文学的研究远远落后于对士族政治、士族经济等方面的研究。钱穆先生指出:"今人论此一时代之门第,大都只看在其政治上之特种优势,与经济上之特种凭藉,而未能注意及于当时门第中人之生活实况,及其内心想像。因此所见浅薄,无以抉发此一时代之共同精神所在。"① 也就是说,在对中古士族的研究中,仅仅从政治史、经济史等史学的角度展开研究还不算完整,还需要文学、心理学等学科的加盟,这一点,在探究门第中人物的"内心想像"时尤为重要。钱先生还说:"在当时人意念中,一家门第之所以可贵,正在此一家门第中人物之可贵,此实与现代人专意在权位财富上衡量当时门第之想法大相径庭。凡如上述,又可于当时人之文学作品中随处得证。……潘岳乃一文人,行谊无足称。然在文人笔下,往往可以写出时代共同心情之向往。"② 可以说,进行两晋士族文人及其作品研究,既是推进两晋历史文化研究的重要途径,也是深化两晋文学研究的重要举措。

---

① 钱穆《中国学术思想史论丛》卷三,安徽教育出版社,2004年版,第144页。
② 钱穆《中国学术思想史论丛》卷三,第156页。

两晋是士族文人最为活跃的时代，士族文人是当时文坛的主要力量，他们的思想情感可以左右文坛走向，他们的审美风尚可以引导时代潮流。所以，从文学的角度看，两晋时代可以看作士族文学的时代。所谓士族文学是指士族文人所创作的文学作品。一般而言，士族文学具有如下三个特征：第一，在思想上以反映士族意识为中心；第二，在艺术形式上追求新变，体现士族阶层审美风尚；第三，由于士族文人通常以群体形式出现在文坛上，同一个群体内的作家之作品风格也具有一定的共同性。所谓士族意识乃是指该作家之创作具有强烈的门第观念和鲜明的贵族志趣。以下以陆机诗歌作为主要参照，介绍两晋士族文学的几个主要特征：

一、咏世德之骏烈，诵先人之清芬

文学作为情感的载体，应该表现思想情感的所有方面。然而在中国封建时代，最高统治者要求文人把文学与政治联系起来，主张文学为现实政治服务。许多士大夫阶层的文人也会自觉地、主动地去迎合最高统治者。汉武帝时代，统治者"罢黜百家、独尊儒术"，儒家学者倡扬"诗教"。《毛诗序》曰："诗者，志之所之也，在心为志，发言为诗。……情发于声，声成文谓之音，治世之音安以乐，其政和；乱世之音怨以怒，其政乖；亡国之音哀以思，其民困。故正得失，动天地，感鬼神，莫近于诗。先王以是经夫妇，成孝敬，厚人伦，美教化，移风俗。"其实，就文学与政治的关系而言，是有不同内涵的。就汉晋文学而言，我们至少能够看见从属于国家政治与封建道德的文学作品，也可以看见表现士人天下意识的作品，还可以看见表现家族意识、门第观念的作品。东汉末年，清流士人对汉帝国彻底失望，开始从"国家意识"转向"天下意识"。稍后的建安诗人，他们的部分诗歌就是"天下意识"的投射。魏晋政局的演变改变了文学的走向，从建安文学到正始文学，再到两晋文学，其显著的特点是：士人群体逐步减弱了社会责任感，日渐消失了昂扬奋发的精神风貌。

两晋士族文人所关心的是家族的利益,他们的作品成为家族意识的载体。

士族文人之所以具有身世优越感、文化自豪感,莫不与他们的先人相关,所以他们可以傲视一切人,唯独不敢傲视自家的"冢中枯骨";他们可以忍受一切来自外界的侮辱,但不能忍受别人对自家"冢中枯骨"的侮辱。士族意识在文学上的表现,首先就是诗人对自己的贵族出身拥有无比的自豪感和优越感。在陆机之前,也有流露出贵族情结的诗人。战国时代的屈原,"博闻强志,明于治乱,娴于辞令。入则与王图议国事,以出号令;出则接遇宾客,应对诸侯。王甚任之。"(《史记·屈原列传》)不能说他的修养、能力与他高贵的家庭出身和接受的贵族教育无关。《离骚》开篇就写:"帝高阳之苗裔兮,朕皇考曰伯庸。摄提贞于孟陬兮,惟庚寅吾以降。皇览揆余初度兮,肇锡余以嘉名:名余曰正则兮,字余曰灵均。纷吾既有此内美兮,又重之以修能。"连屈原对自己高贵的血统也这么看重。建安年间,曹植"公子不及世事,但美遨游"(谢灵运《拟魏太子邺中集八首·平原侯植序》),其诗风流自赏,豪健洒脱。《名都篇》描摹他早年的享乐生活,诗云:"名都多妖女,京洛出少年。宝剑值千金,被服丽且鲜。斗鸡东郊道,走马长楸间。……连翩击鞠壤,巧捷惟万端。白日西南驰,光景不可攀。云散还城邑,清晨复来还。"其《与杨德祖书》等文章都流露出明显的贵公子的傲慢口气。但屈原与楚王同宗,曹植乃魏王曹操之子,他们与王室血脉相连,这与中古士族和封建帝王之间的关系并不能等量齐观。何况,屈原诗歌重在表现他的美政理想和爱国情操,曹植诗歌也重在展现其建功立业的英雄抱负,他们的诗歌中虽然有一些贵族意识,但并不算强烈。在中古时代,第一个用诗赋表现其士族家族意识的首推东汉末年的蔡邕,蔡邕有《祖德颂》等文颂扬父祖之德,开启了用诗赋表现士族意识的先河。从屈原到曹植,贵族意识在缓慢地流动着。在蔡邕那里士族意识还只是一束火花,到了陆机的诗赋中,才空前地燃烧并升腾而起。

正因为"咏世德之骏烈,诵先人之清芬"(《文赋》)是陆机诗赋的重要内容，所以才给庾信留下了"陆机之辞赋，先陈世德"（《哀江南赋》）的印象。陆机《与弟清河云诗》其一云：

> 于穆予宗，禀精东岳。诞育祖考，造我南国。
> 南国克靖，实繇洪绩。惟帝念功，载繁其锡。
> 其锡惟何，玄冕衮衣。金石假乐，旄钺授威。
> 匪威是信，称丕远德。奕世台衡，扶帝紫极。

《晋书·陆机传》说："以孙氏在吴，而祖父世为将相，有大勋于江表，深慨孙皓举而弃之，乃论权所以得，皓所以亡，又欲述其祖父功业，遂作《辨亡论》二篇。"其《思亲赋》《述先赋》《祖德赋》《吴贞献处士陆君诔》《吴大司马陆公诔》等作品无不追忆家族昔日的荣耀辉煌，为父祖们歌功颂德，并充满骄傲自豪之情。在陆机看来，其父陆抗是道德上的完人："我公承轨，高风肃迈。明德继体，徽音奕世。……于穆我公，因心则哲。经纶至道，终始自结。德与行满，美与言溢。"（《吴大司马陆公诔》）吴国的灭亡也与陆抗的去世直接相关："陆公没而潜谋兆，吴衅深而六师骇。"（《辨亡论》）"故其生也荣，虽万物咸被其仁；其亡也哀，虽天网犹失其纲。"（《述先赋》）显然，他过分夸大了其父在历史上的作用。作为孝子，夸大自己父亲的功绩也可以理解，但让人无法理解的是，对于比较客观的评价他也不能接受。为了维护祖先的声望名誉，他的反应有时太过激，他无法容忍任何人以任何方式对自己父祖名誉的伤害。《世说新语·方正》中的这段话时常被大家征引：

> 卢志于众坐问陆士衡："陆逊、陆抗是君何物？"答曰："如卿与卢毓、卢珽。"士龙失色，既出户，谓兄曰："何至如此？彼容不相知也。"士衡正色曰："我父、祖名播海内，宁有不知，鬼子敢尔！"

面对卢志公然的挑衅，陆机针锋相对地反击无可厚非。但陆机在为人处世方面也有问题，他在另外一些场合的表现就让人不敢恭维。"初陆机兄弟志气高爽，自以吴之名家，初入洛，不推中国人士。"（《晋书·张华传》）或许正是陆机兄弟平日的傲慢态度引来了卢志之流的无礼。《世说新语·赏誉》注引《文士传》曰："机清厉有风格，为乡党所惮。"一个人"清厉"到让乡亲们敬而远之，甚至畏惧，并不是什么好风格。陆机在写给陆云的信中说："此间有伧父，欲作《三都赋》，须有成，当以覆酒瓮耳。"（《晋书·左思传》）从他对庶族士人左思的蔑视，也可以看出他的张狂。《晋书·吾彦传》曰："帝尝问彦：'陆喜、陆抗二人谁多也？'彦对曰：'道德名望，抗不及喜；立功立事，喜不及抗。'……（陆机兄弟）因此每毁之。长沙孝廉尹虞谓机等曰：'自古由贱而兴者，乃有帝王，何但公卿。……卿以士则答诏小有不善，毁之无已，吾恐南人皆将去卿，卿便独坐也。'"在我们看来，吾彦对于陆机父辈的评价是客观公正的，《三国志·吴志·陆逊传》裴松之注云："初，抗之克步阐也，诛及婴孩。识道者尤之曰：'后世必受其殃。'"陆抗对待婴孩的残忍行为是无法掩盖的，而吾彦的评价还算比较客气，但即使这样依然激怒了陆机。而陆机气量的狭小在当时已经让"南人"们深感失望了。

《吴趋行》是陆机贵族意识的集中体现，诗云：

楚妃且勿叹，齐娥且莫讴。四坐并清听，听我歌吴趋。
吴趋自有始，请从阊门起。阊门何峨峨，飞阁跨通波。
重栾承游极，回轩启曲阿。蔼蔼庆云被，泠泠鲜风过。
山泽多藏育，土风清且嘉。泰伯导仁风，仲雍扬其波。
穆穆延陵子，灼灼光诸华。王迹隤阳九，帝功兴四遐。
大皇自富春，矫手顿世罗。邦彦应运兴，粲若春林葩。
属城咸有士，吴邑最为多。八族未足侈，四姓实名家。
文德熙淳懿，武功侔山河。礼让何济济，流化自滂沱。

> 淑美难穷纪,商榷为此歌。

陆机首先描写了吴国的风物和历史,继而热情歌颂了吴地的门阀士族。《世说新语·赏誉》云:"吴四姓,旧目云:张文朱武,陆忠顾厚。"刘孝标注引《吴录士林》曰:"吴郡有顾陆朱张为四姓,三国之间,四姓盛焉。"从士族发展史的角度看,陆机的《吴趋行》未尝不是一篇"诗史"式的作品。陆氏家族一度声势显赫。其祖父陆逊为东吴丞相,父亲陆抗任东吴大司马,从父陆凯官至东吴左丞相,从父陆喜曾任东吴吏部侍郎。陆氏家族与孙吴集团通过婚姻结成了坚固的政治联盟,陆逊之妻为孙策之女,陆景(陆机之兄)之妻为孙皓的胞妹。据《世说新语·规箴》记载:"孙皓问丞相陆凯:'卿一宗在朝有几人?'陆曰:'二相、五侯、将军十余人。'皓曰:'盛哉!'陆曰:'君贤臣忠,国之盛也;父慈子孝,家之盛也。今政荒民弊,覆亡是惧,臣何敢言盛。'"注引《吴录》曰:"时后主暴虐,凯正直强谏,以其宗族强盛,不敢加诛也。"从这段对话中我们可以看出陆氏家族的兴盛程度。在陆机眼里,包括陆氏在内的高门士族无不具备文德武功,礼让济济,流化滂沱,在陆机之前尚难以寻到类似的士族颂歌。

陆机表现家族意识的诗赋不仅数量多,而且情感强烈。陆机不仅关心家族,也在关心吴国和晋室。当然他是为了家族利益而关心国家安危。陆机诗歌开启了六朝时期谢灵运、庾信等士族诗人的门第观念。不过,到了谢灵运、庾信那里,诗人与皇权的情感和关系进一步淡化,他们所关心的更多的是自己家族的利益。

陆云的《祖考颂》和兄弟酬赠诗、束皙的《补南陔白华诗》、夏侯湛的《周诗》、潘岳的《家风诗》和《闲居赋》、孙绰的《喻道论》、王羲之的《称病去会稽郡自誓父母墓文》、谢灵运的《述祖德诗》和《酬从弟惠连》等作品无不颂扬祖德,孝敬父祖。与对已逝先人的怀念和对在世父母的孝敬相连,士族文人对自己的同辈兄弟和子侄辈表现出无限的深情厚意。读《世说新语》和《晋书》等典籍,读两晋士族文人的作品,我们都能充分感受到他们父子、兄弟、子侄之间的情谊。例如:陆机陆云兄弟之情,谢安对子侄的教诲,谢混对子侄的叮咛,谢灵运对谢惠连的厚爱。他们通常会采用诗歌的体式来传递彼此之间的情感。

二、将弘祖业,实崇奕世

余英时先生说:"魏晋南北朝之士大夫尤多儒道兼综者,则其人大抵为遵群体之纲纪而无妨于自我之逍遥,或重个体之自由而不危及人伦之秩序者也。……而宋明理学以前,儒家性命之学未弘,故士大夫正心修身之资,老释二家亦夺孔孟之席。唯独齐家之儒学,自两汉下迄近世,纲维吾国社会者越两千年,固未尝中断也。而魏晋南北朝则尤为以家族为本位之儒学之光大时代,盖应门第社会之实际需要而然耳。"[①] 两晋士族文人的功业追求与其家族观念相系。

陆机是一个功名意识极其强烈的诗人,这一点,不仅在两晋时代非常突出,就是在中国诗史上也是很显明的。青少年时代的陆机,对自己三四十岁的人生作出了这样的展望:"三十时,行成名立有令闻,力可扛鼎志干云。食如漏卮气如熏,辞家观国综典文,高冠素带焕翩纷。清酒将炙奈乐何,清酒将炙奈乐何。四十时,体力克壮志方刚,跨州越郡还帝乡,出入承明拥大珰。清酒将炙奈乐何,清酒将炙奈乐何。"(《百年歌》)可惜,吴国的灭亡打破了他的梦想。隐居十年之后,陆机再度燃起了对功名的渴望,与陆云一起赴洛。其《猛虎行》云:"渴不饮盗泉水,热不息恶木阴。恶木岂无枝,志士多苦心。……日归功未建,时往岁载阴。崇云临岸骇,鸣条随风吟。静言幽谷底,长啸高山岑。急弦无懦响,亮节难为音。人生诚未易,曷云开此衿。眷我耿介怀,俯仰愧古今。"其《长歌

---

① 余英时《士与中国文化》,上海人民出版社,1987年版,第398页—第399页。

行》云:"逝矣经天日,悲哉带地川。寸阴无停晷,尺波岂徒旋。年往迅劲矢,时来亮急弦。远期鲜克及,盈数固希全。容华夙夜零,体泽坐自捐。兹物苟难停,吾寿安得延。俯仰逝将过,倏急几何间。慷慨亦焉诉,天道良自然。但恨功名薄,竹帛无所宣。迨及岁未暮,长歌乘我闲。"功业是他自觉的追求。在局外人看来,来到洛阳之后的陆机,陷入了一个又一个政治旋涡,身不由己地挣扎在其中,直到被杀害。但作为当事人的陆机也许并不是这样的感觉,至少不全是这样的感觉。其《吴王郎中时从梁陈作诗》云:"在昔蒙嘉运,矫迹入崇贤。假翼鸣凤条,濯足升龙渊。玄冕无丑士,冶服使我妍。轻剑拂鞶厉,长缨丽且鲜。"可见,他也体会到了生命的快乐。在河桥之战前夕,他和司马颖之间有这样的对话:"颖谓机曰:'若功成事定,当爵为郡公,位以台司,将军勉之矣!'机曰:'昔齐桓任夷吾以建九合之功,燕惠疑乐毅以失垂成之业,今日之事,在公不在机也。'颖左长史卢志心害机宠,言于颖曰:'陆机自比管、乐,拟君暗主,自古命将遣师,未有臣陵其君而可以济事者也。'颖默然。"(《晋书·陆机传》)抛开卢志的诬陷不说,从陆机的回答我们的确可以看到他对自己才能的自负。遥想士衡当年,"列军自朝歌至于河桥,鼓声闻数百里,汉、魏以来,出师之盛,未尝有也。"(《晋书·陆机传》)此时士衡将军的心态中虽然有忧惧成分,但更主要的还是一种自豪和满足吧。

陆机强烈的功名意识的动机来自何方?由于《晋书·陆机传》中说他:"伏膺儒术,非礼不动。"所以后世许多学者递相沿袭,皆认为陆机的功名意识与他崇奉儒学思想相关。表面看来,陆机服膺儒术,崇尚名教,勇于进取,以儒学为其思想根基。其实,陆机诗歌所缺乏的正是儒家文化中的德行观念和天下意识。

确切地说,"儒术"不等于"儒学",汉武帝"罢黜百家,独尊儒术"中的"儒术"是一种外儒内法的政治权术,它不同于作为一种哲学思想领域的学说。但是,在《晋书》中作者似乎对两者没有作出相应的区别:"郑冲……耽玩经史,遂博究儒术及百家之言。"(《晋书·郑冲传》)"张规……家世孝廉,以儒学显。"(《晋书·张规传》)"杜夷……世以儒学称,为著姓。"(《晋书·杜夷传》)"左思……家世儒学。"(《晋书·左思传》)据此,按照《晋书》作者的理解,陆机所服膺的也就是儒学,而这里的儒学是与玄虚放达之士风相对而言的。毫无疑问,陆机不是一个玄虚放达之士,陆机是一个追求进取的士人。但进取之士并不同于儒学之士。陆机《五等论》说得明白:"盖企及进取,仕子之常志;修己安人,良士所希及。"其《长安有狭邪行》云:"伊洛有歧路,歧路交朱轮。轻盖承华景,腾步蹑飞尘。鸣玉岂朴儒,凭轼皆俊民。烈心厉劲秋,丽服鲜芳春。余本倦游客,豪彦多旧亲。倾盖承芳讯,欲鸣当及晨。守一不足矜,歧路良可遵。规行无旷迹,矩步岂逮人。投足绪已尔,四时不必循。将遂殊涂轨,要子同归津。"他不愿意自己成为一个"朴儒",不愿意规行矩步。"守一不足矜,歧路良可遵",表明他不想做一个纯粹的儒士,在追求功名的路上有许多捷径可走。而事实上陆机也不是纯粹的儒士。一个真正的儒士应该是以"修己安人"为人生目标的人,应该是讲求德行士节的人。原始儒家非常重视人格的修养和完善,主张士人应该具备气节,孟子说:"富贵不能淫,贫贱不能移,威武不能屈,此之谓大丈夫。"(《孟子·滕文公下》)而陆机所缺乏的正是儒家所要求的节操观念。其《谢平原内史表》:"臣本吴人,出自敌国。……遭国颠沛,无节可纪。虽蒙旷荡,臣独何颜?俯首顿膝,忧愧若厉。"这里的"无节可纪"并非是在自谦,而是在陈述事实。关于仕晋问题,在我们今天看来,吴国是割据一方的诸侯势力,在晋国所进行的统一大业中败亡了,那么作为敌国之将军,在吴亡后出仕晋朝,不仅不能算作失节,而且应该说具有大一统的国家观念,其行为值得肯定。但在当时,并不是人们都有这样的认识,北方士族把南人看作"亡国之余"(《世说新语·言语》),所以陆机才有"遭国颠沛,无节可纪"的尴尬。陆机"好游权门,与贾谧亲善,以进趣获讥"(《晋书·陆机传》)的举止,与儒家所要求的士节相去甚远。"降节事谧"（《刘琨传》）只是陆机士节有亏的证据之一。陆机入洛后曾任太子洗马，太子集团与贾谧集团争斗激烈，陆机一方面创作有《皇太子宴玄圃宣猷堂有令赋诗》《皇太子赐宴》等诗歌颂太子"劳谦降贵，肆敬下臣"，一方面又与贾谧集团过从甚密。"（贾谧）开阁延宾，海内辐辏，贵游豪戚及浮竞之徒，莫不尽礼事之。"（《晋书·贾谧传》）。贾谧网罗了所谓的"二十四友"，陆机兄弟也参与其中。既然与贾谧集团关系密切，在剿灭贾谧的事件中，他又因"豫诛贾谧功，赐爵关内侯"；作为赵王司马伦的中书郎，在清除赵王伦的事件中，陆机侥幸脱险了。最终他死在了自己衷心投靠的司马颖手中。进入北方的陆机，不断地依附于一个又一个权门。虽然许多时候不是陆机自愿的选择，但陆机的士节起码是无法让人赞扬的。

以天下为己任是原始儒家的核心精神，"子路问君子。子曰：'修己以敬。'曰：'如斯而已乎？'曰'修己以安人。'曰：'如斯而已乎？'曰'修己以安百姓。'"（《论语·宪问》）孟子也说："圣之任者，……自任以天下之重。"（《孟子·万章下》）陆机诗歌虽然再现了他的不断进取和追求，但缺乏儒学所要求的以天下为己任的精神。陆机有《短歌行》模拟曹操诗歌，对比曹操和陆机的同题之作就可以看出两人之间的差别。陆机诗云：

> 置酒高堂，悲歌临觞。人寿几何，逝如朝霜。
> 时无重至，华不再阳。苹以春晖，兰以秋芳。
> 来日苦短，去日苦长。今我不乐，蟋蟀在房。
> 乐以会兴，悲以别章。岂曰无感，忧为子忘。
> 我酒既旨，我肴既臧。短歌有咏，长夜无荒。

严格来说，这首诗只是对曹操《短歌行》前半部分的模拟："对酒当歌，人生几何？譬如朝露，去日苦多。慨当以慷，忧思难忘。何以解忧？

唯有杜康。"而曹操诗歌的后半部分的精神则被陆机完全放弃了。两诗的前半部分同样在写觥筹交错、轻歌曼舞的盛大宴会,同样感叹人生苦短,认为应该及时行乐。但曹诗因为有了"山不厌高,海不厌深。周公吐哺,天下归心",才使其诗歌中生命苦短的悲叹不再黯淡;因为有了生命苦短的体认,乃使曹操一统天下的壮怀更显慷慨激烈。"周公吐哺,天下归心",是曹操之理想,是曹操之追求,是曹操精神世界之写照。曹操诗歌之所以撼动人心,不仅在于它生命如露般的忧思,还在于那天下归心的抱负,所以魏源说"对酒当歌,有风云之气。"(《诗比兴笺·卷一》)而沈德潜评价陆机此诗则曰:"词亦清和,而雄气逸响,杳不可寻。"陆机《董桃行》云:"长夜冥冥无期,何不驱驰及时。聊乐永日自怡,赍此遗情何之。人生居世为安,岂若及时为欢。世道多故万端,忧虑纷错交颜。老行及之长叹。"当然,我们不能一看见人生苦短、及时行乐就否定诗人的人格。其实哪个诗人没有过享乐追求呢?关键是享乐在诗人的生活中到底占什么位置。曹操有享乐倾向,陆机有享乐倾向,但曹操和陆机都不仅仅是享乐主义者。比较他们对待享乐的态度还是可以看出英雄意识与士族意识的区别。

陆机所追求的只是个人的功名,这在他的诗歌中表露得非常明显。其《遨游出西城》云:"迁化有常然,盛衰自相袭。靡靡年时改,冉冉老已及。行矣勉良图,使尔修名立。"其《月重轮行》云:"人生一时,月重轮。盛年安可持,月重轮。吉凶倚伏,百年莫我与期。临川曷悲悼,兹去不从肩,月重轮。功名不勖之,善哉,古人扬声,敷闻九服,身名流何穆。既自才难,既嘉运,亦易愆。俯仰行老,存殁将何所观?志士慷慨独长叹,独长叹。"其《日重光行》云:"日重光,奈何天回薄。日重光,冉冉其游如飞征。日重光,今我日华华之盛。日重光,倏忽过,亦安停。日重光,盛往衰。亦必来。日重光,譬如四时,固恒相催。日重光,惟命有分可营。日重光,但惆怅才志。日重光,身殁之后无遗名。"在陆机的笔下,天道悠悠,时光飘忽,生命短促,他希望能够通过自己的努力保家族之誉,留不朽之名。可以说陆机是在为个人的声名、为家族的振兴而努力进取,在这里看不见丝毫的天下意识。

陆机诗歌中的功名意识实际上源于士族意识、门第观念。当他把精力集中在家族的兴衰上时,他的目光自然不会去关注来自社会底层的声音。陆机诗歌涉及到民生疾苦的只有一篇,即《赠尚书郎顾彦先》其二。诗云:"朝游游层城,夕息旋直庐。迅雷中霄激,惊电光夜舒。玄云拖朱阁,振风薄绮疏。丰注溢修霤,潢潦浸阶除。停阴结不解,通衢化为渠。沈稼湮梁颖,流民溯荆徐。眷言怀桑梓,无乃将为鱼。"诗写暴雨成灾之时,陆机对流民的关心。作为士族诗人,虽然他自己没有受到水灾的威胁,虽然他站在高地俯视灾民的生活,但他能够写出这样的作品来也难能可贵。更多的时候,陆机的目光停留在社会上层,停留在个人的得失方面。

即使是陆机这样的声音,到了东晋时代也显得更为微弱。东晋玄学的兴盛改变了士族文人的思维方式,转移了他们的审美情趣,他们更多地把自己的关注投向玄言和山水,遑论天下意识的淡漠,即使是振兴家族的愿望也越来越模糊了。

三、营魄怀兹土,精爽若飞沉

道家崇尚自然的观点、贵生的观点导致了西晋文坛享乐主义思潮的盛行。西晋统治阶层贪图享乐的生活在中国历史上臭名昭著,其中许多士族文人也随波逐流、推波助澜,写出了一些反映士族阶层享乐生活的作品,如陆机、石崇的部分作品。当然不是说士族文人总是停留在荒淫享乐的层面,他们中的部分诗歌,在描写自然之美、女性之美时,也是健康的。例如陆机的《日出东南隅行》通过佳人的淑貌、惠心、美目、娥眉、鲜肤、巧笑来描绘她们的美丽。与前人相比,陆机的描写更加繁复深透,通过陆诗的勾画,佳人们的音容笑貌和婆娑舞姿,历历如在读者目前。

《语林》曰："陆士衡在洛,夏月忽思竹筱之饮,语刘实云:'吾乡曲之思转深,今来东归,恐无复相见理。'"(李昉《太平御览》卷八六一)"乡曲之思"乃是陆机诗歌中士族意识的另一个显著特征。思乡是古今游子的共同情感,在古老的《诗经》中就传出了"昔我往矣,杨柳依依。今我来思,雨雪霏霏"(《小雅·采薇》)的歌吟。从汉乐府中的"悲歌可以当泣,远望可以当归。思念故乡,郁郁累累"(《悲歌》),到《古诗十九首》中的"思还故里闾,欲归道无因"(《去者日以疏》),思乡之情一直缓缓地流淌在中国古代诗歌的河床上。前此,游子之歌大都与思妇之曲相连,传达出游子思妇之间忧伤而缠绵的离别相思。然而,陆机的乡曲之思却不同于普通的游子之歌,他没有涉及到男女情感,却在这一古老的主题中添加了新的内涵。

与普通游子眼里的故乡不同,陆机所思的家乡有一个残破的士族庄园。从东汉社会开始,士族地主就在营造巨大的庄园。《后汉书·樊宏传》描写樊氏庄园说:"乃开广田土三百顷余,其所起庐舍,皆有重堂高阁,陂渠灌注。又池鱼畜牧,有求必给。"到了建安时代,仲长统《昌言·理乱》曰:"豪人之室,连栋数百,膏田满野,奴婢千群,徒附万计。船车贾贩,周于四方。废居积贮,满于都城。琦赂宝货,巨室不能容;马羊牛豚,山谷不能受;妖童美妾,填乎绮室;倡讴妓乐,列于深堂。宾客待见而不敢去;车马交错而不敢进。"以上两例虽然说的都是北方士族的庄园,想来南方士族的庄园也不至于寒酸。我们现在虽然无法知道陆氏庄园的详情,但通过相关文献也可作出大体推测。陆机《七征》借士大夫通微之口说服隐士玄虚子离开穴岩去出仕,其中有一段对华丽庄园的描写:"丰居华殿,奇构磊落。万宇云覆,千楹林错。……笋浮柱而虹立,施飞檐以龙翔。回房旋室,缀珠袭玉。图画神仙,延祐承福。悬闼高达,长廊回属。"毋庸置疑,这是以陆机家族庄园为蓝本而描绘的。《晋书·戴若思传》云:"陆机赴洛,船装甚盛。"陆机临死之前慨叹说:"华亭鹤唳,岂可复闻乎!"(《晋书·陆机传》)陆机《赠从兄车骑诗》云:"仿佛谷水阳，婉娈昆山阴。营魄怀兹土，精爽若飞沉。"李善注引陆道瞻《吴地记》曰："海盐县东北二百里，有长谷，昔陆逊、陆凯居此。"《元和郡国图志》曰："华亭谷，在县西二十五里，陆抗宅在其侧，故逊封华亭侯。"华亭是陆机的家乡，谷水、昆山是其地的自然景观。关于陆机籍贯的位置迄今还有江苏苏州和上海松江的争议，但华亭庄园的规模和豪奢似乎是不用怀疑的。而且陆机家族的庄园不止一处，李白《题王处士水亭》云："齐朝南苑，是陆机宅。"陆云《答兄平原》云：

　　昔我先公，邦国攸兴。今我家道，绵绵莫承。
　　昔我昆弟，如鸾如龙。今我友生，凋俊坠雄。
　　家哲永徂，世业长终。华堂倾构，广宅颓墉。
　　高门降衡，修庭树蓬。感物悲怀，怆矣其伤。

陆云将吴灭前后的家族遭遇和庄园变迁进行了对照，吴亡之前，陆氏家族拥有华堂广宅、高门修庭。在这样的生活环境中，陆氏兄弟的生活如同陆机《百年歌十首》所写："一十时，颜如蕣华晔有晖，体如飘风行如飞。娈彼孺子相追随，终朝出游薄暮归，六情逸豫心无违。清酒将炙奈乐何，清酒将炙奈乐何。二十时，肤体彩泽人理成，美目淑貌灼有荣。被服冠带丽且清，光车骏马游都城，高谈雅步何盈盈。清酒将炙奈乐何，清酒将炙奈乐何。"陆机十四岁时，其父陆抗去世，陆机兄弟分领父兵为牙门将。作为少年将军的陆机，雄姿英发，春风得意。

晋咸宁六年（280），陆机二十岁时，晋军南下，吴王孙皓投降。平吴之役，使南国世族大姓受到了重创。陆机的《赠弟士龙》、陆云的《答兄平原》和《与杨彦明书》等作品都再现了他们兄弟心中的震撼和悲伤。陆机《与弟清河云诗》序云："余弱年夙孤，与弟士龙衔恤丧庭，续会逼王命，墨绖即戎，时并紫发，悼心告别。渐历八载，家邦颠覆，凡厥同生，凋落殆半。收迹之日，感物兴哀。而士龙又先在西，时迫当祖载，二

昆不容逍遥。衔痛东徂,遗情西慕,故作是诗,以寄其哀苦焉。"本诗其九云:

> 昔我斯逝,兄弟孔备。今予来思,我凋我瘁。
> 昔我斯逝,族有余荣。今我来思,堂有哀声。
> 我行其道,鞠为茂草。我履其房,物存人亡。
> 拊膺涕泣,血泪彷徨。

诗人毫不掩饰地表现出对庄园残破的遗憾。从此之后,"将弘祖业,实崇奕世"(陆云《答兄平原》)便成为陆机兄弟一生追求的目标。

陆机失题诗云:"石龟尚怀海,我宁忘故乡",表面看来与曹操的"兔死必首丘,故乡安可忘"(《却东西门行》)非常相似,但实际上陆机诗歌中的"乡曲之思"却异常复杂而矛盾。对于曹操而言,思乡只是戎马生涯中偶然闪现的念头,但在陆机这里思乡就成为挥之不去的情结,时刻包围着他,缠绕着他。

吴国灭亡后,太康四年(283),武帝采用华谭的建议,下诏启用东吴旧臣,"诏曰:'伪尚书陆喜等十五人,南士归称,并以贞洁不容皓朝,或忠而获罪,或退身修志,放在草野。主者可皆随本位就下拜除,敕所在以礼发遣,须到随才授用。'乃以喜为散骑常侍。"(《晋书·陆机传》)面对西晋政权的启用政策,陆机选择了隐居华亭以观望事态发展。他"退居旧里,闭门勤学,积有十年。"(《晋书·陆机传》)一直到了太康末年,他才决定与弟弟陆云一起入洛。可是,从离开家乡土地的那一刻起,也就开始了漫长的思乡之旅。在家乡至洛阳的路上,他先后写作了四首诗。《赴洛道中作诗二首》其一云:"总辔登长路,呜咽辞密亲。借问子何之,世网婴我身。永叹遵北渚,遗思结南津。行行遂已远,野途旷无人。山泽纷纡余,林薄杳阡眠。虎啸深谷底,鸡鸣高树巅。哀风中夜流,孤兽更我前。悲情触物感,沉思郁缠绵。伫立望故乡,顾影凄自怜。"其二云："远游越山川，山川修且广。振策陟崇丘，安辔遵平莽。夕息抱影寐，朝徂衔思往。顿辔倚高严，侧听悲风响。清露坠素辉，明月一何朗。抚枕不能寐，振衣独长想。"《赴洛二首》其一云："亲友赠予迈，挥雷广川阴。……感物恋堂室，离思一何深？伫立慨我叹，寤寐涕盈衿。惜无怀归志，辛苦谁为心？"其二云："羁旅远游宦，托身承华侧。抚剑遵铜辇，振缨尽只肃。岁月一何易，寒暑忽已革。载离多悲心，感物情凄恻。慷慨遗安豫，永叹废寝食。思乐乐难诱，曰归归未克。忧苦欲何为，缠绵胸与臆。仰瞻凌霄鸟，羡尔归飞翼。"四首诗写挥泪告别亲人的场景，写旅途上所见的景物，写自己怅惘的心境，所表达的是对故乡的眷恋之情和对未来的忧虑，其中融入了深沉的孤独感和漂泊感。王夫之云："陆以不秀而秀，是云夕秀。乃其不为繁声，不为切句。如此作者，风骨自拔，固不许两潘腐气所染。"（《船山古诗评选》）叶矫然云："士衡独步江东，《入洛》《承明》等作，怨思苦语，声泪迸落。"（《龙性堂诗话》）即使是对陆机诗歌持否定态度的现代学者，对这四首诗也会青眼有加。既然决计要与新政权合作了，要去追求功名了，那么又为什么如此地眷恋着故乡？既然如此地体会到孤独，对未来充满了恐惧，那么，为什么要离开故乡，走上了一条不归之路？

离开故乡之后的陆机，在北方广漠的原野上奔驰拼搏，就像他《从军行》诗中所描写的远征人一样辛苦："苦哉远征人，飘飘穷四遐。南陟五岭巅，北戍长城阿。……苦哉远征人，抚心悲如何。"他曾经担任太傅杨骏的祭酒；他曾经在吴王司马晏出镇淮南时担任郎中令，迁尚书中兵郎，转殿中郎；在赵王司马伦辅政时，他担任了相国参军；也曾经因为参与诛杀贾谧的功绩，被赐爵关中侯；在赵王伦阴谋篡位失败之后，作为赵王伦中书郎的陆机被收付廷尉。后来，多亏成都王司马颖和吴王司马晏救助才幸免一死，从此他便衷心投靠了成都王司马颖。在他眼里，"（司马颖）推功不居，劳谦下士。机既感全济之恩，又见朝廷屡有变难，谓颖必能康隆晋室，遂委身焉。"（《晋书·陆机传》）河桥之役陆机所率之军大败，因受小人谗害，遂遇难于军中。进入北方土地的陆机，如同走在钢丝上。谁会料到，河桥之地竟成为陆机的葬身之所。

  无论是在得意之时，还是在死亡之际，陆机始终都没有忘记故乡。其《怀土赋序》云："余去家渐久，怀土弥笃。方思之殷，何物不感？曲街委巷，罔不兴咏；水泉草木，咸足悲焉。"其《思归赋》云："惧兵革未息，宿愿有违，怀归之思，愤而成篇。……彼离思之在人，恒戚戚而无欢。悲缘情以自诱，忧触物而生端。昼辍食而发愤，宵假寐而兴言。"其《赠从兄车骑诗》云："孤兽思故薮，离鸟悲旧林。翩翩游宦子，辛苦谁为心。仿佛谷水阳，婉娈昆山阴。营魄怀兹土，精爽若飞沉。寤寐靡安豫，愿言思所钦。感彼归途艰，使我怨慕深。安得忘归草，言树背与襟。斯言岂虚作，思鸟有悲音。"可见陆机思乡之情的强烈程度。透过陆机的诗文，我们可以清楚地看见他内心的焦虑感，陆机自己也敏锐地嗅到了将要面临的危险。《君子行》云："天道夷且简，人道险而难。休咎相乘蹑，翻覆若波澜。去疾苦不远，疑似实生患。近火固宜热，履冰岂恶寒。掇蜂灭天道，拾尘惑孔颜。逐臣尚何有，弃友焉足叹。福钟恒有兆，祸集非无端。天损未易辞，人益犹可欢。朗鉴岂远假，取之在倾冠。近情苦自信，君子防未然。"他在《豪士赋》中告诫齐王司马冏说："身危由于势过，而不知去势以求安；祸积起于宠盛，而不知辞宠以招福。"但是，陆机并没有急流勇退，没有回归故乡。因此，唐太宗也不无遗憾地说："观机、云之行己也，智不逮言矣。睹其文章之诫，何知易而行难？"（《晋书·陆机传》）相比之下，同样出身于吴地四大家族而在北方做官的张翰和顾荣就和陆机兄弟迥然不同。张翰见秋风又起，想起了故乡的鲈鱼，毅然挂冠归去了。后人推测其实是他预见到久留北方会有性命之忧。"顾荣，字彦先，吴国吴人也，为南土著姓。祖雍，吴丞相。父穆，宜都太守。荣机神朗悟，弱冠仕吴，为黄门侍郎、太子辅义都尉。吴平，与陆机兄弟同入洛，时人号为'三俊'。例拜为郎中，历尚书郎、太子中舍人、廷尉正。恒纵酒酣畅，谓友人张翰曰：'惟酒可以忘忧，但无如作病何耳。'"

(《晋书·顾荣传》）沉醉于酒乡的顾荣也劝陆机回到吴地去，"时中国多难，顾荣、戴若思等咸劝陆机还吴，机负其才望，而志匡世难，故不从。"（《晋书·陆机传》）显然，陆机不愿意采取张翰式的退隐，也不愿意尝试顾荣式的沉醉，他毅然选择了勇往直前。即使他认识到勇往直前会带来生命危险，他也不愿意回去。只有留下来，只有继续奋斗，才会光宗耀祖，振兴门第。也许，在中国文学史上，只有庾信后期的乡关之思和陆机的乡曲之思可以相提并论。但羁旅北方的庾信，即使他自己想要归去北朝，统治者也不让他归去，而陆机则是虽有归去之念却又不愿归去。

既然不愿归去，为什么又要反复抒写对家乡的思念？那是因为，思乡，是陆机在孤苦的功业路上的一个精神寄托，故乡，是陆机心灵中唯一的避难所。故乡，是鼓舞他在异乡坚持下去的心灵安慰剂，成为鼓励自己不断奋斗下去的一种精神动力。陆机的思乡情结，如同陶渊明诗歌的田园情结一样，是诗人区别于其他诗人的标志性特征。陆机《于承明作与士龙》云："怀往欢绝端，悼来忧成绪。感别惨舒翮，思归乐春渚。"陆机《答张士然诗》云："洁身跻秘阁，秘阁峻且玄。终朝理文案，薄暮不遑眠。驾言巡明祀，致敬在祈年。逍遥春王圃，踯躅千亩田。回渠绕曲陌，通波扶直阡。嘉谷垂重颖，芳树发华颠。余固水乡士，总辔临清渊。戚戚多远念，行行遂成篇。"回忆中的故乡，想象中的故乡，是那么的美好。是故乡添加了陆机继续跋涉下去的力量。

我们看到，陆机的乡曲之思中既有对家园衰败的遗恨，也有身处异乡时对家园的眷恋，更加重要的是，故乡，已经成为陆机心灵的避难所，这便是陆机士族意识在思乡情结中的表现。陆机诗歌中的乡曲之思突破了历史上游子思妇诗歌的框架，为游子之歌注入了厚重的分量，丰富了游子之歌题材的内涵。

如果说陆机兄弟的诗文虽然也涉及了士族庄园，但是那已经是衰败的士族庄园，是一个遥远记忆中的士族庄园，那么，两晋时代更多的士族文人所拥有的则是徜徉于斯啸歌于斯的大型庄园。众多的士族文人与大型庄园关系密切,他们的一部分作品可以视为庄园文学。贵族的庄园并不是兴起于两晋,任何时代的贵族都会兴建庄园。在魏晋之前,贵族的庄园主要用于生存和享受,看重其经济价值,处于实用阶段。到了魏晋时代,士人越来越重视庄园的审美功能。谢灵运在《游名山志》中云:"夫衣食,人生之所资;山水,性分之所适。"这样就把生活和审美结合了起来。西晋士族文人在洛阳一带建有自己的庄园,如石崇的金谷别墅:"金谷涧中,去城十里,或高或下,有清泉茂林,众果竹柏药草之属。金田十顷,羊二百口,鸡猪鹅鸭之类,莫不毕备。又有水碓鱼池土窟,其为娱目欢心之物备矣。……昼夜游宴,屡迁其座,或登高临水,或列坐水滨,时琴瑟笙筑,合载车中,道路并作。及住,令与鼓吹递奏,遂各赋诗,以叙中怀,或不能者,罚酒三斗。"(石崇《金谷诗序》)东晋侨姓士族主要集中在会稽一带,谢安的东山别墅、谢玄的始宁别墅都非常有名。谢灵运在其父祖的基础上尽力扩展,《宋书·谢灵运传》曰:"灵运父祖并葬始宁县,并有故宅及墅,遂移籍会稽,修营别业,傍山带江,尽幽居之美。"谢灵运《山居赋》曰:"其居也,左湖右江,往渚还汀。面山背阜,东阻西倾。抱含吸吐,款跨纡萦。绵联邪亘,侧直齐平。"从一定程度上可以说,谢灵运的部分山水诗乃是别墅化的山水诗。

四、若无新变,不能代雄

士族文学作品在艺术形式上,表现为欣赏雅丽,追求新变,热衷于引领时代潮流的走向。建安文学是刚健有力的,后人称之为建安风骨。到了两晋时代,建安风力逐步减弱。士族文人的精神世界从汉魏士人的天下、国家退向家族,从外部世界走向自我的内在世界。与此相应,文学创作也丧失了建安文学中关心民瘼、讴歌理想的慷慨悲凉感,缺乏雄壮有力的美学风格,于是追求新变成为士族文人的普遍特点。士族阶层奢华的生活和看重社会声誉促使他们在艺术上精益求精。萧子显在《南齐书·文学传论》中说:"在乎文章,弥患凡旧,若无新变,不能代雄。"其"新变"观反映了两晋以来士族文人的共识。虽然同样是士族文学,但西晋的文学与东晋前期不同,东晋前期的文学与东晋后期不同,力求创造具有新特点和个性特征的美则是他们不变的追求。西晋太康时代文学在艺术上显示出文辞华丽、语句对偶、词语雕饰、描写繁复、结构严整等贵族文人化的特征。

从艺术形式上看,陆机诗歌形成了华丽绮靡的特征。这一特征其实也与陆机的士族意识相关。刘勰说:"士衡矜重,故情繁而辞隐。"(《文心雕龙·体性》)矜持庄重与"情繁而辞隐"会有什么关系呢?莫非刘勰也认为陆机的矜持和庄重与他的士族出身相关?中古诗歌华丽绮靡的诗风与士族地主之间的关系已经被现代学者所关注。梅运生先生说:"奢华主要表现在士族地主的奢侈豪华生活上,养成了一种习性,进而形成了特定的审美心态和审美定势,并影响到整个社会风气。……中古时代骈文、诗歌和辞赋非常重视词采的声色之美,正是士族文士爱好形式美在文学领域内的表现。"① 是否可以说只是奢侈豪华生活导致了中古诗人对形式美的追求,是否可以说庶族诗人就一定喜欢朴素自然的诗风,士族诗人就一定喜欢繁缛绮靡的诗风,这些问题还可以再讨论。在笔者看来,陆机喜欢绮靡华丽的诗风应该与其士族意识有一定关系,也可以说陆机的士族意识导致了他在艺术形式上追求华丽绮靡的审美风尚。

东晋前期玄言笼罩文坛,诗歌淡乎寡味。但其它文体还是讲究精美。东晋后期和刘宋时代,诗歌回归太康时代的华美追求。正如刘勰《文心雕龙·明诗》中所谓:"俪采百字之偶,争价一句之奇。情必极貌以写物,辞必穷力而追新。此近世之所竞也。"总体来看,两晋士族文人的文学趣味可以用"雅丽"予以概括。

---

① 梅运生《士族、古文经学与中古诗论》,《安徽师范大学学报》,1996年3期。

五、亹亹明哲，在彼鸿族

由于士族文人通常以群体形式出现在文坛上，同一个群体内的士族文人之作品风格也具有一定的共同性。要提高自己的声誉，保持自己的影响，都离不开与别人的交往，特别是与士族阶层的交往，所以士族文人特别喜欢和重视雅集欢宴。从西晋的金谷聚会、到东晋的兰亭雅集、到谢灵运等人的山泽之游无不体现出这个特色。

表面上看，他们的雅集和前人的公宴诗非常接近，所以也有人把这类诗放在公宴文学中来讨论。深入地看，公宴诗与雅集诗并不相同。《文选》有"公宴"一类，共收有十三人的十四首公宴诗，其中包括曹植的《公宴诗》、陆机的《皇太子宴玄圃宣猷堂有令赋诗》、陆云的《大将军宴会被命作诗》、谢瞻的《九日从宋公戏马台集送孔令诗》、谢灵运的《九日从宋公戏马台集送孔令诗》等等。《文选》中吕延济注曹植诗曰："公宴者，臣下在公家侍宴也。"也就是说公宴文学的最大特点是士人受君主的召集而出席宴会。士族文人的雅集是由士族文人发起的自由聚会，在这里人人相对平等。金谷集会和兰亭雅集无不如此。纵观两晋士族文人群体，大致有四个：一个是西晋的东南士族文人群体，一个是同时的洛阳士族文人群体，一个是东晋前期的会稽士族文人群体，一个是晋宋之际的谢氏文人群体。

西晋东南士族文人群体是指活跃在洛阳地区的吴姓士族子弟。在吴国被平多年后，他们相继来到了洛阳，尝试与西晋政权进行合作。其中的主要成员有：陆机、陆云、陆士光、顾荣、顾秘、张士然、张俊、顾令文、顾处微、张翰、张仲膺、夏少明、郑曼季、孙拯、薛兼、纪瞻、闵鸿、贺循等。这些士人之间主要通过赠答诗来交往。西晋洛阳士族文人群体中，石崇是金谷雅集组织者。虽然说"二十四友"中人为金谷聚会的常客，但与"二十四友"是两个不同的组织。"二十四友"是一个士人依附于权贵的以政治性为主的团体，金谷集会是一个文人雅集群体。东晋有会稽士族文人群体。王羲之《兰亭序》云："永和九年，岁在癸丑，暮春之初，会于会稽山阴之兰亭，修禊事也。群贤毕至，少长咸集。"参加这次聚会的有王羲之、孙绰、谢安等士族文人。晋宋之际有谢氏家族文人集团。《宋书·谢弘微传》云："（谢）混风格高峻，少所交纳，唯与族子灵运、瞻、曜、弘微并以文酒赏会。尝共宴处，居在乌衣巷，故谓之乌衣之游，混五言诗所云：'昔为乌衣游，戚戚皆亲侄'者也。"这个集团中包括谢混、谢灵运、谢瞻、谢曜、谢弘微等。刘宋之时，谢灵运与谢惠连等人有山泽之游。每一个士族文人群体具有相近的思想内容和艺术表现形式，这种现象的形成主要是士族文人具有相近的培养方式，受到了相近的文化教育，在现实中又有相似的政治追求和经济基础。

在南朝文学中，士族文学依然存在，但从整体上看在逐步走向式微，代之而起的宫体诗属于帝王文学，士族文学已经退居时代文学的主流之外。概言之，士族文学是中国古代文学中的一个特殊类型，它有自己发生发展衰落的历程。严格意义上的士族文学只存在于两晋时代。

由此我们可以看到士族文学的一些主要特征：他们热衷于歌咏祖先的功德；他们的建功立业之心，主要是为了自己家族的兴旺；如果远离家乡，他们会有强烈的乡曲之思，如果身处家乡，他们通常徜徉在大型庄园之中。士族文人在艺术上追求新变，喜欢标新立异；士族文人时常举行以诗酒唱和为形式的士族文人雅集，每个群体中的成员具有大体相近的思想和相似的艺术风格。

第四章　两晋士族文学之嬗变

钟嵘《诗品》曰："故知陈思为建安之杰，公干、仲宣为辅。陆机为太康之英，安仁、景阳为辅。谢客为元嘉之雄，颜延年为辅。斯皆五言之冠冕，文词之命世也。"汉魏时代士族意识萌发。东汉诗人蔡邕、建安诗人曹植具有明显的贵族情结。两晋时代乃至整个魏晋南北朝时代士族意识最强烈的诗人非陆机、谢灵运莫属。本书所论两晋士族文学始于陆机登上文坛，终于谢灵运在广州被杀。属于士族文人的主要作家在陆机的时代还有潘岳、陆云、石崇等，在谢灵运时代还有谢混、谢惠连等。生活在他们之间的有永和诗人孙绰、王羲之、谢安等。

陆机、孙绰、谢灵运是两晋时期士族文学的领袖人物。西晋时代始于公元265年至公元317年、东晋时代始于公元317年至公元420年，陆机（261~303）、孙绰（300~386?）[①]、谢灵运（385~433），三人的生卒年代大体上前后相衔。陆机是太康文学的代表，孙绰是永和文学的代表，谢灵

[①] 李文初《东晋诗人孙绰考议》，载李文初《汉魏六朝文学研究》，广东人民出版社，2000年版。

运是元嘉文学的代表。① 以下的论述分别以太康文学、永和文学和元嘉文学为中心。②

一、太康文学

刘勰《文心雕龙·时序》曰："逮晋宣始基，景文克构，并迹沉儒雅，而务深方术。至武帝惟新，承平受命，而胶序篇章，弗简皇虑。降及怀愍，缀旒而已。然晋虽不文，人才实盛：茂先摇笔而散珠，太冲动墨而横锦，岳、湛曜联璧之华，机、云标二俊之采，应、傅、三张之徒，孙、挚、成公之属，并结藻清英，流韵绮靡。"刘勰举出了张华、左思、潘岳、夏侯湛、陆机、陆云、应贞、傅玄、张载、张协、张亢、孙楚、挚虞、成公绥作为西晋诗人的代表。钟嵘《诗品》曰："太康中，三张、二陆、两潘、一左，勃尔复兴，踵武前王，风流未沫，亦文章之中兴也。"钟嵘列举了张载、张协、张亢、陆机、陆云、潘岳、潘尼、左思作为太康诗人的代表。这其中还没有算进去石崇、挚虞、牵秀、杜育、刘琨、欧阳建等人。不难看出，太康时代是继建安之后，又一个人才兴盛的时代。与建安时代不同，此期的诗人大部分出身于士族家庭，他们的人生志趣与建安诗人和正始诗人完全不同。

---

① 文学史上的建安文学、正始文学等，皆不与历史上的建安年间、正始年间一一对应，一般而言，文学史上的建安文学、正始文学是指在相近的几个年号之间，此一年号最为有名，故而取代表近数十年的文学。西晋时代的太康年间（280~289），陆机生活在江东吴地，太康十年才离家北上，古人称陆机为太康之英，很明显这个"太康"是文学史上的太康时代，不是史学意义上的太康年间。同样，我们用永和文学和元嘉文学所指的都不是永和、元嘉年间，而是指文学史上的一个时代。
② 太康时代、永和时代分别在西晋和东晋时期，与本文的两晋士族文学对应，唯有元嘉时代已经到了刘宋时期（420~479）。本文不用"晋宋士族文学"，而用"两晋士族文学"，是因为两晋是士族制度的兴盛期，是士族文学的兴盛期，文学是人的文学，不是朝代的文学。在作家归属与朝代划分发生冲突的时候，应该换履适足，而不能削足适履。谢灵运作为两晋士族文学的重要代表，他的生活跨越了晋宋两个朝代，仍然可以看作东晋诗人。

《晋书·石崇传》载："（石崇）尝与王敦入太学，见颜回、原宪之象，顾而叹曰：'若与之同升孔堂，去人何必有间。'敦曰：'不知余人云何，子贡去卿差近。'崇正色曰：'士当身名俱泰，何至瓮牖哉！'其立意类此。"其实，"士当身名俱泰"并不是石崇一个人的想法，它反映了太康士族文人的共同追求。既不放弃人生享乐，追求物欲与情欲的满足，同时也想追求巨大的声名，能够耀祖光宗，对于世俗之士能够得到的好处他们一件都不想舍弃。罗宗强先生指出："如果给此时士人一个简单的评论的话，那便是入世太深。他们在风姿神态上潇洒风流，为千古之美谈；而他们的心灵，却是非常世俗的。他们的入世，不像建安士人的慷慨悲歌，也不像后来盛唐士人的充满理想色彩。他们是非常平庸的，着眼于物欲与感官。他们虽有飘逸之神采，虽有美丽之容颜，并且以此获誉于后世。但若读史者进入历史的真实之中，窥测他们心灵之真相，无疑便会感到，他们其实是很猥琐的。"① 当然，每个人的精神世界并不相同，一律用"猥琐"来概括也不尽妥当，但其时精神猥琐者的确不少。

　　文学史有一个经常使用的概念是"文学集团"或曰"文人集团"，所谓集团是指为了一定的目的而组织起来的共同行动的团体。这个团体应该有一定的组织，有一定的活动内容和活动方式。狭义的文学集团，是指某些文人以文学创作为目的而组织起来的团体。广义的文学集团应该是指某一团体虽然不是以文学创作为目的而组织，但他们时常会展开与文学创作、文学批评相关的活动。就魏晋时代而言，似乎还没有形成狭义的文人集团，邺下文学集团属于广义的文学集团，竹林七贤、"二十四友"都不是文学性的集团。还有一些与文学相关的松散组织，没有"集团"那样相对严格的组织性，本书暂且称之为"群体"。太康时代有两个文人群体，都属于士族文人群体，其中一个是东南士族文人群体，一个是金谷士族文人群体。

---

① 罗宗强《魏晋南北朝文学思想史》，中华书局，1996年版，第84页。

东南士族文人群体是指活跃在洛阳地区的吴姓士族子弟。张朱陆顾是东南地区最高的四个门第,在他们之外还有许多高门大户。在吴国被平多年后,他们的子弟相继来到了洛阳,尝试与西晋政权进行合作。其中的主要成员有:陆机、陆云、陆士光、顾荣、顾秘、张士然、张俊、顾令文、顾处微、张翰、张仲膺、夏少明、郑曼季、孙拯、薛兼、纪瞻、闵鸿、贺循等。这些士人之间主要通过赠答诗来交往。东南士族文人群体赠答诗表现了生活在北方社会中的东南士族群体的南人意识和士族意识,以及他们进退维谷的尴尬处境;他们既有建功立业、克振家声的激情,也有急流勇退、回归故土的渴望;这个群体之间具有亲如手足、相濡以沫的"阶级"情谊。详见本书第八章《二陆赠答诗中的东南士族》。

金谷士族文人群体。《晋书·刘琨传》载:"时征虏将军石崇河南金谷涧中有别庐,冠绝时辈,引致宾客,日以赋诗。琨预其间,文咏颇为当时所许。"石崇《金谷诗序》云:

> 余以元康六年,从太仆卿出为使,持节监青徐诸军事、征虏将军。有别庐在河南县界金谷涧中,或高或下,有清泉茂林,众果竹柏药草之属,……莫不毕备。又有水碓、鱼池、土窟,其为娱目欢心之物备矣。时征西大将军祭酒王诩当还长安,余与众贤共送往涧中,昼夜游宴,屡迁其座。或登高临下,或列坐水滨。时琴瑟笙筑,合载车中,道路并作。及住,令与鼓吹递奏。遂各赋诗,以叙中怀。或不能者,罚酒三斗。感性命之不永,惧凋落之无期。故具列时人官号、姓名、年纪,又写诗著后。后之好事者,其览之哉!凡三十人,吴王师、议郎、关中侯、始平武功苏绍字世嗣,年五十,为首。

金谷聚会时不乏"二十四友"中人,但它与"二十四友"是两个不同的组织。"二十四友"是一个士人依附于权贵的政治性团体,金谷集会是富有文学色彩的文人雅集。

陆机诗歌中的士族意识标志着中国诗史上士族意识的成熟。陆机诗歌对中国诗史的最大贡献就在于他第一次深刻地表现了士族意识。陆机诗歌中的士族意识主要表现在家族情结、乡曲之思、功名意识等方面。陆机诗歌展现了一个士族文人的心路历程，展现了他的自负、冲突、忧思、孤独。详见本书第三章《两晋士族文学之特征》。

陆机的《文赋》是一篇具有显明士族意识的创作论。《文赋》中的士族意识不仅体现在思想内容方面，也渗透在艺术形式方面。从思想内容方面看，陆机所推崇的儒家思想及儒家诗学观中渗透着家族意识；从艺术形式方面看，陆机所倡导的"丽藻"审美观带有士族阶层的特色；陆机"雅而艳"的文学观念，不仅开启了六朝士族文学，而且影响了整个六朝文学的走向，但它与宫体诗之间有着质的区别。详见本书第六章《陆机〈文赋〉与士族文学创作论》。

陆机谢灵运乐府乃是士族文人乐府，其声誉隆盛于中古之时，沉寂于明清之后。太康时代，陆机把文士乐府引入到士族文人乐府的苑囿之中。陆机不仅用绮靡的风格去改造旧经典，同时，用乐府记录和再现了贵族们的物质生活，表现出具有士族特色的功业追求。在六朝这样一个门阀士族异常兴盛的时代，陆机乐府比三曹乐府更具有典范性。详见本书第七章《陆机与士族乐府之范型》。

潘岳与陆机并称为潘陆，同是太康诗风的代表人物。沈约《宋书·谢灵运传论》说："降及元康，潘陆特秀，律异班贾，体变曹王，缛旨星稠，繁文绮合，缀平台之逸响，采南皮之高韵，遗风余烈，事极江右。"《世说新语·文学篇》载："孙兴公云：'潘文浅而净，陆文深而芜。'"同为士族文学的代表人物，孙绰似乎更欣赏潘岳的作品。《晋书·潘岳传》曰："祖瑾，安平太守。父芘，琅琊内史。"潘岳出身于次等士族家庭，他的士族意识不像陆机那样强烈。能够体现出潘岳家族意识的当推其《家风诗》。《世说新语·文学篇》载："夏侯湛作《周诗》成，示潘安仁，安仁曰：'此非徒温雅，乃别见孝悌之性。'潘因此遂作《家风诗》。"

刘孝标注曰："岳《家风诗》，载其宗祖之德，且自戒也。"潘岳的人生志趣和陆机一样，都想要出人头地，光大门庭。《晋书·潘岳传》载："岳性轻躁，趋世利，与石崇等谄事贾谧，每候其出，与崇辄望尘而拜。构愍怀之文，岳之辞也。谧二十四友，岳为其首。谧《晋书》限断，亦岳之辞也。其母数诮之曰：'尔当知足，而干没不已乎？'而岳终不能改。"为了功名利禄，潘岳丧失人格，最后招致杀身之祸。

《晋书·石崇传》曰："（石崇）与潘岳谄事贾谧。谧与之亲善，号曰'二十四友'。"除了谄事贾谧之外，石崇还以骄奢淫逸而闻名中国历史。《世说新语·汰侈》注引《续文章志》说："（石崇）资产累巨万金，宅室舆马，僭拟王者。庖膳必穷水陆之珍。后房百数，皆曳纨绣，珥金翠，而丝竹之艺，尽一世之选。筑榭开沼，殚极人巧。与贵戚羊琇、王恺之徒竞相高以侈靡，而崇为居最之首，琇等每愧羡以为不及也。"《晋书·羊琇传》说："（石崇）性豪侈，费用无复齐限，而屑炭和作兽形以温酒，洛下豪贵咸竞效之。又喜游宴，以夜续昼，中外五亲无男女之别，时人讥之。"石崇作为西晋首富，为富不仁，带动当时社会风气走向更加奢侈糜烂。他的《思归引》等作品流露出渴望归隐之念，充分说明每一个士人内心世界的复杂性。《晋书·刘琨传》载："（刘琨）素奢豪，嗜声色。虽暂自矫励，而辄复纵逸。"《世说新语·言语》载："（刘琨）虽隔阂寇戎，志存本朝。谓温峤曰：'班彪识刘氏之复兴，马援知汉光之可辅。今晋祚虽衰，天命未改，吾欲立功于河北，使卿延誉于江南，子其行乎？'温曰：'峤虽不敏，才非昔人，明公以桓、文之姿，建匡立之功，岂敢辞命？'"他说："昔在少壮，未尝检括，远慕老庄之齐物，近嘉阮生之放旷。怪厚薄何从而生，哀乐何由而至。自顷辀张，困于逆乱，国破家亡，亲友凋残，负杖行吟，则百忧俱至。块然独坐，则哀愤两集。……然后知聃、周之为虚诞，嗣宗之为妄作也。"① 刘琨早年和石崇一样，生活奢华，

---

① 严可均《全上古三代秦汉三国六朝文》，中华书局，1958年版，第2082页。

虚度人生。他把这样的人生归结为受到了老庄思想的毒害。其实老庄并不主张人生应该奢侈享乐。后来因为时代的原因，刘琨告别了前期的生活，成为爱国志士。刘熙载《艺概·诗概》说："刘公干、左太冲诗壮而不悲，王仲宣、潘安仁悲而不壮，兼悲壮者，其惟刘越石乎？"现存刘琨后期诗歌慷慨悲壮，与太康诗风截然不同。

永康元年（300）三月，贾后杀废太子。四月，赵王司马伦、齐王司马囧起兵杀贾后，灭贾氏家族，并杀张华。赵王伦自任使持节、都督中外诸军事，以孙秀为中书令。淮南王司马允起兵讨司马伦，兵败被杀。孙秀杀潘岳、石崇。在接下来的八王之乱和永嘉之乱中，社会动荡，生民涂炭，众多诗人惨遭杀害。除了刘琨等个别士人之外，此时的士族文人依然像太康时代一样，很少反映社会政治，未能描述普通民众的苦难生活。

太康时代的士族文人的人生志趣可以用"身名俱泰"四个字予以概括。这个时代形成了两个士族文人群体，一个是以二陆为中心的东南士族文人群体，一个是以石崇为中心的金谷士族文人群体。本期最有代表性的士族诗人是陆机、陆云、潘岳、石崇等人。

二、永和文学

司马睿渡江之后，经过王导等北方士族人物的周旋，南北士族开始合作。东南一隅渐渐恢复了社会秩序，北方南渡的士族阶层开始了他们在江南的新生活，"新亭对泣"已经成为如烟的往事。到了永和年间，在江南地区成长起来的一代新人时常在自己的庄园里雅集。对于偏安现状他们已经变得麻木。表面上看起来他们和太康士族诗人完全不同，本期较少出现石崇刘琨式的"忤豪侈""嗜声色"的士族文人。即使是谢安式的"携妓东山"似乎也已经变得雅致，不再以声色之乐作为人生的追求，"携妓"只是一种风流情怀的象征。永和士族文人从西晋士族文人的"身名俱泰"转变为追求"顺理自泰"的人生模式。

两晋士族与玄学关系密切,东晋士族文人丧失了汉末清议的品格,也改变了魏晋之际清谈的内容。东晋士族文人大多醉心于玄理,在追求一种理趣的境界。士族领袖人物王导、谢安同时也是清谈的班头。清谈玄理成为身份的象征,成为高雅的载体,成为社交的工具。这一点已为陈寅恪先生、钱穆先生所反复指明。陈寅恪先生说:"当魏末西晋时代即清谈之前期,其清谈乃当日政治上之实际问题,与当时士大夫之出处进退至有关系,盖藉此以表示本人态度及辩护自身立场者,非若东晋一朝即清谈后期,清谈只为口中或纸上之玄言,已失去政治上之实际性质,仅作名士身份之装饰品者也。"① 钱穆先生说:"我所谓南渡以后逐渐变质者,盖当时门第中人乃渐以清谈为社交应酬之用。盖为清谈可以言玄远,不及时事,并见思理,征才情,正与诗文辞采,同为当时门第中人求自表现之工具。……门第中人则总喜有表现。既不能在世间实际功业事为有贡献,乃在文辞言谈自树异。"②"当时清谈,正成为门第中人一种品格标记。若在交际场合中不擅此项才艺,便成失体,是一种丢面子事。"③"老庄清谈乃渐变为一种愉心悦耳之资,换言之,则是社交场合中一种游戏而已。"④

　　流风所及,本来应该表现生活所有方面的文学也被玄言所浸染。在中国历史上,还没有另外一个时期像东晋一样,哲学与文学的关系如此紧密,哲学思潮深深地影响着文学创作,诗歌创作完全沦落为哲学思潮的附属物。在两晋之交特殊的"世情""时序"影响下,文坛上玄言诗盛行。《宋书·谢灵运传》曰:"有晋中兴,玄风独振,为学穷于柱下,博物止乎七篇,驰骋文辞,义单乎此。自建武暨乎义熙,历载将百,虽缀响联辞,波属云委,莫不寄言上德,托意玄珠,遒丽之辞,无闻焉尔。"《文心雕龙·明诗》曰:"江左篇制,溺乎玄风,嗤笑徇务之志,崇盛忘机之

---

① 陈寅恪《金明馆丛稿初编》,三联书店,2001年版,第201页。
② 钱穆《中国学术思想史论丛》卷三,安徽教育出版社,2004年版,第174页。
③ 钱穆《中国学术思想史论丛》卷三,第178页。
④ 钱穆《中国学术思想史论丛》卷三,第180页。

谈，袁孙已下，虽各有雕采，而辞趣一揆，莫与争雄，所以景纯《仙篇》，挺拔而为隽矣。"《文心雕龙·时序》曰："自中朝贵玄，江左称盛，因谈余气，流成文体。是以世极迍邅，而辞意夷泰，诗必柱下之旨归，赋乃漆园之义疏。"钟嵘《诗品》云："永嘉时，贵黄、老，稍尚虚谈。于时篇什，理过其辞，淡乎寡味。爰及江表，微波尚传，孙绰、许询、桓、庾诸公诗，皆平典似《道德论》，建安风力尽矣。"虽然刘钟二氏对玄言诗兴起时代的看法有所不同，但都认为东晋时代文坛上最为流行的文学体式非玄言诗莫属。

北方士族南渡之后，不便与东南士族争夺地盘。东南士族势力相对较弱的会稽成为他们的首选之地。琅琊王氏、陈郡谢氏等新旧门户都集中在会稽一带封山占水。于是会稽成为侨姓士族的荟萃之地，在文学上也形成了一个会稽士族文人群体。《晋书·王羲之传》载："会稽有佳山水，名士多居之，谢安未仕时亦居焉。孙绰、李充、许询、支遁等皆以文义冠世，并筑室东土，与羲之同好。……羲之既去官，与东土士人尽山水之游，弋钓为娱。"永和九年的兰亭之会就是会稽士族文人的雅集之一。出席并写有诗歌的文人有王羲之、孙绰、谢安、曹华、曹茂之、华茂、桓伟、孙嗣、孙统、王彬之、王丰之、王涣之、王徽之、王凝之、王肃之、王玄之、王蕴之、魏滂、郗昙、谢万、谢绎、徐丰之、虞说、庾友、庾蕴、袁峤之等。"群贤毕至，少长咸集"的士族聚会不仅仅在此一地，也不仅仅限此一度。其中的王氏、谢氏、桓氏、郗氏都是东晋门阀政治中的最高门户。其中的谢安成为稍后东晋政坛上手执牛耳的人物。

《晋书·孙绰传》云："绰少以文才垂称，于时文士，绰为其冠。温、王、郗、庾诸公之薨，必须绰为碑文，然后刊石焉。"传后"赞"曰："彬彬藻思，绰冠群英。"《世说新语·文学》篇注引《续晋阳秋》曰："询、绰并为一时文宗，自此作者悉体之。"钟嵘《诗品》曰："爰洎江表，玄风尚备。真长、仲祖、桓、庾诸公犹相袭。世称孙、许，弥善恬淡之词。"然而，时人对孙绰的人品颇多非议，说他"性鄙"、有"秽行"。

严格地说，这都是一些个人修养中的小节问题。孙绰也干过一件值得大书特书的事，他率先公开反对大将军桓温移都洛阳。《晋书》作者赞誉曰："绰献直论辞，都不慑元子，有匪躬之节，岂徒文雅而已哉！"他的行为在当时除了不畏权势之外，更重要的是他的言论代表了士族阶层的普遍利益。

永和年间，以孙绰、王羲之等人为代表的玄言诗具有鲜明的士族色彩，读他们的诗文，似乎他们个个沉浸在精神的世界里，人人体会到了高妙的玄理，山水之乐取代了肉欲之乐，意"夷泰"而词"恬淡"。黄侃《文心雕龙札记·明诗》曰："若孙、许之诗，但陈要妙，情既离乎比兴，体有近于伽陀，徒以风会所趋，仿效日众，览《兰亭集》诗，诸篇共旨，所谓琴瑟专一，谁能听之。达志抒情，将复焉赖？谓之风骚道尽，诚不诬也。"

"庄老"与"山水"是东晋士族文学两重主题，在永和时代"庄老"与"山水"的关系表现为"以玄对山水"，到了义熙—元嘉时代，"庄老"与"山水"的关系表现为"庄老告退，而山水方滋"。"庄老"与"山水"之间的动态关系形成于兰亭诗人。"庄老告退、山水方滋"不是一场诗界革命，仅仅是一场士族审美情趣的转移。不论是前者还是后者皆以士族意识为其底色，属于士族文学的不同板块，士族玄言诗与士族山水诗内在相通。形成这一现状既有社会政治方面的原因，也与士族阶层审美风尚的转移相关。详见本书第五章《"庄老告退而山水方滋"解析》。

三、元嘉文学

以太元八年（383）的淝水之战作为分界，东晋一朝可以分为前期与后期，前期士族势力占据社会主流，后期门阀士族日渐衰弱，再没有出现王导、谢安这样的精英人物，庶族出身的武将刘裕逐渐崛起，终于控制朝政。东晋元熙二年（420）六月，刘裕代晋，是为宋高祖武帝。这一年也被称为宋武帝永初元年。

随着门阀士族阶层在政治上军事上的失势，他们一方面依附于新兴的庶族人物，为自己为家族寻求新的庇护者。如谢混与刘毅的合作，谢晦对刘裕的追随。刘宋王朝建立之后，谢灵运自知在政治上难以有所作为，遂把自己的精力转向庄园的建设与经营，把自己的精神寄托在山水自然中，把自己的才华转向文学艺术。因此，东晋后期至晋宋之交的士族与以前的士族相比，更加关注庄园、山水、文学。谢灵运《游名山志》云："夫衣食，人生之所资；山水，性分之所适。"大型庄园，也只有大型庄园既可以维持他们豪华奢侈的贵族生活，又可以满足他们观赏山水的性分。庄园是士族退守的最后一块根据地，是他们的精神家园。庄园与文学的结合，可以用庄园消解他们的牢骚不平感，可以用文学引领时代新潮，还可以带给他们炫耀于世人的满足感。此期士族文人的心态可以用"物性并重"来概括，士族文学的总体特征表现为在山水自然中寻求精神上的解脱。

活跃在此期的文人群体以谢氏家族为主。列入逯钦立《先秦汉魏晋南北朝诗》里的东晋谢氏诗人有谢尚、谢安、谢万、谢道韫、谢绎、谢混、谢瞻、谢晦、谢灵运、谢惠连、谢庄等十一人。此期最为活跃的是谢混、谢灵运和谢惠连三人。

谢混是谢安的孙子，《宋书·谢灵运传》曰："仲文始革孙、许之风，叔源大变太元之气。"钟嵘《诗品》云："先是郭景纯用俊上之才，变创其体。刘越石仗清刚之气，赞成厥美。然彼众我寡，未能动俗。逮义熙中，谢益寿斐然继作。"《宋书·谢弘微传》载："（谢）混风格高峻，少所交纳，唯与族子灵运、瞻、曜、弘微并以文义赏会。尝共宴处，居在乌衣巷，故谓之乌衣之游。混五言诗所云'昔为乌衣游，戚戚皆亲侄'者也。其外虽复高流时誉，莫敢造门。瞻等才辞辩富，弘微每以约言服之，混特所敬贵，号曰微子。谓瞻等曰：'汝诸人虽才义丰辩，未必皆惬众心；至于领会机赏，言约理要，故当与我共推微子。'常云：'阿远刚躁负气；阿客博而无检；曜恃才而持操不笃；晦自知而纳善不周，设复功济三才,终亦以此为恨;至如微子,吾无间然。'又云:'微子异不伤物,同不害正,若年迨六十,必至公辅。'尝因酣宴之余,为韵语以奖劝灵运、瞻等曰:'康乐诞通度,实有名家韵。若加绳染功,剖莹乃琼瑾。宣明体远识,颖达且沉俊。若能去方执,穆穆三才顺。阿多标独解,弱冠纂华胤。质胜诚无文,其尚又能峻。通远怀清悟,采采标兰讯。直辔鲜不踬,抑用解偏吝。微子基微尚,无倦由慕蔺。勿轻一篑少,进往将千仞。数子勉之哉,风流由尔振,如不犯所知,此外无所慎。'灵运等并有诫厉之言,唯弘微独尽褒美。曜,弘微兄,多,其小字也。远即瞻字。灵运小名客儿。"可以看出作为谢氏家族领袖人物的谢混对族子谢灵运、谢晦、谢曜、谢瞻、谢弘微等人的殷切期望和谆谆教诲。谢混《游西池》云:"迥阡被陵阙,高台眺飞霞。惠风荡繁囿,白云屯曾阿。景昃鸣禽集,水木湛清华。"全诗写景清丽,情调高雅。谢灵运后来的山水诗就是沿着这条路子继续开拓前行的。

在研究中古诗歌中的士族意识时,谢灵运占有不可忽视的位置。谢灵运的士族意识与其诗歌创作之关系非常密切。谢灵运现存诗歌大约有 100 首左右。在《昭明文选》中收有谢灵运的诗歌 40 首,被分为以下几类:一是述德类,收有 2 首;二是公宴类,收有 1 首;三是祖饯类,收有 1 首;四是游览类,收有 9 首;五是哀伤类,收有 1 首;六是赠答类,收有 3 首;七是行旅类,收有 10 首;八是乐府类,收有 1 首;九是杂诗类,收有 4 首;十是杂拟类,收有 8 首。今人顾绍柏《谢灵运集校注》把其诗分为杂诗类和乐府诗类,他说:"灵运的杂诗,从现存作品来看,内容比较广泛,除了吟咏山水,还有赠答、纪事、赞佛、述志、拟古、离合等。"[①] 谢灵运诗歌主要包括三个类型:一是山水诗(严格来说应该命名为山水名理诗)、二是模拟诗(包括拟乐府、拟古诗)、三是家族诗(包括赠答诗、述祖德诗)。以刘裕掌握朝廷重权为界,谢灵运的一生可以分

---

① 顾绍柏《谢灵运集校注》,中州古籍出版社,1987 年版,第 18 页。

为前后两个时期，前期诗歌主要是家族诗和模拟诗，后期诗歌主要是山水名理诗。我们发现，无论是前期还是后期，无论是家族诗和模拟诗，还是山水名理诗，其深层的意蕴都来源于士族意识。

庄园山水诗是古代山水诗的一个分支。如果没有始宁庄园这样的山墅园林，虽然不能说就不会产生谢灵运的山水诗，起码可以说如果剔除了描绘别墅区域的山水，谢灵运的山水诗将会黯然失色。在中国诗史上，谢灵运是第一位用心描写庄园山水的诗人，而且庄园山水在他的整个山水诗中占有很大比重。庄园山水诗更加典型地表现了士族阶层的审美情趣，开拓了山水诗的格局和诗境，对中国古代山水诗产生了广泛影响。详见本书第十章《谢灵运的庄园山水诗》。

谢灵运的《拟魏太子邺中集诗八首》完成于义熙十一年（415）前后。谢灵运的《拟邺中》以建安时代邺下诗人为模拟对象，成功地模拟了曹丕记忆中"欢愉之极"的生活，但是，在拟诗中诸子放弃了各自的理想，安于享乐生活，同时诗人也忽略了曹氏父子与邺下文士之间的矛盾和摩擦，从而，我们认为《拟邺中》并不完全符合史实。可以说，邺下之游是存在于曹丕脑海中的完美记忆，而谢灵运却将它扩大为一个时代一个精英群体的集体性完美记忆。学术界对谢灵运《拟邺中》写作动机的探究，主要有模拟说、隐喻说、再现说等。以上说法从不同的角度触及了谢灵运诗歌的内在意蕴——士族意识。《拟邺中》是谢灵运士族意识在模拟之作中的折射，它透露了士族诗人对现实的不满，它在一定程度上再现了中古贵族生活的场景。与其说谢灵运在拟作中所表现的邺中生活是一段让人心仪的历史追忆，不如说它是士族心目中的乌托邦世界。详见本书十一章《谢灵运〈拟魏太子邺中集诗〉研究》。

《宋书·谢惠连传》载："（谢惠连）轻薄多尤累，故官位不显。"《宋书·谢灵运传》载："灵运既东还，与族弟惠连、东海何长瑜、颍川荀雍、泰山羊璿之，以文章赏会，共为山泽之游，时人谓之四友。惠连幼有才悟而轻薄，不为父方明所知。灵运去永嘉还始宁，时方明为会稽郡。

灵运尝自始宁至会稽造方明，过视惠连，大相知赏。时长瑜教惠连读书，亦在郡内，灵运又以为绝伦，谓方明曰：'阿连才悟如此，而尊作常儿遇之。何长瑜当今仲宣，而饴以下客之食。尊既不能礼贤，宜以长瑜还灵运。'灵运载之而去。"谢惠连的诗以模仿谢灵运为主，缺乏个人特色。

面对庶族武将刘裕的日益强大、最终夺得皇权，士族诗人需要一个心理上的适应期和接纳过程。谢混和谢灵运都没有转好这个弯，导致他们走上了生命的歧途。他们的诗歌记录了他们生命的历程。元人方回云："晋以来，士大夫喜读《易》《老》《庄》，而不知谦益止足之义，率多怀才负气，求逞于浇漓衰乱之世，箕、颍枕漱，设为虚谈。……然灵运之人非静退者，徐羡之、傅亮排黜，盖其自取。"（《文选颜鲍谢诗评》）明人张溥云："盖酷祸造于虚声，怨毒生于异代，以衣冠世族，公侯才子，欲倔强新朝，送龄丘壑，势诚难之。"（《谢康乐集题辞》）桀骜不驯、恃才傲物、偏狭尖刻的个性，再加上高贵的门第和血统，使他难以认清时代，也难以认识自己。进，不能也不愿折腰于昔日的门下老兵，退，不能也不愿栖隐垄亩、躬耕田园，于是，只剩下"徘徊去就，自残形骸"（《谢康乐集题辞》）一条路。

由于《宋书·颜延之传》载颜延之"少孤贫，居负郭，室巷甚陋"，有些人便把他划入庶族诗人之列。其实他"曾祖含，右光禄大夫。祖约，零陵太守。父显，护军司马"，可见，其乃出身属于士族家庭。"（颜延之）好读书，无所不览，文章之美，冠绝当时……延之与陈郡谢灵运俱以词彩齐名，自潘岳、陆机之后，文士莫及也，江左称颜、谢焉。所著并传于世。"《宋书·谢灵运传》曰："爰逮宋氏，颜、谢腾声。灵运之兴会标举，延年之体裁明密，并方轨前秀，垂范后昆。"本传云："延之好酒疏诞，不能斟酌当世，见刘湛、殷景仁专当要任，意有不平，常云：'天下之务，当与天下共之，岂一人之智所能独了！'辞甚激扬，每犯权要。"看起来他不仅在诗歌创作上与谢灵运并列，即使他的性格和处世风格也与谢灵运很相近。钟嵘《诗品》评颜延之诗曰："其源出于陆机。尚巧似。

体裁绮密，情喻渊深。动无虚散，一句一字，皆致意焉。又喜用古事，弥见拘束。虽乖秀逸，是经纶文雅才；雅才减若人，则蹈于困踬矣。"在义熙年间，他的诗就引人注目："义熙十二年，高祖北伐，有宋公之授，府遣一使庆殊命，参起居；延之与同府王参军俱奉使至洛阳，道中作诗二首，文辞藻丽，为谢晦、傅亮所赏。"其后的作品一直保持了"文辞藻丽"的特色。《南史·颜延之传》载："延之尝问鲍照己与灵运优劣，照曰：'谢五言如初发芙蓉，自然可爱；君诗若铺锦列绣，亦雕缋满眼。'"从内容上看，正如闻一多先生所指出："便是六朝第二流作家如颜延之之流，他们的作品内容也是十足反映出当时贵族的华贵生活。"[1]

四、寒族诗人与士族文学之关系

我们说两晋是一个士族文学兴盛的时代，士族文学是这个时代文学的主流。在中古诗歌发展史上，曹植—陆机—谢灵运占据主流位置，出身于庶族的诗人只能徘徊在诗坛的边缘地带。他们当中有形成了"左思风力"的太康诗人左思，有"古今隐逸诗人之宗"陶渊明，有名列"元嘉三大家"的鲍照等等。

以往的文学史无不告诉我们：左思的《咏史》八首以刚健质朴的语言表现了对士族门阀制度的不满。我们在认识西晋门阀社会时，通常都会引用左思的诗歌作为佐证。《咏史》其二云："郁郁涧底松，离离山上苗。以彼径寸茎，荫此百尺条。世胄蹑高位，英俊沉下僚。地势使之然，由来非一朝。金张藉旧业，七叶珥汉貂。冯公岂不伟，白首不见招。"充分表现了寒族诗人与士族门阀制度的对抗与冲突。陶渊明也因为出身于庶族，难以得到当时主流社会的认同。鲍照"才秀人微，故取湮当代"，他的《拟行路难》等诗歌也表现出寒族诗人对门阀士族制度的深沉忧愤。

---

[1] 闻一多《闻一多论古典文学》，重庆出版社，1984年版，第82页。

寒族诗人在门阀士族社会中难以得到士族世界的认同，这是不争之事实。同时我们也要看到生活在门阀士族势力兴盛的时代，即使是出身于寒族家庭，也会多多少少地受到士族文化观念和审美风尚的影响。关于左思的出身，徐公持先生说："左思的家世阀阅，与汉魏以来世代显赫的士族如颍川荀氏、清河崔氏、汝南应氏、琅琊王氏、山阳王氏等相比，当然只能算寒素一类，因此他在朝廷叙用中不如某些世家子弟'地势'有利，这是肯定的。但是必须指出，左思的出身'寒门'，只是相对而言，他也是官宦人家子弟，并非一无凭藉。"① 其实陶渊明也好，鲍照也好，虽然不是门阀士族子弟，但他们也都是出身于官宦人家，并不属于纯粹的农民阶级。

左思在政治上曾经依附于贾谧，是贾谧"二十四友"中的一员。他的《三都赋》完成之后，"豪贵之家竞相传写，洛阳为之纸贵"，其中并不排除迎合士族审美风尚的成分。钟嵘《诗品》评价鲍照说："其源出于二张，善制形状写物之词，得景阳之諔诡，含茂先之靡嫚。骨节强于谢混，驱迈疾于颜延。总四家而擅美，跨两代而孤出。嗟其才秀人微，故取湮当代。然贵尚巧似，不避危仄，颇伤清雅之调。故言险俗者，多以附照。"显然，他的成就与他善于吸取同时代诗人的特点不无关系。

陆机和陶渊明分别被看作人巧诗风与天然诗风的代表人物。陶渊明生前在诗坛上默默无闻，身后才慢慢为人所关注。严羽《沧浪诗话》说："黄初之后，惟阮籍《咏怀》之作极为高古，有建安风骨。晋人舍陶渊明、阮籍嗣宗外，惟左太冲高出一时，陆士衡独在诸公之下。"明人何孟春《陶靖节集跋》也说："陶公自三代而下为第一流人物，其诗文自两汉以还为第一等作家。"如此反差巨大的两位诗人是否有思想上的相通之处？是否有精神上承接之处？是否有艺术上的共同追求？我们的回答是肯定的。陶诗丰富的内涵中的确有陆机诗歌的潜在影响，有思想和格调方面

---

① 徐公持《魏晋文学史》，人民文学出版社，1999年版，第398页。

的内在联系,乃至艺术手法方面的浸润。限于篇幅,在本书中笔者只是着眼于陆机与陶渊明在仕宦生涯中的体验。

回顾两人的人生经历,我们会发现这样一个现象:西晋太康十年(289),陆机29岁,与其弟陆云并入洛。在北方的官场上厮混了14年后,太安二年(303),陆机43岁,假后将军、为河北大都督,兵败被杀害。东晋太元十八年(393),陶渊明29岁,初次入仕,为江州祭酒。晋安帝义熙元年(405)十一月,作为彭泽令的陶渊明弃官归隐,这一年他41岁,从此彻底告别官场。陶渊明从29岁开始,多次入仕又多次离开,在南方的官场上这样度过了13年。两人之间的差别虽然巨大,两人在功业和园林方面最终选择了不同的道路,最后得到了不同的归宿,但两人其实在仕途体验方面也有许多相契相通之处。

陆机和陶渊明都把在官场的这些年看作生活在"网"中,都有"世网""尘网"的痛苦体验。陆机诗文中多次写到"世网""时网""世罗""罗网"等字眼。在陆机之前,诗歌中出现的"网",意指蜘蛛等所编织的网络或指人类为捕捉鸟兽鱼类而编结的工具。例如曹丕失题诗云:"蜘蛛网户牖,野草当阶生。"而陆机显然是用"网"来比拟官场上束缚人的外在力量。陶渊明归隐之后所写的《归园田居》,对自己的官场生涯进行总结时,他选择了"尘网"这一意象:"少无适俗韵,性本爱丘山。误落尘网中,一去三十年。……久在樊笼里,复得返自然。"两人对在官场上的体验——"网"的概括竟然惊人地相似。既然视之为罗网,那么诗人为什么要自投罗网呢?诗人在罗网中有些什么样的体验呢?

"将弘祖业,实崇奕世"是陆机陆云兄弟共同的人生追求。《宋书》《晋书》《南史》都把陶渊明列入《隐逸传》中,后世之人也常常把陶渊明看作一个浑身静穆的隐士。其实,早年的陶渊明不仅有回归自然的情怀,也不乏大济苍生的抱负。陶渊明的仕宦动机主要来自两个方面:一是来自从小接受的儒家传统文化的教育,这和陆机并没有二致。二是"亲老家贫"的现状迫使他不得不出仕。还有并不为大家所重视的一点,那就是陶渊明也具有一定的家族门第观念。光宗耀祖也是陶渊明入仕的理由之一，当然陶渊明的愿望远没有陆机那么强烈。

像古代许多读书人一样，陶渊明从小受到了儒家传统文化的教育。"少年罕人事，游好在六经。"（《饮酒》）"弱龄寄事外，委怀在琴书。"（《始作镇军参军经曲阿作》）儒家修齐治平的学说，使少年陶渊明形成了"猛志"："猛志逸四海，骞翮思远翥。"（《杂诗》）为了实现自己的壮志，他非常珍惜时光，他说："盛年不重来，一日难再晨。及时当勉励，岁月不待人。"（《杂诗》）即使在决心挂冠归去的前一年，陶渊明依然没有放弃自己的壮志，《荣木序》云："荣木，念将老也。日月推迁，已复有夏，总角闻道，白首无成。"诗云："先师遗训，余岂云坠。四十无闻，斯不足畏。脂我名车，策我名骥。千里虽遥，孰敢不至。"赵泉山说："靖节当年抱经济之器，藩辅交辟，遭时不竟，将以振复宗国为己任；回翔十载，卒屈于戎幕佐吏，用是志不获骋，而良图弗集，明年决策归休矣。"（元李公焕《笺注陶渊明集》卷一引）渊明是否是晋的忠臣，是否以"振复宗国为己任"，还可以再讨论，但可以肯定的是，渊明到了40岁的时候，还没有放弃自己建功立业的理想。

陶渊明的壮志没有随着他的隐逸而消歇。写于隐居多年之后的《杂诗》云："白日沦西河，素月出东岭。遥遥万里晖，荡荡空中景。风来入房户，夜中枕席冷。气变悟时易，不眠知夕永。欲当无予和，挥杯劝孤影。日月掷人去，有志不获骋。念此怀悲凄，终晓不能静。""忆我少壮时，无乐自欣豫。猛志逸四海，骞翮思远翥。荏苒岁月颓，此心稍已去。值欢无复娱，每每多忧虑。气力渐衰损，转觉日不如。壑舟无须臾，引我不得住。前途当几许，未知止泊处。古人惜寸阴，念此使人惧。"可以看到，晚年的陶渊明也没有完全放弃自己的追求，让诗人辗转反侧、彻夜难眠的依然是"有志不获骋"。

"亲老家贫"的现状是促使陶渊明走进官场的主要原因之一。《饮酒》云："在昔曾远游，直至东海隅。道路回且长，风波阻中途。此行谁使然，似为饥所驱。倾身营一饱，少许便有余。恐此非名计，息驾归闲居。""畴昔苦长饥，投耒去学仕。将养不得节，冻馁固缠己。是时向立年，志意多所耻。遂尽介然分，终死归田里。"《归去来兮辞序》云："余家贫，耕植不足以自给。幼稚盈室，瓶无储粟，生生所资，未见其术。亲故多劝余为长吏，脱然有怀，求之靡途。"这样的问题在陆机那里是不存在的，即使是在吴国灭亡多年之后，陆机家族依然富裕非常。而陶渊明的一生却在反复述说自己的清贫，清贫伴随了他一生。

和陆机相比，陶渊明并没有显赫的家族，但不可否认的是陶渊明是有一定的门第观念的。其《命子诗》云："悠悠我祖，爰自陶唐。邈焉虞宾，历世重光。……在我中晋，业融长沙。桓桓长沙，伊勋伊德。天子畴我，专征南国。功遂辞归，临宠不忒。孰谓斯心，而近可得。肃矣我祖，慎终如始。直方二台，惠和千里。于穆仁考，淡焉虚止。寄迹风云，冥兹愠喜。嗟余寡陋，瞻望弗及。"其《赠长沙公》云："于穆令族，允构斯堂。谐气冬暄，映怀圭璋。爰采春花，载警秋霜。我曰钦哉，实宗之光。"在门阀士族兴盛的时代，许多人都可能不自觉地受到世俗的影响，渊明也不例外。他的家族在陶侃之后，虽然不能和王谢等大家士族相比，但也属于有名望的新兴贵族。到了渊明时代，其家庭因为不是嫡传而衰败了，但也还属于庶族地主之列，与那些暴发户家中的"乡里小儿"还是有区别的。而陶渊明竟然也很看重这一点。也许喜爱渊明的人会好意地加以回护，其实是没有必要的。

陆机和陶渊明陷入"世网"的共同原因在于儒家文化观念的熏陶，除此之外，对陆机而言主要是家族观念，而对陶渊明来说，主要是生计问题。当然，陶渊明也有家族观念，这一点未能受到应有的正视。

在吴国倾覆十年之后，身为"亡国之余"的陆机终于下决心来到了洛阳。在对世态炎凉的体会方面，在受到"北人"的歧视和压制方面，陆机的感受更加深刻。相比之下，陶渊明步入官场的背景和心态都没有这么复杂。奔走于官场的陆机和陶渊明共同的感觉是陷于"网"中。走进仕途之初，他们怀抱着理想，意欲投身时代洪流当中，建功立业，成就一番事业，充分实现自我的生命价值，然而现实环境和个人遭遇却让他们失望。官场的黑暗，政局的险恶，时光的流逝，使他们深感痛苦。相较之下，两人的痛苦在相同中又有所差异：在丧失身心自由的体验方面，陶渊明的感受更为深刻而强烈。所以，官场上的渊明时刻想挂冠归去。陶渊明说自己："性刚才拙，与物多忤。"（《与子俨等疏》）。《归园田居》其一云："守拙归园田。""拙"所透露的不是自卑，而是自傲，是对自我人格的肯定。陶渊明不会见风使舵，不会见什么人说什么话，不会做丧失人格的事。那么，他无法在官场混下去就是必然的。

"既自以心为形役，奚惆怅而独悲。"（《归去来兮辞》）在官场上陶渊明最大的感受是失去了生命的自由，身体被尘事所束缚，心灵被世情所羁绊。他在《辛丑岁七月赴假还江陵夜行涂口》写道："闲居三十载，遂与尘事冥。诗书敦宿好，林园无世情。如何舍此去，遥遥至南荆。……怀役不遑寐，中宵尚孤征。商歌非吾事，依依在耦耕。投冠旋旧墟，不为好爵萦。"他心中惦念着公差，半夜里还在孤身跋涉着。《庚子岁五月中从都还阻风于规林诗（其二）》云："自古叹行役，我今始知之。山川一何旷，巽坎难与期。崩浪聒天响，长风无息时。久游恋所生，如何淹在兹。静念园林好，人间良可辞。当年讵有几，纵心复何疑。"在没有真切的体会之前难以了解行役之苦。"崩浪聒天响，长风无息时"所写的不仅是自然的风浪，也隐含着官场上人事中的复杂纠纷。旧编《陶集》中《杂诗》组诗共十二首，下面这两首写作的时间虽然难以断定，但所写的内容非常明显，是感叹当年行役之苦的。诗云："遥遥从羁役，一心处两端。掩泪泛东逝，顺流追时迁。日没星与昴，势翳西山巅。萧条隔天涯，惆怅念常餐。慷慨思南归，路遐无由缘。关梁难亏替，绝音寄斯篇。""闲居执荡志，时驶不可稽。驱役无停息，轩裳逝东崖。沈舟拟董司，寒气激我怀。岁月有常御，我来淹已弥。慷慨忆绸缪，此情久已离。荏苒经十载，暂为人所羁。庭宇翳余木，倏忽日月亏。"在下层职位上，诗人辛苦奔波了许多年，所得到的只是不断地被驱使被管束，眼看着经营国事的抱负离自己越来越遥远了。和这种情感接近的还有《始作镇军参军经曲阿》，诗云："时来苟冥会，宛辔憩通衢。投策命晨装，暂与园田疏。眇眇孤舟逝，绵绵归思纡。我行岂不遥，登降千里余。目倦川途异，心念山泽居。望云惭高鸟，临水愧游鱼。真想初在襟，谁谓形迹拘。聊且凭化迁，终返班生庐。"晋安帝元兴三年（404），陶渊明赴镇军参军之任，赴任途中诗人既想有所建树，同时也在深切地思恋着田园。作于义熙元年（405）的《乙巳岁三月为建威参军使都经钱溪诗》，再次表述了自己对田园的朝思暮想："我不践斯境，岁月好已积。晨夕看山川，事事悉如昔。微雨洗高林，清飚矫云翮。眷彼品物存，义风都未隔。伊余何为者，勉励从兹役。一形似有制，素襟不可易。园田日梦想，安得久离析。终怀在壑舟，谅哉宜霜柏。"我们发现，逗留在官场的渊明，把园林和仕途尖锐地对立了起来，诗人感觉到自己必须作出非此即彼的选择，而在情感的天平上，他义无反顾地选择了归隐田园。

  为了维护心灵的自由和人格的尊严，要解脱"世网"的束缚，最简单的办法就是脱离"世网"，告别官场，回归田园。在经过了多次反复之后，陶渊明最终挂冠归去了。从此，他成为"隐逸诗人之宗"。从这点来说，陶渊明是找到了自己生命的归宿，他终于找到了生命的自由。归隐之初，陶渊明的诗文洋溢着欢快的情绪。其《归去来兮辞序》云："及少日，眷然有归欤之情。何哉？质性自然，非矫厉所得；饥冻虽切，违己交病。尝从人事，皆口腹自役。"《归园田居（其一）》云："久在樊笼里，复得返自然。"《归鸟》四章，每章都以"翼翼归鸟"起兴，充分表达自己的欣喜之情。但是，这种自由只是短促的，是有一定条件的。晚年的渊明陷入了衣食无继的贫困状态。

  仕途中的陆机与陶渊明的确是不同的，一个厮混在官场，长期执迷不悟；一个无法忍受心为形役的官场生活，毅然挂冠归去。但两人在仕宦生涯的体验方面有许多相通相契之处。当然这相通相契之处并不是彼此重合，在相通中也有各自的追求和抉择。

总之，在士族文学兴盛的时代，一方面，寒族诗人未能受到应有的重视；另一方面，寒族诗人也在一定程度上受到了士族审美观的影响。士族文学与寒族文学既有明显的区别，也有一定的联系。

上文简要回顾了两晋士族文学的发展过程。需要说明的是：在任何时代，士族文学都不是文学的全部。汉魏之时，士族文学萌芽，只是当时文学大河中的一条细小的支流。两晋之时士族文学成为时代的主流。西晋时期得势的门阀士族领袖并没有从事文学创作，也不曾留下参与士族文学活动的记载，当时写作的主力是被视为"寒素"的东南士族和中原地区中的次等士族。东晋时期士族的领袖人物王导、谢安都参加了士族文人的文艺活动。永和年间的谢安、王羲之，义熙年间的谢混都是士族阶层的领袖人物。同时，我们认为即使是士族诗人的代表人物，他们的文学作品反映了士族意识和士族志趣，也不是说他们所有的创作必然与士族意识挂钩，也有与士族意识没有关系的作品。此外，西晋的左思、晋宋之交的陶渊明、刘宋时期的鲍照都不属于士族阶层，他们的文学创作与士族文学也有一定的联系，但他们不是当时文坛上的领军人物。到了南朝，士族文学依然存在，甚至可以说除了两晋之外，中国文学史上最明显的士族文学当推南朝了。谢朓的山水诗、庾信的组诗《拟咏怀》《哀江南赋》等作品标志着士族意识的发展与流变。但在南朝，宫廷文学、民间文学增长迅速，士族文学已经不再是时代文学的主流了。从士族文学发展历程中去看，南朝士族文学乃是士族文学的衰微期。

第五章 "庄老告退而山水方滋" 析论

本章拟在辨析诸家对刘勰"庄老告退,而山水方滋"的看法基础上,探析"庄老"与"山水"之间的关系以及蕴含在其中的士族意识,同时探讨晋宋时代玄言诗向山水诗转化的内在原因。

一

举凡论述中国中古诗歌史者、阐述中国山水诗之流变者,无不征引刘勰《文心雕龙·明诗》中的这段名言:"宋初文咏,体有因革:庄老告退,而山水方滋;俪采百字之偶,争价一句之奇。情必极貌以写物,辞必穷力而追新。此近世之所竞也。"其中的"庄老告退""山水方滋"八字尤为引人注目。纵观二十世纪以来的中古文学研究,诸家对此语的解说颇为纷纭复杂。因为关系到对刘勰原文旨意的理解,亦涉及到中古诗歌和中国山水诗的流变历程,此语意旨何在,值得一辨。

在谈到刘勰"宋初文咏,体有因革:庄老告退,而山水方滋"之语时,认同和基本认同者占大多数,但他们的看法也有一些区别。

观点一:很多文学史著作都承认:正如刘勰所说,中国文学在晋宋之际发生了一次巨大的转变,这就是山水诗取代了玄言诗。至于从玄言诗向山水诗的转型到底发生在晋末还是宋初，部分学者并没有特意加以辨析。例如曹道衡、沈玉成先生编著的《南北朝文学史》曰："晋、宋之间的文学创作，特别是在诗歌中发生的一个明显变化是玄言诗向山水诗的过渡。这一现象在刘宋时代就已经被人承认。……之后不久，就有刘勰、钟嵘的著名概括。"① 章培恒等先生主编的《中国文学史新著》在引述了刘勰上述言论之后说："这虽然有些简化，但勾勒一代文学风尚颇为明晰。"② 按：在论述到晋宋诗歌走势时，如果不是特别涉及局部的细节的研究，泛泛指出晋宋之际出现了一种"庄老告退，山水方滋"的变化，也未尝不可。如果要进一步深化，就会遇到"庄老告退，山水方滋"到底发生在东晋后期抑或是刘宋初期的疑问，需要做出选择性判断。

观点二：元嘉时代是中国诗史的重要转型期，转型的标志就是山水诗取代了玄言诗。骆玉明先生说："尽管'庄老告退，山水方滋'说得过于简单，容易使人误解为从玄言诗到山水诗的演化，是一种机械的取代，不过总的说来，刘勰的概括还是相当精彩的。的确，只有到了宋初，当谢灵运以其敏锐的感触、出众的才华以及高级士族特有的审美情趣，并投入主要精力于山水创作之时，方真正完成了从玄言诗到山水诗的转变。"③ 也有青年学者明确说："刘宋元嘉时，山水成为崭新的审美对象进入诗歌创作，迎来了诗歌抒情特质的回归，并开始重视对诗歌艺术特质的全面探索，导致五言古体诗向近体诗的转变。"④ 按：刘勰说"宋初文咏，体有因革"，因：因循，延续；革：变革，革新。也就是说宋初的文学既有对东晋文学的延续，也有对东晋文学的革新。"庄老告退，而山水方滋"应该是延续。"俪采百字之偶，争价一句之奇。情必极貌以写物，辞必穷力

---

① 曹道衡、沈玉成编著《南北朝文学史》，人民文学出版社，1991年版，第30页。
② 章培恒等主编《中国文学史新著（上卷）》，复旦大学出版社，2007年版，第323页。
③ 骆玉明《南北朝文学》，安徽教育出版社，1991年版，第64页。
④ 饶颖《庄老告退，山水方滋——浅谈元嘉诗运转关说》，《益阳师专学报》，2001年第1期。

而追新"应该是革新。延续主要发生在文学的题材方面，革新主要体现在文学的表现形式方面。既然"庄老告退，而山水方滋"是前期文学题材的延续，就说明"庄老告退，而山水方滋"不是发生在宋初，而是发生在东晋后期。上述观点"只有到了宋初"的提法，似乎与刘勰的原意不尽符合。

观点三：从玄言诗向山水诗的转型发生在东晋末年。徐公持先生在《魏晋文学史》中将东晋文学分为三期：前期（公元317年—公元344年），中期（公元345年—公元396年），后期（公元397年—公元420年）。他说："后期为东晋政权衰亡期。……其'庄老告退，而山水方滋'之'因革'过程，应自东晋末算起，非仅宋初也。"[1] 按：徐先生从文学史实际出发，明确指出"庄老告退，而山水方滋"的现象在东晋末年已经出现，所见极是。然微有可议者，"应自东晋末算起，非仅宋初也"一句没有说清楚是谁没有从东晋末算起，如果是说刘勰没有从东晋末算起，那么这种理解对刘勰而言是不公正的，根据"宋初文咏，体有因革"一句来推断，从宋初算起，本来就不是刘勰的意思，是后人对刘勰意旨的误解。

同时，也有一些学者对刘勰的观点提出了否定性看法，认为刘勰的说法不够准确。其不准确之处到底何在？诸家也各有不同的理解：

观点四：山水方滋，不在宋初。

钱钟书先生曾经指出："山水方滋，当在汉季。"[2] 方勇先生亦认为：在我国诗歌史上，以自然山水、景物为欣赏、描写、歌颂、赞美的主要对象的作品，在先秦、两汉时期就已经方滋了，而魏晋之际则是山水诗进一步得到发展的时期。到了刘宋以后，由于谢灵运等人的努力，导致了山水诗由原来的配角一跃而为诗坛的主角，标志着山水诗派的正式形成，写作

---

[1] 徐公持《魏晋文学史》，人民文学出版社，1999年版，第445页。
[2] 钱钟书《管锥编》第三册，中华书局，1979年版，第1036页。

山水诗成了一种时代的风尚。所以,这时决不是什么仅仅属于山水之诗"方滋"的时期。①

魏宏灿先生认为"山水方滋,当在建安",他说,建安诗人在丰富多彩的游赏活动中,浓化了山水意识,登山必赋,望水而歌,游宴吟诗,创作出清新流丽的山水之作,为晋宋诗人提供了较为成熟的山水文学创作经验,对我国山水文学的产生、发展与繁荣起了开拓性的作用。②

按:在论述中国山水诗的历史时,有人根据刘勰之语将山水诗的发生放在谢灵运时代,这种观点显然忽视了山水诗在先秦两汉魏晋时期的兴起和发展,"山水方滋,不在宋初"主要是针对这种看法而提出来的。如果抛开了"庄老告退",单看"山水方滋",说中国山水诗滥觞于先秦两汉之时,说山水诗境的开拓开始于建安时代,完全符合史实。可是刘勰的"庄老告退,而山水方滋"是把"庄老"与"山水"并列起来说的,二者不可割裂,在中国诗歌史上,这样的时代只是呈现在晋宋时期,而不可能出现在东晋之前。还有,在"山水方滋"一词中,"滋"不是"滋生"(从无到有),而是"滋长"(从有到繁)之意。"滋"本来就有"增多"的意义,从文学史发展的实际来看,文学中的山水色彩不是在晋宋之际初次出现,而是在此期变得更为繁盛。

观点五:山水方滋,庄老未退。

王瑶先生说:"他们发现以玄言来说理,反不如用山水来表理更好,更有文学的效用。因此山水诗便兴起了。'老庄'其实并没有告退,而是用山水乔装的形态又出现了。"③缪钺先生也说:"刘勰谓谢诗'庄老告退,而山水方滋',亦非知言。盖谢氏诗中,庄、老不但未告退,并可谓以庄、老入诗至此始成功。"④罗宗强先生认为:"刘勰所说的'庄老告退

---

① 方勇《中国山水诗从产生到发展之我见》,《杭州师范学院学报》,1991年2期。
② 魏宏灿《山水方滋,当在建安》,《阜阳师范学院学报》,1992年1期。
③ 王瑶《中古文学史论》,北京大学出版社,1986年版,第252页。
④ 缪钺《诗词散论》,陕西师范大学出版社,2008年版,第14页。

而山水方滋'是不确切的,老庄之人生境界进入文学,乃是山水进入文学的前奏,山水意识是建立在老庄人生情趣之上的。"① 按:刘勰之语强调了"庄老"与"山水"之间的差异性,王瑶等先生则强调"庄老"与"山水"之间的交融性。刘勰所谓的"庄老告退"并不是已退,告退是一种即将退出的状态,这种状态可以持续较长一段时间。如果不强调"庄老"与"山水"之间的差异性,则无法说明诗歌从玄言诗到山水诗的转型。从这个角度说,刘勰之语没有问题。但是要深入地考察,正如王瑶先生和缪钺先生所说山水诗中同样包含着玄言成分,也正如罗先生所说山水意识是建立在老庄人生情趣之上的。三位先生的论述透过表层深入肌理,他们的论述是对刘勰之语的补充和深化。只有做出这样的补充,刘勰之语才是完整的。

葛晓音先生认为:"庄老告退"如仅指文学中玄言成分的消退,确乎不错,如果理解成思想界玄风的告退,则又未必然了。……山水诗在宋初大行于世以后,玄学佛学仍然契合无间,而且更加兴盛。玄谈之风直到隋初才稍见革除。② 按:葛先生的观点与刘勰之语并未冲突。刘勰之语是就"文咏"而言的,葛先生是从整个社会思潮着眼的。从诗歌的角度看,到了晋宋之时,文学中的玄学色彩日渐淡化,可是玄学(包括佛理)并没有从士族文人的生活中消失,相反,它依然作为最有影响力的社会思潮在继续流行。葛先生的观点也是对刘勰之语的补充。

概之,对刘勰"庄老告退,山水方滋"八个字的理解和判断,学术界向来存在不同看法。笔者认为"庄老告退,山水方滋"是对东晋后期和刘宋初期士族文学现状的概括。这一概括指明了此期诗歌从玄言诗向山水诗转化的史实,但是却未能标明玄言诗与山水诗之间在内在层面上的彼此渗透。同时,更为遗憾的是它未能凸显出士族文人在此期文学中所扮演

---

① 罗宗强《魏晋南北朝文学思想史》,中华书局,1996年版,第189页。
② 葛晓音《山水方滋 庄老未退——从玄言诗的兴衰看玄风与山水诗的关系》,《学术月刊》,1985年2期。

的角色,也未能彰显出士族意识在此期文学发展中的决定性作用。

二

以太元八年(383)的淝水之战为界,东晋士族文学可以分为前后两个时期。不论在前期还是在后期,"庄老"与"山水"都不是一对对立的概念,两者共同存在于士族文学这一大系统之内,构成了东晋士族文学的双重主题。只是,这两大主题的位置在前后两期发生了移位和转化,前期以"庄老"为主,"山水"为从;后期以"山水"为正,"庄老"为副。如果说后期的特点是"庄老告退,山水方滋",那么前期的特点或可概括为"庄老兴盛,山水体道"。

刘勰此处所谓的"庄老"不是指先秦时代的老子哲学和庄子哲学,而是指魏晋时期盛行的玄学思潮。《世说新语·文学》注引袁宏《名士传》曰:"宏以夏侯太初、何平叔、王辅嗣为正始名士,阮嗣宗、嵇叔夜、山巨源、向子期、刘伯伦、阮仲容、王浚仲为竹林名士,裴叔则、乐彦辅、王夷甫、庾子嵩、王安期、阮千里、卫叔宝、谢幼舆为中朝名士。"据此,我们一般把魏晋玄学的发展分为三个阶段,一是正始玄学,二是竹林玄学,三是中朝玄学。汤用彤先生指出:"王弼之学说,最后归于抱一,即得乎全,也就是反本,此乃老子之学说。嵇康、阮籍之学说非自老子而来自庄子,得到庄子逍遥、齐物之理论,而用文学家之才华极力发挥之。他们虽也主张秩序,但偏于奔放,故其人生哲学主逍遥。"① 到了西晋时期,经过郭象等人的改造,玄学已经演变为一种明显带有士族色彩的哲学体系。郭象注《庄子·逍遥游》曰:

> 夫庄子之大意,在乎逍遥游放,无为而自得,故极小大之致以明

---

① 汤用彤《魏晋玄学论稿》,上海古籍出版社,2005年版,第139页。

性分之适。

> 夫圣人虽在庙堂之上,然其心无异于山林之中。世岂识之哉!徒见其戴黄屋,佩玉玺,便谓足以缨绂其心矣;见其历山川,同民事,便谓足以憔悴其神矣。岂知至至者之不亏哉!

郭象的"适性"理论,为西晋末年和东晋时代的士族文人提供了新的处世理论,"庙堂"与"山林"本来是两种相互对峙的场所,现在士族文人可以把它们视为一体。如此,我们看到许多东晋士族文人身在庙堂之上,心在山林之中,"居官无官官之事,处事无事事之心"(《晋书·刘惔传》载孙绰语)。两晋之时,特别是东晋时期"朝隐"现象在士族阶层中广为盛行。《世说新语·文学》注谓谢万作《八贤论》,"其旨以处者为优,出者为劣。孙绰难之,以谓体玄识远者,出处同归。"《晋书·邓粲传》曰:"隐之为道,朝亦可隐,市亦可隐。隐初在我,不在于物。"所谓的"朝隐"实质上指东晋士族名士们的贪婪行为,他们既需要世俗的权势,因为权势能保证个人和家族的长久利益,同时他们也企图占有广大的庄园和山泽林泉,因为庄园和山林能让生命个体沉浸在逍遥自由之境。

在玄学思潮影响下,诗歌领域形成了以表现玄理为旨归的诗歌。正始时代,嵇康、阮籍的部分诗歌中已经具有一定的玄言色彩,但还不是真正的玄言诗。永嘉之时,玄言诗开始形成。东晋永和时代,以孙绰、许询为代表,玄言诗创作达到高峰。胡大雷先生说:"以玄学思想方法来体悟玄理的诗,才是典型的、完全的玄言诗。"[①] 从士族的角度出发,也许我们还可以补充说:玄言诗乃是以士族文人为主体而创作的,用带有士族特色的玄学思想方法去体悟玄理的诗歌体式。

在东晋时代,用清谈的方式来谈玄说理是士族文人身份的象征。《世说新语·容止》注引孙绰《庾亮碑文》云:"公雅好所托,常在尘垢之

---

① 胡大雷《玄言诗研究》,中华书局,2007年版,第19页。

外，虽柔心应世，蠖屈其迹，而方寸湛然，固以玄对山水。"其实不只是某一个人，所有东晋士族文人皆喜欢"以玄言对山水"。所以，我们在玄言诗中不时会看到山水的身影。除了清谈之外，热爱山水、游放山水是士族文人的共同爱好。例如：

  （谢安）寓居会稽，与王羲之及高阳许询、桑门支遁游处，出则渔弋山水，入则言咏属文，无处世意。（《晋书·谢安传》）
  羲之既去官，与东土人士尽山水之游，弋钓为娱。又与道士许迈共修服食，采药石不远千里，遍游东中诸郡，穷诸名山，泛沧海，叹曰："我卒当以乐死。"（《晋书·王羲之传》）
  （孙绰）居于会稽，游放山水，十有余年。（《晋书·孙绰传》）
  许询好游山水，而体便登陟，时人云："许非徒有胜情，实有济胜之具。"（《世说新语·栖逸》）

兰亭雅集时，孙统《兰亭诗》中有"地主观山水，仰寻幽人踪"一句，最足以表明兰亭诗人的贵族身份和士族意识。兰亭诗的作者基本上都属于士族阶层，他们的玄言诗中无不具有一定的山水色彩。例如王羲之《兰亭诗》云："三春启群品，寄畅在所因。仰望碧天际，俯盘绿水滨。寥朗无崖观，寓目理自陈。"谢安《兰亭诗》云："相与欣佳节，率尔同褰裳。薄云罗阳景，微风翼轻航。醇醑陶丹府，兀若游羲唐。万殊混一理，安复觉彭殇。"谢万《兰亭诗》云："肆眺崇阿，寓目高林。青萝翳岫，修竹冠岑。谷流清响，条鼓鸣音。玄崿吐润，霏雾成阴。"他们皆再现了大自然的秀美，也体现出士族诗人的高雅情致。今天也有学者认为这样的诗歌应该属于山水诗的范畴。从此类诗歌表现的主体来看，山水是道的载体，还是划归玄言诗为妥。正如罗宗强先生指出："东晋诗中的山水描写，主要还是玄思的载体，山水本身，并非作为审美的对象出现。"①

东晋后期诗坛的现状是"庄老告退，而山水方滋"。玄言成分从诗歌中逐步消退，山水成分在逐渐增加。《宋书·谢灵运传》曰："仲文始革孙许之风，叔源大变太元之气。"《诗品》曰："逮义熙中，谢益寿斐然继作。"直到谢灵运出现之后，山水诗才真正独立。

山水诗兴起之后，玄思佛理并没有告退，在东晋后期包括刘宋初期的山水诗中我们还可以看见玄理的身影。道家思想特别是庄子思想渗透于谢灵运的诗歌之中。清人方东树在《昭昧詹言》中反复提及谢灵运与《庄子》的关系，他说："读《庄子》熟，则知康乐所发，全是《庄》理。""看来康乐全得力一部《庄》理。其于此书，用功甚深，兼熟郭注。""康乐固富学术，而于《庄子》郭注及屈子尤熟，其取用多出此。""晋宋人好谈名理，不出《老》、《庄》、小品，故以此等为至道所止，每以此入诗为精旨，而康乐似所得为深。"通读谢灵运的诗文，不难发现他对庄老思想推崇备至，他在《山居赋》中说："见柱下之经二，睹濠上之篇七。承未散之全朴，救已颓于道术。……验前识之丧道，抱一德而不渝。"谢灵运习惯于在山水诗的结尾来阐释他所领悟到的庄老和《周易》中的哲理，如，"未若长疏散，万事恒抱朴。"(《过白沙亭》)"寄言摄生客，试用此理推。"(《石壁精舍还湖中作》)"萱苏始无慰，寂寞终可求。"(《东山望海》)"操持岂独占，无闷征在今。"(《登池上楼》)等等。前人讥讽他的诗中拖着一条玄言的尾巴，也从一个侧面标明老庄对谢灵运诗歌创作的巨大影响。由此可见，在东晋前期，山水是道的载体；在东晋后期，道隐身在山水之中。在东晋前期，士族诗人从山水中体悟到了玄理，在东晋后期倘佯于山水中的士族诗人，照样在山水中享受着理趣之乐。

需要强调指出的是，魏晋时代整个社会都非常看重士人的出身，如果要举出士族意识最为强烈的诗人，那么一定会说到陆机和谢灵运二人。谢

---

① 罗宗强《魏晋南北朝文学思想史》，中华书局，1996年版，第6页。

灵运诗歌中的庄理佛理,皆是经过其士族意识过滤之理论,谢灵运的山水诗创作与其士族意识和贵族庄园之间关系尤为密切。

如此,我们看到:从东晋一代到刘宋初期,"庄老"与"山水"一直并存于诗歌创作领域。东晋前期,诗坛以"庄老"为主,所以名之为玄言诗;到了东晋后期,山水成为主体,是故名为山水诗。不论是前期还是后期,"庄老"与"山水"皆表现为你中有我、我中有你,彼此涵摄。正如王瑶先生所指出:"由玄言诗到山水诗的变迁,所谓'庄老告退而山水方滋',并不是诗人底思想和宇宙人生认识的变迁,而只是一种导体,一种题材的变迁。"① 不论是在前期还是后期,门阀士族文人一直是诗歌创作的主体,诗人思想中皆有强烈的士族意识,诗人的宇宙人生观也打上了鲜明的士族阶层的烙印,从玄言诗向山水诗的转化只是从一种士族文学题材变为另外一种士族文学题材而已。

三

此期的诗歌为何会从玄言诗转向山水诗呢?通常我们把其中的原因归结为两个方面,一是江南秀美风景对北方南渡士族的触动,一个是玄理佛教对晋宋诗人的渗透。日本著名汉学家冈村繁先生在日本九州大学《中国文学研究(2003年卷)》发表了《"庄老告退,山水方滋"考——淝水之战的文化史意义》一文,他否定了以上两种原因,提出了第三种观点——炫耀说,让人耳目一新。下面让我们对这三种看法逐条予以剖析。

第一种观点认为:永嘉南渡之后,北方来的士族文人发现了江南秀美的自然环境,江南环境促成了山水诗的诞生。冈村繁先生提出了两条理由反对这种看法:其一,《世说新语·言语》中有这样一条记载:"过江诸人,每至美日,辄相邀新亭,藉卉饮宴。周侯中坐而叹曰:'风景不殊,

---

① 王瑶《中古文学史论》,北京大学出版社,1986年版,第251页。

正自有山河之异。'"冈村繁先生以此为据,认为中原的长安、洛阳和江南的建康、会稽,纬度不过相差五度,两地的气候风土和山水景观并没有巨大的差异。我们不能认同冈村繁先生的这种看法。长安、洛阳和建康、会稽虽然纬度相差不大,但越中山水的奇异之美却足以让人惊叹,后世为数众多的越中山水之歌即是明证。其二,他认为真正意义上的山水诗出现在南渡一百年之后的刘宋时期,所以北来的士人初次接触江南风景并不是创作山水诗的主要原因。① 这一点则很有道理。我们也发现,王导他们那一代"过江诸人"并没有留下对江南秀美风景的感叹。通常大家引用《世说新语·言语》中的两段话作为证据:"顾长康从会稽还,人问山川之美,顾云:'千岩竞秀,万壑争流,草木蒙笼其上,若云兴霞蔚。'""王子敬云:'从山阴道上行,山水自相映发,使人应接不暇。若秋冬之际,尤难为怀。'"其实,顾恺之生于公元346年,他本身就是东南地区的土著士族;王献之公元344年生于会稽,属于永嘉南渡的第二代士族子弟,他也从小就生长在东南地区。我们承认东南秀美山川会对东晋诗歌创作发生一定的影响,这种影响是一个持续的过程,并不是在顾恺之、王献之时代突然发生了某种特别的作用。

第二种观点认为:山水诗人在观念上受到了老庄思想和佛教思想的影响。关于玄言诗受老庄思想的影响在上节中已经涉及,至于佛教思想对山水诗的影响也早就引起了学界的关注。早在上世纪前期美国著名汉学家马瑞德先生就提出了"山水佛教"这样一个概念,他讨论了慧远与谢灵运山水诗之间的传承关系,这一点在西方汉学界已成定论。西方和日本的很多学者都注意到了山水诗生成的佛教文化背景。② 日本学者志村良治先生从谢灵运与庐山慧远僧团的关系出发,具体地论述了谢灵运山水诗中大乘佛

---

① 冈村繁《"庄老告退,山水方滋"考——淝水之战的文化史意义》,日本九州大学《中国文学研究2003年卷》。
② 参见日本九州大学文学陈翀的博士学位论文《庐山的风土与白居易的文学》第四章《庐山的山水佛教与白居易的文学》。

教的思想基础。他还根据同样就学于慧远的宗炳和谢灵运的关系,进一步阐明谢灵运从宗炳《画山水序》受到启发,给山水诗创作带来转机。① 有关这个问题已经和正在引起学术界的广泛关注,相关研究正在进行中。笔者认为:庄老思想对山水诗的发展有一定作用,佛教思想对山水诗的兴盛也有一定的作用,当是毫无疑问的。但是,玄理佛思并不是玄言诗向山水诗转换的最根本的动力。冈村繁先生说:"谢灵运在永嘉、会稽豪恣放逸的生活,包含那些赞美赏玩山水之诗作,在本质上,与老庄静闲的隐逸思想是隔绝的;与普渡众生的佛教思想、顿悟成佛的思想也没有因缘联系。"② 虽然"隔绝"和"没有因缘联系"云云似乎有点绝对,但其看法足以发人深省。准确地说谢灵运所接受的庄老思想和佛教理论是经过了其士族意识过滤之后形成的新思想,它与原始的庄老思想和佛教理论已经有了较大的不同。

  第三种观点:谢灵运用庄园、山水诗来夸耀自己的贵族优越感。早在唐代,白居易的《读谢灵运诗》云:"谢公才廓落,与世不相遇。壮士郁不用,须有所泄处。泄为山水诗,逸韵谐奇趣。"已经指出了谢灵运的山水诗与其身世、遭遇之间的联系。类似的探讨虽然历代有人不断提出,但讨论最深入、论述最明晰的当推冈村繁先生。他在《"庄老告退,山水方滋"考》一文系统论述了谢灵运山水诗形成的根本原因。他认为,淝水之战表明了谢氏一族的无能无策与优柔虚荣。至此,谢氏一族甚至整个士族阶层都已经走到了山重水复的尽头,东晋末期新兴军权已经抬头,以刘牢之和刘裕为代表的底层势力才是取得淝水之战的决定性力量。这个势力的崛起,标志着贵族在政治上军事上的彻底失败。性格"偏激""猖獗""放逸"的谢灵运,具有贵公子的特权意识,他的山水文学旨在夸耀自己广大秀丽的庄园和贵族的才学。在贵族们失去了政治军事上的优越感之

---

① 志村良治《谢灵运与宗炳——围绕〈画山水序〉》,《齐齐哈尔大学学报》,1988 年 2 期。
② 冈村繁《"庄老告退,山水方滋"考——淝水之战的文化史意义》。

后，唯有文学——特别是山水文学才可以让他们显示自己的地位与虚荣。① 此文以淝水之战为切入点，从政治军事的角度论述东晋贵族阶层的衰落，并认为谢灵运的山水诗创作与其贵族庄园和贵族心态关系密切。此论深刻而新颖，但也还有可以商兑和补充之处。

从两晋士族发展的历史大势着眼，淝水之战的确是一个明显的分界点。此前琅琊王氏家族、颍川庾氏、谯国桓氏和陈郡谢氏相继掌权，形成了王与马、庾与马、桓与马、谢与马共天下的局面。此后门阀士族势力走向衰微。但是，这一历史现象是后人的判断，身处当时历史环境中的士族精英们并不一定会有这样的自觉意识。《晋书·谢灵运传》云：谢灵运在刘宋时代"自谓才能宜参权要，既不见知，常怀愤愤"。张溥《谢康乐集题辞》云："夫谢氏在晋，世居公爵，凌忽一代，无其等匹。……（谢灵运）以衣冠世族，公侯才子，欲屈强新朝，送龄丘壑，势诚难之。"政治上失败之后，谢灵运转而去写作山水诗，用庄园和贵族的才华去显示自己的高人一等。对此，冈村繁先生的分析极为透辟。但是，并不是说谢氏家族的其他人都有类似的性格和遭遇。谢混的山水诗开一代新风，对谢灵运产生了直接影响。但谢混在世时，正是刘裕、刘毅诸人争夺天下之时。谢混与刘毅结盟，成为刘毅集团的核心人物；谢晦则倾心投靠刘裕，成为刘裕集团中的骨干分子。谢氏家族中的重要人物分别加盟不同的政治集团，虽然是个人自愿的选择，并不是家族集体的决议。但从客观上看，不论是刘裕得势，还是刘毅上台，谢氏家族的地位都可以得到保障。在这两个政治集团还没有分庭抗礼的阶段，在两个集团虽然已经决裂但还不清楚到底鹿死谁手的阶段，谢混也好，谢晦也好，他们并没有政治失败感。正是在那样的时期，谢混写作了《游西池》等清新明媚的山水诗，显然谢混并不是在仕途失意之后才去写作山水诗。可见，对其他诗人来说，并不一定和谢灵运的情况相同。谢灵运的遭遇只是一个个案，与他个人的特殊性格

---

① 冈村繁《"庄老告退，山水方滋"考——淝水之战的文化史意义》。

也有关系,并不具有普遍性。现存的谢灵运第一首山水诗《过始宁墅》写作于刘宋永初三年(422),这一年谢灵运已经38岁。也就是说,在谢灵运尚未开始大量写作山水诗之前的东晋后期,"庄老告退,山水方滋"已经成为一种时代的潮流开始漫延了。显然,"山水方滋"之潮流的出现与谢灵运的遭遇之间并没有必然的联系。

笔者认为,冈村繁先生的观点就谢灵运与山水诗之关系而言是精辟的,但要解释玄言诗向山水诗的转变的全部过程,解释所有诗人在审美上的共同转向,似乎还不够完备,还需要补充。如果说冈村繁先生所谓的士族诗人在社会生活领域的"炫耀意识"是其中的一种原因,那么笔者认为还可以加上另外一个原因:士族诗人在艺术审美层面的求新意识。

作为在政治上、军事上、经济上享有特殊待遇的士族阶层,他们在文学艺术上也一直在努力引领时代潮流。士族阶层的审美风尚一直处在变动不居的状态。萧子显《南齐书·文学传论》说:"在乎文章,弥患凡旧。若无新变,不能代雄。"就是在总结前代文学、特别是两晋士族文学的基础上提出的。追求"新变"是士族阶层审美风尚的集中体现。玄言诗在开始的阶段给人"妙绝""淡雅"的感受,与太康以来艳丽雕琢的文风截然不同。后来写作的人多了,流传的时间太久了,终于让士族阶层产生了"审美疲劳"。山水,既与玄学血脉相连,又以其清新刺激着士族文人的感官,慢慢地成为士族阶层新的审美焦点。《文心雕龙·物色》云:"自近代以来,文贵形似,窥情风景之上,钻貌草木之中。吟咏所发,志惟深远,体物为妙,功在密附。故巧言切状,如印之印泥,不加雕削,而曲写毫芥。"世风以"形似"为贵,体现形而上之理的玄言诗日渐被人冷落,表现"风景""草木"的山水诗则逐步受人喜爱。与山水题材的滋长相适应,在艺术趣味上也发生了变化。"宋初文咏,体有因革"其中的"革"就表现出士族文人在字句辞采上的求新意识:"俪采百字之偶,争价一句之奇。情必极貌以写物,辞必穷力而追新。"它反映了士族阶层在艺术风格上的新情趣,从"此近世之所竞也"推断它也成为一种风行天下、引领时代潮流的新风尚。

士族名士对山水的重视不仅反映在诗歌创作中，同样也反映在绘画中。王瑶先生说：

> 绘画中没有山水，正如同文学中缺少风景描写的道理。到了顾恺之作云霁望五老峰图和云台山图，才开始了山水画的发展。……所以"谢太傅云：'顾长康画，有苍生来所无。'"就是因为他找出了另外一种新的题材——山水——更能发挥他绘画的目的。①

顾恺之是与谢安同时代的画家，从他开始士族阶层就接受了山水画。到了谢灵运时代，画家宗炳"好山水，爱远游"，写作了《画山水序》，提出了"山水以形媚道"的理论。结合绘画界的情况，我们也可以清楚地看见，山水诗的产生和兴盛并不一定完全对应士族在政治军事领域内的得势与失势，它与时代审美风尚之间的关系更为直接。

在丧失了政治军事领域内优势之后，贵族诗人谢灵运凭借广大清雅的庄园和写作山水题材作为一种炫耀，这是其中的一个原因；士族阶层在艺术审美层面自觉的求新意识是另一个原因。正是这两个方面的合力加快了玄言诗向山水诗的转化。当然，促使玄言诗向山水诗的转化的因素很多，如果说我们把演化的原因完全归结为士族意识也许是不符合历史事实的，那么，我们说士族阶层在社会领域的炫耀意识和在艺术审美领域的求新意识是促使玄言诗转变为山水诗的重要原因，应该是可以成立的吧。

在东晋诗坛上"庄老"与"山水"并不是一对矛盾的概念，它们共同存在于士族文学这一大系统中，构成了东晋士族文学的双重主题。东晋士族文学可以淝水之战分为前后两个时期，"庄老"与"山水"的位置在前期与后期发生了转化。前期的特点是"庄老兴盛，山水体道"，而后期

---

① 王瑶《中古文学史论》，北京大学出版社，1986年版，第251页—252页。

的现状是"庄老告退,山水方滋"。具有强烈的士族意识则是它们共同的特征。促使诗歌从玄言诗向山水诗转化的原因甚多,士族文人在社会生活领域的炫耀意识和在艺术审美层面的求新意识是其中的重要原因。

◎ 分论篇

第六章　陆机《文赋》与士族文学创作论

陆机的《文赋》是一篇创作论，它涉及到了创作构思、创作方法、写作技巧、创作灵感等一系列问题。在此，笔者要谈的是《文赋》中所蕴含着的士族意识。从士族文学的角度看，陆机的《文赋》是一篇宣扬士族意识的创作论。士族意识并不是陆机创作论中的点缀，而是其创作论中的精髓。陆机《文赋》中的士族意识不仅体现在思想内容方面，也渗透在艺术形式方面。

陆机出身于东南士族这一史实，作为一种象征性符号，时常出现在陆机名字的前后。但是，在分析陆机的思想和创作之时，能够结合陆机士族意识展开论述的文章并不多见，至于在《文赋》研究中探究其士族意识的更是微乎其微。1959年，景卯先生说："西晋太康时期文学上受道家思想影响而趋于哀伤的内容与形式主义的开始发展，陆机个人的身份与性格，决定了他对于魏以来贵族文学的这个总结。"① 虽然不是直接谈士族文学，但六朝士族也可以说一种特殊的贵族。只是，在20世纪五六十年代，"贵族"是一个贬义词，"贵族文学"也是形式主义文学的代名词。1996年，梅运生先生撰文从士族和古文经学的统治地位来论述儒家诗学

---

① 景卯《关于〈文赋〉一些问题的商榷》，《光明日报》，1959年9月13日。

体系在中古诗论中的主导位置,他提出了"《文赋》所论,集中地反映了魏晋士族文士的审美好尚"的观点。① 可惜,这个问题并没有引起必要的关注与回应。迄今为止,关于《文赋》创作论中的士族意识问题尚没有出现专题论文。有鉴于此,本人不揣浅陋,拟在前人研究的基础上谈点自己的看法。

本章主要讨论以下三个问题:一、从思想内容方面看,陆机所推崇的儒家思想及儒家诗学观中渗透着家族意识;二、从艺术形式方面看,陆机所倡导的"丽藻"审美观带有士族阶层的特色;三、陆机"雅而艳"的文学观念,不仅开启了六朝士族文学,而且影响了整个六朝文学的走向,但它与宫体诗之间有着质的区别。

一

20世纪的学术界一度把陆机的《文赋》看作是六朝形式主义文学理论的代表作。对于陆机来说,这显然是不公允的,虽然从字面上看起来《文赋》中讲艺术形式之处甚多,讲思想内容之处较少,但并不能由此得出陆机不重视思想内容的结论。在内容和形式之间,陆机主张文质统一,他明确说:"理扶质以立干,文垂条而结繁。"

关于《文赋》中"理"的内涵前人持有不同的看法。在封建时代,特别是明清时代,很多学者都认定陆机是儒家诗学的叛逆者。沈德潜曰:"(陆机)所撰《文赋》云'诗缘情而绮靡',言志章教,惟资涂泽,先失诗人之旨。"② 纪昀《云林诗钞序》曰:"知'发乎情'而不必'止乎礼义',自陆平原缘情一语引入歧途,其究乃至于绘画横陈,不诚已甚欤?"③ 他们把儒家礼教和封建正统诗教观看得很神圣,相应地把陆机看

---

① 梅运生《士族、古文经学与中古诗论》,《安徽师范大学学报》,1996年3期。
② 张少康《文赋集释》,人民文学出版社,2002年版,第108页。
③ 张少康《文赋集释》,第108页。

作亵渎了儒家诗教的罪人。20世纪以来,儒家学说走下神坛,受到了前所未有的冲击。对儒家学说的反叛不仅不是罪行,反而成为功绩。20世纪前期出现了中古时代的"文的自觉"说,20世纪80年代以来流行"人的觉醒"说。① 与"人的觉醒"说相呼应,很多人认为中国古代文论中有两面大旗,一面上书"诗言志",一面上书"诗缘情"。言志说以儒家礼教为规范,重载道,重教化,把诗歌视为政治道德的工具;缘情说导源于道家思想体系,重视自然情感,讲究抒情性和个性化,把诗歌看作传递个人真情的载体。"诗缘情"这面大旗就是陆机在《文赋》中首先扛起来的。由于他敢于公开挑战言志说,他自然成为所谓"人的觉醒"运动中的旗手。以上两种貌似相左的观点,都把《文赋》看成与儒家思想及其诗学观对立的理论。

在几乎众口一词的情况下,也有个别学者不从流俗,提出了独特的看法。早在《文选》李善注中,李善注"诗缘情而绮靡"一语曰:"诗以言志,故曰缘情。"② 他认为言志与缘情不是对立的,但是这一见解并没有引起后人的共鸣。直到近年来《上海博物馆藏战国楚竹书(一)》出版之后,人们在《孔子诗论》第一简中读到:"孔子曰:'诗亡离志,乐亡离情,文亡离言。'"③ 许多人才承认在儒家诗学观念中情志本来是统一的。清人方岜《文赋绎意》曰:"士衡作《文赋》,述先士之盛藻,因论作文之利害所由,而于文之大本所存,盖略未备。然其曰'颐情志于典坟',曰'漱六艺之芳润',曰'理扶质以立干',曰'仰观象乎古人',则固已揭其要领,读者未可忽也。"④ 梅运生先生认为:"其《文赋》所论,……从体用关系看,是以儒家诗学为主导。""由于他很自觉地尊奉

---

① 孙明君《建安时代"文的自觉"说再审视》,《北京大学学报》,1997年5期。
② 张少康《文赋集释》,第107页。
③ 马承源《上海博物馆藏战国楚竹书(一)》,上海古籍出版社,2001年版,第123页。
④ 《文赋集释》,第267页。

儒家诗学的风雅体制，这就决定了他的诗论的性质。"① 此外，也有人认为《文赋》导源于道家思想，与景卯先生相似，张少康先生也认为："陆机的创作思想，从《文赋》来看，主要是受道家思想的影响。"② 不过前者看道家思想消极又哀伤，后者视道家学说积极而有益。

笔者认为，第一，陆机所接受和坚持的主要还是儒家的正统思想及诗学观念，道家的思想也有一些，但不是陆机的主导思想。在文学创作层面，道家的思想，特别是庄子思想对陆机的启迪主要体现在创作方法和技巧方面；在社会政治领域，有志于建功立业的封建士人从来都不会完全拒绝儒家思想。两晋时代具有家族责任感的士族精英们始终不曾放弃过儒家思想，陆机也不例外。对于维护世家大族的长远利益来说，以儒学为核心的封建正统思想即使不是最理想的思想观念，但没有比它更理想的思想观念。因此，当国家利益和家族利益没有构成冲突的时候，陆机不仅在思想意识上同时也在创作观念中坚持着儒家学说。"颐情志于典坟"中的"典坟"，和"漱六艺之芳润"中的"六艺"皆指儒家的经典。黄侃注曰："六艺，六经也。"③ 陆机在作了诗赋等十种的文体划分之后说："虽区分之在兹，亦禁邪而制放；要辞达而理举，故无取乎冗长。""邪"和"放"都是指不符合儒家思想观念的异端邪说。在谈到文学的功用时，他明确说："俯贻则于来叶，仰观象乎古人。济文武于将坠，宣风声于不泯。涂无远而不弥，理无微而弗纶。被金石而德广，流管弦而日新。"他坚定地主张文学为封建统治服务，丝毫看不出叛逆的迹象。

第二，陆机的儒学思想中掺杂有一定的士族意识。联系陆机一生的行事和作品来看，每当家族利益与儒学思想发生冲突的时候，他首先考虑的是家族利益。方此之时，虽然不能说他已经背离了儒家思想，但起码可以

---

① 梅运生《士族、古文经学与中古诗论》，第290页，第291页。
② 张少康《文赋集释·前言》，第4页。
③ 张少康《文赋集释》，第41页。

说，在其思想意识中，忧患国家的成分在减弱，关注家族的因素在增长。为了达到克振家声的目的，进入洛阳政权后的现实迫使陆机在一定程度上放弃了早年接受的儒家精神。陆机"好游权门，与贾谧亲善，以进趣获讥"（《晋书·陆机传》）其《谢平原内史表》云："臣本吴人，出自敌国。……遭国颠沛，无节可纪。虽蒙旷荡，臣独何颜？俯首顿膝，忧愧若厉。"其《长安有狭斜行》云："倾盖承芳讯，欲鸣当及晨。守一不足矜，歧路良可遵。规行无旷迹，矩步岂逮人。"为了出人头地、占据要路津，意欲放弃"守一"原则，不再奉行规行矩步的儒家道德戒律。其《猛虎行》云："饥食猛虎窟，寒栖野雀林。……眷我耿介怀，俯仰愧古今。""饥食猛虎窟，寒栖野雀林"两句是对《猛虎行》古辞的改造，原辞是："饥不从猛虎食，暮不从野雀栖。"在情急之中，诗人不得不改变初衷，放弃耿介之怀，趋利求进。可见，如果要说《文赋》中与儒家观念有不同之处，与其说不同在主张"诗缘情"之说，不如说不同在强化了家族意识。

《文赋》曰："咏世德之骏烈，诵先人之清芬。"方廷珪《昭明文选大成》注曰："二句是文中著述之大者。"① 这两句是家族情结在文学理论中的直接表露。这里的"世德""先人"究竟是特指还是泛称，向来有不同的理解。李善注曰："言歌咏世有俊德者之盛业。先民，谓先世之人。有清美芬芳之德而诵勉。"② 庾信《哀江南赋序》云："陆机之辞赋，先陈世德。"在李善眼里，陆机的"世德"是泛指；但在庾信看来，陆机的"世德"是特指。不过，即使"世德"不是特指自己的祖先之德，而是泛指古代"世有俊德者"，其中也必然包含自己的祖先。在陆机的观念中，配得上"世德之骏烈"之称谓的家族屈指可数。陆机文集中直接表现家族意识的作品占有相当大的比例。其中既有《祖德赋》《述先赋》等追忆

---

① 张少康《文赋集释》，第27页。
② 张少康《文赋集释》，第26页。

祖德之作，也有与家族成员之间表达亲情的赠答之作、有漂泊异地时的思乡之作。这些题材到了陆机之后都成为两晋士族文学的主要内容。曹丕《典论·论文》曰："文章乃经国之大业，不朽之盛事。"到了陆机那里衍变为：文学既是经国之大业，也是经家之大业，而且更重要的是经家之大业。

概之，在陆机《文赋》中，他所推崇的儒家思想观念中饱含着"咏世德""诵先人"的家族意识，同时他的士族意识中包涵着"禁邪而制放"的儒家思想观念。

二

建安时代，曹丕在《典论·论文》中提出了"诗赋欲丽"的主张。但在陆机之前，还没有任何一个人对辞彩的强调达到《文赋》这样的高度。陆机自述写作动机曰："故作《文赋》，以述先士之盛藻，因论作文之利害所由，他日殆可谓曲尽其妙。"虽然不能说他写作《文赋》就是为了"述先士之盛藻"，但想要让意称物，让文逮意，能够曲尽其妙，"盛藻"在其中占有举足轻重的位置。"盛藻"也被陆机表述为"丽藻"："游文章之林府，嘉丽藻之彬彬。"所谓"丽藻"具体地说就是："藻思绮合，清丽芊眠；炳若缛绣，凄若繁弦。"陆机把文章分为十体："诗缘情而绮靡，赋体物而浏亮；碑披文以相质，诔缠绵而悽怆；铭博约而温润，箴顿挫而清壮；颂优游以彬蔚，论精微而朗畅；奏平徹以闲雅，说炜晔而谲诳。""绮靡"也就是"丽藻"在诗歌中的体现。其实不仅是"绮靡"一项，浏亮、披文、缠绵、温润、清壮、彬蔚、朗畅、闲雅、炜晔当中无不或多或少地包涵着"丽藻"的成分，起码没有一种文体是要求摈弃"丽藻"的。在《文赋》中与"丽藻"相关的词句比比皆是："于是沉辞怫悦，若游鱼衔钩而出重渊之深；浮藻联翩，若翰鸟缨缴而坠曾云之峻。收百世之阙文，采千载之遗韵；谢朝华于已披，启夕秀于未振。""播芳蕤之馥馥，发青条之森森；粲风飞而猋竖，郁云起乎翰林。""其会意也尚巧，其遣言也贵妍。暨音声之迭代，若五色之相宣。""石韫玉而山辉，水怀珠而川媚。""彼琼敷与玉藻，若中原之有菽。""文徽徽以溢目，音泠泠而盈耳。"……一篇《文赋》几乎成为"文采"赋了。陆机不仅在理论中如此偏爱、提倡丽藻，而且在诗赋创作中身体力行，《文选·文赋》李善注引臧荣绪曰："天才绮练，当时独绝。新声妙句，系踪张蔡。"钟嵘《诗品》评价陆机诗歌曰："才高辞赡，举体华美。……咀嚼英华，厌饫膏泽，文章之渊泉也。"

徐复观先生《陆机〈文赋〉疏释》说："绮靡不足以尽诗之体，也不一定能算是诗的基体（体的类型）。"① 我们也可以借用来说："盛藻"不足以尽文之体，也不一定能算是文的基体。刘勰在《文心雕龙·体性》中将文章分为八体："一曰典雅，二曰远奥，三曰精约，四曰显附，五曰繁缛，六曰壮丽，七曰新奇，八曰轻靡。典雅者，熔式经诰，方轨儒门者也；远奥者，馥采曲文，经理玄宗者也；精约者，核字省句，剖析毫厘者也；显附者，辞直义畅，切理厌心者也；繁缛者，博喻酿采，炜烨枝派者也；壮丽者，高论宏裁，卓烁异采者也；新奇者，摈古竞今，危侧趣诡者也；轻靡者，浮文弱植，缥缈附俗者也。故雅与奇反，奥与显殊，繁与约舛，壮与轻乖，文辞根叶，苑囿其中矣。""丽藻"主要与其中的"繁缛"对应。司空图《二十四诗品》把诗歌的艺术风格和意境分为24个品类：雄浑、冲淡、纤秾、沉着、高古、典雅、洗练、劲健、绮丽、自然、含蓄、豪放、精神、缜密、疏野、清奇、委曲、实境、悲慨、形容、超诣、飘逸、旷达、流动。"丽藻"主要与其中的"绮丽"对应。如同自然界百花齐放一样，文学的风格也多种多样，各呈其美。没有一种风格可以统摄一切风格。可是，在如此丰富的文学风格中，陆机只是钟情于绮丽雕饰之美，而相应忽视了雄浑豪放、冲淡自然、飘逸旷达等审美风格。造成这种

---

① 张少康《文赋集释》，第127页。

现象的主要原因乃在于：在所有文学风格中，"丽藻"与贵族阶级审美意识最为贴近。

陆机"丽藻"审美观的形成既有历史的原因也有现实的因素。回顾文学发展史，带有贵族意识的文学作品中多呈现绮靡艳丽之特色。刘勰在《文心雕龙·辨骚》云："故《骚经》《九章》，朗丽以哀志；《九歌》《九辩》，绮靡以伤情；……故能气往轹古，辞来切今，惊采绝艳，难与并能矣。"前引臧荣绪评陆机文学之语曰："新声妙句，系踪张蔡。"乃是指陆机对汉代作家张衡、蔡邕的学习和继承。张衡、蔡邕都是具有贵族意识的作家，文学作品都有华丽倾向。西晋夏侯湛《张平子碑》云："下笔流藻，潜思发义，文无择辞，言必华丽。自属文之士，未有如先生之善选言者也。"[①] 刘勰《文心雕龙·诔碑》云："自后汉以来，碑碣云起。才锋所断，莫高蔡邕。……其叙事也该而要，其缀采也雅而泽；清词转而不穷，巧义出而卓立；察其为才，自然至矣。"《后汉书·蔡邕传》云："邕实慕静，心精辞绮。"建安时代，曹丕曹植兄弟也有一定的贵族情结。钟嵘《诗品》指出：曹丕诗歌中有一些"美赡可玩"之作，曹植诗歌"骨气奇高，词采华茂，情兼雅怨，体被文质"。屈原和曹植的文学都不能算是纯粹的贵族文学，但他们的文学具有一定的贵族因素。陆机文学观是前代贵族文学传统的自然延续。正由于陆机缺乏屈原那样忧国忧民的情怀，也缺乏建安诗人那样的天下意识，所以他的作品中自然缺失了屈原的雄奇之气和建安时代的刚健之骨。同时，由于他不具备陶渊明那种恬淡自足的人生情怀，所以他的作品缺乏陶诗中的冲淡自然之韵。

刘勰《文心雕龙·时序》说："文变染乎世情，兴废系乎时序。"相较于历史的原因，现实的因素更加重要。梅运生先生说："奢华主要表现在士族地主的奢侈豪华的生活上，养成了一种习性，进而形成了特定的审

---

① 严可均《全上古三代秦汉三国六朝文》，《全晋文》卷69，中华书局，1958年版。

美心态和审美定势，并影响到整个社会风气。"① 奢侈豪华的生活不一定是导致"丽藻"美学观的主要原因，当然，两者之间肯定会有一定的联系。西晋贵族阶级的骄奢淫逸在中国古代历史上非常有名。《晋书·石崇传》云："（石崇）财产丰积，室宇宏丽。后房百数，皆曳纨绣，珥金翠。丝竹尽当时之选，庖膳穷水陆之珍。与贵戚王恺、羊琇之徒以奢靡相尚。"在现实生活中，陆机是一个喜欢、欣赏奢华生活的人。青少年时代的陆机过着贵公子的豪华生活。据葛洪《抱朴子·外篇·吴失篇》介绍："（东南士族）势力倾于邦君，储积富于公室。童仆成军，闭门为市。"进入洛阳政权之后，陆机也时常出入于权贵之门，陆机的《吴王郎中时从梁陈作诗》云："玄冕无丑士，冶服使我妍。轻剑拂鞶厉，长缨丽且鲜。"其《短歌行》云："来日苦短，去日苦长。今我不乐，蟋蟀在房。"其《饮酒乐》云："夜饮舞迟销烛，朝醒弦促催人。"其《顺东西门行》云："激朗笛，弹哀筝，取乐今日尽欢情。"其《董桃行》云："人生居世为安，岂若及时为欢。"面对贵族们纸醉金迷的享乐生活中，陆机不是一个批判者，而是一个积极参与者。无疑，描写奢侈豪华的贵族生活需要一种与之对应的华丽文风。

纵然如此，把士族生活只看作奢侈豪华的同义语，是不够全面的。到了陆机时代，士族文士的生活并不是奢华所能概括的。他们的物质生活和精神生活都很丰富。例如，《文赋》也颇为重视对自然美的追求："遵四时以叹逝，瞻万物而思纷；悲落叶于劲秋，喜柔条于芳春。"宗白华先生说："晋人向外发现了自然，向内发现了自己的深情。"② 那些向外发现了自然之美的晋人主要是两晋时代的士族文士。从人的需要层次来看，那些满足了物质需要的人，更有闲情逸致去游山玩水，"放"心于自然美当中。陆机诗歌中描写自然的句子雕琢工巧，如《日出东南隅行》云："清

---

① 梅运生《士族、古文经学与中古诗论》，第287页。
② 宗白华《中国美学史论集》，安徽教育出版社，2000年版，第130页。

川含藻景，高岸被华丹。"《为周夫人赠车骑》云："素秋坠湛露，湛露何冉冉。"《猛虎行》云："崇云临岸骇，鸣条随风吟。静言幽谷底，长啸高山岑。"《悲哉行》云："和风飞清响，鲜云垂薄阴。蕙草饶淑气，时鸟多好音。翩翩鸣鸠羽，喈喈仓庚吟。幽兰盈通谷，长秀被高岑。女萝亦有托，蔓葛亦有寻。"因此刘勰《文心雕龙·才略》说陆机"思能入巧"。同时，《文赋》中也有对玄学意境的追慕，也有对金石之德的提倡。士族文士们的物质生活和精神追求扩大了文学表现的领域，他们的新生活和新追求扩大了诗文的表现范围，对这样的意境，陆机认为只有用清新富丽的文风才可以加以表现。

两晋时代，士族阶层不仅在社会政治和经济军事方面走向鼎盛，在文学艺术方面他们也意在出人头地，独占鳌头。到了南朝，士族在政治上军事上已经逐渐失去了优势，但他们始终没有放弃对文学艺术修养的重视。在陆机等士族文士眼里，只有"盛藻""丽藻"才能表现他们与众不同的贵族文化素养，显示他们对精美物品、精细情感的拥有与描绘能力，展现他们杰出的个人才华。据此可知，陆机推崇的"丽藻"审美观乃是士族意识在文学艺术层面的投射。

三

如果将思想内容与艺术形式综合起来考察，《文赋》中所提倡的审美标准可以浓缩为两个字："雅艳"。《文赋》曰：

> 或托言于短韵，对穷迹而孤兴；俯寂寞而无友，仰寥廓而莫承。譬偏弦之独张，含清唱而靡应。或寄辞于瘁音，言徒靡而弗华；混妍媸而成体，累良质而为瑕。象下管之偏疾，故虽应而不和。或遗理以存异，徒寻虚而逐微；言寡情而鲜爱，辞浮漂而不归。犹弦幺而微急，故虽和而不悲。或奔放以谐合，务嘈囋而妖冶；徒悦目而偶俗，

固声高而曲下。寤《防露》与《桑间》，又虽悲而不雅。或清虚以婉约，每除烦而去滥；阙大羹之遗味，同朱弦之清氾。虽一唱而三叹，固既雅而不艳。

方竑《文赋绎意》引杨铸秋语曰："应字、和字、悲字、雅字、艳字，一层深一层，文之能事已毕。不悲谓感人不深也。雅而必艳，斯能华妙。"① 说应字、和字、悲字、雅字"一层深一层"是很有见地的，但"雅"是陆机对思想内容的最高要求，"艳"是陆机对艺术形式的最高概括，所以"雅"和"艳"之间不是一种递进的关系，而是并列关系，两者是互相交融的。

陆机"雅而艳"的审美观几乎影响了整个六朝文学理论和创作的走向。从文学理论的角度看，章学诚《文史通义·文德》曰："刘勰氏出，本陆机氏说而倡论文心。"刘勰审美观的最高境界是"雅丽"，它与陆机的"雅艳"观一脉相承。《文心雕龙·征圣》曰："然则圣文之雅丽，固衔华而佩实者也。"《文心雕龙·情采》曰："圣贤书辞，总称文章，非采而何？"当然"雅艳"和"雅丽"之间还有一定的区别。陆机的"雅艳"是属于士族文学的新标准，陆机自己的创作就是"雅艳"观的实践。刘勰的"雅丽"仅仅是对"圣文"的追忆，它是刘勰理想中的文学风格。其实，受到陆机文学思想影响的不仅仅是刘勰的《文心雕龙》一书，正如张少康先生指出："六朝是我国文学理论批评史上最辉煌的时期，这个时代各家各派的文学理论批评可以说都受到《文赋》的启发。挚虞的《文章流别论》就是进一步发挥了陆机论文体部分而产生的。刘勰的《文心雕龙》则更是全面地继承和发展了《文赋》的内容。……齐梁之际的声律派的基本美学思想也导源于陆机。……萧统在《文选序》中对文的

---

① 张少康《文赋集释》，第187页。

概念的认识，也脱胎于陆机。"① 从创作方面看，历代学者都承认陆机文学思想对六朝文学创作的影响，但基本上都看成是一种负面影响。谢榛曰："夫'绮靡'重六朝之弊。"② 前引沈德潜之语曰："先失诗人之旨。"③ 纪昀之语曰："自陆平原缘情一语引入歧途。"方竑《文赋绎意》中引杨铸秋之语云："雅而必艳，斯能华妙。六朝文之能事基于此，六朝人靡靡之音亦基于此矣。"④ 这样的评语既有一定的根据，也有其失当之处。我们认为：六朝诗歌的绮靡之风、文学创作的"丽藻"追求，与陆机《文赋》具有一定的关系。六朝文学中的士族文学与陆机关系至为密切，至于齐梁宫体诗则与陆机文学思想之间并没有必然联系。

作为士族阶层的审美标准，"雅而艳"的审美观直接开启了六朝士族文学，在一定程度上也可以说是六朝士族文学的纲领和宣言。两晋士族文学的发展经历了三个时期：第一个阶段是西晋统一至惠帝太安年间，此期的士族文学以陆机为代表，此时的士族文学以模拟诗和赠答诗为主体。刘勰《文心雕龙·明诗》曰："晋世群才，稍入轻绮。张潘左陆，比肩诗衢，采缛于正始，力柔于建安。或析文以为妙，或流靡以自妍，此其大略也。"第二个阶段是西晋太安年间至东晋中期，以孙绰、许询等人为代表，本期盛行玄言诗。玄言诗的起源可以追溯到正始时代，它兴盛于东晋时期，琅邪王氏王羲之，陈郡谢氏谢安、谢万等世族名士都是其中的主力。刘勰《文心雕龙·明诗》曰："及正始明道，诗杂仙心。……江左篇制，溺乎玄风，嗤笑徇务之志，崇盛忘机之谈，袁孙已下，虽各有雕采，而辞趣一揆，莫与争雄。"钟嵘《诗品》曰："永嘉时，贵黄老，稍尚虚谈。于时篇什，理过其辞，淡乎寡味。爰及江表，微波尚传。孙绰、许询、桓、庾诸公诗，皆平典似道德论，建安风力尽矣。"第三个阶段是晋

---

① 张少康《文赋集释·前言》，第7页。
② 张少康《文赋集释》，第108页。
③ 张少康《文赋集释》，第108页。
④ 张少康《文赋集释》，第187页。

宋之际，以谢灵运为代表，本期流行山水诗。刘勰《文心雕龙·明诗》曰："宋初文咏，体有因革。庄老告退，而山水方滋；俪采百字之偶，争价一句之奇，情必极貌以写物，辞必穷力而追新，此近世之所竞也。"陆机文学代表了士族文学之"正体"，玄言诗代表了士族文学之"变体"，谢灵运文学代表了士族文学之"合体"。陆机"雅艳"观要求文学作品在内容上符合儒家思想，表现士族家族观念，在形式上具有文辞华丽、语句对偶、词语雕饰、描写繁复、结构严整等艺术特征。玄言诗则在思想上崇尚道家，在形式上追求恬淡之美，是对陆机文学理论的反动。脱胎于玄言诗的山水诗则回归于陆机的"雅艳"审美观。谢灵运的诗赋除了歌咏山水自然，同时也像陆机那样歌颂祖先的功德，炫耀家族的门第，表现思乡的惆怅。从六朝文学史上看，玄言诗只是一个过渡阶段，是一段特异的时期，经过了玄言诗的风雨，六朝士族文学的夜空中悬挂的依然是"雅艳"之朗月。许学夷《诗源辨体》卷五曰："五言自士衡至灵运，体尽俳偶，语尽雕刻，不能尽举。"《宋书·谢灵运传》曰："降及元康，潘、陆特秀，律异班、贾，体变曹、王，缛旨星稠，繁文绮合。缀平台之逸响，采南皮之高韵，遗风余烈，事极江右。"在后人的眼里，玄言诗几乎被排除在文学的苑囿之外了。谢灵运之后，士族文学走向衰微，但陆机的"雅艳"审美观并没有被他们弃置。

表面看起来，齐梁宫体诗与士族文学非常接近，两者都从属于贵族文学这个大系统，都追求绮靡华丽之风，但二者之间还是有着质的区别。对那种一味轻浮放荡的诗文，陆机并不认同，《文赋》云："或奔放以谐合，务嘈囋而妖冶；徒悦目而偶俗，固声高而曲下。寤《防露》与《桑间》，又虽悲而不雅。"陆机以"雅"作为评价文学的标准，把浮艳妖冶、格调卑下之作视为文章的弊病。陆机明确反对"雅而不艳"，反过来说，倘若"艳而不雅"，无疑也在反对之列。宫体诗乃是典型的"艳而不雅"之作。《隋书·经籍志四》说："梁简文之在东宫，亦好篇什，清辞巧制，止乎衽席之间；雕琢蔓藻，思极闺闱之内。后生好事，递相放习，朝野纷纷，号为'宫体'。"《梁书·梁武帝纪》载萧纲之语曰:"余七岁有诗癖,长而不倦,然伤于轻靡,时号宫体。"其《诫当阳公大心书》云:"立身之道与文章异。立身先须谨重,文章且需放荡。"宫体诗以宫廷生活为描写对象,专写男女之情以及女子的容貌、举止、情态、服饰乃至生活环境、所使用的器物等。其诗文"清辞巧制,止乎衽席之间;雕琢蔓藻,思极闺闱之内"(《隋书·经籍志》)。例如萧纲的《咏内人昼眠》诗云:"北窗聊就枕,南檐日未斜。攀钩落绮障,插捩举琵琶。梦笑开妖靥,眠鬟压落花。簟文生玉腕,香汗浸红纱。夫婿恒相伴,莫误是倡家。"刘缓敬的《酬刘长史咏名士悦倾城》云:"不信巫山女,不信洛川神。何关别有物,还是倾城人。经共陈王戏,曾与宋家邻。未嫁先名玉,来时本姓秦。粉光犹似面,朱色不胜唇。遥见疑花发,闻香知异春。钗长逐鬓发,袜小称腰身。夜夜言娇尽,日日态还新。工倾苟奉倩,能迷石季伦。上客徒留目,不见正横陈。"明人顾起元在《锦研斋次草序》中曰:"昔士衡《文赋》有曰'诗缘情而绮靡',玷斯语者,谓为六代之滥觞,不知作者内激于志,外荡于物,志与物泊然相遭于标举兴会之时,而旖旎佚丽之形出焉。绮靡者,情之所自溢也,不绮靡,不可以言情。彼欲饰情而为绮靡,或谓必汰绮靡而致其情,皆非工于缘情者矣。"①宫体诗与陆机士族文学最根本的区别就在于"内激于志,外荡于物"两个方面。为了克振家声而追求建功立业,是"内激"陆机之志。自然界的风雷,人世的艰难,政治的漩涡,思乡的愁苦等等是"外荡"陆机之物。宫体诗徘徊在"衽席之间""闺闱之内",诗风香软妖冶、轻靡绮艳。与其相较,陆机的士族文学可以算得上言之有物,言之有气。

那种认为陆机"雅而艳"审美观所带来的只有消极影响的看法,有时候源自对"雅艳"审美观的误读。

---

① 黄宗羲编《明文授读》卷36,清康熙己卯年四明张氏味芹堂刊本。

陆机《文赋》推崇的儒家思想中具有一定的家族意识，同时他也提倡士族阶层的"丽藻"审美观。"雅而艳"乃是士族意识在文学创作领域的再现。从这个意义上说，陆机《文赋》是一篇宣扬士族意识的创作论。

第七章 陆机与士族乐府之范型

在中国诗史上,很少有诗人象陆机这样受到截然相反的评价。后人对陆机的评价可以初盛唐为界分为前后两个阶段。从六朝时期一直到初唐时代,陆机受到了崇高的礼遇。葛洪云:"机文犹玄圃之积玉,无非夜光焉,五河之吐流,泉源如一焉。其弘丽妍赡,英锐漂逸,亦一代之绝乎。"(《晋书·陆机传》)钟嵘许其为"太康之英",评价说:"其源出于陈思。才高词赡,举体华美。……咀嚼英华,厌饫膏泽,文章之源泉也。"(《诗品》)唐太宗对陆机推崇到无以复加的程度,他认为陆机"远超枚马,高蹑王刘,百代文宗,一人而已"(《晋书·陆机传》)。盛唐以下,虽然也有对陆机给予高度评价的学者,①但从总体情况来看就每况愈下了。

明清以降,许学夷、王夫之、陈祚明、黄子云、沈德潜等学者对陆机诗歌做出了相似的贬抑。沈德潜说:"意欲逞博,而胸少慧珠,笔又不足以举之,遂开排偶一家。西京以来,空灵矫健之气,不复存矣。"(《古诗源》卷七)黄子云《野鸿诗的》曰:"平原五言乐府,一味排比敷衍,间

---

① 例如清人刘熙载就认为:"(陆机诗歌)金石之音,风云之气,能令读者惊心动魄。虽子建诸乐府,且不得专美于前,他何论焉。"(《艺概·诗概》)

多硬语，且踵前人步伐，不能流露性情，均无足观。"最尖锐的批评来自陈祚明，他说："士衡束身奉古，亦步亦趋，在法必安，选言亦雅，思无越畔，语无溢幅。造情既浅，抒响不高。拟古乐府稍见萧森，追步《十九首》便伤平浅，至于述志赠答皆不及情。夫破家之余，辞家远宦，若以流离为悲，则悲有千条，倘怀甄录之信，亦幸逢一旦，哀乐两柄易得淋漓，乃敷旨浅庸，性情不出。岂余生之遭难，畏出口以招尤，故抑志就平，意满不叙。……大较衷情本浅，乏于激昂者矣。"（《采菽堂古诗选》卷十）20世纪以来，许多学者都将陆机看作一个六朝形式主义诗风的代表人物，认为他的诗歌一味模拟前人，"性情不出"敷衍成篇，繁缛华丽，对后世诗风产生了不良影响。

问题在于既然陆机诗歌以模拟为主、"性情不出"，为何会被钟嵘誉为"太康之英"、被唐太宗推为"百代文宗"？读陆机的诗赋不难看出他是一个非常重视情感的人。迄今为止，人们多认为中国诗学史上有互相对峙的两面大旗，一面上书"诗言志"，一面上书"诗缘情"。"诗缘情"这面旗帜就是陆机率先扛起的。他在《文赋》中提出了"诗缘情而绮靡"，又在《遂志赋》主张"声为情变"，为中国古代诗学理论作出了巨大贡献。他的作品中不仅描写情感的词语比比皆是，而且直接使用"情"字的地方也随处可见，例如："悲情触物感，沉思郁缠绵"（《赴洛道中作诗》其一）；"遗情市朝，永志丘园"（《赠潘尼》）；"离君多悲心，瘵瘵劳人情"（《为陆思远妇作》）；"悲情临川结，苦言随风吟"（《赠冯文黑诗》）；"近情苦自信，君子防未然"（《君子行》）；"嗟余情之屡伤，负大悲之无力"（《述思赋》）……一个首次提出"诗缘情"主张的文学理论家，一个在作品中时常用"情"的诗人竟然被人认为"造情既浅，抒响不高""述志赠答，言不及情""敷旨浅庸，性情不出""衷情本浅，乏于激昂"，这到底应该如何理解呢？的确，陆机诗歌中缺乏那种"周公吐哺，天下归心"（曹操《短歌行》）的英雄意识，也缺乏那种"白骨露于野，千里无鸡鸣"（曹操《蒿里行》）的"诗史"之作。从这个角度看，陈祚明的指责不无道理。但是，陆机诗歌有属于自己的情感，有属于自己的精神追求。概括地说，陆机的诗歌着重在表现一种士族意识。前人对陆机诗歌有情还是无情的争议，以及对陆机诗歌的抬高和贬低，都与他诗歌中的士族意识密切相关。中古时代是一个门阀士族的时代。产生于这个时代的文学艺术自然会带有明显的时代烙印。从诗歌的角度看，士族意识的出现是魏晋时代文学史上的重要现象。而陆机诗歌中的士族意识标志着中国诗史上士族意识的成熟。

说陆机诗歌中包含着一定士族意识，并不是什么新发现，因为，陆机出身于江东士族家庭，陆机诗论倡导绮靡的诗风，陆机诗歌涉及到对父祖的歌颂，经过陆机的改造，诗歌进一步走向文人化和贵族化，这是文学史上的常识。但是，正因为已经被大家习以为常，反而缺少了必要的深入的探究。从士族意识的角度看，也只有从士族意识的角度看，才可以挖掘陆机诗歌中"言不及情"的深层原因，才可以说清陆机诗歌在中国诗史上的位置。

通常我们把乐府分为民间乐府和文人乐府。陆机乐府属于文人乐府中的一个特殊的类型——士族文人乐府。所谓士族文人乐府乃是指在两晋南朝时期出现的由门阀士族文人所创作的乐府诗，此类作品在承继了前代乐府诗中的贵族色彩的基础上，表现出鲜明的士族意识。"太康之英"陆机是士族文人乐府的开创者和集大成者，陆机乐府的出现标志着士族文人乐府的诞生与成熟。陆机乐府的特征主要体现在以下三个方面：一是对旧经典在形式上加以绮靡化的改造；二是对贵族物质享乐生活的展现与反思；三是带有士族印记的功业追求。这三点也成为陆机之后士族文人乐府的重要特征。

一

陆机《遂志赋》云："拟遗迹于成规，咏新曲于故声。"他的乐府中既有模拟之作，也有新曲创作。并不是题目中标有"拟"字就一定是模拟乐府,简单地说,模拟乐府乃是指文人用乐府旧题完成的敷衍古辞之义的作品。应当承认,陆机现存乐府中既有"亦步亦趋"者,也有"性情不出"者。所谓"亦步亦趋"之作,不仅指主题与原作相同,字句也与原作基本对应。按照这个标准来看,陆机"亦步亦趋"的作品主要集中在《拟古十二首》中,乐府中"亦步亦趋"之作数量有限,其中最典型的当推《驾言出北阙行》,此诗虽然与阮瑀的《驾出北郭门行》题目相近,内容却是对《古诗十九首》中《驱车上东门行》一诗的模拟。钟嵘《诗品》说:"陆机所拟十四首,文温以丽,意悲而远,惊心动魄,可谓几乎一字千金。"钟嵘明明说拟诗十四首,不知何故《文选》中却只选了十二首。有学者认为"《驾言出北阙行》必为十四首拟诗之一甚明。"① 陆机乐府中更多的是题旨与原作相同但字句并不对应的模拟之作。例如:《班婕妤》,拟班婕妤的《婕妤怨》;《苦寒行》,拟曹操的《苦寒行》;《燕歌行》,拟曹丕的《燕歌行二首》;《塘上行》,拟曹丕甄夫人的《塘上行》;《门有车马客行》,拟曹植的《门有万里客行》;《从军行》,拟王粲《从军行》;《饮马长城窟行》,拟陈琳的《饮马长城窟行》。……这些作品就是后人眼里的"性情不出"之作。

既然陆机之诗具有"亦步亦趋""性情不出"之弊,为何钟嵘《诗品》要誉其模拟诗为"五言之警策者"?王瑶先生在分析古代诗人为何写作模拟之作时指出:"他们为什么喜欢拟作别人的作品呢?因为这本来是一种主要的学习属文的方法,正如我们现在的临帖学书一样。前人的诗文是标准的范本,要用心地从里面揣摩,模仿,以求得其神似。"他还说:"这种风气既盛,作者也想在同一类的题材上,尝试着与前人一较短长,所以拟作的风气便越盛了。"② 具体到陆机诗歌来看,这些所谓的"亦步亦趋""性情不出"之作似乎并不是"临帖学书"阶段的产物,倒是与

---

① 傅刚《魏晋南北朝诗歌史论》,吉林教育出版社,1995年版,第139页。
② 王瑶《中古文学史论》,北京大学出版社,1986年版,第200页—第203页。

"与前人一较短长"的说法比较接近。只是，这样的说法还不够具体。我们认为：陆机热衷于模拟前人之作的动机乃在于有意用士族的审美意识去改造那些被视为标准的范本。

陆机对旧经典的改造主要表现为对士族艺术趣味的张扬。我们知道，乐府的发展经历了一个从民间乐府到文人乐府的变化过程，在这个过程中乐府歌词从质朴走向华丽，描写从简单走向繁复，风格从天然走向缛绣。在这个过程中有两个人物值得特别关注，一个是曹丕，一个是陆机。从理论上看，曹丕在《典论·论文》中提出了"诗赋欲丽"的主张，从创作上看，正如沈德潜所说："孟德诗犹是汉音，子桓以下，纯乎魏响。子桓诗有文士气，一变乃父悲壮之习矣。"（《古诗源》卷五）曹丕诗歌中不仅出现了"殊美赡可玩，始见其工"（钟嵘《诗品》）的诗篇，更重要的是他以抒情性代替了写实性，从对社会现实的临摹进入到对文人心灵世界的展示，以深邃的哲思、哀婉忧伤的情调使建安诗歌的内涵更为丰富。到了太康时代，陆机在《文赋》中进一步明确提出"诗缘情而绮靡"的观点。在陆机的理论体系中，"诗缘情而绮靡"不仅是诗歌创作的纲领，也是士族诗歌的重要标准。陆机不仅按照这个标准来要求自己，也按照这个标准来衡量前人。在他看来，前代乐府和古诗中的典范之作缘情固缘情矣，而绮靡则未必。所以他要按照自己的审美标准去改造昔日的范本，使之符合自己心目中的范型。可以说，是曹丕曹植兄弟和邺下诸子把民间乐府引向文人乐府之路，而陆机等太康诗人则进一步把文人乐府导入了士族乐府之途。

何为"绮靡"？陆机《文赋》中还说："其会意也尚巧，其遣言也贵妍。暨音声之迭代，若五色之相宣。""藻思绮合，清丽芊眠。炳若缛绣，凄若繁弦。"以上语句当是对"绮靡"的具体解析。结合陆机的诗歌创作来看，所谓的"绮靡"无非包括：文辞华丽、语句对偶、词语雕饰、描写繁复、结构严整等特征。《汉书·艺文志》说"（汉乐府）皆感于哀乐，缘事而发"。建安时代，曹操的《薤露行》《蒿里行》等和陈琳的《饮马长城窟行》等诗篇都保持了汉乐府的叙事性和质朴本色。而陆机拟乐府则放弃了汉乐府的叙事性,加强了诗歌的"绮靡"程度。例如,郭茂倩《乐府诗集》中《饮马长城窟行》篇引《乐府解题》曰:"古词,伤良人游荡不归,或云蔡邕之辞。若魏陈琳辞云:'饮马长城窟,水寒伤马骨。'则言秦人苦长城之役也。"① 陈琳《饮马长城窟行》以"饮马长城窟,水寒伤马骨"开始,先写长城吏与太原卒之间的对话,继而用"长城何连连,连连三千里"表现在长城边太原卒只是其中的缩影。最后诗人用边城健少劝内舍妻子嫁人的悲惨遭遇,揭露长城下"死人骸骨相撑拄"的现状。全诗着眼于小人物的命运,古朴自然。陆机《饮马长城窟行》云:"驱马陟阴山,山高马不前。……将遵甘陈迹,收功单于旃。振旅劳归士,受爵藁街传。"陆诗改变了陈诗所采用的叙事方式,也改变了陈诗所采用的平民视角,陆机站在将帅的角度写边塞军旅生活,充满了对建功立业的渴望,词语比旧作明显华美绮丽。其实,曹丕诗歌中已经出现了一些"殊美赡可玩"之作,曹植诗歌更是达到了"骨气奇高,辞彩华茂"的高度。陆机模拟之作从曹丕、曹植乐府中吸取了华丽的成分,文辞愈加委婉曲折,描写日益繁复,对偶更加工稳,人工痕迹更加明显。较之曹丕曹植,陆机在华丽精致的道路上走得更远。

应该说明,陆机诗歌中的"绮靡"化,不是仅仅体现在模拟之作中,也体现在非模拟诗歌中;不是仅仅体现在仕宦洛阳之前的诗歌创作中,也体现在仕宦洛阳之后的诗歌创作中。《文选·文赋》李善注引臧荣绪曰:"天才绮练,当时独绝。新声妙句,系踪张蔡。"许学夷《诗源辨体》卷五曰:"五言自士衡至灵运,体尽俳偶,语尽雕刻,不能尽举。"显然,陆机诗歌具有"绮靡"化倾向得到了后人一致的认同。"自士衡至灵运"正是士族文人乐府的兴盛期,俳偶与雕刻也是士族文人乐府的共同特点。

后人说这些作品"性情不出",是指它们没有直接传达出诗人自己的

---

① 郭茂倩《乐府诗集》,中华书局,1979年版,卷38,第558页。

身世感慨，但作者在前人广泛的题材中选择自己所要模拟的对象之时，并不是一种完全无意识的行为，诗人的选择和模拟在一定程度上也会曲折地透露出自己的性情。在陆机的拟作中，我们也可以体会到诗人的失落感和孤独感。他能够悉心模拟《古诗十九首》中的大部分作品，它们"文温以丽，意悲而远"的风格无疑是感染陆机的重要原因。读陆机拟乐府，我们会看到他非常关注失意的女性。其《班婕妤》云："婕妤去辞宠，淹留终不见。寄情在玉阶，托意唯团扇。春苔暗阶除，秋草芜高殿。黄昏履綦绝，愁来空雨面。"郭茂倩《乐府诗集》卷四三《婕妤怨》引《乐府解题》曰："《婕妤怨》者，为汉成帝班婕妤作也。婕妤，徐令彪之姑，况之女。美而能文，初为帝所宠爱。后幸赵飞燕姊弟，冠于后宫。婕妤自知见薄，乃退居东宫，作赋及纨扇诗以自伤悼。后人伤之而为《婕妤怨》也。"① 陆机《塘上行》云："……男欢智倾愚，女爱衰避妍。不惜微躯退，但惧苍蝇前。愿君广末光，照妾薄暮年。"郭茂倩《乐府诗集》卷三五《塘上行》引《乐府解题》曰："前志云：晋乐，奏魏武帝《蒲生篇》，而诸集录皆言其词文帝甄后所作，叹以谗诉见弃，犹幸得新好，不遗故恶焉。若晋陆机'江蓠生幽渚'，言妇人衰老失宠，行于塘上而为此歌，与古辞同意。"②《燕歌行》二首是曹丕诗歌的压卷之作，郭茂倩《乐府诗集》卷三二曹丕《燕歌行七解》云："《乐府解题》曰：'晋乐，奏魏文帝秋风别日二曲，言时序迁换，行役不归，妇人怨旷无所诉也。'"③ 以上诗歌中涉及的女性皆美丽而善良，但她们命运多乖，处境维艰。出身高贵、才华横溢而又经历了亡国之痛、仕途坎坷的陆机对她们的不幸命运自然会产生同病相怜式的同情。

同时，陆机还时常借助征人的苦辛来传达自己的命运。其《从军行》云："苦哉远征人，飘飘穷四遐。南陟五岭巅，北戍长城阿。……苦哉远

---

① 郭茂倩《乐府诗集》，卷四三，第626页。
② 郭茂倩《乐府诗集》，卷三五，第523页。
③ 郭茂倩《乐府诗集》，卷三二，第470页。

征人，拊心悲如何！"《苦寒行》云："北游幽朔城，凉野多险艰。……剧哉行役人，慊慊恒苦寒。"陆机纵然没有诗中所写的军旅生活和行役之苦，但他有丧国亡家的经历，他完全能够体味到远征人和行役人内心的苦楚。至于陆机《门有车马客行》中所写的："拊膺携客泣，掩泪叙温凉。借问邦族间，恻怆论存亡。亲友多零落，旧齿皆凋丧。市朝互迁易，城阙或丘荒。坟垄日月多，松柏郁茫茫。"很容易让读者联想到陆氏家族在时代大潮中的起落变迁，也能够联想到陆机对家乡对亲人的深切思念。

　　大量写作模拟之作，这是士族诗人的嗜好，也是士族文人乐府的重要特征。对前人作品如此大规模的模拟在陆机之前还没有出现过，陆机是大力模拟乐府的第一人。因为陆机的写作和倡导，模拟诗也成为诗歌中的一种重要类型。在六朝时代，这个类型曾经非常流行。这些在明清学者和今人眼里的"亦步亦趋、性情不出"之作，在陆机自己看来并不是纯粹的模拟，而是对旧范本的改造，其中蕴含着士族的思想意识与审美情趣。《晋书·陆机传》云："至太康末，与弟云俱入洛，造太常张华。华素重其名，如旧相识，曰'伐吴之役，利获二俊。'"《文选》注引臧荣绪《晋书》云："机流誉京华，声溢四表。"据此判断，吴平之后，在华亭闭门读书时期的陆机，模拟了许多乐府和古诗，他自己虽然尚未入仕洛阳，但他对旧范本的改造获得了成功，得到京华和北方诗坛的承认，成为引领当时时代潮流的新声。《南史·刘烁传》载："（刘烁）有文才，未弱冠，拟古三十余首，时人以为亚迹陆机。"看来，陆机的模拟之作在两晋南朝成为贵族文人们遵奉的典范。当时的批评家大都肯定了"绮靡"在诗史发展史上的必要性。除了钟嵘把陆机的模拟之作看作"五言之警策者"之外，沈约《宋书·谢灵运传论》也说："降及元康，潘、陆特秀；律异班、贾，体变曹、王；缛旨星稠，繁文绮合。"萧统《文选序》说："盖踵其事而增华，变其本而加厉，物既有之，文亦宜然。"刘勰既指出陆机诗文有繁琐之弊，但也对其才华给予了肯定，《文心雕龙·熔裁》曰："士衡才优，而缀辞尤繁。"《文心雕龙·乐府》曰："子建士衡，咸有佳篇。"从这个角度看,陆机改造旧范本的目的达到了,他的作品成为后人特别是士族诗人所仿效的样板。

二

陆机在改造旧范本的同时,也在积极创作直接表现士族意识的新典范。除了继续保持诗歌形式上的"绮靡"之外,新典范在内容方面主要表现为对贵族物质生活方式的描绘、反思和对光大父祖勋业的执著追求。

陆机热衷于描写贵族生活既与时代因素相关,也与他自己的贵族家庭出身密不可分。从《晋书》和《世说新语》等记载魏晋故事的典籍中,可以窥探到奢靡享乐风气在西晋社会的肆行。据《晋书·武帝纪》记载:晋武帝司马炎"平吴之后,天下安,遂怠于政术,耽于游宴。"他营建太庙时,"至荆山之木,采华山之石,铸铜柱十二,涂以黄金,镂以百物,缀以明珠。"据《晋书·胡后妃赞》记载:司马炎的后宫中,宫女近万人,"并宠者甚众,帝莫知所适。"从帝王将相到贵族文人无不沉溺在放纵享乐风气中,《晋书·何曾传》记载大臣何曾"性奢豪,务在华侈。帷帐车服,穷极绮丽,厨膳滋味,过于王者。"至于石崇王恺斗富的故事更是广为流传。据葛洪《抱朴子·外篇·吴失篇》介绍:"(东南士族)势力倾于邦君,储积富于公室。童仆成军,闭门为市。"陆机出生于东吴最大的士族家庭,早年生活豪奢的程度可想而知。平吴之初,陆机的家族受到了重创。但西晋统治者对南方大族并未采取压制措施,没有没收他们的财产。据《晋书·陆喜传》记载,太康中武帝下诏征召吴尚书陆喜等人"随才授用"。陆机家族固然已经今非昔比,但百足之虫,死而不僵,陆机兄弟依然过着衣食无忧的贵公子生活。据《晋书·戴若思传》记载陆机入洛时"船装甚盛"引来了强盗的青睐。进入北方后,陆机有条件时常出入于达官贵人的府第,有机会接触声色犬马的生活。

陆机乐府中时常会流露出这样的情感:因为体悟到时光易逝,人生短促,从而决定放纵自己,享受人生。这种情感在先秦诗歌中还很少见,一直到了汉乐府和汉魏古诗中才日渐成为最常见的诗歌题材之一。《诗经》中有部分公卿列士们的献诗,其中既有对贵族糜烂生活的讥刺,也有对符合礼制的宴享生活的赞美。《小雅》中的《鹿鸣》《鱼丽》等诗写到了贵族们的饮宴聚会,《车攻》《吉日》等诗描绘了王室的田猎活动。《诗经·唐风·蟋蟀》在及时行乐与勤勉奋斗之间展开了思考,诗中既有"今我不乐,日月其除"的放纵之想;也有"好乐无荒,良士瞿瞿"的自我节制。《毛诗序》评曰:"刺晋僖公也。俭不中礼,故作是诗以闵之,欲其及时以礼自娱乐也。"此诗是否为晋僖公而发,今天已经无从考证,但可以肯定地说本诗是对"中礼"与"娱乐"之关系的理性思考。实际上,《诗经》中贵族文人的美刺之作皆以是否符合"礼"作为评价的标准。屈原出身于楚国高级贵族家庭,楚辞中包含一定的贵族色彩,但屈原作品中并没有宣扬及时行乐的思想。两汉时代,散体大赋、乐府和古诗中都有再现宫廷生活和贵族生活的作品。汉乐府《怨诗行》云:"天道悠且长,人命一何促。百年未几时,奄若风吹烛。……当须荡中情,游心恣所欲。"此诗和《古诗十九首》中的《驱车上东门》《生年不满百》一样,旨在宣扬享乐主义的人生态度。汉乐府中的《鸡鸣》《相逢行》《长安有狭斜行》三首诗中,作者皆是从旁观者的角度描述贵族家庭生活的。建安后期,曹丕兄弟和邺下诸子一起创作了一些游宴聚会、酬唱应答的作品。曹丕在《芙蓉池作诗》《孟津诗》等作品中透露出纵情任性的习气。曹植的《名都篇》《闺情》等诗写他早期的享乐生活,单纯读这类诗,给人以"公子不及世事,但美邀游"(谢灵运《拟魏太子邺中集八首》)的印象。

在现实生活中,陆机是一个喜欢、欣赏奢华生活的人。其《吴王郎中时从梁陈作诗》云:"玄冕无丑士,冶服使我妍。轻剑拂鞶厉,长缨丽且鲜。"玄冕冶服让他津津乐道,久久难忘。太康老诗人张华身居高位,忧心世俗,写有《轻薄篇》一诗讽刺贵族的骄奢淫逸的生活。与张华不同,面对贵族们纸醉金迷的享乐生活,陆机不仅不是一个批判者,反而是一个积极的参与者。陆机的《短歌行》云:"置酒高堂,悲歌临觞。人生几何,逝如朝霜。时无重至,华不再扬。苹以春晖,兰以秋芳。来日苦短,去日苦长。今我不乐,蟋蟀在房。乐以会兴,悲以别章。岂曰无感,忧为子忘。我酒既旨,我肴既臧。短歌可咏,长夜无荒。"郭茂倩《乐府诗集》卷三〇《短歌行》引《乐府解题》曰:"《短歌行》,魏武帝'对酒当歌,人生几何',晋陆机'置酒高堂,悲歌临觞',皆言当及时为乐也。"① 显然,作者对曹操的《短歌行》的评价是一种误读。曹诗虽然写到了"对酒当歌,人生几何?譬如朝露,去日苦多。慨当以慷,忧思难忘。何以解忧,唯有杜康",但曹操的忧伤不在于为了个人的享乐,而是忧惧时光易逝一统天下的壮志难以实现。"周公吐哺,天下归心"表明完成统一大业乃是曹操终生的追求。陆机的诗中缺乏曹操那样的天下意识,他只是沉醉在"长夜无荒"的享乐生活当中。这样的享乐思想和行为反复出现在陆机的乐府诗中。其《饮酒乐》云:"蒲萄四时芳醇,琉璃千钟旧宾。夜饮舞迟销烛,朝醒弦促催人。"其《顺东西门行》云:"桑枢戒,蟋蟀鸣,我今不乐岁聿征。迨未暮,及时平,置酒高堂宴友生。激朗笛,弹哀筝,取乐今日尽欢情。"其《董桃行》云:"聊乐永日自怡,赍此遗情何之。人生居世为安,岂若及时为欢。"这时看不出陆机和那些沉溺于享乐者有多少区别。

早在建安时代,作为有抱负的士人,曹丕曹植兄弟没有在轻歌妙舞、美酒佳肴中迷失自我,他们能够透过享乐生活体会到深刻的悲凉。曹丕的长篇乐府《大墙上蒿行》细致地表现出他不安于物质享乐、执着探求人生真谛的思绪。曹植早期诗歌多有对生命悲剧的体认,深重的悲叹发自于一个春风得意的少年王子之口,不能不令人惊讶。和曹丕曹植一样,陆机也有自己的政治追求,在他的乐府中同样有对荣华不久的警觉,有对享乐生活的理性反思。陆机《君子有所思行》云:"命驾登北山,延伫望城

---

① 郭茂倩《乐府诗集》,卷三〇,第449页。

郭。廛里一何盛，街巷纷漠漠。甲第崇高闼，洞房结阿阁。曲池何湛湛，清川带华薄。邃宇列绮窗，兰室接罗幕。淑貌色斯升，哀音承颜作。人生盛行迈，容华随年落。善哉膏梁士，营生奥且博。宴安消灵根，酖毒不可恪。无以肉食资，取笑藜与藿。"郭茂倩《乐府诗集》卷六一《君子有所思行》引《乐府解题》曰："《君子有所思行》，晋陆机云：'命驾登北山。'宋鲍照云：'西上登雀台。'梁沈约云：'晨策终南首。'其旨言雕室丽色，不足为久欢，宴安酖毒，满盈所宜敬忌，与《君子行》异也。"① 这些诗句让我们看到，即使是在享乐生活中，陆机的心中还有另一个痛苦的世界。酒色生活可以暂时麻醉诗人的神经，却不能让志士彻底消解忧愁、忘怀现实世界。

与那些纯粹的酒色之徒不同，陆机乐府中还渗透着文人雅士的审美情趣。其《日出东南隅行》是一首值得特别关注的作品。诗云：

> 扶桑升朝晖，照此高台端。高台多妖丽，濬房出清颜。
> 淑貌耀皎日，惠心清且闲。美目扬玉泽，蛾眉象翠翰。
> 鲜肤一何润，秀色若可餐。窈窕多容仪，婉媚巧笑言。
> 暮春春服成，粲粲绮与纨。金雀垂藻翘，琼佩结瑶璠。
> 方驾扬清尘，濯足洛水澜。蔼蔼风云会，佳人一何繁。
> 南崖充罗幕，北渚盈轩。清川含藻景，高岸被华丹。
> 馥馥芳袖挥，泠泠纤指弹。悲歌吐清响，雅舞播幽兰。
> 丹唇含九秋，妍迹凌七盘。赴曲迅惊鸿，蹈节如集鸾。
> 绮态随颜变，沉姿无定源。俯仰纷阿那，顾步咸可欢。
> 遗芳结飞飙，浮景映清湍。冶容不足咏，春游良可叹。

汉乐府《陌上桑》不仅流传甚广，而且拟作众多。陆机的《日出东

---

① 郭茂倩《乐府诗集》，卷六一，第899页。

南隅行》即是其中的拟作之一。郭茂倩《乐府诗集》卷二八《日出东南隅行》引《乐府解题》曰："古辞言罗敷采桑，为使君所邀，盛夸其夫为侍中郎以拒之。"郭茂倩认为："若陆机'扶桑升朝晖'，但歌美人好合，与古词始同而末异。"① 姜亮夫先生说："《日出东南隅行》写京洛妇女之盛也。"② 陆诗之前的诗歌中出现的美女多是个体形象，陆机此诗较早地描写了美女的群体形象。此诗可以分为三部分：前八句写高台上浚房中众多美女的秀色。中间十二句写美女们来到洛水之滨，举行盛大的歌舞表演。最后两句写曲终人散之后，诗人自己的心绪。《陌上桑》写罗敷之美时手法高妙，被后人视为古典文学作品中描写美女的经典段落，诗人从旁观者的眼睛，通过美所产生的效果来表现美。曹植《美女篇》写美女容颜之时，虽然描绘比《陌上桑》更加细腻，增加了动态的美，但模仿的痕迹显而易见。当然美色不是曹诗表现的重点。至于傅玄的《艳歌行》则基本照搬了原诗。陆诗则采用了正面实写之法，通过佳人的淑貌、惠心、美目、娥眉、鲜肤、巧笑来描绘她们的美丽。刘勰《文心雕龙·熔裁》所言"士衡才优，而缀辞尤繁"在这首诗中表现得也很充分。与前人相比，陆机的描写更加繁复深透。"秀色若可餐"运用通感手法，比喻新奇，后世遂以"秀色可餐"作为赞誉美女的成语。同时，由于过分追求绮靡致使其诗显得繁琐，"淑貌耀皎日"与"鲜肤一何润"句意相似，"娥眉象翠翰"连用两个比喻，给人叠床架屋之感。相较于体貌描写，陆诗写美女集体舞蹈的动作尤为生动传神。"方驾扬清尘"以下四句写暮春时节，洛水之滨，丽人如云。"清川含藻景，高岸被华丹"，是在写景，也是在写人，自然映衬着佳人，佳人点缀着自然，步入大自然中的佳人，自身也成为自然之美的组成部分。"馥馥芳袖挥"以下描写女子们的歌舞表演。在悠扬的乐器声中，她们唱起了幽兰曲，跳起了七盘舞。《通典·

---

① 郭茂倩《乐府诗集》，卷二八，第419页。
② 姜亮夫《陆平原年谱》，古典文学出版社，1957年版，第96页。

乐典》云："盘舞，汉曲，至晋加之以杯，谓之世宁舞也。"七盘舞是汉代流行的舞蹈，到了晋代演变为歌颂晋世兴隆安宁的大型舞蹈。"赴曲迅惊鸿"等句写舞女动作之迅速，节奏之和谐，表演之投入，身姿之优美。通过陆诗的勾画，佳人们的音容笑貌和婆娑舞姿，历历如在读者目前。

《陌上桑》的主旨有智斗太守、夫妻相戏、应兴娱乐等不同说法，本文赞同《陌上桑》是一出民间诙谐喜剧的看法。罗敷致辞曰："使君一何愚！使君自有妇，罗敷自有夫。"此中含有宣扬道德的成分，但较之于傅玄的《艳歌行》，道德色彩不是太浓烈。谢榛《四溟诗话》云："傅玄《艳歌行》，……'天地正厥位，愿君改其图。'盖欲辞严义正，以裨风教。"曹植的《美女篇》是诗人后期处境和心情的写照。刘履《选诗补注》指出："子建志在辅君匡济，策功垂名，乃不克遂，虽授爵封而其心犹为不仕，故托处女以寓怨慕之情焉。"曹诗中的美人迟暮只是喻体而已。陆机的《日出东南隅行》，不同于作为社会喜剧的《陌上桑》，也不同于作为政治抒情诗的《美女篇》，更不同于作为道德教条的《艳歌行》，它表现了当时贵族阶级的豪奢生活，再现了士族阶层的审美情趣和复杂心态。

其实，在《陌上桑》中，已经流露出普通民众对贵族生活的向往之情。"头上倭堕髻"等句是作者欣赏的贵族女性的装束。罗敷眼里的夫婿身居高位、富贵显达，气宇轩昂、风度翩翩。对这样的贵族官僚，不仅是罗敷，连作者也充满了赞赏之情。陆机《日出东南隅行》直接写当时的贵族生活。诗中出现了这么多的美女，她们的舞蹈节奏整齐，训练有素，其身份应该是贵族家庭的歌舞伎。西晋贵族阶级骄奢淫逸，女乐风靡。据《晋书·胡贵嫔传》记载："时帝多内宠，平吴之后复纳孙皓宫人数千，自此掖庭殆将万人。"《晋书·何曾传》和《晋书·石崇传》等均记载了贵族阶层的享乐生活。《日出东南隅行》也许就是对一次贵族家庭大型歌舞活动的描摹。

陆机诗中没有写到士人与美女之间的情感交流，只有诗人面对美色保持着一定情感距离的观赏。但从全诗的描写来看,诗人对这些"窈窕多容仪,婉媚巧笑言"的佳人非常喜爱,对这种豪奢的贵族生活极为欣赏。可是,诗却以"冶容不足咏,春游良可叹"结尾,其中的原因耐人寻味。既然此诗是在咏"冶容"、叙"春游",为何在曲终又要予以否定呢?推测诗人之意也许在以下数点:其一,诗人对人生短促、红颜易老体会深切。其二,面对洛阳贵族的享乐生活,诗人也许回忆起往昔岁月,引发了万千感慨。陆机家族作为东南四大家族之一,当年繁花似锦,随着西晋平吴战争,家破人亡,昔日的繁华变为遥远的回忆。其三,在故乡徘徊十年之后,为了光宗耀祖、建功立业,陆机兄弟决定出仕洛阳,那个渺茫的目标压在诗人心头,不允许诗人在美色中过度沉湎。

从艺术上看,陆机《日出东南隅行》充分反映了诗人追求绮靡化的艺术趣味,与所描写的贵族生活和艳丽女色相对应,诗歌的风格亦显得富丽华美。《陌上桑》中的那种幽默诙谐的民间色彩消失殆尽。叶燮《原诗·外篇下》曰:"《美女篇》意致幽眇,含蓄隽永,音节韵度皆有天然姿态,层层摇曳而出,使人不可仿佛端倪,固是空千古绝作。"陆机在继承了曹植的《美女篇》表情婉曲、辞采华美之特点的同时,有意放弃了子建乐府中的"天然姿态",在艺术上进一步显示出文辞华丽、语句对偶、词语雕饰、描写繁复、结构严整等贵族文人化的特征。两相比较,曹植诗以气骨胜,陆机诗以华缛胜。如果说曹植乐府在一定程度上尚未失去汉乐府艺术精神之本色,那么到了陆机乐府则完全转变为士族乐府了。

陆机另外一些诗歌着意展现大自然的美,诗人体会到了天人合一般的乐趣。其《棹歌行》云:"迟迟暮春日,天气柔且嘉。元吉隆初已,濯秽游黄河。龙舟浮鹢首,羽旗垂藻葩。乘风宣飞景,逍遥戏中波。名讴激清唱,榜人纵棹歌。投纶沉洪川,飞缴入紫霞。"在暮春时节,诗人和朋友们在黄河中游玩。郭茂倩《乐府诗集》卷四〇《棹歌行》引《乐府解题》曰:"晋乐,奏魏明帝辞云'王者布大化',备言平吴之勋。若晋陆机'迟迟春欲暮',梁简文帝'妾住在湘川',但言乘舟鼓棹而已。"① 其《董桃行》也写道:"和风习习薄林,柔条布叶垂阴。鸣鸠拂羽相寻,仓庚喈喈弄音。"其《悲哉行》云:"和风飞清响,鲜云垂薄阴。蕙草饶淑气,时鸟多好音。翩翩鸣鸠羽,喈喈仓庚吟。"……人与自然融合为一体,大自然给诗人带来了精神上的愉悦,这样的诗篇直接启迪了晋宋之际的山水诗。然而,大自然带给诗人的并不总是欢快的体验,有时候诗人从中感受到沉重的悲伤。其《豫章行》云:"泛舟清川渚,遥望高山阴。……寄世将几何,日昃无停阴。前路既已多,后途随年侵。促促薄暮景,亹亹鲜克禁。曷为复以兹,曾是怀苦心。远节婴物浅,近情能不深。行矣保嘉福,景绝继以音。"郭茂倩《乐府诗集》卷三四《豫章行》引《乐府解题》曰:"陆机'泛舟清川渚',谢灵运'出宿告密亲',皆伤离别,言寿短景驰,容华不久。"② 其《悲哉行》云:"游客芳春林,春芳伤客心。……伤哉客游士,忧思一何深。目感随气草,耳悲咏时禽。寤寐多远念,缅然若飞沉。愿托归风响,寄言遗所钦。"郭茂倩《乐府诗集》卷六二《悲哉行》引《乐府解题》曰:"陆机云:'游客芳春林。'谢惠连云:'羁人感淑节。'皆言客游感物忧思而作也。"③《上留田行》云:"嗟行人之蔼蔼,骏马陟原风驰。轻舟泛川雷迈,寒往暑来相寻。零雪霏霏集宇,悲风徘徊入襟。岁华冉冉方除,我思缠绵未纾,感时悼逝凄如。"当此之时,诗人陷入深切的忧愁中难以解脱。

陆机乐府中,有一部分作品真实地反映了当时的贵族文人的物质生活状态,其中有对贵族及时行乐生活的再现,也有区别于世俗声色享乐的高雅情趣,还有诗人对享乐生活的深切反思。

---

① 郭茂倩《乐府诗集》,卷四〇,第593页。
② 郭茂倩《乐府诗集》,卷三四,第502页。
③ 郭茂倩《乐府诗集》,卷六二,第899页。

三

陆机《君子行》云："天道夷且简，人道险而难。休咎相乘蹑，翻覆若波澜。去疾苦不远，疑似实生患。……近情苦自信，君子防未然。"显然，他对人心的奸险、仕途的险恶有着清醒的认识。在出处进退的问题上，他始终存在着矛盾心理。其《折杨柳行》云："人生固已短，出处鲜为谐。慷慨惟昔人，兴此千载怀。"如上所述，有时他也有"岂若及时为欢"的享乐主义思绪，但是，享乐生活并不是陆机生活的全部，甚至不是陆机生活的主体。努力进取、建功立业、耀祖光宗才是他生命中的主旋律。面对险而难的人世，面对进退出处的矛盾，陆机坚定地选择了积极入世的人生之路。正如徐公持先生所说："陆机的家世出身，予他一生以绝大影响。在他少年时代，光大父祖勋业观念，早已在他潜意识中牢牢确立，成为人生基本目标。……而陆机一生的行止，也显示出他是西晋文士中政治追求最为执着、功名欲念最为强烈的人物之一。"①刘熙载《艺概·诗概》说："士衡乐府，金石之音，风云之气，能令读者惊心动魄。虽子建乐府，且不得专美于前，他何论焉？"可以肯定，并不是陆机所有的作品都具有"金石之音，风云之气"。在陆机乐府中最具有"金石之音，风云之气"的作品无疑是那些与建功立业之追求相关的诗篇。

陆机《月重轮行》云："功名不勖之，善哉古人，扬声敷闻九服，身名流何穆。既自才难，既嘉运，亦易悠。俯仰行老，存没将何观？志士慷慨独长叹，独长叹。"《日重光行》云："日重光，但惆怅才志。日重光，身没之后无遗名。"据姜亮夫先生考证，以上两篇作品创作于入洛前。他说："（《月重轮行》）文中言志士慷慨，独自长叹，盖寄意之作也。""（《日重光行》）文中旨意，与上首差近，而情调益迫切。……全诗皆叹

---

① 徐公持《魏晋文学史》，人民文学出版社，1999年版，第365页。

逝之不可回，没身无遗名，然命生有分，但怅己之才志如何，其意象情形，皆唱盛年不得遇也。"① 陆机的《秋胡行》直接说："生亦何惜，功名所勤。" 这些作品也许不见得具有 "金石之音，风云之气"，但强烈的功业意识非常明显。功业意识贯穿于陆机一生的诗篇中，其《长歌行》云："逝矣经天日，悲哉带地川。寸阴无停晷，尺波徒自旋。年往迅劲矢，时来亮急弦。远期鲜克及，盈数固希全。容华夙夜零，体泽坐自捐。兹物苟难停，吾寿安得延。俯仰逝将过，倏忽几何间。慷慨亦焉诉，天道良自然。但恨功名薄，竹帛无所宣。迨及岁未暮，长歌乘我闲。" 可以看出，陆机在抒发其建功立业之志时，时常伴随着感时悼逝的悲凉。其《上留田行》中云："我思缠绵未纾，感时悼逝凄如。" 其《董桃行》中亦云："感时悼逝伤心，日月相追周旋。" 因为人生短促，从而试图及时行乐；但诗人深知荣华不久、满盈自损，何况诗人还身负光宗耀祖重任，因此他不会沉溺于享乐生活中；诗人积极投身于建功立业的大业当中，但人生苦短，功业难建，又让诗人陷入更深的痛苦之中。感时悼逝、及时行乐、建功立业三者互相交织纠缠，组合成一张无形的网，将诗人困于网中。这样的痛苦，这样的矛盾，这样的困境，反映在诗歌中就使陆机诗歌增加了一份悲凉和深沉。

在陆机之前，三曹等建安诗人采用乐府形式表述了他们治平天下、建功立业的抱负。特别是曹植，无论是早期深受曹操宠爱、踌躇满志的时候，还是后期名为藩王、实为囚徒的时候，他都以建功立业为人生的第一追求。表面看来，陆机和曹氏父子一样都具有强烈的功业追求，但实际上，曹氏父子的功业追求中所蕴含的主要是天下意识，而陆机的功业追求中掺杂着太多的士族意识、家族意识。诗人所倡扬的到底是天下意识还是士族意识、家族意识，这是判断是否是士族乐府的重要标志。陆机的士族意识在《吴趋行》等诗中表现得甚为明显。到了太康时代，吴国已经成

---

① 姜亮夫《陆平原年谱》，古典文学出版社，1957年版，第41页。

为了历史,四姓八族受到了重创。作为陆氏家族的栋梁,重振家族雄风,再创门庭辉煌,便成为陆机人生的主要目的。

《晋书·陆机传》中既说他"服膺儒术,非礼不动",又说他"好游权门,与贾谧亲善,以进趣获讥"。据此看来,也许在早年他只是在表面上接受了儒学思想,而他的内心深处本来就缺乏儒家文化中的德行意识和天下意识;也许是为了达到克振家声的目的,进入洛阳政权后的现实迫使陆机放弃了早年接受的儒家文化精神。陆机《长安有狭斜行》云:"伊洛有歧路,歧路交朱轮。轻盖承华景,腾步蹑飞尘。鸣玉岂朴儒,凭轼皆俊民。烈心厉劲秋,丽服鲜芳春。余本倦游客,豪彦多旧亲。倾盖承芳讯,欲鸣当及晨。守一不足矜,歧路良可遵。规行无旷迹,矩步岂逮人。投足绪已尔,四时不必循。将遂殊涂轨,要子同归津。""欲鸣当及晨"等句表明在故国灭亡之后,投靠北方政权的东南士族子弟,为了出人头地、占据要路津,意欲放弃"守一"原则,不再奉行规行矩步的儒家道德戒律。其《猛虎行》云:"渴不饮盗泉水,热不息恶木阴。恶木岂无枝,志士多苦心。整驾肃时命,杖策将远寻。饥食猛虎窟,寒栖野雀林。日归功未建,时往岁载阴。……眷我耿介怀,俯仰愧古今。"首两句表明诗人一开始还在坚持政治操守,有所不为,但到了"日归功未建"之时,便只好屈节随俗。"饥食猛虎窟,寒栖野雀林"两句是对《猛虎行》古辞的改造,原辞是:"饥不从猛虎食,暮不从野雀栖。野雀安无巢,游子为谁骄。"在情急之中,诗人不得不改变初衷,放弃耿介之怀,趋利求进。《晋书·贾谧传》曰:"(贾谧)开阁延宾,海内辐辏,贵游豪戚及浮竞之徒,莫不尽礼事之。"陆机也在"降节事谧"(《刘琨传》)者之列,看来不是偶然的。其实,不仅是"降节事谧"一件事,进入北方的陆机,不断地投靠、依附于一个又一个权门。为了出人头地,为了家族的兴盛,这固然也是出于无奈,但也和他缺失了儒家文化精神不无关系。胡应麟《诗薮》云:"余尝谓富贵溺人,贤者不免,文士尤易著脚,而六朝为甚。

潘、陆、颜、谢诸君，往往蹈此。"① 陆机兄弟、谢灵运等六朝士族诗人的不幸遭遇，固然不是导源于他们的富贵生活，但他们的遇难与其士族家庭出身相关，也与他们个人强烈的士族意识相关，这是毋庸置疑的。

魏晋文人乐府中大致有三种类型：曹操乐府；（曹）丕（曹）植乐府；陆（机）谢（灵运）乐府。曹操乐府乃英雄的乐府，其诗中的忧患意识，天下襟怀，千古一人；曹丕曹植乐府乃文士乐府，子桓乐府多叙人生之忧，子建乐府多写失志之痛，在后世文人中最容易引起共鸣；陆机谢灵运乐府乃是士族文人乐府，其声名隆盛于中古之时，沉寂于明清之后。曹操继承了汉乐府关注现实的精神，用乐府旧题描写动乱的时事，并抒发自己一统天下的理想抱负，其作品具有英雄主义气概。曹丕曹植兄弟把民间乐府引向了文士乐府的不归之路。到了太康时代，陆机进一步把文士乐府引入了士族乐府的苑囿。陆机不仅用绮靡的风格去改造旧经典，同时，还用乐府记录和再现贵族们的物质生活，表现具有士族特色的功业追求。在六朝这样一个门阀士族异常兴盛的时代，陆机乐府比三曹乐府更具有典范性。所以，我们看到在六朝时代不仅没有人批评陆机乐府"性情不出"，而且那时的贵族文人对陆机乐府非常推崇赏识。陆机之后，"元嘉之雄"谢灵运把陆机乐府看作乐府诗的经典去全力模拟。日本学者藤井守先生说："将谢灵运作品与陆机作品相比较，句数、押韵等形式方面自不必言，内容上也非常类似。虽说乐府诗以模拟为原则是理所当然的，即使如此，谢灵运的作品也与陆机过于靠近，最终只能流于平板。他放弃了自身应有的主张，因陆机之作而作，所以终于成了单纯的模拟诗。"② 颜延之、谢惠连等人也多有模仿陆机乐府之作。《文选》中共选乐府40首，古乐府只选有3首，曹操曹丕乐府各选有2首，曹植乐府选有4首，而陆机的乐府选有17首之多。到了明清以降，学术界才开始流行起陆机乐府

---

① 胡应麟《诗薮》外编卷二。
② 宋红编译《日韩谢灵运研究译文集》，广西师范大学出版社，2001年版，第77页。

"性情不出"的观点。看来对古代诗人的褒贬和接受的程度,既与一定的时代相关,也与读者自己的家庭出身相关。这是接受美学所研究的问题了,在此暂且搁置。

士族文学的负面作用,前人已经谈得很多了:例如,减弱了诗人对社会的关注,漠视民瘼,缺乏建安时代慷慨激昂的诗风,助长了六朝诗歌风格上的形式主义倾向,等等。但我们也可以说:陆机诗歌中的士族意识在诗歌上具有开创意义。陆机诗歌标志着中国诗史上士族意识诗歌的完成与成熟。前有屈原、曹植诗歌中的贵族意识,后有谢灵运、庾信等人诗歌中的门第观念。陆机诗歌在士族意识发生发展的过程中发挥了承前启后的作用。士族意识在中古诗坛上占有重要的位置。具备了这样的功业意识和家族意识、乡曲之思,我们便不能用模拟之作、无情之作去概括陆机诗歌的内涵,去否定陆机诗歌的诗史意义。着重表现士族意识的诗歌是一种全新的诗歌,它丰富了繁荣了诗史的园囿。贵族文学的出现引导诗歌从平民走向贵族阶层,开拓了诗歌表现的领域,展现了一个士族文人的心路历程:失败,自负,冲突,忧思,孤独。这是一个先辈显赫、生不逢时的士族人物,是一个为振兴家族而丧失了生命的士族文人。在诗歌形式上,华丽绮靡的诗风有利于诗歌技巧的发展,它引导诗歌脱离口语,走向典雅。刘勰云:"晋世群才,稍入轻绮。张潘左陆,比肩诗衢。采缛于正始,力柔于建安。"(《文心雕龙·明诗》)钟嵘批评陆机创作云:"气少于公干,文劣于仲宣。"(《诗品》)其实换个角度看,"力柔于建安",不是说没有力,"气少于公干",不是说没有气,较之于建安诗人,陆机的确缺乏刚健的风骨,但较之于六朝时代盛行的玄言诗和宫体诗,陆机表现士族意识的诗歌毕竟言之有物,言之有情,既有一定的力,也有一定的气。因此,我们认为:陆机诗歌对中国诗史的最大贡献就在于他用诗歌第一次深刻地表现了士族意识,他的创作成为了士族文学的经典。

第八章　二陆赠答诗中的东南士族

赠答诗在陆机陆云的诗歌创作中占有重要位置。如果说陆机的诗歌是拟代与赠答并重，那么陆云的诗歌则是以赠答为中心。

据金涛声点校的《陆机集》，陆机现存赠答诗35首：《于承明作与弟士龙诗》《赠尚书郎顾彦先诗二首》《赠顾交趾公真诗》《赠从兄车骑诗》《答张士然》《赠弟士龙》《为顾彦先作诗》《为顾彦先赠妇二首》《为周夫人赠车骑》《赠弟士龙诗十首》《赠顾令文为宜春令》《赠武昌太守夏少明》《赠顾彦先诗》《为陆思远妇作诗》《赠冯文罴迁斥丘令诗》《答贾谧》《赠冯文罴》《赠斥丘令冯文罴诗》《赠潘正叔》《赠潘岳诗》《祖道毕雍孙刘边仲潘正叔诗》《答潘尼》《赠潘尼》《赠纪士》。

据黄葵点校的《陆云集》，陆云现存赠答诗22首：《赠顾骠骑后二首》《答兄平原》《赠郑曼季诗四首》《赠顾尚书》《赠顾彦先》《答顾秀才》《答大将军祭酒顾令文》《答吴王上将顾处微诗》《赠鄱阳府君张仲膺诗》《答孙显世诗》《答兄平原》《为顾彦先赠妇往返四首》《答张士然》《太尉王公以九锡命大将军让公将还京邑祖饯赠此诗》《赠汲郡太守》。

检视此57首诗，我们发现：二陆赠答诗中涉及最多的是当时社会上的一个特殊群体——东南士族。陆机赠答诗中从第一首到第十三首赠答的对象为东南士人，占35首赠答诗中的24首。陆云诗歌中从第一首到第十三首赠答的对象为东南士人，占22首赠答诗中的20首。上述赠答诗所涉及的人物不是普通的东南士人，而是东南地区的士族。他们当中的许多人物不是一般的士族，乃是东吴时代的世胄高门。东吴地区影响最大的有张朱陆顾四大家族。据《晋书·陆机传》载："陆机，字士衡。吴郡人也。祖逊，吴丞相。父抗，吴大司马。"《文选》陆机《赠从兄车骑诗》李善注："陆士光。"据《晋书·顾荣传》载："顾荣，字彦先。吴国吴人。吴丞相顾雍孙。"《三国志·吴书·顾雍传》裴注引《晋书》略云："顾悌四子：顾秘。"《文选》张士然《为吴令谢询求为诸孙置守冢人表》李善注引孙盛《晋阳秋》云："张悛字士然，吴国人也。"据今人考证，张悛当出自吴郡张氏。① 如此，陆机、陆云、陆士光、顾彦先、顾秘、张士然等即是来自四大家族的子弟。顾令文、顾处微、顾秀才、张仲膺是否也属于四大家族子弟尚有待考订，但从诗中可以看出，他们和夏少明、郑曼季、孙显世一样，皆出自高门士族之家。陆云《与张光禄书》云："顾令文彦先，每宣隆眷，弥泰之惠。"将顾令文与顾彦先并列，另外陆机《赠顾令文为宜春令诗五首》赞颂顾令文云："亹亹明哲，在彼鸿族。"陆云《答吴王上将顾处微诗》云："蔼蔼洪族，天禄攸蕃。"陆云《答顾秀才诗》云："允矣顾生，载灵之和。沉根芳沼，濯秀兰波。……凡我同朋，瞻言清休。"陆云《赠鄱阳府君张仲膺诗》云："斌斌君子，升堂入室……内崇南芬，外清名邑。"陆机《赠武昌太守夏少明诗六首》云："穆穆君子，明德允迪。"另，据《太平御览》卷四四四引《裴子语林》云："夏少明在东国不知名，闻裴逸民知人，乃裹粮寄载，入洛从之。"陆云《赠郑曼季诗四首·高冈》云："允也君子，实宝南江……声播东汜，响溢南云。"陆云《答孙显世诗》云："振振孙子，洪族之纪。"可以看出以上人物皆属于东南高级士族。此外，陆机的《赠纪士》和陆云的《赠汲

---

① 程章灿《世族与六朝文学》，黑龙江人民教育出版社，1998年版，第103页。

郡太守》中的纪士、汲郡太守奚世都无法断定其籍贯与出身。①

本章所讨论的二陆与东南士族群体之间的赠答诗，起始于太康十年（289）二陆入洛之后②，终结于太安二年（303）陆机兄弟的遇难之时。陆机的《赠弟士龙诗十首》和陆云的《答兄平原》"伊我世族"不在这个时间段之内。③

近些年来，在相关问题的研究中出现了一些新成果，提出了一些新看法。例如日本学者佐藤利行先生对以陆机为中心的"南人集团"的成员、活动、在诗坛上的作用等问题进行了细致的考察；④ 台湾学者梅家玲教授将二陆赠答诗分为兄弟间互为赠答、与长官友僚间的赠答、代作赠答三类加以析论，讨论了二陆赠答诗中的自我、社会与文学传统等问题；⑤ 王晓卫先生提出西晋赠答诗中存在东吴遗少、二十四友等不同的文化群体。⑥ 但是，迄今为止，关于二陆与东南士族赠答诗的研究尚未得到应有的重视，还没有出现探讨这个问题的专题论文。⑦ 有鉴于此，本章拟在前修时

---

① 陆云《赠汲郡太守》中有"抑抑奚生，天笃其淳"。陆云另有《从事中郎张彦明为中护军奚世都为汲郡太守客将之官大将军崇贤之德既远而厚下之恩又隆非此离析有感圣皇既蒙引见又宴于后园感鹿鸣之宴乐咏鱼藻之凯歌而作是诗》，可证汲郡太守乃指奚世都。

② 关于陆机何时入洛的问题，学术界有不同看法。有学者认为陆机曾经在太康元年（280）被俘至洛阳（详见姜剑云《太康文学研究》中华书局2003年版，第232—245页），即便如此，与东南士族群体之间的赠答活动应当出现在太康末年入洛之后。

③ 郝立权《陆士衡诗注》云："《吴志》'吴亡于天纪四年'，上距陆抗之卒只七年，序谓渐历八载，则此诗必作于太康二年无疑也。"（郝立权《陆士衡诗注》，人民文学出版社，1958年版，第79页）

④ 日本学者佐藤利行《西晋文学研究》（中译本），中国社会科学出版社，2004年版，第31页。

⑤ 梅家玲《汉魏六朝文学新论——拟代与赠答篇》，北京大学出版社，2004年11月出版。

⑥ 王晓卫《魏晋赠答诗的兴盛及当时诗人的交流心态》，《贵州大学学报》，2002年6期。

⑦ 本文之所以没有采用佐藤利行《西晋文学研究》中的"南人集团"这一概念，是因为在作者看来，所谓"集团"应该是一个组织上比较严密的团体，并且这个团体应该在领袖人物的组织下开展过多次成员们共同参与的活动，是故本文没有使用"集团"这个概念，而选择了比较宽泛的"群体"一词。此外，东南士人群体以士族人物为中心，他们自己和时人都很看重这一身份标志，故本文称之为"东南士族群体"。

贤研究的基础之上，尝试透过二陆赠答诗去探究西晋时期北方社会中的东南士族群体的南人意识和士族意识，羁旅仕宦中的矛盾心态，以及体现这个群体之间情同手足、相濡以沫的"阶级"情谊。

一

西晋时代不仅存在着南北士人之间的冲突，同时也存在着士庶之间的矛盾。《晋书·顾荣传》曰："（冯）熊谓冏长史葛旟曰：'以顾荣为主簿，所以甄拔才望，委以事机，不复计南北亲疏，欲平海内之心也。今府大事殷，非酒客之政。'旟曰：'荣江南望士，且居职日浅，不宜轻代易之。'熊曰：'可转为中书侍郎，荣不失清显，而府更收实才。'旟然之，白冏，以为中书侍郎。"《晋书·陶侃传》曰："伏波将军孙秀，以亡国支庶，府望不显，中华人士耻为掾属。以侃寒宦，召为舍人。"这两段对话透露出当时北方官场上的两大通例：一是亲北人疏南人，南人在北方的不利处境难以"平海内之心"；二是在南人当中，重"望士"轻庶士，是否出身于门阀士族是选拔官员的一个重要条件。

活跃在洛阳政坛上和文学界的东南士族是一个另类的群体。南人意识和士族意识更明显地体现在这个群体成员的身上。以陆机为例，他的《羽扇赋》写楚襄王时，北方诸侯笑襄王君臣皆操白鹤之羽扇，经过宋玉的一番言说："襄王仰而拊节，诸侯伏而引非。皆委扇于楚庭，执鸟羽而言归。"① 他在《晋平西将军孝侯周处碑》中记叙：针对王浑所说的"诸人亡国之余，得无戚乎"，周处反击道："汉末分崩，三方鼎立，魏灭于前，吴亡于后，亡国之戚，岂唯一人！"显然，陆机对这样的回答非常欣赏。陆机《答贾谧诗十一首》其四云："爰兹有魏，即宫天邑。吴实龙

---

① 本文陆机作品引自金涛声点校的《陆机集》（中华书局1982年版），陆云作品引自黄葵点校的《陆云集》（中华书局1988年版）。

飞,刘亦岳立。"当此之时,作为南人的陆机是理直气壮的,但有时他又显得底气不足,他在《赠冯文罴迁斥丘令诗八首》其三云:"嗟我人斯,戢翼江潭。有命集止,翻飞自南。出自幽谷,及尔同林。"在《诣吴王表》中云:"臣本吴人,靖居海隅。"在《谢平原内史表》中云:"臣本吴人,出自敌国……遭国颠沛,无节可纪。"无论是倨是恭,他都自觉意识到了自己的南人身份。同时,他念念不忘自己的高贵血统。据《晋书·张华传》载:"初,陆机兄弟志气高爽,自以吴之名家,初入洛,不推中国人士。"由于自己门第的高华以至于看不起北方的士族人物,那么他对南方门第低下者的态度就可想而知了。《世说新语·赏誉》注引《文士传》曰:"机清厉有风格,为乡党所惮。"《晋书·吾彦传》曰:"吾彦,字士则,吴郡吴人也。出身寒微,有文武才干……帝尝问彦:'陆喜、陆抗二人谁多也?'彦对曰:'道德名望,抗不及喜;立功立事,喜不及抗。'会交州刺史陶璜卒,以彦为南中都督、交州刺史。重饷陆机兄弟,机将受之,云曰:'彦本微贱,为先公所拔,而答诏不善,安可受之!'机乃止。因此每毁之。长沙孝廉尹虞谓机等曰:'自古由贱而兴者,乃有帝王,何但公卿……卿以士则答诏小有不善,毁之无已,吾恐南人皆将去卿,卿便独坐也。'"从此可以看出南人之间也有士族与庶人的矛盾。陆机的傲慢与偏见根深而蒂固,以至于他把赋看作"咏世德之骏烈,诵先人之清芬"(《文赋》)的工具。

二陆赠答诗中反复出现两组词语,一组是"南""南国""南金"等,另一组是"鸿族""世族""洪族"等。例如,"亹亹明哲,在彼鸿族……翻飞名都,宰物于南"(陆机《赠顾令文为宜春令诗五首》),"诞育祖考,造我南国。南国克靖,实繇洪绩"(陆机《与弟清河云诗十首》),"滔滔江汉,南国之纪……卞和南金,终始一色"(陆云《赠鄱阳府君张仲膺诗》),"蔼蔼洪族,天禄攸蕃"(陆云《答吴王上将顾处微诗》),"伊我世族,太极降精"(陆云《答兄平原诗》),"振振孙子,洪族之纪"(陆云《答孙显世诗》)……

正如陈寅恪先生指出："孙吴政权是由汉末江东地区的强宗大族拥戴江东地区具有战斗力之豪族，即当时不以文化见称的次等士族孙氏，借其武力，以求保全，从而组织起来的政权。故孙吴政治社会的势力完全操在地方豪族之手。"① 以陆氏家族为例，据《世说新语》载："孙皓问丞相陆凯曰：'卿一宗在朝有几人？'陆曰：'二相、五侯、将军十余人。'皓曰：'盛哉！'"西晋太康元年（280），吴国灭亡，全国一统。东吴士族受到了严重的创伤。陆机的《与弟清河云诗十首》及陆云的《答兄平原诗》是两篇描写国破家亡的悲惨遭遇的"家族的诗史"，其二写陆机的两个哥哥在战争中阵亡殉国，诗云："笃生二昆，克明克俊。遵涂结辙，承风袭问。帝曰钦哉，纂戎列祚。双组式带，绶章载路。即命荆楚，对扬休顾。肇敏厥绩，武功聿举。烟煴芳素，绸缪江浒。昊天不吊，胡宁弃予。"其四写吴国的败亡和自己愧对祖宗的心情，诗云："有命自天，崇替靡常。王师乘运，席卷江湘。虽备官守，位从武臣。守局下列，譬彼飞尘。洪波电击，与众同湮。颠踣西夏，收迹旧京。俯惭堂构，仰憎先灵。孰云忍媿，寄之我情。"其九写家族的昔日的兴盛和今日的残破凋零，诗云："昔我斯逝，兄弟孔备。今予来思，我凋我瘁。昔我斯逝，族有余荣。今我来思，堂有哀声。我行其道，鞠为茂草。我履其房，物存人亡。拊膺涕泣，血泪彷徨。"陆云在《答兄平原诗》中接着其兄继续哭诉道："昔我先公，邦国攸兴。今我家道，绵绵莫承。昔我昆弟，如鸾如龙。今我友生，凋俊坠雄。家哲永徂，世业长终。华堂倾构，广宅颓庸。高门降衡，修庭树蓬。感物悲怀，怆矣其伤。"当代学者多认为此二诗完成于太康二年是有道理的，在太康之后的北方地区，无论是东南士族诗人之间，还是二陆兄弟之间，他们都对平吴战争中所受的创伤讳莫如深，再也看不到这样饱含血泪的控诉了。或许随着时光悲伤已经淡化，身为晋朝官吏的他们已经忘记了过去；或许是碍于现实，他们只能把伤痛深深地隐藏在

---

① 陈寅恪《魏晋南北朝史讲演录》，黄山书社，1987年版，第26页。

心底。

平吴之初，并不是所有的东南士族都愿意与晋朝合作。《世说新语·赏誉》曰：

> 有问秀才："吴旧姓如何？"答曰："吴府君圣王之老成，明时之俊乂。朱永长理物之至德，清选之高望。严仲弼九皋之鸣鹤，空谷之白驹。顾彦先八音之琴瑟，五色之龙章。张威伯岁寒之茂松，幽夜之逸光。陆士衡、士龙鸿鹄之徘徊，悬鼓之待槌。"

以上提及的六大家族七位精英人物中，只有陆机兄弟和顾荣在太康末年走进了北方地区。《晋书·顾荣传》曰："吴平，（顾荣）与陆机兄弟同入洛，时人号为'三俊'。"在他们的带动下，陆续有一些士族子弟北上求仕。《晋书·薛兼传》曰："薛兼，字令长，丹阳人也……吴平，为散骑常侍。兼清素有器宇，少与同郡纪瞻、广陵闵鸿、吴郡顾荣、会稽贺循齐名，号为'五俊'。初入洛，司空张华见而奇之，曰：'皆南金也。'"但是，"南金"们并没有受到预想的欢迎，他们求取功业的道路并不顺畅。《晋书·贺循传》中记载了作为著作郎的陆机的呼吁："（贺循等人）皆出自新邦，朝无知己，居在遐外，志不自营，年时倏忽，而邈无阶绪，实州党愚智所为恨恨。臣等伏思台郎所以使州，州有人，非徒以均分显路，惠及外州而已。诚以庶士殊风，四方异俗，壅隔之害，远国益甚。至于荆、扬二州，户各数十万，今扬州无郎，而荆州江南乃无一人为京城职者，诚非圣朝待四方之本心。"

生活在北方的他们，"出自新邦，朝无知己"，处境尴尬，进退维谷。陆机《赠尚书郎顾彦先诗二首》其一云："凄风迕时序，苦雨遂成霖。……感物百忧生，缠绵自相寻。与子隔萧墙，萧墙阻且深。形影旷不接，所托声与音。音声日夜阔，何用慰吾心。"陆机《赠顾彦先诗》云："清夜不能寐，悲风入我轩。立影对孤躯，哀声应苦言。"陆机《为顾彦先作诗》云:"肃肃素秋节,湛湛浓露凝。太阳夙夜降,少阴忽已升。"难怪他们会如此深感孤独寂寞,读下面的史料,我们不难明白导致他们孤独的原因:

陆机诣王武子(济),武子前置数斛羊酪,指以示陆曰:"卿江东何以敌此?"陆云:"有千里莼羹,但未下盐豉耳!"(《世说新语·言语》)

二陆初入洛,咨张公所宜诣,刘道真是其一,陆既往,刘尚在哀制中。性嗜酒,礼毕,初无他言,唯问:"东吴有长柄壶卢,卿得种来不?"陆兄弟殊失望,乃悔往。(《世说新语·简傲》)

卢志于众坐,问陆士衡:"陆逊、陆抗,是君何物?"(《世说新语·方正》)

初,宦人孟玖弟超并为颖所嬖宠。超领万人为小都督,未战,纵兵大掠。机录其主者。超将铁骑百余人,直入机麾下夺之,顾谓机曰:"貉奴能作督不!"(《晋书·陆机传》)

奔波在仕宦的道路上的东南士族们,无法停息。陆云《答张士然诗》云:"行迈越长川,飘飘冒风尘。通波激柱渚,悲风薄丘榛。修路无穷迹,井邑自相循。百城各异俗,千室非良邻。"陆机《答张士然诗》云:"洁身跻秘阁,秘阁峻且玄。终朝理文案,薄暮不遑眠。"陆机《赠弟士龙诗》云:"行矣怨路长,怒焉伤别促。指途悲有余,临觞欢不足。"有些时候,他们无法忍受肉体上和精神上的双重折磨,痛不欲生。陆云《赠顾彦先》其二云:"冬违邦族,风霜是处。嗟彼独宿,谁与晤语。飘飘艰辛,非禹孰举。言念君子,怅惟心楚。"其五云:"幽幽东崿,恋彼西归。瞻仪情感,聆音心悲。之子于迈,夙夜京畿。王事多难,仲焉徘徊。"与州里杨彦明书曰:'吾为齐王主簿,恒虑祸及,见刀与绳,每欲自杀,但人不知耳。'"

他们的处境、他们的心态皆与其南人意识与士族意识息息相关。二陆与东南士族赠答诗是这个群体南人意识与士族意识的忠实记录，生动地再现了他们在洛阳政权中的尴尬处境。

二

东南士族们在尴尬的处境中做出了不同的人生抉择，他们当中有张翰式的旷达，有顾荣式的沉醉，也有陆机陆云兄弟式的"翻飞"不已。

张翰属于吴郡张氏子弟，以放达而出名。《晋书·张翰传》曰："翰有清才，善属文，而纵任不拘，时人号为'江东步兵'……齐王同辟为大司马东曹掾……翰因见秋风起，乃思吴中菰菜、莼羹、鲈鱼脍，曰：'人生贵得适志，何能羁宦数千里以要名爵乎！'遂命驾而归。著《首丘赋》，文多不载。俄而同败，人皆谓之见机。然府以其辄去，除吏名。翰任心自适，不求当世。或谓之曰：'卿乃可纵适一时，独不为身后名邪？'答曰：'使我有身后名，不如即时一杯酒。'时人贵其旷达。"其《赠张弋阳诗七首》也印证着他的任心自适之情，诗云："时道玄旷，阶轨难寻。散缨放冕，负剑长吟。昆弟等志，托兹幽林。玄墨澄气，虚静和心。"他是这样剖白的，也是这样行动的。顾荣也选择了美酒，但他却没有张翰那么超脱潇洒。《晋书·顾荣传》曰："（顾荣）例拜为郎中，历尚书郎、太子中舍人、廷尉正。恒纵酒酣畅，谓友人张翰曰：'惟酒可以忘忧，但无如作病何耳。'……齐王同召为大司马主簿。同擅权骄恣，荣惧及祸，终日昏酣，不综府事，以情告友人长乐冯熊……以为中书侍郎。在职不复饮酒。人或问之曰：'何前醉而后醒邪？'荣惧罪，乃复更饮。"

在沉醉与旷达的背后，在他们的内心深处，未尝没有"翻飞"与高栖的矛盾。张翰看见秋风，因思念故乡而命驾归去，后来大家才明白他离开洛阳是见机而作，那么，当年，"会稽贺循赴命入洛，经吴阊门，于船中弹琴。翰初不相识，乃就循言谭，便大相钦悦。问循，知其入洛，翰曰：'吾亦有事北京。'便同载即去，而不告家人。"（《晋书·张翰传》）此时他也不是一时兴起，显然也是经过深思熟虑所做出的抉择。可见，仕晋与隐逸，在张翰心中不是没有矛盾，只是在经过了一段亲身体验，对现实绝望之后，他才放弃了仕宦之想。至于顾荣，他的内心一直处在重重矛盾中。《晋书·张翰传》云："同时执权，翰谓同郡顾荣曰：'天下纷纷，祸难未已。夫有四海之名者，求退良难。吾本山林间人，无望于时。子善以明防前，以智虑后。'荣执其手，怆然曰：'吾亦与子采南山蕨，饮三江水耳。'"看来，他也有隐居山林的向往，沉醉在酒乡岁月中乃是不得已而为之。当惠帝西迁长安之后，他拒绝了散骑常侍的官职，也像张翰一样回归吴地。但在吴地的顾荣并没有逍遥于林泉之中，忘记尘世。永兴二年（305），顾荣暗中联合周玘、甘卓，平定了陈敏之乱；永嘉元年（307），司马睿移镇建业，为了笼络江南士族，任命顾荣为军司，加散骑常侍，时常向他咨询军国大计。如果没有他和纪瞻、贺循、薛兼等江南士族精英的支持，司马睿很难立足江南。是故，《晋书·顾荣传》曰："元帝树基淮海，百度权舆，梦想群材，共康庶绩。顾（荣）、纪（瞻）、贺（循）、薛（兼）等并南金东箭，世胄高门，委质霸朝，豫闻邦政；典宪资其刊辑，帷幄伫其谋猷；望重搢绅，任惟元凯，官成名立，光国荣家。非惟感会所钟，抑亦材能斯至。而循位登保傅，朝望特隆，遂使銮跸降临，承明下拜。虽西汉之恩崇张禹，东都之礼重桓荣，弗是过也。"顾荣他们在协助司马睿政权的同时，也达到了"将弘祖业，实崇奕世"的目的。而这，也正是二陆当年的梦想。

二陆诗歌喜欢使用"翻飞"一词。陆机《赠顾令文为宜春令诗五首》其一云："翻飞名都，宰物于南。"陆机《赠武昌太守夏少明诗六首》其一云："拊翼负海，翻飞上国。"陆机《赠冯文罴迁斥丘令诗八首》其三："有命集止，翻飞自南。"陆云《赠汲郡太守》其二云："肇允衡门，翻飞宰朝。"陆云《答吴王上将顾处微诗》其四云："于时翻飞，虎啸江濆。"夏靖《答陆士衡诗》云："九五翻飞，利见大人。"翻飞是不言放弃,翻飞是忍辱负重,翻飞是勇往直前。在北方的天空下,在险恶的环境中,陆机兄弟翻飞不已,直到生命的终结。让我们看看《晋书·陆机传》中记载的陆机生命后期的几个片断吧!"时中国多难,顾荣、戴若思等咸劝机还吴,机负其才望,而志匡世难,故不从。"八王之乱已经开始,他依然不想离开北方的舞台。"颖谓机曰:'若功成事定,当爵为郡公,位以台司,将军勉之矣!'机曰:'昔齐桓任夷吾以建九合之功,燕惠疑乐毅以失垂成之业,今日之事,在公不在机也。'"此时,他自比管仲乐毅,何等的自负自信。"机释戎服,著白帢,与秀相见,神色自若,谓秀曰:'自吴朝倾覆,吾兄弟宗族蒙国重恩,入侍帷幄,出剖符竹。成都命吾以重任,辞不获已。今日受诛,岂非命也!'因与颖笺,词甚凄恻。既而叹曰:'华亭鹤唳,岂可复闻乎!'"虽然他怀恋故乡,但至死他没有为自己选择北上和坚持"翻飞"而后悔,甚至他没有埋怨庸主司马颖。

然而,"好游权门,与贾谧亲善,以进趣获讥"(《晋书·陆机传》)的陆机兄弟并非没有高栖意识。他们非常向往隐居山泽的生活,陆机《赠潘尼诗》云:"遗情市朝,永志丘园。静犹幽谷,动若挥兰。"陆云《赠孙显世诗》云:"云根可栖,乐此隈岑。"他们思念千里之外的故乡。陆机的《思亲赋》《怀土赋》《思归赋》等作品无不抒发自己的桑梓之情。这样的情感也反映在赠答诗中。陆机《赠从兄车骑诗》云:"孤兽思故薮,离鸟悲旧林。翩翩游宦子,辛苦谁为心。仿佛谷水阳,婉娈昆山阴。营魄怀兹土,精爽若飞沉。寤寐靡安豫,愿言思所钦。感彼归途艰,使我怨慕深。安得忘归草,言树背与襟。斯言岂虚作,思鸟有悲音。"难以忘怀故乡,难以忘怀陆氏庄园。陆机《答张士然诗》云:"逍遥春王圃,踯躅千亩田。回渠绕曲陌,通波扶直阡。嘉谷垂重颖,芳树发华颠。余固水乡士,总辔临清渊。戚戚多远念,行行遂成篇。"即使徘徊于湖光水色之中,也难解思乡之愁,时刻意识到自己"水乡士"的角色。陆机的《赠尚书郎顾彦先诗》其二因为有"沉稼湮梁颍,流民溯荆徐"的句子,被人视为关心民生疾苦的作品,结尾处的"眷言怀桑梓,无乃将为鱼"表明：在关注民生的同时他也在思念故乡。

值得一提的是，陆机的《为顾彦先赠妇二首》《为周夫人赠车骑》、陆云的《为顾彦先赠妇往返诗四首》等作品一向被人看作"游戏"之作，但我们发现，陆机兄弟"游戏"的对象主要是和自己一样的东南士族，这些"游戏"之作中未尝没有寄予二陆的思乡之情。陆机的《为顾彦先赠妇二首》其一云："辞家远行游，悠悠三千里。京洛多风尘，素衣化为缁。修身悼忧苦，感念同怀子。隆思乱心曲，沉欢滞不起。欢沉难克兴，心乱谁为理。愿假归鸿翼，翻飞浙江汜。"其中的"京洛多风尘"寄托了多少辛酸，不是自己亲历就无法向外人道出。

坚持"翻飞"的陆机兄弟是痛苦的，整日让自己沉醉的顾荣是痛苦的，那么，逃离了官场的张翰是否找到了一条生活幸福、心灵慰安的道路呢？我们不得而知。至少逃离北方之前的旷达者也处在痛苦之中。可以肯定的是，那些背井离乡、跋涉在北方的东南士族们的内心无不充满了矛盾心态和忧患意识。

三

自古以来，对赠答对象的颂美与思念是赠答诗的基本特征。有时候，赠答诗被看作一种交际的手段，其中充盈着不动真情的谀美之词，似乎是一种戴着面具的表演。这样的情况也存在于西晋赠答诗中，甚至可以说到了西晋时代这种风气更加炽烈。相对而言，二陆与东南士族赠答诗中的赞美与思念是情真意切的。东南士族群体之间的团结有其历史的和现实的双重因素：其一，士族成员在东吴政权中拥有崇高的社会地位；其二，世家大族之间相互通婚，形成了盘根错节的亲戚关系，"宗姻风从，娣侄云回"（陆云《赠顾骠骑诗》），他们之间一损俱损，一荣俱荣；其三，他们共同经历了晋人平吴的战争，家族的生命财产和物质利益受到了重创；其四，为了家族的振兴，他们怀抱理想相继来到了洛阳，他们受到了北人的歧视与冷遇。在现实中,我们会看到"南金"群体之间相互援引,彼此之间相濡以沫的"阶级"① 情谊,那么,他们在赠答诗中互相颂美、互相思念之情自然同样真切可信。陆云《答张士然诗》云:"欢旧难假合,风土岂虚亲。感念桑梓域,仿佛眼中人。"这首诗所表达出的正是东南士族成员们共同的情感体验。

  进入洛阳政权之后,陆机兄弟先后举荐了许多东南名士。例如,《晋书·贺循传》载:"著作郎陆机上疏荐循曰:'伏见武康令贺循德量邃茂,才鉴清远,服膺道素,风操凝峻,历试二城,刑政肃穆。前蒸阳令郭讷风度简旷,器识朗拔,通济敏悟,才足干事。'"《晋书·戴若思传》载陆机向赵王伦举荐戴若思云:"诚东南之遗宝,宰朝之奇璞也。"《晋书·陆云传》云:"(陆)云爱才好士,多所贡达。移书太常府荐同郡张赡曰:'……诚帝室之瑰宝,清庙之伟器。'"二陆的努力在东南士人中产生了极大反响。郑丰《答陆云·鸳鸯》序文云:"《鸳鸯》,美贤也,有贤者二人,双飞东岳,扬辉上京。其兄已显登清朝,而弟中渐,婆娑衡门。然其劳谦接士,吐握待贤,虽姬公之下白屋,洙泗之养三千,无以过也。"充分肯定了二陆特别是陆云在北国"劳谦接士,吐握待贤"的功绩。

  陆机兄弟在赠答诗中热情地颂扬了东南士族。有对对方志向才情的赞扬:陆机《赠顾令文为宜春令诗五首》其四云:"交道虽博,好亦勤止。比志同契,惟予与子。"陆机《赠顾交趾公真诗》云:"伐鼓五岭表,扬旌万里外。远绩不辞小,立德不在大。"陆云《赠鄱阳府君张仲膺诗》其一云:"知机日难,子达其微。入辅帷幄,出御千里。"其二云:"何以润之,德被苍生。何以济之,威振群城。"陆云《赠顾骠骑诗·有皇》云:"显允顾生,金声玉振。"陆云《答顾秀才诗》其五云:"既迈斯仁,亦迪兹文。藻不雕朴,华不变淳。有斐君子,如珪如璠。"陆云《赠鄱阳府君

---

① 此处的"阶级"与今日所说的"阶级"不同,不是指两个根本对立的社会集团,它与"阀阅"同义。例如《晋书·张载传》载张载《榷论》云:"今士循常习故,规行矩步,积阶级,累阀阅,碌碌然以取世资。"

张仲膺诗》云："斌斌君子，升堂入室。"还有对对方道德高尚的颂美。陆云《赠顾尚书诗》云："行成世则，才为时生。体道既弘，大德允明……子有其德，人求其馨。"陆云《赠顾彦先》其一云："行该其高，德备其新。光莹之伟，隋卞同珍。"陆机《赠武昌太守夏少明诗六首》其一云："穆穆君子，明德允迪。"其二云："尔政既均，尔化既淳。旧污孔修，德以振人。"陆云《答顾秀才诗》其二云："惟是德心，是用闲邪。"陆云《赠鄱阳府君张仲膺诗》云："忠至宠加，孝至荣集。"

值得注意的是，与一般赠答诗不同之处，在于诗人对赠（答）者高贵出身的看重。陆云《答孙显世诗》其七云："振振孙子，洪族之纪。"陆机《赠顾令文为宜春令诗五首》云："亹亹明哲，在彼鸿族。"陆云《答吴王上将顾处微诗》云："蔼蔼洪族，天禄攸蕃。"同时，诗人还时常把赠答的对象比拟为龙凤。陆云《赠鄱阳府君张仲膺诗》其二云："凤舒其翮，龙濯其鳞。"陆云《赠顾彦先》其一云："腾都之骏，龙凤合尘。"陆云《赠顾尚书诗》云："闻天之聪，譬之鹄鸣。天聪既招，我实惟彰。乘风之凤，眷言朝阳。"

在赞美的同时，也流露出对赠（答）者深切的思念。二陆赠答诗中涉及最多的人物是顾荣，陆机有《赠尚书郎顾彦先诗二首》《为顾彦先作诗》《为顾彦先赠妇二首》《赠顾彦先诗》六首涉及顾荣，陆云有《赠顾骠骑后二首》《赠顾尚书》《赠顾彦先》《为顾彦先赠妇往返四首》等八首涉及顾荣。二陆与顾荣同时入洛，情同手足。陆云在《赠顾尚书诗》中呼之为兄长："于显尚书，实惟我兄。"陆云书信中多次提到顾荣，其《与杨彦明书》中说："彦先来，相欣喜，便复分别，恨恨不可言。"同样的情感也记录在陆云的《赠顾尚书诗》："会浅别速，哀以绍欣。追旷同途，暂和笑言。殊音合奏，曲异响连。绝我欢条，统我思因。根分来在，爱感往思。我非形景，有处有游。载离载会，且欢且忧。感彼远旷，吝此延娱。乐奏声哀，言发涕流。"二陆赠答诗中表达思念的句子俯拾皆是。陆机《赠武昌太守夏少明诗六首》其六云："人道靡常，高会难期。之子于远,曷云归哉。心乎爱矣,永言怀之。"陆机《赠顾交趾公真诗》云:"惆怅瞻飞驾,引领望归旆。"陆机《赠顾令文为宜春令诗五首》其五有"娈彼静女,此惟我心"之言,把朋友关系比作男女关系。陆云《赠鄱阳府君张仲膺诗》其五云:"人道伊何,难合易离。会如升峻,别如顺淇。嗟我怀人,曷云其来。贡言执手,涕既陨之。"陆云《答大将军祭酒顾令文诗》其五云:"企予朔都,非子孰念。"陆云《赠郑曼季诗四首》的主旋律就是表现对郑曼季的强烈思念。《谷风》其一云:"感物兴想,念我怀人。"其二云:"嗟我怀人,其居乐潜。"其三云:"嗟我怀人,在津之梁。"其四云:"嗟我怀人,于焉逍遥……我之思之,言怀其休。"《鸣鹤》其一云:"嗟我怀人,惟馨黍稷。"其二云:"嗟我怀人,启襟以睎。"其三云:"嗟我怀人,心焉忧忾。"其四云:"嗟我怀人,惟用伤情。"《南衡》其一云:"我之怀矣,休音峻扬。"其二云:"我之怀矣,置尔华宫。"其三云:"我之怀矣,有客来信。"其四云:"我之怀矣,其好缠绵。"其五云:"我之怀矣,在彼北林。"在一组诗中反复出现这么多的"怀人""怀矣"字样,这是前所未有的。

部分赠答诗成为他们之间生死之交的见证,让我们以孙拯为例来看。《晋书·陆机传》曰:"孙拯者,字显世,吴都富春人也。能属文,仕吴为黄门郎。孙皓世,侍臣多得罪,惟拯与顾荣以智全。吴平后,为涿令,有称绩。机既为孟玖等所诬,收拯考掠,两踝骨见,终不变辞。门生费慈、宰意二人诣狱明拯,拯謦遣之曰:'吾义不可诬枉知故,卿何宜复尔?'二人曰:'仆亦安得负君!'拯遂死狱中,而慈、意亦死。"道义无价,情谊无价,千载之下,读来让人感动不已。回头再来读陆云的《答孙显世诗》,可知其中的"振振孙子,洪族之纪。志拟龙潜,德配麟趾。弘义朗节,克明峻轨。遵彼中皋,于穆不已。""乃眷丘林,乐哉河曲。解绂投簪,披褐怀玉。遗情春台,托荫寒木。言念伊人,温其在谷。""道俟人行,辞以义辑。和容过表,余未云执。惠音高播,清风骏集。怀德形抚,临篇景立。"乃是相知之言,肺腑之言。东吴士族之间的精诚团结,史书多有记载,据《晋书·陆机传》载,河桥之役前夕,"机乡人孙惠亦劝机让都督于粹"。陆机遇难之后,"大将军参军孙惠与淮南内史硃诞书曰:'不意三陆相携暗朝,一旦湮灭,道业沦丧,痛酷之深,荼毒难言。国丧俊望,悲岂一人!'其为州里所痛悼如此。"据《晋书·纪瞻传》载:"纪瞻……少与陆机兄弟亲善,及机被诛,瞻恤其家周至,及嫁机女,资送同于所生。"《史记·赵世家》引谚语曰"死者复生,生者不愧",纪瞻、孙惠之谓也,真正的交情不会因生死而改变。

  回顾赠答诗嬗变的历史,我们会看到,魏晋是一个赠答诗兴盛的时代。建安时代的曹植、王粲等人,正始时代的嵇康等人,西晋的傅咸、陆机陆云兄弟、潘尼等人都创作了不少赠答诗。其中多数作品都属于个人性赠答诗,可以被称为群体性赠答诗的只有邺下文人集团的赠答诗与西晋东南士族的赠答诗。① 群体赠答诗虽然也是两个士人之间的交流,但它折射的是一个群体的共同情感,这个群体有相同的志趣和追求,有相似的处境和遭遇。邺下文士们"并怜风月,狎池苑,述恩荣,叙酣宴,慷慨以任气,磊落以使才;造怀指事,不求纤密之巧,驱辞逐貌,唯取昭晰之能"。(《文心雕龙·明诗》)他们的赠答诗重在表现壮志未酬的英雄情怀。值得注意的是,他们的赠答诗中除了彼此之间的激励和思念之外,其中流动着一种"怨"情。以曹植作品为例,其《赠徐干》云:"宝弃怨何人,和氏有其愆。"其《赠王粲》云:"重阴润万物,何惧泽不周?"其《又赠丁仪王粲》云:"丁生怨在朝,王子欢在营。"这是文士们的政治期望未能实现之时产生的失落感,它具有"怨而不怒"的情感特征。东南士族群体赠答诗表现了生活在北方社会中的东南士族群体的南人意识和士族意识,以及他们进退维谷的尴尬处境;他们既有建功立业、克振家声的激情,也有急流勇退、回归故土的渴望;这个群体之间具有亲如手足、

---

① 邺下文人集团指建安9年(204)曹操攻下邺城后,聚集在曹氏父子周围的文人集团。建安22年(217),王粲等人一时俱逝,文人集团云散。

相濡以沫的"阶级"情谊。和邺下文人集团的赠答诗一样,二陆与东南士族赠答诗具有独特的诗史价值。虽然不能说这组赠答诗全部属于优秀作品(毋庸讳言,其中一些作品显得冗长呆板,缺乏文采),但其中也不乏真情之作、深情之作。

第九章　兰亭雅集前后的会稽士族

兰亭，一个富有诗意的地名；兰亭，一方历代文人心目中的圣地。郦道元《水经注·浙江水经》云："浙江东与兰溪合，湖南有天柱山，湖口有亭，号曰兰亭，亦曰兰上里。太守王羲之、谢安兄弟数往造焉。"据《晋书·王羲之传》载："会稽有佳山水，名士多居之，谢安未仕时亦居焉。孙绰、李充、许询、支遁等皆以文义冠世，并筑室东土，与羲之同好。尝与同志宴集于会稽山阴之兰亭，羲之自为之序以申其志。"据《晋书·谢安传》载："（谢安）寓居会稽，与王羲之及高阳许询、桑门支遁游处，出则游弋山水，入则言咏属文。"据《晋书·孙绰传》载："绰字兴公。博学善属文，少与高阳许询俱有高尚之志。居于会稽，游放山水，十有余年，乃作《遂初赋》以致其意。"东晋永和九年（353）三月三日，"书圣"王羲之与后来成为"风流宰相"的谢安以及诗坛领袖孙绰等人在会稽兰亭的聚会，在中国古代思想史、文学史、书法史乃至整个文化史中都占有重要的一页。《兰亭诗》连同王羲之的《兰亭序》、孙绰的《兰亭后序》在后世文学艺术发展史中产生了深远影响。本章拟在前修时贤讨论的基础上，就兰亭雅集的与会人员、这次聚会的士族特色，以及会稽士族的生活状态、审美情趣、政治姿态诸问题谈一点个人的看法。

一、与会人员考辨

参加兰亭雅集的人员有不同说法,一是41人说,一是42人说。谨将宋前出现的有关材料列举于下。

1. 《世说新语·企羡》刘孝标注引王羲之《临河叙》云:"右将军司马太原孙丞公等二十六人,赋诗如左。前余姚令会稽谢胜等十五人,不能赋诗。"按:这是目前文献中最早的文字记载,赋诗者26人,不能赋诗者15人,总共41人。因为现在存世的兰亭诗,其作者包括王羲之正好为26人,所以"赋诗如左"的26人一定包括王羲之本人。遗憾的是王羲之在文中对于赋诗与未能赋诗者只是列举了两人作为代表,并没有涉及其他人的名字。

2. 唐何延之《兰亭记》云:"《兰亭》者,晋右将军、会稽内史、琅琊王羲之字逸少所书之诗序也。右军蝉联美胄,萧散名贤,雅好山水,尤善草隶。以晋穆帝永和九年暮春三月三日,宦游山阴,与太原孙统承公、孙绰兴公、广汉王彬之道生、陈郡谢安安石、高平郗昙重熙、太原王蕴叔仁、释支遁道林,并逸少子凝、徽、操之等四十有一人,修袚禊之礼,挥毫制序,兴乐而书。"①按:何延之没有说明赋诗者几人、未赋诗者几人,只是笼统地说王羲之与孙统等41人聚会,王羲之究竟是在41人之内还是在41人之外,作者语焉不详。此外,值得注意的是,此文列举的与会者名单中出现了释支遁,释支遁在其他几种文献中都没有出现。

3. 宋孔延之《会稽掇英总集》卷三载有王羲之、谢安、谢万、孙绰、徐丰之、孙统、王彬之、王凝之、王肃之、王徽之、袁峤之、郗昙、王丰之、华茂、庾友、虞说、魏滂、谢绎、庾蕴、孙嗣、曹茂之、曹华平、桓伟、王玄之、王蕴之、王涣之之诗。并云:"一十六人诗不成,各罚酒三

---

① 张彦远撰 刘石校点《法书要录》,辽宁教育出版社,1998年版,第58页,第59页。

觥：谢瑰、卞迪、王献之、丘髦、羊模、孔炽、刘密、虞谷、劳夷、后绵、华耆、谢藤、任儗、吕系、吕本、曹礼。"① 按：此说认为出席聚会者共42人，其中赋诗者26人，未赋诗者16人。作者列出了所有与会者的姓名。

4. 宋施宿《嘉泰会稽志》卷十云："《天章寺碑》云：羲之、谢安、谢万、孙绰、徐丰之、孙统、王彬之、王凝之、王肃之、王徽之、袁峤之、郗昙、王丰之、华茂、庚友、虞说、魏滂、谢绎、庚蕴、孙嗣、曹茂之、曹华平、桓伟、王玄之、王蕴之、王涣之各赋诗，合二十六人。谢瑰、卞迪、丘髦、王献之、羊模、孔炽、刘密、虞谷、劳夷、后绵、华耆、谢藤、任儗、吕系、吕本、曹礼，诗不成，罚三觥，合十六人。《世说》以谢藤作谢胜，余杭令作余姚令。何延之《兰亭记》云四十一人，有许询、支道林。《晋书》列传又有李充，当以碑为正。"② 按：此说认为出席聚会者共42人，其中赋诗者26人，未赋诗者16人，列出了与会者姓名。作者还对有关文献进行了辨析，但何延之《兰亭记》有许询、支道林的说法并不准确，何延之只是提到了支道林，并没有提到许询。

5. 宋桑世昌《兰亭考》卷一载《兰亭诗》："右将军会稽内史王羲之，司徒谢安，司徒左西属谢万，左司马孙绰，行参军徐丰之，前余姚令孙统，王凝之、王宿之、王彬之、王徽之、陈郡袁峤之，已上十一人各成四言五言诗一首。散骑常侍郗昙，前参军王丰之，前上虞令华茂，颍川庚友，镇军司马虞说，郡功曹魏滂，郡五官佐谢绎，颍川庚蕴，前中军参军孙嗣，行参军曹茂之，徐州西平曹华，荥阳桓伟，王元之，王蕴之，王涣之，已上一十五人一篇成。侍郎谢瑰，镇国大将军掾卞迪，行参军事印丘髦，王献之，行参军羊模，参军孔炽，参军刘密，山阴令虞谷，府功曹劳夷，府主簿后绵，前长岑令华耆，前余姚令谢滕，府主簿任儗，任城吕

---

① 邹志方点校《会稽掇英总集》，人民出版社，2006年版。
② 施宿等纂《嘉泰会稽志》，见《宋元方志丛刊》（第7册），中华书局，1990年版。

系，任城吕本，彭城曹礼，已上一十六人诗不成罚酒三巨觥。"① 按：此说认为出席会议者共42人，其中赋诗者26人，未赋诗者16人。此说的最大特点是第一次详细列出了与会者的姓名及官职。此外，在人名方面尚需注意：此文中的"徐州西平曹华"下面有注"《漫录》云曹华平"，其他文献皆作曹华平，曹华与曹华平当系同一人；此文中的"王宿之"，其他所有文献中皆为"王肃之"。王肃之乃是王羲之第四子，王宿之史无其人，是故"王宿之"当为"王肃之"之误；此文中的"王元之"，与葛立方《韵语阳秋》相同，施宿《会稽志》等文献作"王玄之"。王玄之乃是王羲之长子，王元之史无其人。据宋罗泌《路史·国名记己一》载："玄都氏避圣祖讳为元氏、都氏。"是故，此处也可能是宋人为了避讳，故意将"王玄之"改写为"王元之"。②

6. 宋葛立方《韵语阳秋》卷五："永和中，王羲之修禊事于会稽山阴之兰亭，群贤毕至，少长咸集，序以谓虽无丝竹管弦之盛，一觞一咏亦足以畅叙幽情。则当时篇咏之传可考也。今观羲之、谢安、谢万、孙绰、孙统、王彬之、凝之、肃之、徽之、徐丰之、袁峤之十有一人，四言五言诗各一首。王丰之、元之、蕴之、涣之、郗昙、华茂、庚友、虞说、魏滂、谢绎、庚蕴、孙嗣、曹茂之、华平、桓伟十有五人，或四言，或五言，各一首。王献之、谢瑰、卞迪、卓髦、羊模、孔炽、刘密、虞谷、劳夷、后绵、华耆、谢藤、任凝、吕系、吕本、曹礼十有六人，诗各不成，罚酒三觥。"③ 按：此说认为出席聚会者共42人。其中赋诗者26人，未赋诗者16人。作者列出了与会者的姓名。"王元之"当为"王玄之"之误。

以上6种文献中，人数上虽然有41人和42人的区别，除了何延之《兰亭记》之外皆记载赋诗者26人，因为有诗歌存世，各家对他们的参

---

① 桑世昌《兰亭考》，商务印书馆，1936年版。
② 《路史》条材料系《古典文学知识》编辑部樊昕先生在审稿后告知笔者，谨表谢忱。
③ 葛立方《韵语阳秋》，上海古籍出版社，1984年版。

会没有异议。以上各种文献中涉及的未赋诗者当中,除了释支遁、许询、李充及王操之、王献之兄弟之外,都不是当时的士族精英,他们主要是会稽内史王羲之属下的僚属,可以不做深究。"丘髦"与"卓髦"当为同一人。

在以上涉及的人物中,释支遁的身份与众不同。何延之的《兰亭记》重在记叙王羲之《兰亭序》墨迹如何到达唐太宗手中的传奇故事,对此过程,有人坚信,有人质疑。至于他所谓的释支遁曾经与会的说法则值得怀疑。支遁是当时会稽地区的著名僧人,这次是会稽地区的士族雅集,也许是王羲之有意没有邀请他;也许是虽然邀请了,他借故不来。如果他出席雅集,以其才华,赋诗一首两首当没有问题。据此推断,支遁没有出席雅集的可能性更大。

宋施宿《嘉泰会稽志》有"《晋书》列传又有李充,当以碑为正"云云,后世也有人认为李充出席了这次聚会。这其实是施宿对《晋书》列传的误解。《太平御览》卷一九四引王隐《晋书》中并没有提到李充;前引《王羲之传》云:"孙绰、李充、许询、支遁等皆以文义冠世,并筑室东土,与羲之同好。尝与同志宴集于会稽山阴之兰亭,羲之自为之序以申其志。"这条材料其实并不能作为李充、许询、支遁与会的证据。平时,王羲之、谢安与李充、许询、支遁之间的聚会一定不少,但这并不表示永和九年三月三日的聚会中一定会有李充、许询、支遁三人。据日本学者佐藤利行先生考证,兰亭雅集时许询已经去世。① 即使施宿自己也说"当以碑为正",从现存文献中判断,李充并没有与会。

东晋政权先后由琅琊王氏、颍川庾氏、谯国桓氏、陈郡谢氏、太原王氏等掌控,眼下除了太原王氏之外,其余四大家族各有其代表人物。琅琊王氏家族人数最多,有王羲之和他的六个儿子,即长子王玄之,次子王凝

---

① 佐藤利行《王羲之的生活和思想——隐士生活为中心》,载于左东岭、陶礼天主编《中国古代文艺思想国际学术研讨会论文集》,学苑出版社,2005年版。

之，三子王涣之，四子王肃之，五子王徽之，七子王献之。陈郡谢氏家族有谢安与谢万。颍川庾氏家族有庾友和庾蕴。庾友庾蕴兄弟为庾冰之子。谯国桓氏家族有桓伟，桓伟系桓温之子。在以上四大家族之外，还有高平郗氏家族的代表郗昙，郗昙为郗鉴次子、王羲之妻弟。郗鉴位至三公之尊，居重镇历十余年，在东晋政坛上也曾经呼风唤雨。太原孙氏家族也属著名家族。孙氏家族有孙统和孙绰兄弟及孙绰之子孙嗣三人与会。《晋书·孙楚传》载："绰少以文才垂称，于时文士，绰为其冠。温、王、郗、庾诸公之薨，必须绰为碑文，然后刊石焉……赞曰：彬彬藻思，绰冠群英。"兰亭雅集中，他与王羲之一起为兰亭诗写序，据此也可以看出他在当时士族精英中的位置。

从与会人员看，这是一次以士族领袖王羲之为召集人，以会稽士族精英谢安、孙绰等人为主体的名士雅集。

二、兰亭雅集的基本属性

千百年来，在谈到兰亭雅集的属性时，大家都理所当然地把它看成是一次文人聚会或玄学家聚会。近年来也有人关注到这次雅集的政治意义，认为是一次政治军事会议。如此，兰亭雅集的属性就有了不同说法：或曰文人（诗人）聚会，或曰玄学家聚会，或曰政治军事会议。

《兰亭序》一开始就说"永和九年，岁在癸丑，暮春之初，会于会稽山阴之兰亭，修禊事也。"修禊是一种古老的风俗，《后汉书·礼仪志》云："是月上巳，官民皆洁于东流水上，曰洗濯祓除，去宿垢，为大洁。"到了东晋时代，三月三日的修禊已经演变为春日水边的游乐活动。兰亭聚会结束后，文士们为我们留下了37首《兰亭诗》和王羲之、孙绰的两篇序，很自然地，大家都把这次聚会看成是一次文人聚会。很多人将它与建安时期的邺下聚会、太康时期的金谷园聚会等同看待。兰亭雅集对后世文人产生了巨大影响，宋元祐年间，文坛领袖苏轼与黄庭坚等16人的"西园雅集"，世人以为可与兰亭雅集相媲美。尽管如此，我们也不能因此将这次雅集定性为纯粹的诗人聚会。与会者当中，有十余人未赋诗，显然，这次聚会不完全是一次诗人聚会，应该还有切磋文学创作之外的目的。

也有人把这次聚会看作是一次玄学家的聚会。相比之下，西晋之时的洛水雅集玄意更浓。据《世说新语·言语》载："诸名士共至洛水戏，还，乐令问王夷甫曰：'今日戏乐乎？'王曰：'裴仆射善谈名理，混混有雅致；张茂先论史、汉，靡靡可听；我与王安丰说延陵、子房，亦超超玄著。'"兰亭雅集虽然也是一次玄学家的聚会，他们也在用诗歌的形式谈玄说理，写出了数十首玄言诗，但显然与当年的洛水雅集性质不同，交流玄学体悟、讲论历史不是兰亭聚会的终极目的，玄学性质只是兰亭雅集的多重属性之一。

近年来，有人将这次聚会看作是一次政治军事会议："兰亭会并非传统所说的一件'文人雅事'，而是王羲之牵头召开的一次事关东晋命运的重要政治军事会议。""兰亭会的时事背景，是南北对峙吃紧，殷浩正在紧张筹备北伐，桓温也枕戈待旦。所以，这次会议的主题之一，是研究北伐战略。以王羲之的人品，'如此江山残照下'，决不可能置身事外，超然逍遥。"[①] 在这种观点之外，也有学者认为兰亭文会表现了玄学家的政治姿态："此次集会实有不可小觑的政治象征意义，从某个角度看，也是一种政治姿态的表达，兰亭文会与玄学家的政治姿态却鲜有学者关注。这并非说兰亭之会乃政治集会，相反，这次集会所体现出的人格精神、情操趣味，恰恰是对政治的疏离与规避。然而，它所具有的极其重要的政治意义，也恰恰就在这里，这是东晋朝的政治特点与永和年间的政治现实所客观规定了的。"[②]相较于前人千篇一律的看法，以上新说关注到了兰亭文会的政治色彩，引人关注。兰亭雅集具有一定的政治色彩是不容否认的，

---

① 吴大新《红月亮：兰亭序解读》，西泠印社出版社，2005 年 3 月版，第 432 页，第 219 页。
② 李翰《兰亭文会与玄学家的政治姿态》，《文学遗产》，2008 年第 3 期。

但政治色彩也是兰亭雅集的个别属性，如果认定这次聚会就是一次打着文人雅集的旗号暗中召开的政治协商会议，显然夸大了这次会议的政治色彩。

《太平御览》卷三〇载："《晋中兴书》曰：王导谓从兄敦曰：'王仁德未著而名位犹轻，兄名已振，宜有以共相匡举。'会三月三日中宗出禊，乘肩舆，敦、导并骑从。纪瞻使人觇之，既闻敦、导骑从，乃大惊，自出拜于道左。中宗从容谓导曰：'卿，吾之萧何也。'"发生渡江之初的这次三月三日的集会，毫无疑问是一次政治性集会，而兰亭雅集则与此不同。

永和六年，殷浩第一次北伐。永和七年十二月，桓温屯兵武昌。永和八年，殷浩第二次上表北伐，以谢尚、荀羡为督统，受到前秦兵的攻击而败退。这年冬天，谢尚夺得了许昌。永和十年，桓温以殷浩北伐失败为借口，请求将殷浩废为庶人，从此桓温夺得北伐大权，并一度兵临灞上，逼近长安。《晋书·王猛传》载："桓温入关，猛被褐而诣之，一面谈当世之事，扪虱而言，旁若无人。温察而异之，问曰：'吾奉天子之命，率锐师十万，仗义讨逆，为百姓除残贼，而三秦豪杰未有至者何也？'猛曰：'公不远数千里，深入寇境，长安咫尺而不渡灞水，百姓未见公心故也，所以不至。'温默然无以酬之。"桓温的动机，身为北方名士的王猛看得一清二楚，桓温一心只想经营自己的势力，其目的在于以功名镇服江东，并不想收复失地，统一天下。

永和年间的政治情势，正如田余庆先生所说："史臣论晋穆帝一朝政局，语气之间不无微词，但毕竟认为这十余年间疆场时闻北伐，江汉久息风涛，是东晋南渡以来少有的安定时期。这个时期人物风流，清言隽永，是江左上层社会中的一个特色……永和安定局面的出现，其外部条件是后赵石氏盛极而衰，对南方压力大减……永和安定局面的内部条件，则是庾翼死后颍川庾氏势力骤衰，江左士族没有哪一家具有足够的实力和影响，可以立即代替庾氏发挥作用。桓氏门户力量有限，以桓温为核心形成一种新的秩序，需要一个组合的时间。士族门户的竞争虽未停息，但处在相持局势中，一时高下难判。所以永和政局呈胶着状态，就连呼声最高的北伐，也被这种胶着状态的政局牵制，表现出不寻常的复杂性。"① 兰亭雅集举办之时，并不是北伐最吃紧的时期，殷浩的北伐正在拉锯之中，桓温的北伐尚在筹备阶段。南北之间谁也不能吃掉对方，身在后方的门阀士族精英们一如既往地过着逍遥自在的生活，并没有因为殷浩北伐而感觉士族阶层到了最危险的时刻。

《晋书·王羲之传》云："羲之既少有美誉，朝廷公卿皆爱其才器，频召为侍中、吏部尚书，皆不就。复授护军将军，又推迁不拜。扬州刺史殷浩素雅重之，劝使应命，乃遗羲之书曰：'悠悠者以足下出处足观政之隆替，如吾等亦谓为然。至如足下出处，正与隆替对，岂可以一世之存亡，必从足下从容之适？幸徐求众心。卿不时起，复可以求美政不？若豁然开怀，当知万物之情也。'"王羲之出身于琅琊王氏这样的贵胄之家，深受丞相王导的赏识。后来成为太尉郗鉴的乘龙快婿，曾经受到朝廷执政者庾亮的器重。加之他与会稽王司马昱关系密切，在兰亭雅集时位居右军将军、会稽内史之职。这样的出身和威望，使他在会稽士族阶层中拥有独一无二的号召力。永和年间的士族虽然已经不能左右政治，但他们还可以引领时代文艺和哲学的走向。虽然王羲之不是王导，今日的王氏家族也不是昔日的王氏家族了，王氏家族对东晋政治的影响力无可挽回地走向衰微，但是，我们也应该看到，兰亭聚会展现出会稽士族阶层的空前团结，会稽士族集团在东晋政治势力中也是一支重要的政治力量。

王羲之《兰亭序》云"群贤毕至，少长咸集"，此乃作者士族意识的自然流露。在他眼里，只要主要的士族代表都光临了，就是"群贤毕至"。只要他自己家的子弟都到齐了，就是"少长咸集"。也许在这里，王羲之并非想特意炫耀其士族阶层的优越感，只是一种潜意识的流露。王

---

① 田余庆《东晋门阀政治》，北京大学出版社，1991年版，第169页。

羲之《兰亭序》还说："夫人之相与，俯仰一世，或取诸怀抱，悟言一室之内；或因寄所托，放浪形骸之外。"从后面的人物行为来判断，这里所说的"人"，主要是指士族人物。两晋社会士族名士有清谈派和放达派之别。"取诸怀抱，悟言一室之内"显然是清谈家，"因寄所托，放浪形骸之外"显然是放达者。在开始形成的时候，清谈是一种哲学交流方式。到了两晋士族那里，清谈成为一种显示自己身份和素养的标志；在魏晋易代之际，已经有了放达派，阮籍、嵇康等人是其典型。《世说新语·德行》载："王平子、胡毋彦国诸人，皆以任放为达，或有裸体者。乐广笑曰：'名教中自有乐地，何为乃尔也？'"刘注引王隐《晋书》曰："魏末阮籍嗜酒荒放，露头散发，裸袒箕踞。其后贵游子弟阮瞻、王澄、谢鲲、胡毋辅之之徒，皆祖述于籍，谓得大道之本。故去衣帻，脱衣服，露丑恶，同禽兽。甚者名之为通，次者名之为达也。"《世说新语·任诞》载："诸阮皆能饮酒，仲容至宗人间共集，不复用常杯斟酌，以大瓮盛酒，围坐，相向大酌。时有群猪来饮，直接去上，便共饮之。"竹林名士的放达是有为而放，到了两晋时代，很多士族子弟模仿竹林名士，东施效颦，为放而放，尽失竹林名士的意旨。所以在王羲之时代，士族名士有人作为清谈派，玄意幽远、高谈雅论；有人作为放达派，目无礼法、任情率性。

王羲之《兰亭序》云："此地有崇山峻岭，茂林修竹，又有清流急湍，映带左右。引以为流觞曲水，列坐其次。是日也，天朗气清，惠风和畅，娱目骋怀，信可乐也。虽无丝竹管弦之盛，一觞一咏亦足以畅叙幽情矣。"孙绰《兰亭后序》云："暮春之始，禊于南涧之滨。高岭千寻，长湖万顷，乃藉芳草，镜清流，览卉物，观鱼鸟，具类同荣，资生咸畅。于是和以醇醪，齐以达观，快然兀矣，焉复觉鹏鷃之二物哉！"在良辰美景中，士族们列坐水滨，饮酒赋诗，谈玄体道，这种贵族阶层的生活方式，不是一般人能够享受的。一般而言，没有达到一定物质生活水准的人群不会迷恋于山水，没有达到一定知识水平的人群难以领悟大道之旨。

中古时代著名的文人聚会，按照性质可以分为君臣型文人雅集、士族型文人雅集等不同类型。建安时代曹氏父子的邺下文人集团，西晋贾谧的"二十四友"，齐竟陵王萧子良的"竟陵八友"，梁昭明太子萧统的文学集团及简文帝萧纲的文学集团，都属于君臣型文人集团。西晋石崇等人的金谷之游、东晋王羲之等人的兰亭雅集、晋末谢混等人的乌衣之游等则属于士族型文人雅集。曹丕《又与吴质书》说："昔日游处，行则连舆，止则接席，何曾须臾相失！每至觞酌流行，丝竹并奏，酒酣耳热，仰而赋诗。"表面上看，曲水流觞，饮酒赋诗，与兰亭雅集非常相似。实质上，君臣型文人集团中有主子与臣下的区分，集团中的人员在政治地位上有天壤之别，看一看刘桢平视曹丕甄夫人之后的遭遇就可以知道。作为臣下的文人必须服从主子的意旨，因之他们在人格上不是平等的。士族型文人游宴之时，与会者在人格上人人平等。相较于石崇一贯的飞扬跋扈和耀武扬威，王羲之、谢安等人则更显出儒雅谦和的君子风度。士族型文人聚会，通常以士族家族为主体，兰亭聚会就是以王羲之家族为主，有谢氏家族、孙氏家族等参与的多家族聚会。到了谢混等人的乌衣之游，则纯粹是一个家族内部的聚会。

兰亭雅集中的主要人物有各种不同的身份：他们是诗人，是玄学家，是政治精英，也是士族名士。是故，这次雅集具有多重属性，诗人之雅集、玄学家之雅集、政治家之雅集。这些属性皆是兰亭聚会的个别属性，在这些属性之中还包含着一个共有属性。所谓共有属性乃是指这种属性渗透和体现在各种个别属性之中。兰亭雅集的共有属性应该是士族聚会。兰亭雅集的士族属性可以从聚会形式、诗文中的士族意识、组织者的士族领袖地位等方面得到确认。在以往的研究中虽然有人关注到其中的士族色彩，但没有给予足够的重视，没有指出士族聚会乃是兰亭雅集的共同属性和基本属性。

三、会稽士族的逍遥

杜牧《润州二首》其一云:"大抵南朝皆旷达,可怜东晋最风流。"东晋士族名士以旷达、清雅的风度而著称于世,在后人心目中,他们是一群飘逸、玄远的高雅之士。兰亭雅集就是东晋风流的集中体现。

兰亭诗文再现了士族阶层的生活状态和审美追求。《世说新语·企羡》载:"王右军得人以《兰亭集序》方《金谷诗序》,又以己敌石崇,甚有欣色。"《晋书·王羲之传》云:"或以潘岳《金谷诗序》方其文,羲之比于石崇,闻而甚喜。"一提到石崇,我们就会想到那个看见贾谧外出就望尘而拜的势利小人,就会想到那个自杀伊家人的冷血动物。所以,后世读者多会为王羲之"甚有欣色"而遗憾叹惋。虽然同为士族领袖,石崇的别墅"在河南县界金谷涧中,或高或下,有清泉茂林,众果竹柏、药草之属,莫不毕备。又有水碓、鱼池、土窟,其为娱目欢心之物备矣。"(石崇《金谷诗序》)他比较看重物质的东西,同时也带有一定的炫耀色彩。到了王羲之时代,士族精英们已经从赤裸裸的物欲享乐中解放出来,声色不是他们的终极追求。石崇和友人"昼夜游宴,屡迁其座。或登高临下,或列坐水滨。时琴瑟笙筑,合载车中,道路并作。及住,令与鼓吹递奏。遂各赋诗,以叙中怀"的生活方式则为王羲之等士族名士所继承。对照《金谷诗序》与兰亭诗文,我们会看到会稽士族的生活进一步雅化,他们更加看重精神上的愉悦。

在现实生活中,他们也有这样那样的痛苦和忧患,山水成为消解内心郁结的良药。孙绰云:"屡借山水,以化其郁结。"《晋书·王羲之传》载:"(王羲之)与道士许迈共修服食,采药石不远千里,遍游东中诸郡,穷诸名山,泛沧海。叹曰:'我卒当以乐死!'"山水之乐,已经不是个别人,而是整个社会上层人物中一种普遍的精神享受。

兰亭诗中有许多诗篇表现了士族诗人徜徉山水的快乐。孙绰诗云:

"流风拂枉渚，停云荫九皋。莺语吟修竹，游鳞戏澜涛。携笔落云藻，微言剖纤毫。时珍岂不甘，忘味在闻韶。"流风轻拂水滨，白云静荫大地。竹林中可以听见莺语，水面上可以看见鳞戏，整个大自然呈现出生机盎然之态。出现在兰亭之侧的人，不是一般的人，他们是一群才子，"携笔落云藻"；他们是一群哲人，"微言剖纤毫"。他们所享受的不仅有美酒佳肴，也有动人的音乐。孙统诗云："地主观山水，仰寻幽人踪。回沼激中逵，疏竹间修桐。因流转轻觞，泠风飘落松。时禽吟长涧，万籁吹连峰。"寄人篱下者观景，旅途匆匆中观景，与地主之观景，相同的景色呈现出不同的面貌。兰亭诗人沉醉在自然美景之中，结尾两句写时禽、万籁，音响不绝；有长涧有连峰，意境开阔。王肃之诗云："嘉会欣时游，豁尔畅心神。吟咏曲水濑，渌波转素鳞。"写聚会让人心情舒畅，人与美景合二为一。谢万诗云："碧林辉英翠，红葩擢新茎。翔禽抚翰游，腾鳞跃清泠。"红花与绿树对映，飞禽与腾鳞相照。虽然没有写人，人的心境自在其中。

两晋士族多沉溺于玄思世界，有人热衷儒家学说，有人喜爱道家道教，也有人深研佛教法理。孙绰《丞相王导碑》云："玄性合乎道旨，冲一体之自然；柔畅协乎春风，温而侔于冬日。信人伦之水镜，道德之标准也。"孙绰《太尉庾亮碑》云："公雅好所托，常在尘垢之外，虽柔心应世，蠖屈其迹，而方寸湛然，固以玄对山水。"从中可以看出，不论是永和年间已经去世的历史名人还是在世的士族名士，他们都在追求一种超然玄悟的人生。士族的领袖并不是不为官，他们为官的境界是"居官无官官之事，处事无事事之心"（《晋书·刘惔传》孙绰诔刘惔文）。现实如污泥，高人如莲花，他们能够自然地达到出淤泥而不染的境界。"以玄对山水"表明东晋士族谈玄说理之风从抽象转向现实。兰亭诗歌也是"以玄对山水"的典范之作。

王羲之五言《兰亭诗》以《老》《庄》玄理排遣生命流逝的愁苦。第一章云："悠悠大象运，轮转无停际。陶化非吾因，去来非吾制。宗统竟安在，即顺理自泰。有心未能悟，适足缠利害。未若任所遇，逍遥良辰会。"宇宙自然有自己的运转规律，个人在自然面前渺小而无奈。"宗统"安在，让人迷茫，作为个体生命唯有"顺理自泰"而已。《庄子·大宗师》云："且夫得者，时也；失者，顺也。安时而处顺，哀乐不能入也。"不能体悟此理之人，被利害得失之心所缠绕。应该随遇而安，珍惜良辰美景，逍遥自得。最后两句应该是写兰亭雅集的目的。第二章云："三春启群品，寄畅在所因。仰望碧天际，俯盘绿水滨。寥朗无厓观，寓目理自陈。大矣造化功，万殊莫不均。群籁虽参差，适我无非新。"本章写春天到来，万物滋长。诗人俯仰于天地之际，寓目之处体悟到自然之理。"大矣造化功，万殊莫不均"写尽天地化育万物之功。"适我无非新"写自己对自然的体验，"新"字太常见，但其中涵义甚丰。谭元春《古诗归》曰："'寓目理自陈''适我无非新'二语，真是通识所发，非一意孤高绝俗之流。"沈德潜《古诗源》曰："不独序佳，诗亦清超越俗，'寓目理自陈''适我无非新'，非学道有得者，不能言也。"第三章云："猗与二三子，莫匪齐所托。造真探玄根，涉世若过客。前识非所期，虚室是我宅。远想千载外，何必谢曩昔。相与无相与，形骸自脱落。"诗人与同志之士共同探究玄理，安时处顺，随顺自然。"涉世若过客"写人生如寄之感。"形骸自脱落"写摆脱了世俗的礼教束缚，人与自然融为一体。第四章云："鉴明去尘垢，止则鄙吝生。体之固未易，三觞解天刑。方寸无停主，矜伐将自平。虽无丝与竹，玄泉有清声。虽无啸与歌，咏言有余馨。取乐在一朝，寄之齐千龄。"每个人都会有"尘垢"和"鄙吝"，饮酒可以引人入胜地。诗人还描绘了雅集之乐。自然之美乃是大美。今日一日之乐如同千载之乐。同样的意思也出现在谢绎诗中："纵觞任所适，回波萦游鳞。千载同一朝，休浴陶清尘。"兰亭诗人对生命意义的思考是相似的。王羲之《兰亭诗》第五章云："合散固其常，修短定无始。造新不暂停，一往不再起。于今为神奇，信宿同尘滓。谁能无此慨，散之在推理。言立同不朽，河清非所俟。"将新故变迁之慨融入理中。《庄子·知北游》

曰:"人之生,气之聚也。聚则为生,散则为死。"生命有其运行的自然规律,人要顺应自然之理。"言立同不朽"写兰亭之作必将长久流传。

谢安诗云:"相与欣佳节,率尔同褰裳。薄云罗阳景,微风翼轻航。醇醪陶丹府,兀若游羲唐。万殊混一理,安复觉彭殇。"在这个美好的日子里,薄云在空,微风轻拂,名士们开怀畅饮,忘怀尘世。

阅读兰亭诗文,我们看到东晋士族精英从凡俗的日常生活中解脱出来了,他们无为简淡、鄙弃事功、饮酒赋诗,对自然山水和自然生命的钟情代替了对社会政治的关注,实现了所谓"诗意地栖居"。兰亭名士用诗歌的形式表达了高雅抽象的玄理,达到了中国哲学的玄妙之境。会稽士族或者说东晋士族的旷达和风流主要体现在精神层面,体现在文学艺术层面,也体现在哲学层面。

四、会稽士族的"未达"

葛立方《韵语阳秋》卷五曰:

> 谢安五言诗曰:"万殊混一象,安复觉彭殇。"而羲之序乃以一死生为虚诞,齐彭殇为妄作,盖反谢安一时之语耳。而或者遂以为未达,此特未见当时羲之之诗尔。其五言诗曰:"仰视碧天际,俯瞰渌水滨。寥阒无涯观,寓目理自陈。大矣造化功,万殊莫不均。群籁虽参差,适我无非亲。"此诗则岂未达者耶?①

就"安复觉彭殇"与"齐彭殇为妄作"而言,王羲之之语与谢安的诗句的确针锋相对,完全是两种不同的思想。古人以"达"为高,以"未达"为俗,为了证明王羲之不俗,葛立方遂有以上的辩护。他举出王羲之诗句

---

① 葛立方《韵语阳秋》,上海古籍出版社,1984年版。

证明羲之也是"达"人。王羲之诗句中的涵义虽然不像谢安诗句那么显豁，但的确与谢安诗句意思相近。葛立方的辩护最多说明：王羲之是一个有时"达"、有时"不达"之人。这样的理解是否会委屈王羲之呢？孙绰的《兰亭后序》云："乃席芳草，镜清流，览卉木，观鱼鸟。具物同荣，资生咸畅。于是和以醇醪，齐以达观，决然兀矣。焉复觉鹏鷃之二物哉？"谢安的"安复觉彭殇"和孙绰的"焉复觉鹏鷃"是一样的境界，进入这样的境界有一个前提条件，就是身处大自然之中，"和以醇醪，齐以达观"，忘怀现实，忘怀一切。也就是说，会稽士族并不是不"达"，也不是一味的"达"。如果引申一下，"达"就是超越，"未达"就是执着；"达"就是逍遥，"未达"就是焦虑；"达"就是高蹈遗世，"未达"就是追求事功……那么，"达"和"未达"的矛盾不仅存在于王羲之一个人身上，而是东晋时代会稽士族精英们共同的特点。在士族精英们高蹈玄谈、不撄事务的背后，我们看见是他们的另外一面。他们也有和普通人一样的苦楚、悲哀，他们的人格中也有凡俗之处，他们有政治层面的忧患，也有面对经济利益时的贪婪。

兰亭诗人也有生活中的苦楚和亲友凋零的悲哀。兰亭诗歌中多人写到"散怀""寄散""消散"。王羲之诗云："乃携齐契，散怀一丘。"王徽之诗云："散怀山水，萧然忘羁。"王玄之诗云："消散肆情志，酣畅豁滞忧。"曹茂之诗云："时来谁不怀，寄散山林间。尚想方外宾，迢迢有余闲。"对方外之士的向往，反衬出在现实世界中的忙碌与忧患。压力越大，反作用力越强。正因为平日压力太大，兰亭诗人才有如此多的愁怀需要发泄和排遣。

翻检张彦远《法书要录》卷十《右军书记》，可以看到王羲之有很多个人的病患体验与失去亲人的哀痛。王羲之在为身体的疾病而呻吟："体甚羸，所啖食至少，年衰老羸，使人深忧。"[①]"群从凋落将尽，余年几

---

① 《法书要录》，第175页。

何,而祸痛至此,举目摧丧,不能自喻。"① "吾胛痛剧,灸不得力,至患之。"② 他也在为亲人的凋零而悲伤:"期小女四岁,暴疾不救,哀敏痛心,奈何奈何! 吾衰老,情之所寄,唯在此等。失此女,痛之缠心,不能已已。可复如何? 临纸情酸。"③ "岂图十日之中,二孙夭命,惋伤之甚,未能喻心,可复如何!"④ "七月十三日告鄱阳兄弟,大降制终,去悔悼甚,永绝悲伤,痛怀切割,心情也。"⑤ "十一月十八日羲之顿首顿首,从弟子夭没,孙女不育,哀痛兼伤,不自胜。奈何奈何! 王羲之顿首。"⑥ 两孙女的离世,让王羲之受到了沉重打击,他在多通书信中追寻伤悼,反复抒写自己的哀痛。王羲之的笔下反复出现着"当复奈何!""奈何奈何!""何以堪此!"之类的词语。

《晋书·王羲之传》载:"谢安尝谓羲之曰:'中年以来,伤于哀乐,与亲友别,辄作数日恶。'羲之曰:'年在桑榆,自然至此。顷正赖丝竹陶写,恒恐儿辈觉,损其欢乐之趣。'"据此看来,伤于哀乐,不是一个两个士人的体认,而是会稽士族精英们共同的生命体验。

兰亭诗人人品中存在着低俗性。被看作士族的楷模谢安同时是一个狎妓者。据《晋书·谢安传》载:"安虽放情丘壑,然每游赏,必以妓女从。"他在丧期之内不废女乐:"及登台辅,期丧不废乐。王坦之书喻之,不从,衣冠效之,遂以成俗。"即使别人劝阻也依然故我,他的行为后来在士族阶层演化为一种盛行的风俗。其弟谢万则表现得率性且贪婪。据《世说新语·简傲》载:"谢万北征,常以啸咏自高,未尝抚慰众士。谢公甚器爱万,而审其必败,乃俱行,从容谓万曰:'汝为元帅宜数唤诸将

---

① 《法书要录》,第178页。
② 《法书要录》,第188页。
③ 《法书要录》,第185页。
④ 《法书要录》,第162页。
⑤ 《法书要录》,第162页。
⑥ 《法书要录》,第164页。

宴会，以说众心。'万从之。因召集诸将，都无所说，直以如意指四坐云：'诸君皆是劲卒。'诸将甚愤恨之。谢公欲深著恩信，自队主将帅以下，无不身造，厚相逊谢。及万事败，军中因欲除之。复云：'当为隐士。'故幸而得免。"虽然身为将军，却傲慢无礼，不能正确处理与部下的关系，这样的将军不要说领兵打仗了，如果没有一个深明大义的哥哥，他自己就被部下先"除之"了。《世说新语·文学》注谓谢万作《八贤论》："其旨以处者为优，出者为劣。孙绰难之，以谓体玄识远者，出处同归。"说的是一套，做的是另外一套，据《世说新语·方正》注引《中兴书》记载："石字石奴，历尚书令。聚敛无厌，取讥当世。"

　　士族领袖王羲之在待人接物时也会摆出门阀士族的架子，不能平等待人。《世说新语·文学》："王逸少作会稽，初至，支道林在焉。孙兴公谓王曰：'支道林拔新领异，胸怀所及乃自佳，卿欲见不？'王本自有一往隽气，殊自轻之。后孙与支共载往王许，王都领域，不与交言。须臾支退。后正值王当行，车已在门，支语王曰：'君未可去，贫道与君小语。'因论庄子逍遥游。支作数千言，才藻新奇，花烂映发。王遂披襟解带，流连不能已。"有时候，他的举动会成为世人的笑柄。史载，王羲之之所以辞官主要是因为他与太原王述的矛盾。据《晋书·王羲之传》载："及述蒙显授，羲之耻为之下，遣使诣朝廷，求分会稽为越州。行人失辞，大为时贤所笑。既而内怀愧叹，谓其诸子曰：'吾不减怀祖，而位遇悬邈，当由汝等不及坦之故邪！'述后检察会稽郡，辩其刑政，主者疲于简对。羲之深耻之，遂称病去郡。"从这里，我们看到的是一位性格乖张、任性使气的贵族官员，看不出他有什么政治智慧。

　　时人对孙绰的人品颇多非议，说他"性鄙"、有"秽行"。《晋书·孙绰传》云："绰与询一时名流，或爱询高迈，则鄙于绰，或爱绰才藻，而无取于询。"今天我们能看见的孙绰"秽行"主要有两点。一是言行通脱。据《晋书·孙绰传》载："绰性通率，好讥调。尝与习凿齿共行，绰在前，顾谓凿齿曰：'沙之汰之，瓦石在后。'凿齿曰：'簸之扬之，糠秕在前。'"《世说新语·轻诋》载:"孙长乐兄弟就谢公宿,言至款杂。刘夫人在壁后听之,具闻其语。谢公明日还,问昨客何似,刘对曰:'亡兄门,未有如此宾客!'谢深有愧色。"二是撰写碑文时,过于突出自己,喜欢攀附权贵名人。《世说新语·轻诋》载:"孙长乐作王长史《诔》云:'余与夫子,交非势利,心犹澄水,同此玄味。'王孝伯见曰:'才士不逊,亡祖何至与此人周旋!'"《世说新语·方正》载:"孙兴公作庾公诔,文多托寄之辞。既成,示庾道恩,庾见,慨然送还之,曰:'先君与君,自不至于此。'"虽然都是一些个人修养中的小节问题,但这些小节集中起来,足以让时人反感。即使"高迈"如许玄度者也有俗气之时。据《世说新语·言语》载:"刘真长为丹阳尹,许玄度出都,就刘宿,床帷新丽,饮食丰甘。许曰:'若保全此处,殊胜东山。'刘曰:'卿若知吉凶由人,吾安得不保此!'王逸少在坐,曰:'令巢、许遇稷、契,当无此言。'二人并有愧色。"

通过谢安谢万兄弟、王羲之、孙绰诸人的表现可以推知,即使是风流倜傥的士族精英也各有其人格上的凡俗之处。

斩不断理还乱的政治情结。《晋书·王羲之传》记载了王羲之数次上书反对北伐:"及浩将北伐,羲之以为必败,以书止之,言甚切至。浩遂行,果为姚襄所败。复图再举,又遗浩书曰:'知安西败丧,公私愆怛,不能须臾去怀,以区区江左,所营综如此,天下寒心,固以久矣,而加之败丧,此可熟念……自寇乱以来,处内外之任者,未有深谋远虑,括囊至计,而疲竭根本,各从所志,竟无一功可论,一事可记,忠言嘉谋弃而莫用,遂令天下将有土崩之势,何能不痛心悲慨也……'又与会稽王笺陈浩不宜北伐,并论时事曰:'……今功未可期,而遗黎歼尽,万不余一。且千里馈粮,自古为难,况今转运供继,西输许洛,北入黄河。虽秦政之弊,未至于此,而十室之忧,便以交至。今运无还期,征求日重,以区区吴越经纬天下十分之九,不亡何待!而不度德量力,不弊不已,此封内所痛心叹悼而莫敢吐诚……愿殿下暂废虚远之怀,以救倒悬之急,可谓以亡为存，转祸为福，则宗庙之庆，四海有赖矣。'"在永和年间，王羲之几乎是最积极的北伐反对者。后来接了这个接力棒的人就是孙绰。据《晋书·孙绰传》载："时大司马桓温欲经纬中国，以河南粗平，将移都洛阳。朝廷畏温，不敢为异，而北土萧条，人情疑惧，虽并知不可，莫敢先谏。绰乃上疏曰：'……植根于江外数十年矣，一朝拔之，顿驱蹴于空荒之地，提挈万里，逾险浮深，离坟墓，弃生业，富者无三年之粮，贫者无一餐之饭，田宅不可复售，舟车无从而得，舍安乐之国，适习乱之乡，出必安之地，就累卵之危，将顿仆道途，飘溺江川，仅有达者……'桓温见绰表，不悦，曰：'致意兴公，何不寻君《遂初赋》，知人家国事邪！'史臣曰：绰献直论辞，都不慑元子，有匪躬之节，岂徒文雅而已哉！"虽然在兰亭雅集中，没有有关北伐的文字记载，但我们不难推知，士族名士们在茶前酒后，一定会谈到国是，一定会谈到北伐。会稽士族精英们需要联合起来，统一思想，反对北伐，当是他们的共识。王羲之、孙绰反对北伐的实质在于维护士族阶层的根本利益，他们在南国已经建立了安乐之国，北伐则意味着冒险，意味着失去眼前的享乐，这是他们不愿意承受的。也有人说王羲之并不是反对北伐，只是反对殷浩的北伐，却不反对桓温的北伐。王羲之不反对桓温北伐，不等于王羲之支持桓温迁都洛阳，起码我们并没有看到王羲之支持桓温移都洛阳的证据。也许可以这样说，王羲之也好，孙绰也好，他们并不反对北伐事业，但他们反对的是侵犯到士族阶层现实利益的北伐。

王羲之《兰亭序》提出："固知一死生为虚诞，齐彭殇为妄作。后之视今，亦犹今之视昔。"清人吴楚材、吴调侯选注的《古文观止》评《兰亭序》云："通篇着眼在'死''生'二字。只为当时士大夫务清谈，鲜实效，一死生而齐彭殇，无经济大略，故触景兴怀，俯仰若有余痛。但逸少旷达人，故虽苍凉感叹之中，自有无穷逸趣。"记载王羲之反对清谈还有另外一个著名的典故，《世说新语·言语》载："王右军与谢太傅共登冶城，谢悠然远想，有高世之志。王谓谢曰：'夏禹勤王，手足胼胝；文王旰食,日不暇给。今四郊多垒,宜人人自效;而虚谈费务,浮文妨要,恐非当今所宜。'谢答曰:'秦任商鞅,二世而亡,岂清言致患邪?'"从上述材料看,在会稽士族群体中,王羲之是一位现实的清醒的士族人物,无愧于士族阶层的领袖。而谢安似乎就是一个务清谈、鲜实效、无经济大略的典型。实际上,谢安同样关心国家大事,两个人都有"高世之志",内心深处都有"人人自效"的现实关怀。对话中的观点并不一定就是谢安自己的观点,魏晋人喜欢这样的往复辩难。在谢安看来,在现实政治中,清言只是名士的标志,不会对社会构成多大的危害,严刑峻法才是祸国殃民的根本。据《右军书记》载:"省示,知足下奉法,转到胜理,极此。此故荡涤尘垢,研遣滞虑,可谓尽矣,无以复加。漆园比之殊诞谩,如下言也。吾所奉设,教意政同,但为形迹小异耳。方欲尽心此事,所以重增辞世之笃。今虽形系于俗,诚心终日,常在于此。足下试观其终。"①这是王羲之写给同志之士的一封信,这里的王羲之似乎忘记了社会政治,沉溺于自己所信奉的道教当中。这里的"漆园比之殊诞谩"与"固知一死生为虚诞,齐彭殇为妄作"似乎都在反对庄子的思想,但他是站在完全不同的立场上言说。后者是一个用世者在批判庄子的消极,前者是一个遁世者在埋怨庄子的诞谩。如果我们只看见了王羲之现实的清醒的一面,那并不是一个真实的王羲之。真实的王羲之是矛盾的,他的思想呈现出两极化的倾向。这样的矛盾性也或多或少地表现在其他士族精英身上。

王羲之对现实的忧患流露在外,谢安对政治的关切深藏在内。田余庆先生说:"豫州自永和四年(348)以后,十五年内,一直由陈郡谢氏谢尚、谢奕、谢万兄弟相继掌握,为建康的可靠门户。上游桓温虽然权势很盛,但由于不能控制豫州,因而也不能得心应手地影响朝政。"② 升平元年(357)谢尚死,谢安的哥哥谢奕接任谢尚的官职。泰元三年(378),

---

① 《法书要录》,第188页。
② 田余庆《东晋门阀政治》,第172页。

谢奕死，谢安的弟弟谢万接任。在这些年间，谢安始终隐居东山，携妓游乐。《晋书·谢安传》载："时安弟万为西中郎将，总藩任之重。安虽处衡门，其名犹出万之右，自然有公辅之望，处家常以仪范训子弟。安妻，刘惔妹也，既见家门富贵，而安独静退，乃谓曰：'丈夫不如此也？'安掩鼻曰：'恐不免耳。'及万黜废，安始有仕进志，时年已四十余矣。""征西大将军桓温请为司马，将发新亭，朝士咸送，中丞高崧戏之曰：'卿累违朝旨，高卧东山，诸人每相与言，安石不肯出，将如苍生何！苍生今亦将如卿何！'安甚有愧色。"原来，谢安不是不出仕，而是需要一定的条件他才出仕。当他的家族有人在朝廷担任重要官职时，他坚决不出仕。一旦自己的家族在朝廷失去了政治地位，家族的政治利益即将失去时，他自然会挺身而出。

士族名士面对经济利益时并不能完全超脱。孙统《兰亭诗》中说："地主观山水，仰寻幽人踪。"刚刚从北方南下时，北方士族把南方的土地看作别人的国土。等到在这里经营了若干年之后，他们以地主自居。到了永和年间，王羲之、谢安、孙绰、李充、许询，甚至包括僧人支遁等皆"筑室东土"，各自拥有自己或大或小的庄园。

谢灵运《山居赋》自注云："谓人生食足，则欢有余……但非田无以立耳。"没有一定的物质条件、没有一定的田地庄园，就无法过上快乐的日子。这样的认识是谢灵运挑明的，并不是他发现的。其实在他之前，士族精英无不在经营自家的庄园。东晋末年，谢灵运时常会"行田视地利"，他的《行田登海口盘屿山》和《白石岩下径行田》等作品就是直接写"行田"的。早在王羲之时代，士族精英们已经在"行田视地利"了。《晋书·王羲之传》："初，羲之既优游无事，与吏部郎谢万书曰：'……顷东游还，修植桑果，今盛敷荣，率诸子，抱弱孙，游观其间，有一味之甘，割而分之，以娱目前。虽植德无殊邈，犹欲教养子孙以敦厚退让。或以轻薄，庶令举策数马，仿佛万石之风。君谓此何如？比当与安石东游山海，并行田视地利，颐养闲暇。衣食之余，欲与亲知时共欢宴，虽不能兴言高咏,衔杯引满,语田里所行,故以为抚掌之资,其为得意,可胜言邪!常依陆贾、班嗣、杨王孙之处世,甚欲希风数子,老夫志愿尽于此也。'"所谓的"行田视地利",绝不是巡视农田那么简单,没有大型庄园的人似乎没有必要去"行田视地利",而"行田视地利"者无不在不断扩张自己的大型庄园。据《晋书·谢安传》载:"又于土山营墅,楼馆林竹甚盛,每携中外子侄往来游集,肴馔亦屡费百金,世颇以此讥焉,而安殊不以屑意。"据《晋书·谢灵运传》记载,到了谢安的孙子谢混时代,他家依然"田业十余处,僮役千人"。拥有谢安式的庄园遂成为后代达官贵族的共同目标。杜甫《暮秋枉裴道州手札率尔遣兴寄近呈苏涣侍御》诗曰:"无数将军西第成,早作丞相东山起。"

孙绰《遂初赋》的序言中说:"余少慕老庄之道,仰其风流久矣……乃经始东山,建五亩之宅,带长阜,依茂林,孰与坐华幕击钟鼓者同年而语其乐哉!"相较与王羲之、谢安的巨型庄园,孙绰的庄园算是比较小的了。

庄园与官宦是士族阶层的一对翅膀,失去了它们,士族则无法逍遥自在地翱翔。《晋书·王羲之传》载:"初,羲之既优游无事,与吏部郎谢万书曰:'古之辞世者或被发佯狂,或污身秽迹,可谓艰矣。今仆坐而获逸,遂其宿心,其为庆幸,岂非天赐!违天不祥。'"会稽士族生活安逸,不似古代隐士那样困顿艰辛。隐士代不乏人,而文学中的"山水方滋"只是到了东晋时代才能形成。经济基础决定上层建筑的理论,在这里得到了最充分的体现。士族阶层的经济基础决定了士族艺术的特色,也决定了士族文学的特色。假如失去了高官厚禄,失去了大型庄园,士族精英们便失去了逍遥自在的生活,自然也没有今天我们能够看到的东晋士族玄言山水诗。

哲学层面、文学艺术领域的"达"与政治经济层面的"未达"统一在会稽士族身上。会稽士族在文学上、艺术上是"达"的,在政治上也在追求"达",起码在努力做出"达"的姿态来。一旦涉及士族家族政治利益和经济利益的时候，他们实际上并不旷达。

兰亭雅集是一次由会稽地区士族领袖王羲之组织的、有当地门阀士族精英出席的文人雅集。它与以往文人聚会最大的区别就在于其浓郁的士族特色。兰亭雅集全方位地再现了当时士族阶层，特别是北方南下的会稽门阀士族群体在永和年间的生活状态和审美情趣、哲学思考和政治忧患。从而，可以说兰亭雅集是一次东晋会稽门阀士族精英的联袂演出。这次雅集中所表现出来的士族心态、士族情调、士族政治，是前无古人后无来者的。

附：有关《兰亭序文》真伪争辩之述评

东晋永和九年（353）三月三日，"书圣"王羲之与后来成为"风流宰相"的谢安以及诗坛领袖孙绰等人在会稽兰亭的聚会，在中国古代思想史、文学史、书法史乃至整个文化史中都占有重要的一页。兰亭雅集流传下来的作品由三部分组成。第一部分是雅集时的诗作；第二部分是孙绰的《兰亭后序》，原文见《艺文类聚》卷四：

> 古人以水喻性，有旨哉斯谈。非以停之则清、混之则浊邪？情因所习而迁移，物触所遇而兴感。故振辔于朝市，则充屈之心生；闲步于林野，则辽落之志兴。仰瞻羲唐，邈已远矣。近咏台阁，顾深增怀。为复于暧昧之中，思萦拂之道，屡借山水，以化其郁结。永一日之足，当百年之溢；以暮春之始，禊于南涧之滨。高岭千寻，长湖万顷。隆屈澄汪之势，可为壮矣。乃席芳草，镜清流，览卉木，观鱼鸟。具物同荣，资生咸畅。于是和以醇醪，齐以达观，决然兀矣。焉复觉鹏鷃之二物哉？耀灵纵辔，急景西迈。乐与时去，悲亦系之。往复推移，新故相换。今日之迹，明复陈矣。原诗人之致兴，谅歌咏之有由。

第三部分是王羲之的《兰亭序》。对于兰亭诗集和孙绰后序的真实性，从来没有人怀疑，大家关注的焦点集中在王羲之的《兰亭序》上。《兰亭序》既享有"天下第一行书"和"千古名文"之美誉，同时也伴随着旷日持久的争议。20世纪六七十年代所发生的《兰亭序》真伪之大讨论，直到今天，也不能说当年的争论已经尘埃落定。在有关兰亭雅集的研究中，我们处在这样一个悖论当中：如果不能解决《兰亭序》的真伪问题，便不能正确地解读《兰亭序》，也不能深入地研究兰亭雅集；正由于数十年来忙于争论《兰亭序》的真伪问题，在一定程度上影响了对《兰亭序》的解读和对兰亭雅集的研究。不论读者是否愿意，只要一谈到兰亭雅集，就无法绕过王羲之的《兰亭序》，就无法回避那场有关《兰亭序》真伪的争辩。

今天我们看到的《兰亭序》有三种不同的文本。为便于比较，谨将三种文本一一列出。其一是《世说新语·企羡》刘孝标注引的王羲之《临河叙》。刘注《临河叙》云：

> 永和九年，岁在癸丑，暮春之初，会于会稽山阴之兰亭，修禊事也。群贤毕至，少长咸集。此地有崇山峻岭，茂林修竹，又有清流急湍，映带左右。引以为流觞曲水，列坐其次。是日也，天朗气清，惠风和畅，娱目骋怀，信可乐也。虽无丝竹管弦之盛，一觞一咏，亦足以畅叙幽情矣。故列叙时人，录其所述。右将军司马太原孙丞公等二十六人，赋诗如左。前余姚令会稽谢胜等十五人，不能赋诗，罚酒各三斗。

其二是《艺文类聚》卷四"三月三日"条下的"王羲之三日兰亭诗序"。序云：

> 永和九年，岁在癸丑，暮春之初，会于会稽山阴之兰亭，修禊事也，群贤毕至，少长咸集，此地有崇山峻岭，茂林修竹。又有清流激

湍，映带左右，引以为流，流觞曲水，列坐其次，虽无丝竹管弦之盛，一觞一咏，亦足以畅叙幽情，是日也，天朗气清，惠风和畅，仰观宇宙之大，俯察品类之盛，所以游目骋怀，足以极视听之娱，信足乐也。

其三是被许多人视为"正式文本"的《兰亭序》，它出自《晋书·王羲之传》，全文如下：

> 永和九年，岁在癸丑，暮春之初，会于会稽山阴之兰亭，修禊事也。群贤毕至，少长咸集。此地有崇山峻岭，茂林修竹；又有清流激湍，映带左右，引以为流觞曲水，列坐其次。虽无丝竹管弦之盛，一觞一咏，亦足以畅叙幽情。是日也，天朗气清，惠风和畅，仰观宇宙之大，俯察品类之盛，所以游目骋怀，足以极视听之娱，信可乐也。
>
> 夫人之相与，俯仰一世，或取诸怀抱，悟言一室之内；或因寄所托，放浪形骸之外。虽趣舍万殊，静躁不同，当其欣于所遇，暂得于己，快然自足，曾不知老之将至。及其所之既倦，情随事迁，感慨系之矣。向之所欣，俯仰之间，已为陈迹，犹不能不以之兴怀。况修短随化，终期于尽。古人云："死生亦大矣。"岂不痛哉！
>
> 每览昔人兴感之由，若合一契，未尝不临文嗟悼，不能喻之于怀。固知一死生为虚诞，齐彭殇为妄作。后之视今，亦犹今之视昔。悲夫！故列叙时人，录其所述，虽世殊事异，所以兴怀，其致一也。后之览者，亦将有感于斯文。

以上三种文本，虽然名称各异，其实都是《兰亭序》。但在本书中，为了显示它们之间的区别，姑且一仍其旧，分别称之为《临河叙》《兰亭诗序》和《兰亭序》。由于《兰亭序》还有相传为王羲之所书写的墨迹，学界通常用《兰亭序文》专指文章，用《兰亭序帖》专指墨迹，所以本书的《兰亭序》也可以与《兰亭序文》互换。对照上面的《临河叙》《兰亭诗序》及《兰亭序文》，我们可以看到：

其一，从"永和九年"开始，至《兰亭诗序》中的"信足乐也"及《兰亭序文》中的"信可乐也"，除了"流""足""可"之别外，几乎完全相同，可以说，《兰亭诗序》是从《兰亭序文》中截取了一段；从《临河叙》开头到"足以畅叙幽情矣"，虽然有字句和顺序上的差别，但与其他两种文本非常相近，三者应该是同一篇文章的不同文本。以上文章为王羲之本人所作，没有任何人予以否认。

其二，《临河叙》中的"故列叙时人，录其所述"以下数句为其他两篇中所无。鉴于这几句只是说明性文字，与作者的思想没有太大关系，后人议论较少。

其三，《兰亭序文》中的"夫人之相与"以下167字是争论的焦点。这一段到底是王羲之的原作还是后人的"依托"，古今皆有不同看法。与之相联系的是关于《兰亭序帖》之真伪的争辩。在中国文化史上，像这样程度之激烈、持续之绵长的论争，学术界并不多见。对始于自公元4世纪至公元20世纪以来有关《兰亭序》的疑惑和争辩，束有春先生的《〈兰亭序〉真伪的世纪论辩》（《寻根》1999年2期）有详细的综述，读者诸君可以参看。[①]

《兰亭序文》之真伪与《兰亭序帖》之真伪，有互相联系的一面，假如《兰亭序文》为伪，则《兰亭序帖》必伪。但是，两者也有相对独立的一面，假如《兰亭序帖》为伪，并不能判定《兰亭序文》必为伪作。有鉴于此，在《兰亭序帖》之真伪难以断清的时候，有学者主张可以将两者分开来讨论，不失为一种明智之举。《兰亭序帖》之真伪需要书法家和文物专家去费心鉴定，而《兰亭序文》则有待于研治思想史和文学、

[①] 同类文章还有喻蘅的《〈兰亭序〉论战廿五年综析与辩思》（《复旦大学学报》1991年3期）、陈雅飞的《中国大陆〈兰亭序〉真伪论辩回顾》（《浙江大学学报》2004年3期）等。

史学的学者共同努力。当然，同时需要既通文史也通书画的天才人物对其进行综合研究。本人对书法和文物鉴定一窍不通，故不拟介入《兰亭序帖》的真伪问题。在本书中，笔者尝试将古今对《兰亭序文》真伪之争辩稍作梳理，并略加评点。为了与其他综述性文章区别，本书不对争论做历时性叙述，只是选择其中比较重要的五种观点，在各种观点中抽取一两种有代表性的言论加以介绍和评介。以坚持《兰亭序文》为真者为肯定方，以认定《兰亭序文》有伪造成分者为否定方。需要说明的是，这五种观点并非截然独立，实际上是彼此相通的，只是为了便于分析，勉强加以区分而已。

1. 关于萧统《文选》未收入《兰亭序》的问题。

否定方观点。郭沫若先生说："有人注意到《兰亭序》一文为梁昭明太子萧统的《文选》所未收入，因而有人推论到所以未被收入的原因……这些怀疑和解说，不能说没有见地，但没有接触到问题的核心。事实上《兰亭序》这篇文章根本上就是依托的。"①

肯定方观点。顾农先生认为："《兰亭集序》未曾进入萧统《文选》，曾经引起许多争议，或即以此为该序乃伪作的根据之一。这是没有道理的，未入《文选》的文章很多，岂能皆伪。"②

按：关于《昭明文选》何以不录《兰亭序文》的问题，古代学者早已关注，并引发了一些讨论。日本学者清水凯夫先生有长文《王羲之〈兰亭序〉不入选问题的研究》（《河北大学学报》1994 年第 2 期），该文全面介绍了中日两国学者对这一问题的观点和相关研究。文章指出，中国学术界论述的不入选理由有三个方面：其一是从思想内容上寻求答案，其二是从文体问题上寻求答案，其三是郭沫若主张的伪作说原因。对于《兰亭序文》是否是名文，日本学术界有正反两种相左的看法，福本雅一

---

① 《兰亭论辩》，文物出版社，1977 年版，上编，第 11 页。
② 顾农《文选论丛》，广陵书社，2007 年版，第 312 页。

先生有《嫌恶兰亭》一文,特别引人关注。该文认为,《兰亭序》"理论上充满着矛盾和暧昧","文字重复错乱","是一时即兴之笔","是醉意轻率之作",被《文选》淘汰是理所当然的。无独有偶,在国内也有相似看法。施蛰存先生《批〈兰亭序〉》一文说:"从'向之所欣'到'悲夫'这一段文章,是全文主题思想所在,可是经不起分析……结论是对这段名文下了十二个字评语:'七拼八凑,语无伦次,不知所云。'"①"下面来了一个惊人的句子:'固知一死生为虚诞,齐彭殇为妄作。'上文'况修短随化,终期于尽'二句用的是肯定语气,这不是'一死生,齐彭殇'的观点吗?隔了二行,却说这个观点是'虚诞''妄作',岂不是自相矛盾吗?"②

可以看出,前人对于《兰亭序》不入选《文选》的原因,有各种推测和研究。主张《兰亭序》为伪作的人提出:既然《兰亭序》已经出现,《昭明文选》何以不录?他们意在以此证明《兰亭序》出现在《昭明文选》完成之后。但是,客观地说,应该还有一种可能:昭明太子看到了《兰亭序文》,他也不一定认为《兰亭序文》像我们今天所推崇的"千古名文",起码没有达到他所收录文章的标准。我们没有理由排除这种可能性的存在。

2. 《临河叙》与《兰亭序》的篇幅差异问题。

否定方观点。清人李文田在汪中旧藏《定武兰亭》跋文中提出了三点可疑之处,其中第二点是:"《世说》云人以右军《兰亭》拟石季伦《金谷》,右军甚有欣色。是序文本拟《金谷序》也。今考《金谷序》文甚短,与《世说》注所引《临河序》篇幅相应。而《定武本》自'夫人之相与'以下多无数字。此必隋唐间人知晋人喜述老庄而妄增之。不知其与《金谷序》不相合也。"郭沫若先生认为:"《兰亭序》是在《临河序》

---

① 施蛰存《北山四窗》,上海文艺出版社2000年版,第79页。
② 同上,第81页。

的基础之上加以删改、移易、扩大而成的。"① "《兰亭序文》的伪迹是在后半段自'夫人之相与俯仰一世'以下。前半段正畅叙欢乐,后半段却突然无端悲痛起来,既为刘孝标《世说新语》注中的《临河序》所无,也和王右军的性格与晋人的达观不相契合,故可断言为后人所窜入。"②

肯定方观点。商承祚先生认为:"羲之写此文时并无标目,其标目乃是同时人及历代录此文者以己意加上去的,遂造成题目分歧不统一的现象。""《临河序》《兰亭集序》,问题之分歧在于刘峻删去其议论部分,保留其写景抒情部分……羲之此文是有模仿而又有创造的,唯其有创新,故能超越其模仿的蓝本,如果忽视了这一点,则何'敌'之有,何'欣'之有?"③ 顾农先生认为:"从许多地方的引文看去,刘孝标也经常删节引文,完全照录原文的反而不多见。古代的注家往往如此……古代没有现代意义上的著作权概念,注释家引用文献的规范远较今人为宽松。"④

按:李文田的这段话,在 20 世纪 50 年代之前,知道者既少,影响面也甚为有限。郭沫若先生在 1965 年第 6 期《文物》上发表的《由王谢墓志的出土论到〈兰亭序〉的真伪》一文,全文征引了李文田之文,并说:"我自己是最近才知道有这篇文章的。" 正是通过郭沫若先生的宣传,李文田的观点才广为人知。

关于《兰亭序》的真伪问题,郭沫若先生在 1972 年说:"这个问题,七八年前曾经热烈地辩论过,在我看来是已经解决了。"⑤ 今天看来,《兰亭序帖》的真伪问题实际上并没有解决,至于《兰亭序文》的真伪问题,则与当年郭沫若先生的判断相反,学界大都倾向于认为,鉴于古人在引文时的随意性,也不能作为《兰亭序文》为伪作的证据。至于哪个文本是

---

① 《兰亭论辩》上编,第 11 页,第 13 页。
② 《兰亭论辩》上编,第 2 页,第 3 页。
③ 《兰亭论辩》下编,第 20 页,第 22 页。
④ 顾农《文选论丛》,第 314 页。
⑤ 《兰亭论辩》上编,第 2 页。

定稿，哪个文本是草稿，学术界还有不同看法。张廷银先生认为："《临河叙》与《兰亭序》皆为王羲之所作，二者的关系是前者为定稿，后者为草稿。"① 而顾农先生则认为："总起来看，《艺文类聚》所依据的文本比较优长，应当是经过原作者本人修改过的文本；而《临河叙》很可能是依据比较早的文本引录的。"② 虽然有这样的分歧，但《临河叙》《兰亭诗序》及《兰亭序》都不能算是伪作，它们是几种不同的文本，这几乎已经成为今日学界的共识。

3. 王羲之的性格与《兰亭序》是否契合的问题。

否定方观点。郭沫若先生认为，"即使乐极可以生悲，诗与文也可以不一致；但《兰亭序》却悲得太没有道理。既没有新亭对泣诸君子的山河之异之感，更不合乎王羲之的性格"。③

肯定方观点。徐复观先生在《兰亭争论的检讨》一文中提出，《兰亭序》的后半段，正出自王羲之的性格与生活背景，与王羲之的思想相符。他说："王羲之的《兰亭序》后半段文章，有其骨肉生死间的真实背景。新亭的'山河之异'，可以流涕；为什么想到死生骨肉之间，便不能'痛哉''悲夫'……真的感情，可发于政治、社会问题之上，也可发于人生问题之中。"④

按：每个人的性格是多元的，思想也是复杂的，且会发生变化，王羲之的性格和思想也不例外。徐复观先生的论述联系到了人生问题，很有启发性和说服力。

4. 《兰亭序》与东晋时代总体思想是否契合的问题。

否定方观点。郭沫若先生《〈兰亭序〉与老庄思想》中认为："'一

---

① 张廷银《〈兰亭序〉真伪及〈兰亭诗〉创作的文化意义》，《中国典籍与文化》，1996 年 3 期。
② 顾农《文选论丛》，第 315 页。
③ 《兰亭论辩》上编，第 14 页。
④ 徐复观《中国艺术精神》，春风文艺出版社出版，1987 年版，第 482—第 483 页。

死生''齐彭殇'之说是有它的玄学渊源的。魏晋地主阶级中的高级知识分子之好玄谈、尚旷达，确实是依仿于老庄。传世《兰亭序》中比《临河序》所多出的那一大段文字，却恰恰从庸俗的观点而反对这种思想。这和'晋人喜述老庄'是貌合而神离的。""增加'夫人之相与'以下一百六十七字的人是不懂得老庄思想和晋人思想的人，甚至连王羲之的思想也不曾弄通。"① 肯定方回应。徐复观先生认为："在老庄风气之中，并不是每一个人都必然地非随风气流转不可。王羲之虽不能不受当时风气的感染，但从《杂帖》中看，他是感染得少而又少的人……《兰亭序》后段中'固知一死生为虚诞，齐彭殇为妄作'，指斥庄子的话，是从羲之内心深处所发出来的，旁人伪不得半丝半毫。"②

按：在对历史人物的思想性格和一个时代的主流思想做出判断的时候，判断者难免带有一定的主观成分，仁者见仁，智者见智。联系永和时代会稽士族的处境与地位，王羲之的思想并不难理解。《兰亭序》中的思想不仅不与东晋时代总体思想冲突，并且真实地反映了此期门阀士族领袖们矛盾的人生观。

5.《兰亭序文》是否为智永或他人所"依托"的问题。

否定方观点。郭沫若先生说："我乐于肯定：《兰亭序》的文章和墨迹就是智永所依托。"此外，在海外也有认定《兰亭序》是伪作的学者，日本清水凯夫先生即持这种观点，他认为唐修《晋书·王羲之传》是唐初修史馆为了迎合李世民偏好王氏书法的心意的产物，《传》中对《世说》所记有关的故事作了以塑造"书圣"形象为目的的修改，而《兰亭序》的后部分文字也是经"摹学"王氏书法的高手伪造后传入宫廷为太宗所得由褚遂良鉴定而入正史的，因此，《兰亭序》是伪作而非真品。③

---

① 《兰亭论辩》上编，第43—第44页。
② 徐复观《中国艺术精神》，第476页。
③ 清水凯夫《从〈晋书〉的编纂看〈兰亭序〉的真伪》，《西南民族学院学报》，1996年3期。

肯定方观点。徐复观先生针对郭文说:"他根本不是一个肯作伪的人。他以何动机,以何目的,而要伪造《兰亭》的文与字,嫁名在他的七世祖身上呢?"①

按:目前谁也没有找到智永或他人作伪的证据,依托说只是一种假设,而这种假设于情于理都无法说通。替古人增写一段文字,其动机无非两种,或者是为了厚侮古人,或者是为了替古人增光添彩或者说涂脂抹粉。智永作为王羲之的后代,假如要"依托"作文,显然不会有意诬蔑先人。如果说他想为先人增光添彩,那一定是他自己比他的先人学力见识高远。而王羲之在东晋南朝名满天下,根本不需要智永去褒扬。如果智永在文章中提出了一种符合封建道德的高论,以彰显先人之道德高尚、见解深远,也还可以理解。而我们目前看到的这一段文字既不算高明,也不能传播主人的德音,所以智永没有画蛇添足的必要。如果智永或"摹学"王氏书法的高手为了贴文而造假,那么他只要书写一遍《临河叙》即可。像现在这样,既被人怀疑文章的真实性,又被人怀疑墨迹的真实性,吃力而不讨好,窃为智永先生或其他"高手"所不取也。

现代刑法中有一个重要的术语——"疑罪从无",也就是说在不能证明被告人有罪也不能证明被告人无罪的情况下,应该推定被告人无罪。这样的判罚标准也应该适应于古代文化研究领域。顾农先生在《〈兰亭集序〉真伪问题的再思考》一文中提出:"对于古代的成本典籍和单篇作品,没有十分过硬的证据,决不宜轻易言伪。"② 应该就是这种思想在文化研究领域的反映吧,窃以为此语代表了多数研究者的共识。按照这条原则,笔者倾向于认为:《兰亭序文》的著作权应当属于王羲之,《兰亭序文》乃是王羲之士族思想和性格的真实表露。

---

① 徐复观《中国艺术精神》,第491页。
② 顾农《文选论丛》,第317页。

第十章　谢灵运的庄园山水诗

谢灵运的山水诗可分为庄园山水诗和远游山水诗两大类型。所谓庄园山水诗，其作者多是贵族阶层中的山栖之士，他们或者拥有自己的大型庄园，或者有条件经常出入盘桓于贵族庄园之内。此类诗重在描写庄园区域的自然风光和园林建筑，以及诗人在庄园生活中对生命意义、生存价值的体悟和感受。在庄园山水诗之外，谢灵运还写有其他山水诗，这些山水诗写于诗人行旅途中或仕宦之地。谢灵运出守永嘉途中写有"久露干禄请，始果远游诺"（《富春渚》），在永嘉太守任上写有"年迫愿岂申，游远心能通"（《行田登海口盘屿山》），因之，我们姑且称这类诗为远游山水诗。本章拟从庄园情结、庄园山水诗中的情感特征、庄园山水诗中的景物描写等方面予以讨论，以期比较谢灵运庄园山水诗和远游山水诗在情理和景物描写方面的不同。

一

始宁是谢灵运家的故宅，他的祖父和父亲都安葬在这里，并在这里营建有巨大的庄园。谢灵运的山水诗，主要完成于三个地方，一是永嘉，二是始宁，三是临川。永初三年（422）八月，谢灵运抵达永嘉郡，次年秋天辞官回乡。景平元年（423）秋天到元嘉三年（426），谢灵运第一次在始宁隐居，元嘉五年（428）至元嘉八年（431），他第二次在始宁隐居。元嘉九年（432）春天赴临川，夏天到达目的地。次年在临川被收，流放广州。从生活的年头上看，谢灵运在永嘉和临川分别约有一年时间。而两次隐居始宁则前后达七八年之久。谢灵运的山水诗，不仅在始宁隐居时代描画了庄园的奇丽美景，而且在完成于永嘉和临川的山水诗中也充满了他对始宁庄园的无限向往和深情回味。他的诗中有太多的"丘园""丘窟""故乡""旧山""旧崖"等字眼，无论是在他之前还是在他之后，没有一位诗人像他这样深切地表现过对于故乡庄园的怀恋之情。

东晋安帝义熙八年（412）秋冬之际，谢灵运在荆州刺史刘毅军中任职，在赠给堂兄谢瞻的《答中书》中说："守道顺性，乐兹丘园。"义熙十四年（418）九月，谢灵运在《九日从宋公戏马台集送孔令》中写道："岂伊川途念，宿心愧别。彼美丘园道，喟焉伤薄劣。"如果说这里的"丘园"还只是泛指与官场相对的隐居之地，并不是特指始宁庄园，那么《过始宁墅》的出现则标志着始宁庄园的正式亮相，诗中云："剖竹守沧海，枉帆过旧山。山行穷登顿，水涉尽洄沿。岩峭岭稠叠，洲萦渚连绵。白云抱幽石，绿筱媚清涟。葺宇临回江，筑观基曾巅。挥手告乡曲，三载期归旋。且为树枌槚，无令孤愿言。"钟嵘《诗品》云："灵运生于会稽……其家以子孙难得，送灵运于杜治养之。十五方还都。"还都之后即居住在乌衣巷内。这次踏上始宁土地应该是他成年后第一次走进自家庄园。临别之际，他将还乡归隐确定为自己人生的终极追求。从此之后，始宁庄园便成为谢灵运生命中魂牵梦绕的场所，也成为他的山水诗中最持久的情结。

不仅在始宁时代，谢灵运反复地细致地描绘着庄园风光，即使在永嘉和临川时期的诗歌中，他也一再提到了始宁及始宁庄园，"故乡路遥远，川陆不可涉"（《登上戍石鼓山》），"逝将候秋水，息景偃旧崖"（《游南亭》），"行久怀丘窟，景昃感秋旻。旻秋有归棹，昃景无淹津"（《北亭与吏民别》），"庐园当栖岩，卑位代躬耕"（《初去郡》）……永嘉郡有名山灵水，谢灵运在这里"肆意游遨，遍历诸县，动逾旬朔，民间听讼，不复关怀。所至辄为诗咏，以致其意焉。在郡一周，称疾去职，从弟晦、曜、弘微并与书止之，不从"。（《宋书·谢灵运传》）他不接受族弟的劝告，毅然挂冠归去，主要原因是他在政治斗争中处于下风，对仕途深感失望，但其中也包含着他对故乡和自家庄园的眷恋。在临川内史任上，他没有收敛自己，依然游放无度，此时诗人对故乡的思念之情愈加强烈。"故乡日已远，风波岂还时"（《初发石首城》），"存乡尔思积，忆山我愤懑。追寻栖息时，偃卧任纵诞。得性非外求，自已为谁纂？"（《道路忆山中》）

谢灵运《游名山志》云："夫衣食，人生之所资；山水，性分之所适。"大型庄园，也只有大型庄园，既可以维持他豪华奢侈的贵族生活，又可以满足他观赏山水的性分。庄园，在东汉时也称坞堡，那时的坞堡往往与军事防御相关，《后汉书·李章传》载："清河大姓赵纲随于县界起坞堡，缮甲兵。"后来坞堡、庄园逐渐失去了军事色彩，成为财产与地位的标志。到了两晋时代，士族们热衷于求田问舍，庄园的数量和规模空前膨胀。谢灵运在《山居赋》中回顾古今园林时说："昔仲长愿言，流水高山；应璩作书，邙阜洛川。势有偏侧，地阙周员。铜陵之奥，卓氏充钹撖之端；金谷之丽，石子致音徽之观。徒形域之荟蔚，惜事异于栖盘。至若凤、丛二台，云梦、青丘、漳渠、淇园、橘林、长洲，虽千乘之珍苑，孰嘉遁之所游。"这里有两点值得我们注意：一是仲长统的"流水高山"之愿。汉末士人仲长统一面在《昌言·理乱》中批判豪门之奢侈时说："豪人之室，连栋数百，膏田满野，奴婢千群，徒附万计。"同时，他也流露出对拥有自家庄园的无限向往之情："使居有良田广宅，背山临流，沟池环匝，竹木周布，场圃筑前，果园树后。"（《后汉书·仲长统传》）那时，良田广宅还只是仲长统的奢望，无法变成现实。二是谢灵运把能够拥有园林的古人分为两种类型，一类是擅山川铜铁的汉代富豪卓王孙、建有金谷园的西晋士族石崇等,他们虽然非常富有,但却不懂得"栖盘"之意;另一类是享受着"千乘之珍苑"的帝王,他们也不明白"嘉遁"之意。言外之意,只有自己才能体会到"栖盘""嘉遁"之意。

谢氏家族本来就有希企隐逸的传统,他们把老庄隐逸思想与士族意识紧密结合起来,努力去营建艺术型的别墅山庄。谢安"于土山营墅,楼馆竹林甚盛,每携中外子侄往来游集"。(《晋书·谢安传》)谢玄的庄园"右滨长江,左傍连山,平陵修道,澄湖远镜,于江曲起楼。楼侧悉是桐梓,森耸可爱"。(《水经注·浙江水注》)谢灵运继承了父祖"选自然之神丽,尽高栖之意得"的嗜好,"修营别业,傍山带江,尽幽居之美"。(《宋书·谢灵运传》)。其《山居赋》介绍始宁庄园说:"大小巫湖,中隔一山。然往北山,经巫湖中过……若乃南北两居,水通陆阻""田连冈而盈畴,岭枕水而通阡,阡陌纵横,塍埒交经。"庄园首要的目的是方便于农业生产,以提供衣食资源,保障享乐生活。作为诗人的谢灵运,同时还追求庄园建设上的艺术化,他在布局上根据天然的山水地形,加以改造利用,以求能够收纳远近景观,充分体现出文人化、艺术化的园林观念。当然,谢灵运的这种追求并不是孤立的,从东晋南朝时代开始,士族文人在园林营建过程中,由实用转向审美,由粗犷转向秀美,形成一种时代风气。东晋南朝士族文人的这种审美观念,对唐宋至明清时代文人园林的设计营建产生了巨大影响。

苏轼云:"味摩诘之诗,诗中有画;观摩诘之画,画中有诗。"(《书摩诘蓝田烟雨图》)我们也可以套用来说:味灵运之诗,诗中有园;观灵运之园,园中有诗。始宁庄园不仅是谢灵运物质上的家园,同时也成为他精神上的坞堡。庄园主对自家别墅建筑及其周围的风光的描写也属于山水诗的范畴,但它显然不同于普通的山水描写。今天我们都承认,中国古代山水诗的产生,与士族文人的审美观密切相关。在所有山水诗中,庄园山水诗最能体现他们的士族意识。贵族别墅的兴盛不仅为山水诗的兴起提供了物质条件,同时庄园区域的山光水色也成为诗人审美的对象和诗歌表现的主体，庄园山水诗是古代山水诗的一个分支。如果没有始宁庄园这样的山墅园林，虽然不能说就不会产生谢灵运的山水诗，起码可以说如果剔除了描绘别墅区域的山水，谢灵运山水诗将会黯然失色。

二

沈德潜《古诗源》云："（谢灵运诗）山水闲适，时遇理趣。"谢灵运的诗歌在山水描写中，亦掺杂着玄言名理。今人多认为其山水诗拖了一条玄言诗的尾巴。那么诗中的玄言名理是什么呢？日本学者福永光司先生指出："谢灵运的老庄思想，贯穿于他生活中的各个时期，但表现最充分的是第二、第三时期。盖第二期是流放永嘉的不遇时代，第三期是仕途绝望的始宁归隐时代，因此处于生活中最易与老庄思想结缘的环境……这一时期成为他老庄思想之核心的是自适思想。"① 也有一些学者强调了佛学的思想对他的影响："山水之美在谢灵运那里成为一种自觉，在这一过程中，由于佛教'物我一如'思想的参与，山水被赋予了新的意义。"② 其实，谢灵运所接受的老庄思想和佛学思想并不是矛盾的，而是协调的。无论是老庄思想还是佛学思想，都可以说他在追求生命的"自适"境界。福永光司同时指出："谢灵运的'自适'，最具体的便是沉浸在山水自然之中……山水的清旷使人精神清旷，在这精神清旷中，便建立了人真正的幸福，山水使人精神愉悦、净化，使人成为宇宙万物之一。在这层意义上，山水成为实践自适哲学的最佳场所。"③ 这里所谓的山水泛指谢灵运所游赏过的所有地方的山水。其实，永嘉山水、临川山水与始宁山水给谢

---

① 日本福永光司《谢灵运的思想》，宋红编译《日韩谢灵运研究译文集》，广西师范大学出版社，2001年版，第10页。
② 日本志村良治《通向山水诗的契机——以谢灵运为论》，宋红编译《日韩谢灵运研究译文集》，第48页，第50页。
③ 福永光司《谢灵运的思想》，宋红编译《日韩谢灵运研究译文集》，第11页—第12页。

灵运的体悟和在谢灵运的笔下并不完全相同，因此，谢灵运庄园山水诗和远游山水诗在情感和名理方面也有一定的差异性。

第一，按照福永光司的说法，进入自适境界的谢灵运，"在这精神清旷中，便建立了人真正的幸福，山水使人精神愉悦、净化"。在我们看来，从根本上讲，正如萧涤非先生所说："山水不足以娱其情，名理不足以解其忧。"① 谢灵运并没有真正进入那样的自适境界。但是，相对于仕宦生涯，走进山水的谢灵运还是在一定程度上体会到了精神上的愉悦。在所有山水诗中，庄园山水诗中的愉悦感最为强烈。如果庄园山水诗中情感的主旋律可以用精神愉悦来概括，那么远游山水诗中的情感便唯有用焦虑、愤懑来形容。

谢灵运《归途赋序》云："昔文章之士，多作行旅赋。或欣在观国，或怵在斥徙，或述职异邦，或羁役戎陈。"虽然是就行旅赋而言的，其实也同于远游诗。谢灵运的远游山水诗中不仅有对山川景物的描绘，其中也包含了非常复杂的情感，固然有乐山怡水之情，但更多的是诗人的牢骚失意、烦躁不安、惆怅感伤。《永初三年七月十六日之郡初发都》写启程时的心情："辛苦谁为情，游子值颓暮。爱似庄念昔，久敬曾存故。如何怀土心，持此谢远度。"诗中表现出对故乡的依恋和生不逢时的感叹。《登上戍石鼓山》云："旅人心长久，忧忧自相接。故乡路遥远，川陆不可涉。"远游时的忧愁并非一端，但最明显的是对故乡的思念。《斋中读书》云："既笑沮溺苦，又哂子云阁。执戟亦以疲，耕稼岂云乐。"在永嘉太守任上的谢灵运无法忍受执戟之疲也不愿体验耕稼之苦，以消极态度对待朝廷任命。《还旧园作见颜范二中书》在回顾永嘉生活时云："长与欢爱别，永绝平生缘。浮舟千仞壑，总辔万寻巅。流沫不足险，石林岂为艰！闽中安可处，日夜念归旋。"看来，清丽的永嘉山水并不能安慰诗人失意

---

① 萧涤非《读谢康乐诗札记》，葛晓音编选《谢灵运研究论集》，广西师范大学出版社，2001年版，第20页。

的心。《游南亭》云："久痗昏垫苦，旅馆眺郊歧。泽兰渐被径，芙蓉始发池。未厌青春好，已观朱明移。戚戚感物叹，星星白发垂。"在天气酷热久雨的夏日，神思昏昏的诗人，在南亭暂时感受到了自然的美丽，同时又在感叹自身的衰老。《入彭蠡湖口》云："客游倦水宿，风潮难具论。洲岛骤回合，圻岸屡崩奔。乘月听哀狖，浥露馥芳荪。春晚绿野秀，岩高白云屯。千念集日夜，万感盈朝昏。攀崖照石镜，牵叶入松门。三江事多往，九派理空存。灵物吝珍怪，异人秘精魂。金膏灭明光，水碧辍流温。徒作千里曲，弦绝念弥敦。"元嘉九年（432）春，诗人赴临川途中，在鄱阳湖上岸游览，无法挥去离乡外任的阴影。"孤客伤逝湍，徒旅苦奔峭"（《七里濑》）是诗人远游诗的基调。其中有隐与仕的矛盾，也有被贬谪的落寞，也有对故乡山水的怀恋之情。

相较之下，隐居始宁别墅的岁月，在谢灵运心目中是"得性"之时。此时已经脱离了仕途，"别缘既阑"，在一定程度上可以进入虚静、忘我的状态。《石壁精舍还湖中作诗》云："昏旦变气候，山水含清晖。清晖能娱人，游子憺忘归。"在始宁庄园中，诗人怀着愉悦的心情，整天都在游山玩水。《田南树园激流植援》云："中园屏氛杂，清旷招远风……赏心不可忘，妙善冀能同。"美景让诗人的心情愈加舒畅，心情舒畅更加体会到清景之美。《于南山往北山经湖中瞻眺》云："朝旦发阳崖，景落憩阴峰。舍舟眺迥渚，停策倚茂松。侧径既窈窕，环洲亦玲珑。俯视乔木杪，仰聆大壑灇。石横水分流，林密蹊绝踪。解作竟何感，升长皆丰容。初篁苞绿箨，新蒲含紫茸。海鸥戏春岸，天鸡弄和风。抚化心无厌，览物眷弥重。"在春日美景中，诗人似乎与万物皆化。郭象《庄子注》："圣人游于万化之途，万物万化，亦与之万化。"《登石门最高顶》云："心契九秋干，目玩三春荑。居常以待终，处顺故安排。"此时的诗人似乎进入到了天人合一的逍遥状态。也不是说隐居之时没有惆怅，诗人在《于南山往北山经湖中瞻眺》云："不惜去人远，但恨莫与同。孤游非情叹，赏废理谁通？"在《登石门最高顶》云："惜无同怀客，共登青云梯。"可以看出，诗人此时的惆怅主要源于知音的难觅。但我们也要看到，有时诗人感叹"孤游"寂寞之时，其实也暗含着别人不能领会自然美景的清高和优越感，从这个角度看，"孤游"之叹未尝不是一种自我炫耀。

第二，与情感的体验相关。谢灵运山水诗中的名理，在庄园山水诗中主要表现为诗人已经进入自适的境界，在享受自适的乐趣；而远游山水诗中的名理，则主要表现为试图借助名理以消解忧愁、宣泄愤懑。《道路忆山中》云："追寻栖息时，偃卧任纵诞。得性非外求，自已为谁纂？"他把隐居岁月看作自己的"得性""自已"之时。隐居在始宁时的诗人也确实多次写到了自已自适。《石壁精舍还湖中作诗》云："虑澹物自轻，意惬理无违。寄言摄生客，试用此道推。"《田南树园激流植援》云："樵隐俱在山，由来事不同……寡欲不期劳，即事罕人功。唯开蒋生径，永怀求羊踪。赏心不可忘，妙善冀能同。"《登石门最高顶》云："居常以待终，处顺故安排。"《石门新营所住四面高山回溪石濑茂林修竹诗》云："感往虑有复，理来情无存。庶持乘日车，得以慰营魂。"诗人在仕途绝望之后，回归庄园，徜徉在山水之中，体会到了心灵的解放与逍遥。

远游山水诗中的名理则与实际并不相同，时常表现为言行不一，言不由衷。《登池上楼》云："索居易永久，离群难处心。持操岂独古，无闷征在今。"单看最后一句，他已经和古人一样"无闷"了，但从全诗看，他并不是"无闷"的，既不能"媚幽姿"，也不能"响远音"，此时的他正陷入进退维谷的尴尬境地。其他诗篇也与此类似，《富春渚》云："宿心渐申写，万事俱零落。怀抱既昭旷，外物徒龙蠖。"诗写外物对自己而言已经失去了价值，但其实对于身外之物的外物，他并没有看开。《斋中读书》云："万事难并欢，达生幸可托。"诗人在永嘉太守任上不关心政事、尽情游览，试图以达生态度处世，在自然中自由自在地生活，但他并不能真正做到达生任性。《登永嘉绿嶂山》云："恬如既已交，缮性自此出。"《过白岸亭》云："未若长疏散，万事恒抱朴。"《游赤石进帆海》云："矜名道不足，适己物可忽。请附任公言，终然谢天伐。"上面的

"缮性""抱朴""适己物可忽"都只是停留在纸上而已。有时，他甚至怀疑庄子的学说："安排徒空言，幽独赖鸣琴。"（《晚出西射堂》）"安排"语出《庄子·大宗师》："安排而去化，乃入于寥天一。"此刻在谢灵运看来，天人合一只是空话而已。一方面标榜自己的高栖意识，一方面无法放弃功名利禄，他"自谓才能宜参权要，既不见知，常怀愤愤"（《宋书·谢灵运传》），所以无法真正超然物外。古人看得很明白："陶公说不要富贵，是真不要，康乐本以愤惋，而诗中故作恬淡；以比陶公，则探深浅远近，居然有江湖涧汜之别。"（方东树《昭昧詹言》）

出身于高门士族的谢灵运对政治抱有极高的期望值，在官场险恶的斗争中，他一直是一个不识时务者，是一个失败者。不甘心失败的他，在无可奈何之际，只好用玄理来自我安慰，用山水来自我解脱。但是，并不是在所有的林泉山水中都可以找得到精神寄托与慰藉。许多时候，唯有沉浸在故乡庄园山水中的时候，谢灵运才会在一定程度上感悟到自然的真谛，享受到山水带给自己的愉悦，从而减轻了内心的苦闷。但是，山水名理对于谢灵运而言，如同吃药派之于药，饮酒派之于酒，它的确可以给诗人带来麻醉的快乐，但并不能从根本上解除诗人心灵上的痛苦。

三

虽然同样以自然山水为审美对象，但万重山岭、滔滔江河之美，与楼台曲径、小桥流水之美属于不同的审美范畴。一属于壮美，一属于优美；一属于天然美，一属于人巧美。沈约《休沐寄怀》写道："虽云万重岭，所玩终一丘。阶墀幸自足，安事远遨游。"攀登"万重岭"的"远遨游"接近于本书的远游山水诗，陶醉于"一丘"、自足于"阶墀"的赏玩则接近于本书的庄园山水诗。晋宋以来，伴随着山水诗的滥觞，庄园山水诗和远游山水诗都得到了长足的发展。谢灵运在两种类型的山水诗发展过程中都发挥了巨大的作用。

刘勰《文心雕龙·物色》说："自近代以来，文贵形似，窥情风景之上，钻貌草木之中。吟咏所发，志唯深远，体物为妙，功在密附。故巧言切状，如印之印泥，不加雕削，而曲写豪芥。故能瞻言见貌，即字而知时也。"这段话不是针对一个人而言的，也不是针对一种诗体而言的。但是，作为引导当时诗坛新潮流的领袖人物，谢灵运的山水诗最充分地体现了这一时代特征。而且我们可以进一步说，庄园山水诗比远游山水诗更充分地体现了这一时代特征。

从描写的范围来看，庄园山水诗所描写的主要是庄园之内的亭台楼阁以及庄园附近的山野草木、水石谷稼、鸟兽虫鱼。这一点，从诗歌题目上体现得很清楚。庄园山水诗所写的景物比较具体，如《石壁精舍还湖中作诗》《于南山往北山经湖中瞻眺》《登石门最高顶》中的石壁山、石门山、南山、北山都是始宁庄园附近的小山，湖指庄园内的巫湖。《田南树园激流植援》《石门新营所住四面高山回溪石濑茂林修竹诗》《发归濑三瀑布望两溪》中我们所看见的只是溪流瀑布。与庄园山水诗所涉及的多是庄园内的具体地点不同，远游山水诗则范围广泛，涉及许多名山大川。如《邻里相送至方山》《富春渚》《登庐山绝顶望诸峤》《入彭蠡湖口》，这里的方山、庐山乃天下名山，富春江、鄱阳湖乃天下名水。在《郡东山望溟海》《游赤石进帆海》中，诗人甚至写到了浩淼无垠的大海风光。诗人把那些具有庄园特征的意象组合起来，形成了一个庄园风景意象群。《田南树园激流植援》中出现了"园""室""扉""户""窗""涧""井""槿""墉""田"等意象。"园"的意象还出现在《初去郡》（"庐园当栖岩"）、《还旧园作，见颜范二中书》（"曾是反昔园"）等诗歌中。《过始宁墅》中出现了"葺宇""筑观"，《石壁精舍还湖中作诗》中出现了"菱荷""蒲稗""南径""东扉"，《登石门最高顶》出现了"高馆""户庭""积石""阶基"，《石门新营所住四面高山回溪石濑茂林修竹诗》中出现了"高山""回溪""石濑""修竹""瑶席""清醥""金罍"，至于像岩岭、洲渚、白云、幽石、绿筱、清涟、茂松、乔木、大壑、密林、初篁、新蒲等意象在此类诗歌中俯拾皆是，不胜枚举。这个意象群的组合排列，使诗歌达到了"巧言切状""曲写豪芥""瞻言见貌"的境界。以《田南树园激流植援》为例，"中园屏氛杂，清旷招远风。卜室倚北阜，启扉面南江。激涧代汲井，插槿当列墉。群木既罗户，众山亦对窗。靡迤趋下田，迢递瞰高峰"，诗中有对园中大景的勾勒，也有从门窗中的透视，有水有木，有声有色，贴切而清晰地描绘出一幅庄园风光图。《石壁精舍还湖中作诗》写到了"林壑""云霞""芰荷""蒲稗"，光影漂浮，草木摇曳，状自然景物如在目前。

从诗歌的意境上来看，庄园山水诗多明丽之景，而远游山水诗中多荒寒之象。《过始宁墅》云："山行穷登顿，水涉尽洄沿。岩峭岭稠叠，洲萦渚连绵。白云抱幽石，绿筱媚清涟。葺宇临回江，筑观基曾巅。"情感真挚，笔调明丽。《初去郡》云："溯溪终水涉，登岭始山行。野旷沙岸净，天高秋月明。憩石挹飞泉，攀林搴落英。"此诗作于景平元年（423）秋天，诗人辞去永嘉太守，正在走向始宁庄园，充满了回到大自然当中的欣喜。在远游诗中很难看见这样明丽的自然山水，《七里濑》云："孤客伤逝湍，徒旅苦奔峭。石浅水潺湲，日落山照曜。荒林纷沃若，哀禽相叫啸。"本诗写于赴永嘉之时，人是孤单的，景是荒凉的。《游岭门山》云："协以上冬月，晨游肆所喜。千圻邈不同，万岭状皆异。威摧三山峭，湔汨两江驶。渔舟岂安流，樵拾谢西芘。"诗人在尽情游览中欣赏着山水之异、山水之险。《初发石首城》云："故山日已远，风波岂还时。苕苕万里帆，茫茫终何之？游当罗浮行，息必庐霍期。越海凌三山，游湘历九嶷。"元嘉八年（431）冬，宋文帝任命谢灵运为临川内史，本诗作于离开京城时，山水和诗人的心绪一样茫然。

在对谢灵运的批评中，有一种声音认为谢灵运对于山水取一种凌跨的态度。最早提出这种看法的是胡小石先生："山水诗虽以陶、谢并称，但他们对于自然的态度极不相同，恰如其人。陶公胸怀恬淡，对于自然每与之溶化或携手，如'采菊东篱下，悠然见南山'，很现出一种不疾不徐的舒适神气。至于大谢对于自然,却取一种凌跨的态度,竟不甘心为自然所包举。"① 叶瑛先生也说:"谢氏为人,想见其才高兴发,故出之于诗,靡不兴象高迈。他人咏叹自然,屈服于自然之下;唯谢公陵跨一切,包举自然之上。兹举《游赤石进帆海》一首可见……其一种凌厉精神,至少亦与自然抗衡平列。此与其他作家对自然态度最不同之点也。"② 首先,我们应该承认谢诗中的确有物我对峙、凌驾山水之上的作品。但是,我们也要看到,这样的作品多在远游山水诗中。上面提及的《游赤石进帆海》诗云:"首夏犹清和,芳草亦未歇。水宿淹晨暮,阴霞屡兴没。周览倦瀛壖,况乃陵穷发。川后时安流,天吴静不发。扬帆采石华,挂席拾海月。溟涨无端倪,虚舟有超越。仲连轻齐组,子牟眷魏阙。矜名道不足,适己物可忽。请附任公言,终然谢天伐。"本诗作于宋少帝景平元年(423)初夏,周览山水让诗人疲倦,大海让诗人畅想。诗人将大海的开阔与人生境界相联系,对人生进行了富有哲理的思考。曹操的《观沧海》云:"日月之行,若出其里。星汉灿烂,若出其中。"有吞吐宇宙之气象,大海就是诗人的化身。在谢诗中,诗人与大海相互对峙。《初发石首城》云:"游当罗浮行,息必庐霍期。越海陵三山,游湘历九嶷。"也把自己看作大自然的征服者。相反,徘徊在山光水色、亭台楼阁之间的谢灵运,"幸多暇日,自求诸己。研精静虑,贞观厥美"(《山居赋》),留下了许多吟咏庄园山水的诗篇。在《石壁精舍还湖中作诗》《田南树园激流植援》《石门新营所住四面高山回溪石濑茂林修竹诗》《发归濑三瀑布望两溪》等诗中,诗人与庄园山水之间能够"每与之溶化或携手"。

回顾古人对"园"的描写,在谢灵运之前,有建安诗人的游宴诗,有石崇等人的园林诗,也有陶渊明的田园诗。建安之时,曹丕兄弟和邺下文人"白日既匿,继以朗月,同乘并载,以游后园"。(曹丕《与吴质

---

① 转引自周勋初《论谢灵运山水文学的创作经验》,葛晓音编选《谢灵运研究论集》,广西师范大学出版社,第168页。
② 叶瑛《谢灵运文学》,《学衡》,1924年9月,33期。

书》)。曹丕《芙蓉池作诗》云："乘辇夜行游，逍遥步西园。双渠相溉灌，嘉木绕通川。卑枝拂羽盖，修条摩苍天。惊风扶轮毂，飞鸟翔我前。丹霞夹明月，华星出云间。上天垂光彩，五色一何鲜。"曹植《公宴诗》云："清夜游西园，飞盖相追随。明月澄清影，列宿正参差。秋兰被长坂，朱华冒绿池。潜鱼跃清波，好鸟鸣高枝。"这类诗的主旨在于表现游宴之乐，并不是为了表现自然之美。西晋时，石崇在洛阳郊外修建了金谷园，其《金谷诗序》云："金田十顷，羊二百口，鸡猪鹅鸭之类，莫不毕备。又有水碓、鱼池、土窟，其为娱目欢心之物备矣。"可惜的是，除潘岳《金谷集诗》和杜育的《金谷集诗》残句外，这组诗歌已经失传，无法窥其全貌。东晋时王羲之模仿《金谷集诗》，组织了兰亭雅集，王羲之有《兰亭诗序》记其事，并创作有《兰亭诗》二首。其诗意在抒发"散怀一丘""顺理自泰"的情怀。孙统《兰亭诗》云"地主观山水，仰寻幽人踪"，提到了庄园主观赏山水的活动。东晋末年，谢灵运的族叔谢混写有《游西池诗》。诗写园林之美，清新自然，谢灵运的庄园诗就是沿着这条路线继续发展壮大的。晋宋之际，田园诗人陶渊明也写到了相似意象，他在《归园田居》其一中写道："方宅十余亩，草屋八九间。榆柳荫后檐，桃李罗堂前。暧暧远人村，依依墟里烟。狗吠深巷中，鸡鸣桑树巅。户庭无尘杂，虚室有余闲。"这是一幅田园生活的风光画，如果"方宅十余亩，草屋八九间"也算是庄园的话，那只是庶族地主的小庄园，规模上无法与拥有"北山二园，南山三苑"的谢氏庄园相提并论。而且，陶诗重在抒情，而谢诗则工于模范。陶诗意在抒发自己脱离"尘网"、回归田园之欣喜，谢诗重在赏玩庄园"风景""草木"之景色。

在中国诗史上，谢灵运是第一位用心描写庄园山水的诗人，而且庄园山水在他的整个山水诗中占有很大比重。《宋书·谢灵运传》云："遂移籍会稽，修营别业，傍山带江，尽幽居之美。与隐士王弘之、孔淳之等纵放为娱，有终焉之志。每有一诗至都邑，贵贱莫不竞写，宿昔之间，士庶皆遍，远近钦慕，名动京师。"从这段记载看，纵然不能说为谢灵运带来巨大声誉的就是庄园山水诗，但起码可以看出庄园山水诗出现之后受到了何等程度的欢迎。庄园山水诗表现了士族阶层的审美情趣，开拓了山水诗的格局和诗境，扩展了山水诗的表现手法，对中国古代山水诗产生了广泛影响。

第十一章　谢灵运《拟魏太子邺中集诗》研究

第一节　《拟魏太子邺中集诗》中的士族意识

回顾谢灵运诗歌研究史，我们会发现学术界对谢灵运《拟魏太子邺中集诗》（以下简称为《拟邺中》）写作动机的探究，主要有三种看法：模拟说、隐喻说、再现说。以上三种说法皆有一定的道理，而且三种说法从不同的角度触及了谢灵运诗歌的内在意蕴——士族意识。可以说《拟邺中》是谢灵运士族意识在模拟之作中的折射，它透露了士族诗人谢灵运对现实的不满，在一定程度上再现了中古贵族生活的场景。与其说谢灵运在拟作中所表现的邺中生活是一段让人心仪的历史记忆，不如说它是士族心目中的乌托邦世界。

六朝时代盛行模拟前人作品的风气。《文选》"杂拟"类中收录有陆机《拟古诗十二首》、陶渊明《拟古诗》、谢灵运《拟邺中》、鲍照《拟古三首》等著名诗人的拟作。钟嵘在《诗品序》中，把陆机的《拟古诗》、谢灵运的《拟邺中》与曹植的《赠白马王彪》、阮籍《咏怀诗》等作品并列，誉之为"五言之警策者"，"篇章之珠泽，文采之邓林"。唐人皎然在《诗式》中说："至于《述祖德》一章、《拟邺中》八首、《经庐陵王墓》、《临池上楼》，识度高明，盖诗中之日月也，安可攀援哉……故能上蹑《风》《骚》，下超魏晋，建安之作，其椎轮乎！"然而，到了后代，包括谢灵运《拟邺中》在内的拟古诗就越来越受到了冷落。清人方东树云："康乐《拟邺》诗及拟古诸作，不必不佳，然实无谓。"(《昭昧詹言》卷五)"近人论文多反对摹拟，有的甚至认为这是没有出息的表现。"① 在反对摹拟者看来，谢灵运的拟作只是为了摹拟而摹拟，为了形式而形式，所以是无谓之作。

　　谢灵运为什么要选择邺下诗歌来模仿呢？首先由于邺下文学的成就对谢灵运具有强烈的吸引力。皎然《诗式》曰："邺中七子，陈王最高。刘桢辞气偏；王得其中。不拘对属，偶或有之。语与兴驱，势逐情起，不由作意，气格自高，与《十九首》其一流也。"在五言诗发展史上，《古诗十九首》与建安诗歌占有重要位置，《古诗十九首》被钟嵘《诗品》誉为"惊心动魄，几乎可谓一字千金。"这组诗中的部分作品已经被士族诗人陆机所模拟，并获得了良好的声誉。为了表现其可以与曹丕、曹植兄弟及邺下诸子对峙的文学才华，为了显示自己可以与太康之英陆机一较身手的本领，谢灵运选择了邺下诗歌作为自己模拟对象。较之于模拟《古诗十九首》，《邺中集》因为是对具体诗人诗作的模拟，所以拟作的要求更高、难度更大，而这样对于一心想要炫耀自己才藻的谢灵运来说，更加具有刺激性和挑战性。虽然不能说想要露才扬己、与前人一较短长的必然是士族诗人，但可以说具有文化优越感的士族诗人这样的愿望更加强烈，陆机和谢灵运就是其中的典型。

　　其次，虽然说曹丕兄弟所领导的邺下文学并不等于贵游文学，但它非常接近于贵游文学，这也是士族诗人谢灵运选择《邺中集》作为模拟对

---

① 周勋初《魏晋南北朝时文坛上的摹拟之风》，《魏晋南北朝文学与文化论文集》，南京大学出版社，2002年版。

象的动机之一吧。建安文学所形成的"建安风骨",与"盛唐气象"一起成为后世文人心仪的对象。刘勰《文心雕龙·明诗》云:"暨建安之初,五言腾踊,文帝陈思,纵辔以骋节;王徐应刘,望路而争驱;并怜风月,狎池苑,述恩荣,叙酣宴,慷慨以任气,磊落以使才;造怀指事,不求纤密之巧,驱辞逐貌,唯取昭晰之能。"《文心雕龙·时序》云:"自献帝播迁,文学蓬转,建安之末,区宇方辑……傲雅觞豆之前,雍容衽席之上,洒笔以成酣歌,和墨以藉谈笑。观其时文,雅好慷慨,良由世积乱离,风衰俗怨,并志深而笔长,故梗概而多气也。"我们今天所说的建安时代实际上是三曹在创作上活跃的时代,不仅包括了汉献帝建安年间(196—220),还包括了魏文帝黄初年间(220—226)和魏明帝太和年间(227—232)。太和六年(232),建安之杰曹植离开了人世,标志着建安文学帷幕的最后降落。曹操与邺下诸子先后去世,曹丕因为政务繁忙,黄初年间很少创作,整个黄初年间和太和年间只有曹植一个人在偏僻处孤独地吟唱着。建安年间(196—220)的文学创作可以分为前后两个时期,建安前期"献帝播迁,文学蓬转","世积乱离,风衰俗怨",诗歌多写社会动乱和流离飘零之苦。"建安之末,区宇方辑",诸子先后聚集于邺下,出现了"怜风月,狎池苑,述恩荣,叙酣宴"之作。刘勰所谓的"建安之末"具体来说应该是曹操将大本营建立在邺下、王粲等人依附曹氏父子之后的一段时光。笔者认为大约是指建安十三年(208)至建安二十二年(217)。十年之间,曹丕、曹植兄弟在邺下时常组织游宴活动。邺下诸子的活动记载在各自的游宴诗中,也保留在曹丕的《与吴质书》《又与吴质书》等文献中。这样一种贵族生活情景让后世的士族诗人无限向往。谢灵运没有选择建安时代的血与火,没有选择民生的哀号,没有选择英雄的呐喊,而自觉地选择了"怜风月,狎池苑,述恩荣,叙酣宴"之作作为自己模拟的对象并不是偶然的现象,而是其士族情感、士族意识所注定的。

除了模拟说,另一种流传长久的说法是隐喻说。方回《颜鲍谢诗评》

云:"序云:'其主不文。'又曰:'雄才多忌。'使宋武帝、文帝见之,皆必切齿。盖'不文'明讥刘裕,'多忌'亦诛徐、傅、谢、檀之所讳也。灵运坐诛,此序亦贾祸一端也。"他认定谢灵运以序来讥刺刘裕父子,最后惹来杀身之祸。吴淇《六朝选诗定论》认为:"诸子中,唯仲宣才高而望重,故康乐首取以自况……康乐自视过高,故独写此意于拟王诗者,特借自伤之情,以表己之为王粲也。"可以肯定,"《拟邺中》并不仅仅是简单的仿拟之作,其中也浸润着诗人的身世怀抱,反映了谢灵运复杂的接受心态"。① 其中包含着诗人不满现实的成分,也有反抗现实的因素,所以说谢灵运借前人之境来抒发自我之情是毋庸置疑的。但是,隐喻说当中也有可以商榷之处,其一是后人在探讨隐喻之时有穿凿之处。顾绍柏先生说:"清吴淇、吴汝纶以为灵运是借曹植以隐喻庐陵王刘义真,不免穿凿……刘义真是灵运诸人的领袖,正如曹丕是邺中文人的领袖一样,因此灵运一再称颂曹丕而无微词。"② 不仅曹植以隐喻庐陵王刘义真、借王粲来隐喻谢灵运自己的观点有穿凿附会之嫌,而且将任何一个晋宋人物直接比附于邺下文人的观点都有主观臆断之嫌,通达的看法是:"谢灵运可能并没有将自己刻意比为某人,而是在每个人的身世遭遇中都灌注了自己的思想情感,从而达到与诸子相弥合、相交融的境界。"③ 同时,我们认为,谢灵运的确对现实有所不满,但是在不同的人生阶段,他对现实不满的程度,应该有所不同,说《拟邺中》的序是导致诗人被杀的重要原因并没有确凿的证据,只是后人的推断。笔者认为,《拟邺中》的主旨比较复杂,其中有炫才之意,有不平之气,有对昔日生活的再现,有对理想之境的塑造,似乎不能用抒发自己生不逢时、怀才不遇的不平之气来概括。

周勋初先生说:"曹氏父子和建安七子之作,成了后人学习的典……

---

① 尚永亮、邓轶兰《〈拟邺中集诗八首〉的咏怀性质与谢灵运的接受心态》,《中国韵文学刊》,2004年1期。
② 顾绍柏《谢灵运集校注》,中州古籍出版社,1987年版,第156页。
③ 尚永亮、邓轶兰《〈拟邺中集诗八首〉的咏怀性质与谢灵运的接受心态》。

可见谢灵运的撰写此文，实由向往邺下风流而起。他想通过系列的拟作，重现这一文学群体中人的心态和风采。"① 梅家玲教授说："当谢灵运以魏文和邺中诸子的口吻各抒其情时，邺下欢会的情景，便融合了灵运的现时情怀，在其笔下宛然再现……而文学的'传统'，遂不断在各代作家对前人作品的回顾玩味下，以日形丰富的内涵，融入其'再演'的过程，以完成薪火相继的'创新'。据此，则汉晋以来拟代体的写作，其实可以视为时人重温过去、参与现时、迎向未来的一种生命体验。"② 朱晓海先生说："谢灵运《拟魏太子邺中集》的着眼重心与其说是在拟诗，不如说是在重拟那邺中游本身。"③ 以上说法都强调了谢灵运对邺下欢会情景的再现、再演、重拟，这样的看法无疑是深刻而有见地的。

谢灵运《拟魏太子诗并序》云：

建安末，余时在邺宫，朝游夕燕，究欢愉之极。天下良辰美景，赏心乐事，四者难并。今昆弟友朋，二三诸彦，共尽之矣。古来此娱，书籍未见，何者？楚襄王时有宋玉、唐景，梁孝王时有邹、枚、严、马，游者美矣，而其主不文；汉武帝徐乐诸才，备应对之能，而雄猜多忌，岂获晤言之适？不诬方将，庶必贤于今尔。岁月如流，零落将尽，撰文怀人，感往增怆。其辞曰：

百川赴巨海，众星环北辰。照灼烂霄汉，遥裔起长津。
天地中横溃，家王拯生民。区宇既涤荡，群英必来臻。
悉此钦贤性，由来常怀仁。况值众君子，倾心隆日新。
论物靡浮说，析理实敷陈。罗缕岂阙辞？窈窕究天人。
澄觞满金罍，连榻设华茵。急弦动飞听，清歌拂梁尘。

---

① 周勋初《魏晋南北朝时文坛上的摹拟之风》。
② 梅家玲《汉魏六朝文学新论——拟代与赠答篇》，北京大学出版社，2004年版，第59页。
③ 朱晓海《读〈文选〉之〈与朝歌令吴质书〉等三篇书后》，《广西师范大学学报》，2004年1期。

何言相遇易，此欢信可珍。

谢灵运所传达的情感来源于曹丕的《与吴质书》《又与吴质书》及其游宴诗。《与吴质书》云："每念昔日南皮之游，诚不可忘。既妙思六经，逍遥百氏，弹棋间设，终以博弈，高谈娱心，哀筝顺耳。驰骛北场，旅食南馆，浮甘瓜于清泉，沈朱李于寒水。白日既匿，继以朗月，同乘并载，以游后园。舆轮徐动，宾从无声，清风夜起，悲笳微吟，乐往哀来，怆然伤怀，余顾而言，斯乐难常，足下之徒，咸以为然。今果分别，各在一方。元瑜长逝，化为异物，每一念至，何时可言？方今蕤宾纪时，景风扇物，天意和暖，众果具繁。时驾而游，北遵河曲，从者鸣笳以启路，文学托乘于后车，节同时异，物是人非，我劳如何！"曹丕《又与吴质书》云："昔年疾疫，亲故多罹其灾，徐、陈、应、刘，一时俱逝，痛可言邪！昔日游处，行则连舆，止则接席，何曾须臾相失。每至觞酌流行，丝竹并奏，酒酣耳热，仰而赋诗。当此之时，忽然不自知乐也。谓百年已分，可长共相保。何图数年之间，零落略尽，言之伤心。顷撰其遗文，都为一集。观其姓名，已成鬼录。追思昔游，犹在心目，而此诸子化为粪壤，可复道哉！"对照两者，可以看到《拟魏太子诗并序》似乎是在努力再现这种情感、这种场景。

但是，从另外一个角度看，且不说邺下欢会情景是否可以再现、再演，甚至连邺下欢会的情景是否完全真实都是值得怀疑的。纵然曹丕的记忆、记述是真实的，但其他人未必有与曹丕完全吻合的记忆。在诸子的记忆中，邺下的天空并不是如此晴空万里、阳光明媚。这里会有电闪雷鸣，也有阴雨连绵的日子。王粲等六子的诗歌中既有对曹操的赞颂，与曹丕曹植兄弟的友谊，也有与曹氏父子之间的摩擦。邺下诸子"人人自谓握灵蛇之珠，家家自谓抱荆山之玉"（曹植《与杨德祖书》），自视甚高，意欲建永世之功，他们希望能够被委以军国重任，所以对最高统治者把他们看作文士并不满意，王粲的《杂诗》"日暮游西园"等显示出诗人在邺城生活时期亦有许多无法摆脱的烦恼，在《杂诗》其四中诗人甚至说："邂逅见逼迫，俯仰不得言。"他们渴望建功立业，对安排自己做琐碎的文书工作心怀不满。刘桢的《杂诗》表明士人对文墨翰籍工作的烦弃。所以，我们认为谢灵运《拟邺中》的着眼重心与其说是在重拟那邺中之游本身，不如说是在拟曹丕心中的邺中之游。

拟作中的生活场景对于谢灵运而言并不陌生。早年的谢灵运有乌衣之游，中年后与庐陵王等人的京师之游，也有与谢惠连等人的山泽之游。既然是模拟之作，理应在作者青年时代，不应该在中年之后。谢灵运对邺中游宴的选择、过滤、重塑，其实有乌衣之游的影子。乌衣之游有助于诗人更加细致亲切地去体会和复原邺下之游的贵族生活场景。

《拟邺中》是模拟之作，但又不是纯粹的模拟之作；《拟邺中》试图再现邺下之游，但又不是邺下之游的翻版；《拟邺中》是乌衣之游的折射，但又不是乌衣之游的临摹。作者在邺下之游中加入了很多自己的想象。诗人所呈现给我们的世界实际上是一个以邺下之游为原型的乌托邦世界。

这个理想世界自然会让我们联想到陶渊明在《桃花源记并诗》中所勾勒的桃花源。《桃花源记》云："忽逢桃花林，夹岸数百步，中无杂树，芳草鲜美，落英缤纷；渔人甚异之。复前行，欲穷其林。林尽水源，便得一山。山有小口，仿佛若有光；便舍船从口入。初极狭，才通人；复行数十步，豁然开朗。土地平旷，屋舍俨然，有良田、美池、桑竹之属；阡陌交通，鸡犬相闻。其中往来种作，男女衣着，悉如外人；黄发垂髫，并怡然自乐……"诗云："……往迹浸复湮，来径遂芜废。相命肆农耕，日入从所憩。桑竹垂余荫，菽稷随时艺。春蚕收长丝，秋熟靡王税。荒路暧交通，鸡犬互鸣吠。俎豆犹古法，衣裳无新制。童孺纵行歌，斑白欢游诣。草荣识节和，木衰知风厉。虽无纪历志，四时自成岁。怡然有余乐，于何劳智慧。"

生活在晋宋易代之际的陶渊明和谢灵运，不约而同地创作了表现其各自理想社会的乌托邦世界。他们的乌托邦世界也有一些相同之处。

其一，两者都有历史原型。虽然有人把《桃花源记》看作"唐以前第一篇小说"，但是，也有人始终认为桃花源不是作者杜撰的地名，而是客观的存在。至于桃花源到底在什么位置，有各种各样的说法。① 陈寅恪先生认为"真实之桃花源在北方之弘农，或上洛，而不在南方之武陵……《桃花源》纪实之部分乃依据义熙十三年春夏间刘裕入关戴延之等所闻见之材料而作成。"② 我们认为，在陶渊明时代应该有类似于桃花源的文字记载或口头传说，受它的启发，糅合诗人自己的理想，于是出现了文学作品《桃花源记》。其二，两者都是诗人理想社会的化身，这里没有战争，没有动乱。其中都含有不满现实的成分。其三，两种世界，一个宛如仙境，一个史无前例，皆是富有诗情画意的理想境界。"谢灵运非常能掌握曹丕的心境，以及对昔游此完美事件的认知：短促、脆弱、偶然、现实经验意义的不可重复，但他的巧思令他领悟到昔游的另一重要方面：不朽。"③《桃花源记》云："太守即遣人随其往，寻向所志，遂迷不复得路。南阳刘子骥，高尚士也；闻之，欣然规往。未果，寻病终。后遂无问津者。"进入桃花源的路是那么迷离神奇，同样具有短促、脆弱、偶然、现实经验意义的不可重复的特征。

两者之间的区别也非常明显。如果说陶渊明的桃花源所描绘的是一个平民阶层的乌托邦，那么谢灵运的邺下之游则是一个属于贵族阶层的乌托邦。

其中所出现的人物各不相同。先看陶渊明的桃花源，在典型的自然经济状况下，人们日出而作，日落而息，人人耕作。这里的人们，淳朴、平和、善良、安逸，处于自然状态中，没有受到世俗的污染。这里没有阶

---

① 钟优民《陶学发展史》，吉林教育出版社，2000年版，第283—285页。
② 陈寅恪《〈桃花源记〉旁证》，《陈寅恪史学论文选集》，上海古籍出版社，1992年版，第234页。
③ 朱晓海《读〈文选〉之〈与朝歌令吴质书〉等三篇书后》。

级,也没有不同的阶层,人与人之间相互平等。与之相反,《拟邺中》中出现的是魏太子、公子及国家官员、社会名士,他们才华横溢、自视甚高。《拟邺中》中有君臣关系,有贵贱等级,但是由于主上的仁厚,君臣之间情谊深厚。在太子眼里,"古来此娱,书籍未见,何者?楚襄王时有宋玉、唐景,梁孝王时有邹、枚、严、马,游者美矣,而其主不文;汉武帝徐乐诸才,备应对之能,而雄猜多忌,岂获晤言之适?不诬方将,庶必贤于今日尔"(《《拟魏太子诗并序》》)。"天地中横溃,家王拯生民。区宇既涤荡,群英必来臻。忝此钦贤性,由来常怀仁。况值众君子,倾心隆日新。"(《拟魏太子诗》)这样的体会并不是太子一个人的自我感觉,也是所有文士的共同感受:"上宰奉皇灵,侯伯咸宗长。云骑乱汉南,纪郢皆扫荡。排雾属盛明,披云对清朗。庆泰欲重叠,公子特先赏。不谓息肩愿,一旦值明两。"(《拟王粲》)"相公实勤王,信能定蚩贼。复睹东都辉,重见汉朝则。余生幸已多,矧乃值明德。爱客不告疲,饮燕遗景刻。"(《拟陈琳》)"末涂幸休明,栖集建薄质。已免负薪苦,仍游椒兰室。"(《拟徐干》)矧荷明哲顾,知深觉命轻。"(《拟刘桢》)"天下昔未定,托身早得所。官度厕一卒,乌林预艰阻。晚节值众贤,会同庇天宇。"(《拟应玚》)"自从食萍来,唯见今日美。"(《拟阮瑀》)文士们对曹操非常敬仰,与曹丕兄弟情谊深厚。

人物的生活状态不同。在桃花源中,人人需要劳动耕作,没有剥削,没有赋税,人们过着自我享受的农业平均主义生活。在邺下,文士们也许具有高远的理想,也许经历过流离之苦,也许曾经在敌方的阵营,也许生活在饥寒交迫之中,但现在那些往事都已经化为淡淡的青烟,消逝在彼此眼前。此时的文士们尽日游戏饮酒,个个都心满意足。《拟王粲》云:"并载游邺京,方舟泛河广。绸缪清宴娱,寂寥梁栋响。既作长夜饮,岂顾乘日养!"《拟陈琳》云:"余生幸已多,矧乃值明德。爱客不告疲,饮燕遗景刻。夜听极星阑,朝游穷曛黑。哀哇动梁埃,急觞荡幽默。且尽一日娱,莫知古来惑。"《拟徐干》云:"末涂幸休明,栖集建薄质。已免负薪苦,仍游椒兰室。清论事究万,美话信非一。行觞奏悲歌,永夜系白日。"《拟刘桢》云:"朝游牛羊下,暮坐括揭鸣。终岁非一日,传卮弄新声。辰事既难谐,欢愿如今并。唯羡肃肃翰,缤纷戾高冥。"《拟应玚》云:"晚节值众贤,会同庇天宇。列坐荫华榱,金樽盈清醑。始奏延露曲,继以阑夕语。调笑辄酬答,嘲谑无惭沮。倾躯无遗虑,在心良已叙。"《拟阮瑀》云:"念昔渤海时,南皮戏清沚。今复河曲游,鸣葭泛兰汜。躐步陵丹梯,并坐侍君子。妍谈既愉心,哀弄信睦耳。倾酤系芳醪,酌言岂终始。"《拟平原侯植》云:"副君命饮宴,欢娱写怀抱。良游匪昼夜,岂云晚与早。众宾悉精妙,清辞洒兰藻。哀音下回鹄,余哇彻清昊。"这些诗句中看不出诗人的理想壮志,他们似乎沉浸在尽情享乐之中,乐而忘返。

《拟邺中》是对邺下文坛游宴之作的模仿,也是对陆机《拟古诗》的攀比。《拟邺中》虽然试图再现邺下游宴生活,但与邺下之游的史实有较大出入,诗中也有对谢氏家族乌衣之游的追忆,是乌衣之游的折射。从本质上看,《拟邺中》所表现的邺下之游乃是一个属于贵族阶层的乌托邦世界。

第二节 历史与诗歌中的邺下之游之比较

严羽《沧浪诗话·诗评》说:"建安之作,全在气象,不可寻枝摘叶。灵运之诗,已是彻首尾成对句矣,是以不及建安也。"谢灵运的《拟邺中》在形式上与建安诗歌一样"不可寻枝摘叶",也没有使用"对句",但严羽还是认为:"虽谢康乐拟邺中诸子之诗,亦气象不类。"但是,刘克庄在《后村诗话》却说:"谢康乐有《拟邺中诗》八首,江文通有《拟杂体》三十首,名曰'拟古',往往夺真。"当代学者中也有人认为:

"（谢的拟诗）可以说比建安更像建安，也可以说，读这个时代的拟诗，好比通过一面有分析能力的镜子去观察原物，更容易看到原物的面貌特征。"① 谢灵运《拟邺中》是否真实地再现反映了邺下之游的原貌呢？本书拟通过比较去透视两者之间的差异。

在进行对照之前，首先有必要厘清与谢灵运《拟邺中》对应的建安诗歌的范围。《拟魏太子邺中集诗》中的"集"字究竟是什么意思？后人多将它理解为"诗集"之"集"，所以一直有人在考察历史上究竟有没有一本诗集名为《邺中集》，也有人认为这里的"集"应该是"宴集"之意，"'邺中集'犹言邺下集会"②。笔者认为，无论是"诗集"之"集"，还是作为"宴集"之"集"，这里的"集"不应该是特指某一组诗或某一次宴集。曹丕《又与吴质书》中说得很清楚："昔年疾疫，亲故多罹其灾，徐、陈、应、刘，一时俱逝，痛可言邪……顷撰其遗文，都为一集。"从这里看出，这部集子是徐干、陈琳、应场、刘桢等文士的"遗文"，不包括曹丕、曹植兄弟的作品；这部集子应该是包括诗赋在内的所有作品的文集；这部文集是诸子一生作品的总集，不应该只是一次宴会上的诗作。所以，《拟邺中》不应该是对八首具体诗歌的摹拟，而是对邺下时期众多诗歌（主要是游宴诗）的总结和模仿。

一

在谢灵运的《拟邺中》中，曹丕是邺下之游的主持人，也是《拟邺中》组诗的编辑者。《拟魏太子序》不仅是曹丕诗歌的"小序"，也是组诗的"大序"。《拟魏太子序》直接模仿了曹丕的《又与吴质书》，曹丕

---

① 邓仕梁《论谢灵运拟魏太子邺中集诗》，转引自梅家玲《汉魏六朝文学新论——拟代与赠答篇》，北京大学出版社，2004年版，第38页。
② 朱晓海《读〈文选〉之〈与朝歌令吴质书〉等三篇书后》，《广西师范大学学报》，2004年1期。

的"书"与谢灵运的"序"的共同之处在于,一是对昔日游宴生活的追忆,二是在诸子零落之后,作者的哀伤之情。其中,游宴之乐是谢灵运《拟魏太子序》的主题,也是八首拟诗的共同主题。谢灵运《拟魏太子》用大海、北辰比喻一代雄杰曹操,用百川、众星比喻邺下诸子,概括了汉末政治形势。其中有对曹操统一大业的赞美,有对邺下诸子前来依附的欣喜,最后以游乐场景做结。

随着曹操势力的扩展,曹魏集团有了稳定的大本营,曹丕便在邺下过起了优裕的贵公子生活。建安十六年(211),曹丕被封为五官中郎将、副丞相。二十二年(217)被立为魏太子。他时常与众宾一起宴饮游乐。曹丕有《芙蓉池作诗》《于玄武陂作诗》等诗写游宴之乐。《芙蓉池作诗》云:

乘辇夜行游,逍遥步西园。双渠相溉灌,嘉木绕通川。
卑枝拂羽盖,修条摩苍天。惊风扶轮毂,飞鸟翔我前。
丹霞夹明月,华星出云间。上天垂光彩,五色一何鲜。
寿命非松乔,谁能得神仙。遨游快心意,保己终百年。

诗人安于眼前的享乐生活,从中体会到返依自然生存状态的快乐,在美景和酒色中陶醉,"遨游快心意"。曹丕《于玄武陂作诗》云:

兄弟共行游,驱车出西城。野田广开辟,川渠互相经。
黍稷何郁郁,流波激悲声。菱芡覆绿水,芙蓉发丹荣。
柳垂重荫绿,向我池边生。乘渚望长洲,群鸟欢哗鸣。
萍藻泛滥浮,澹澹随风倾。忘忧共容与,畅此千秋情。

本诗是在玄武池附近游历时所写,诗中写到了原野、庄稼,也写到了莲花、杨柳,还有悦耳的鸟声和和煦的清风,构成了一个心旷神怡的境界。

最后两句写美丽的大自然可以消解诗人的无限忧愁。相较之下，曹丕的诗更加具体，属于纯粹的游宴诗。

这样的游宴之作在曹植和诸子的作品中也不乏其数。曹植《公燕诗》云：

> 公子敬爱客，终宴不知疲。清夜游西园，飞盖相追随。
> 明月澄清影，列宿正参差。秋兰被长坂，朱华冒绿池。
> 潜鱼跃清波，好鸟鸣高枝。神飚接丹毂，轻辇随风移。
> 飘遥放志意，千秋长若斯。

本诗作于曹丕任五官中郎将的时候，诗写曹丕曹植兄弟"清夜游西园"的情景。曹植《侍太子坐诗》云：

> 白日曜青春，时雨静飞尘。寒冰辟炎景，凉风飘我身。
> 清醴盈金觞，肴馔纵横陈。齐人进奇乐，歌者出西秦。
> 翩翩我公子，机巧忽若神。

曹丕于建安二十二年（217）被立为太子，本诗当作于此期。在一场时雨之后，曹植和嘉宾们一起，出席太子曹丕举办的宴会。宴会上不仅有美酒佳肴，且有美女奇乐。风流潇洒的太子充分展现了他机巧若神的才华。刚刚夺得太子宝座的曹丕，因为父王在上，还不敢撕下兄弟之间那层脉脉温情的面纱。此时的曹植对其兄心狠手辣的铁腕还不曾领教。刘桢《公宴诗》云：

> 永日行游戏，欢乐犹未央。遗思在玄夜，相与复翱翔。
> 辇车飞素盖，从者盈路傍。月出照园中，珍木郁苍苍。
> 清川过石渠，流波为鱼防。芙蓉散其华，菡萏溢金塘。
> 灵鸟宿水裔，仁兽游飞梁。华馆寄流波，豁达来风凉。

生平未始闻，歌之安能详？投翰长叹息，绮丽不可忘。

"此夜游之诗也。夜游者，日游之余，若不言白日，则嫌于俾夜作昼，而叙之则赘，故首句用'永日行游戏'截住。其园中景物，夜时不便突写，又用'月出照园中'一句点醒。"（吴淇《六朝选诗定论》）诗中所写之景都从月光之中所照出，因而目中所有景物皆具有一种朦胧美。诗人在如此美景中投翰叹息，证明诗人心中有难遣的苦闷，即生命悲剧意识。而"绮丽不可忘"一句则表明：尽管生命中充满了痛苦不幸，但毕竟良辰美景能给生命增加一点亮色，使人乐而忘返。应场《公宴诗》云：

巍巍主人德，佳会被四方。开馆延群士，置酒于斯堂。
辩论释郁结，援笔兴文章。穆穆众君子，好合同欢康。
促坐褰重帷，传满腾羽觞。

本诗所写的是邺下文人集团的聚会，它从侧面为我们提供了邺下文士活动的具体情况，具有较高的史料价值。从本诗中我们可以看出应场等文士对于曹氏父子的基本态度，也可以看出曹丕、曹氏兄弟与邺下文士聚会的与众不同之处，不是清客陪主子吃喝玩乐，曹丕兄弟与邺下文士一起相互辩论学术问题，互相探讨诗赋创作。关系和睦，其乐融融。全诗基调欢快，气氛热烈。

在太子有兴致的时候，请曹植和文士们来饮酒赋诗游玩，此时文士们会写出什么内容的诗歌是不难猜测的。所以，曹丕的幸福体验是可信的，他后来的完美记忆也是真实的，但曹植和其他文士们表现在诗歌中的幸福感、满意度是大可置疑的。只能说，从曹丕的角度看，谢灵运的《拟邺中》并没有失真，基本上反映了曹丕在《又与吴质书》中的思想和情感，忠实再现了邺下诸子游宴诗的一个侧面。是的，即使文士们真正感觉到了幸福与满足，也只是邺下之游中的一个侧面。

二

就建安年间（196—220）的文学而言，应该分为前后两个时期。在曹操夺取邺下以前，王粲等人生活在不同的地区，用他们的诗歌反映动乱的社会现实，为民生的疾苦而奔走呼号，写出了许多"实录""诗史"性的作品。建安八年（203），曹操进军邺下，但并未长久驻扎经营此地。直到建安十三年（208）才"作玄武池以肆舟师"（《三国志·魏书·武帝纪》），并且这一年王粲才归附邺下。所以，邺下之游不会早于建安十三年。此后，邺下文士诗歌的内容和风格与前期有所不同。除了继续关注现实，抒发其建功立业怀抱的作品外，还出现了许多酬唱应答、游宴聚会之作，诗人们开始更多地反映个人的内心性情；诗风在慷慨悲凉、质朴浑厚的基础上更加丰富多彩，部分诗人作品中出现了华美流丽的倾向。

谢灵运《拟王粲》云："并载游邺京，方舟泛河广。绸缪清燕娱，寂寥梁栋响。既作长夜饮，岂顾乘日养！"《拟刘桢》云："欢友相解达，敷奏究平生。矧荷明哲顾，知深觉命轻。朝游牛羊下，暮坐括揭鸣。终岁非一日，传卮弄新声。辰事既难谐，欢愿如今并。唯羡肃肃翰，缤纷戾高冥。"《拟应玚》云："晚节值众贤，会同庇天宇。列坐荫华榱，金樽盈清醑。始奏延露曲，继以阑夕语。调笑辄酬答，嘲谑无惭沮。倾躯无遗虑，在心良已叙。"在这些拟作中，诸子虽然各自有不同的遭遇，但他们先后都来到了邺下。昔日的动乱和不幸都已经恍如隔世，邺下的生活中没有矛盾、没有冲突，只有美酒，只有新声，诗人们在这里已经实现了自己早年的"欢愿"，与曹丕曹植兄弟通宵达旦地享受着生命本然之乐。平治天下、再造盛世对他们而言，已经搁置到了脑后，唯有《拟刘桢》中依稀还有"唯羡肃肃翰，缤纷戾高冥"的想法，但与浓烈的享乐的生活相比，似乎显得比较微弱。但是，包括曹丕曹植在内，邺下诸子们并没有在花天酒地中迷醉，并没有放弃自己的人生追求和理想壮志。即使是在"怜风月,狎池苑,述恩荣,叙酣宴"之时,他们也保留有"慷慨以任气,磊落以使才"的风貌。而谢灵运的拟作所缺乏的恰恰是这一点。

就拿曹丕来说,作为一个有理想有追求的士人,他的宴饮诗歌中还有另外一种声调,还在展示另外一个痛苦的灵魂。曹丕《善哉行》(其一)云:

> 朝日乐相乐,酣饮不知醉。悲弦激新声,长笛吐清气。
> 弦歌感人肠,四坐皆欢悦。寥寥高堂上,凉风入我室。
> 持满如不盈,有德者能卒。君子多苦心,所愁不但一。
> 慊慊下白屋,吐握不可失。众宾饱满归,主人苦不悉。
> 比翼翔云汉,罗者安所羁。冲静得自然,荣华何足为。

这里的"君子多苦心""主人苦不悉"和《善哉行》其二中的"乐极哀情来,寥亮摧肝心"等诗句表明诗人之所以不同流俗,就在于他没有在轻歌曼舞、美酒佳肴中沉醉。他的心依然清醒,他依然在探索生命的意义。

谢灵运《拟平原侯植》云:

> 公子不及世事,但美遨游,然颇有忧生之嗟。
> 朝游登凤阁,日暮集华沼。倾柯引弱枝,攀条摘蕙草。
> 徙倚穷骋望,目极尽所讨。西顾太行山,北眺邯郸道。
> 平衢修且直,白杨信袅袅。副君命饮宴,欢娱写怀抱。
> 良游匪昼夜,岂云晚与早。众宾悉精妙,清辞洒兰藻。
> 哀音下回鹄,余哇彻清昊。中山不知醉,饮德方觉饱。
> 愿以黄发期,养生念将老。

曹植前期诗歌以游乐言志赠别为主,风流自赏,豪健洒脱,然亦有忧世、忧生之叹。曹植的《名都篇》《闺情》等诗写他早期的享乐生活。单纯读这类诗，的确给人以"公子不及世事，但美邀游"的印象。他有时沉浸、陶醉于这种贵介公子的享乐生活，乐而忘忧。但斗鸡走狗、金觞肴馔、红颜妖姿带给子建的，并不都是欢乐的感受，透过这表面的欢乐，他往往会体会到更深刻的悲凉。子建早期的言志诗可以《白马篇》为代表。"篇中所云'捐躯赴难，视死如归'，亦子建素志，非泛述矣。"（朱乾《乐府正义》卷十二）它与《名都篇》恰恰形成了鲜明对照，这两首诗恰恰表现了曹植人格的两极。曹植早期诗歌本已多有对生命悲剧的体认："人居一世间，忽若风吹尘。"（《薤露行》）"惊风飘白日，忽然归西山。"（《赠徐干》）"清时难屡得，嘉会不可常。天地无终极，人命若朝霜。"（《送应氏》其二）……如此深重的悲叹发自于一个春风得意的少年王子之口，不能不令人深思。他诗歌中的"忧生之嗟"绝不是拟诗中"愿以黄发期，养生念将老"这么简单。

谢灵运《拟陈琳》云：

> 袁本初书记之士，故述丧乱事多。
> 皇汉逢屯邅，天下遭氛慝。董氏沦关西，袁家拥河北。
> 单民易周章，窘身就羁勒。岂意事乖己，永怀恋故国。
> 相公实勤王，信能定蚩贼。复睹东都辉，重见汉朝则。
> 余生幸已多，矧乃值明德。爱客不告疲，饮燕遗景刻。
> 夜听极星阑，朝游穷曛黑。哀哇动梁埃，急觞荡幽默。
> 且尽一日娱，莫知古来惑。

本诗回顾了汉末动乱，庆幸自己弃暗投明。自从进入曹氏阵营之后，整日饮宴游乐。"且尽一日娱，莫知古来惑"具有明显的及时行乐思想。而这样的思想与真实的陈琳并不一致。陈琳《游览》其一云：

> 高会时不娱，羁客难为心。殷怀从中发，悲感激清音。
> 投觞罢欢坐，逍遥步长林。萧萧山谷风，黯黯天路阴。
> 惆怅忘旋反，歔欷涕沾襟。

诗人即使在高会之时也难以体会到欢娱之情，可见其惆怅之深重。他独自离开了热闹的宴会，走向静谧的自然。长林、山谷、清风让他忘记了时间，忘记了回到住处，但无法消解他内心的忧愁。在无人的长林间、山谷中，他独自行走，泪流满面。他为何如此惆怅？如此孤独？是不是仅仅出于一种浓烈的思乡之情？联系下面一首诗歌，可以帮助我们窥视诗人隐秘的内心世界。《游览》其二云：

> 节运时气舒，秋风凉且清。闲居心不娱，驾言从友生。
> 翱翔戏长流，逍遥登高城。东望看畴野，回顾览园庭。
> 嘉木凋绿叶，芳草歼红荣。骋哉日月逝，年命将西倾。
> 建功不及时，钟鼎何所铭？收念还寝房，慷慨咏坟经。
> 庶几及君在，立德垂功名。

"闲居心不娱"，与上首诗的情感相同，然而，风景的描写、诗人对景色的心理感受与上首诗不同。前诗中自然景色的描绘是冷色的，让人感到压抑；本诗中的自然景色明丽可爱，读之使人神情开朗。"骋哉日月逝，年命将西倾。建功不及时，钟鼎何所铭？"四句，清晰地剖白了诗人内心世界。建功立业、平治天下不是陈琳一时的追求，而是他终生的向往。人生有限，壮志难酬，是他心中永远的痛，最深重的痛。

谢灵运《拟徐干》云：

> 少无宦情，有箕颍之心事，故仕世多素辞。
> 伊昔家临淄，提携弄齐瑟。置酒饮胶东，淹留憩高密。

> 此欢谓可终，外物始难毕。摇荡箕濮情，穷年迫忧栗。
> 末涂幸休明，栖集建薄质。已免负薪苦，仍游椒兰室。
> 清论事究万，美话信非一。行觞奏悲歌，永夜系白日。
> 华屋非蓬居，时髦岂余匹？中饮顾昔心，怅焉若有失。

在这里，诗人很感激在"穷年迫忧栗"之艰难日子里，遇到了曹氏父子，让自己免除了体力劳动，过上了荣华富贵的生活。虽然还有"中饮顾昔心，怅焉若有失"的叹息，但这样的叹息是苍白而轻飘的。《全三国文》有无名氏的《中论序》，说徐干晚年"疾稍沉笃，不堪王事，潜身穷巷，颐志保真……环堵之墙以庇妻子，并日而食，不以为戚"。曹植《赠徐干诗》也写道，一方面邺下文士们"聊且夜行游，游彼双阙间。文昌郁云兴，迎风高中天。春鸠鸣飞栋，流猋激棂轩"，过着游乐生活。另一方面，"顾念蓬室士，贫贱诚足怜。薇藿弗充虚，皮褐犹不全。慷慨有悲心，兴文自成篇"。看起来，即使是在邺下之游的年代，徐干的生活也异常困窘。《拟徐干》中不仅没有写出徐干在建安年间的贫穷，没有突出徐干轻官忽禄、不愿为仕的形象，也没有传达出其"慷慨有悲心"的精气神。

简单地说，拟诗把建安时代的一代志士写成了追求享乐、贪图安逸的世俗之士。

三

对照曹丕的《又与吴质书》与谢灵运的《拟魏太子诗序》，可以看出，谢灵运在游宴之乐和追忆之哀之外还加上了这样数句："楚襄王时有宋玉、唐景，梁孝王时有邹、枚、严、马，游者美矣，而其主不文；汉武帝徐乐诸才，备应对之能，而雄猜多忌，岂获晤言之适？"后人多认为灵运以序反抗现实，讥刺刘裕父子。方回《颜鲍谢诗评》云："灵运坐诛，此序亦贾祸一端也。"其实,"多忌"的岂止一个宋文帝,魏武帝、魏文帝同样"多忌"。《三国志·魏书·文帝纪》评曰:"若加以旷大之度,励以公平之诚,迈志存道,克广德心,则古之贤主,何远之有哉!"明显指出曹丕最大的问题就是心胸不够开阔。邺下文士与曹氏父子之间的关系并不是曹丕的《又与吴质书》中及谢灵运的《拟魏太子诗序》中所渲染的那样温馨。

谢灵运在拟诸子诗中反复写到了诸子对曹氏父子的感恩戴德之情。谢灵运《拟阮瑀》说:"自从食萍来,唯见今日美。"《拟徐干》说:"末途幸休明,栖集建薄质。"《拟王粲》云:"上宰奉皇灵,侯伯咸宗长。云骑乱汉南,纪郢皆扫荡。排雾属盛明,披云对清朗。庆泰欲重叠,公子特先赏。不谓息肩愿,一旦值明两。"《拟刘桢》云:"辰事既难谐,欢愿如今并。"《拟应玚》云:"天下昔未定,托身早得所。"《拟陈琳》云:"相公实勤王,信能定蛮贼。复睹东都辉,重见汉朝则。余生幸已多,矧乃值明德。爱客不告疲,饮燕遗景刻。"

对照王粲等人的诗歌,其中的确有对曹操的热情赞颂,也有与曹丕曹植兄弟的深厚友谊。如王粲的《从军诗》其一云:"从军有苦乐,但问所从谁。所从神且武,焉得久劳师?相公出关右,赫怒震天威。"对曹操极为敬重。《从军诗》其五还描绘出谯郡一带的太平景象。在曹操统一北方之后,社会生产恢复和发展速度较快,王粲之作固然有美化、夸饰之处,但也是有一定历史根据的。据《晋书·食货志》载,建安时期广兴屯田,"淮南淮北,皆相连接,自寿春(今安徽寿县)到京师,农官田兵,鸡犬之声,阡陌相属"。志在营建太平盛世的建安诗人,在看到人民能够从颠沛流离的痛苦中解脱,过上较为安定的生活,自然会涌出发自内心的喜悦。王粲之诗正是这种喜悦之情的自然流露。

遗憾的是,谢灵运完全忽视了邺下诸子与曹操父子之间存在的冲突和不快。邺下文士多有远大的理想抱负,志在经邦治国,拯世济民,他们对政治颇为热情,对自己的政治才干颇为自负,对仕途的期望值过高,因此，他们对曹氏父子视他们为文学侍从、待他们为文章之士的作法越来越不满。王粲自比为管仲孟明，他后来作了魏侍中，仍然不满足。王粲有《杂诗》"日暮游西园"赠曹植。诗云：

> 日暮游西园，冀写忧思情。曲池扬素波，列树敷丹荣。
> 上有特栖鸟，怀春向我鸣。褰衽欲从之，路险不得征。
> 徘徊不能去，伫立望尔形。风飙扬尘起，白日忽已冥。
> 回身入空房，托梦通精诚。人欲天不违，何惧不合并！

本篇写诗人独游西园。一开篇指出黄昏之时步入西园，是为了排遣忧思。显然诗人在邺城生活时期有许多无法摆脱的烦恼；同时诗人对山水池苑之美极为倾心。"曲池"两句写观水赏花，这两句色彩鲜明，基调明快，看来步入自然美景当中后，诗人的心境的确有了变化。那个怀春而鸣的小鸟何尝不是诗人理想的化身？"风飙"以下，风云突变，诗人再返空房，心境与前已大相径庭。在《杂诗》其四中，诗人甚至说："邂逅见逼迫，俯仰不得言。"曹植《赠王粲诗》云："端坐苦愁思，揽衣起西游。树木发春华，清池激长流。中有孤鸳鸯，哀鸣求匹俦。我愿执此鸟，惜哉无轻舟。欲归忘故道，顾望但怀愁。悲风鸣我侧，羲和逝不留。重阴润万物，何惧泽不周。谁令君多念，自使怀百忧。"不满于自己地位的绝不是王粲一人。曹植《赠徐干》云："宝弃怨何人？和氏有其愆。弹冠俟知己，知己谁不然？"他的《赠丁仪王粲》云："丁生怨在朝。"从以上诗句推断，建安年间，包括曹植在内，王粲、徐干、丁仪等邺下文士都不同程度地存在着抑郁不满的情绪。这种抑郁不满主要源于认为自己有经邦济世之才却未被委以重任。曹植此诗对王粲进行劝慰，并流露出自己无能为力的遗憾。

此外，建安诸子皆自视甚高，对安排自己做琐碎的文书工作心怀不满。刘桢的《杂诗》云：

> 职事相填委，文墨纷消散。驰翰未暇食，日昃不知晏。
> 沉迷簿领书，回回自昏乱。释此出西城，登高且游观。
> 方塘含白水，中有凫与雁。安得肃肃羽，从此浮波澜？

从诗中可以看出他对文墨翰籍工作的厌烦。诗中对方塘白水的留恋、对野鸭大雁的向往，令人同情。情调虽然消沉，却怨而不怒，没有达到剑拔弩张的境地。这样的厌烦情绪在《拟刘桢》中完全看不到，我们所看见的是一个昔日"贫居晏里闲，少小长东平。河兖当冲要，沧飘薄许京"的游子，是一个今日"朝游牛羊下，暮坐括揭鸣。终岁非一日，传卮弄新声。辰事既难谐，欢愿如今并"的志得意满者。

综上所述，一方面，《拟邺中》以建安时代邺下文坛为模拟对象，成功地模拟了曹丕回忆中"朝游夕燕，究欢愉之极"的生活；另一方面，拟诗与史实之间存在一定差异。在拟诗中诸子放弃了各自的理想，安于享乐生活，诗人也忽略了曹氏父子与邺下文士之间的矛盾和摩擦。可以说，邺下之游是存在于曹丕脑海中的完美记忆，而谢灵运却将它扩大为一个时代一个精英群体的集体性完美记忆。

附：谢灵运《拟魏太子邺中集诗》作年考

关于谢灵运的《拟邺中》的写作年代，目前主要有三种看法。

第一种看法认为，《拟邺中》的写作与谢灵运和庐陵王刘义真的交游相关。其中，有人认为创作于刘义真去世之前，有人认为完成于刘义真去世之后。清人何焯说："当是与庐陵周旋时所拟"。[①] 永初二年（421）正月，刘义真以扬州刺史改任司徒，此时，灵运任太子左卫率，颜延之任太

---

① 何义门、孙义峰《评注昭明文选》，卷七。

子舍人。永初三年（422）五月宋武帝刘裕去世，七月，谢灵运离开京城出守永嘉。可见"与庐陵周旋时"当指从永初二年（421）正月至永初三年（422）夏天这一段时间。清人吴淇《六朝选诗定论》云："及其拟子建诗……使人知平原侯植之为庐陵王义真耳。"顾绍柏先生认为："灵运这一组诗，大概作于元嘉三年至五年（426—428）。时灵运在京任秘书监、侍中……如此不受重用，意甚不平，盖由此而回忆起永初年间与庐陵王刘义真以及颜延之等朝夕相处的一段美好生活，自不免感慨良多，遂拟诗八首以寄其意。"① 第二种看法认为完成于谢灵运生命的最后几年。方回《颜鲍谢诗评》云："序云'其主不文'，又曰'雄才多忌'。使宋武帝、文帝见之，皆必切齿。盖'不文'明讥刘裕，'多忌'亦诛徐、傅、谢、檀之所讳也。灵运坐诛，此序亦贾祸一端也。"他认为灵运以"序"反抗现实，讥刺刘裕父子，此为被杀害的原因之一。梅家玲教授认为《拟邺中》的写作年代未可确考，但她同时又说："则灵运拟作总序中的'岁月如流，零落将尽，撰文怀人，感往增怆'，便不仅是'魏文'的撰辑动机而已，它甚至还寄予了灵运的拟作动机；其所'怀'之'人'，不唯是邺下诸子，亦且是与其'以文章赏会，共为山泽之游'的亲交友朋。"② 据《宋书·谢灵运传》可知，"山泽之游"开始于元嘉五年（428），到了元嘉七年（430）春天，"山泽之游"的骨干成员谢惠连离开了始宁，元嘉八年（431）谢灵运赴京上《自理表》，"山泽之游"解散。元嘉十年（433），谢灵运在广州被杀。如此看来，怀念"山泽之游"的诗作当作于元嘉八年（431）前后。第三种看法由邓仕梁先生提出，他说："也不能排除作于早岁摹拟用功于五言诗的可能性。"③ 以上三种看法中，第一种看法为大多数学者所认同，流传最广，影响最大。第二种看法无人公开提出，只是本书作者的推导。第三种看法是邓仕梁先生的推测之

---

① 顾绍柏《谢灵运集校注》，中州古籍出版社，1987年版，第137页。
② 梅家玲《汉魏六朝文学新论——拟代与赠答篇》，北京大学出版社，2004年版，第30页。
③ 转引自梅家玲《汉魏六朝文学新论——拟代与赠答篇》，第27页。

言，响应者寥寥。

　　自古以来，凡探讨《拟邺中》之写作年代、写作动机者，虽然最后的结论各不相同，但无不重视《拟邺中序》。吴淇《六朝选诗定论》就说过："康乐隐情，尽在此序中。作者依此为柄而作，读者依此为柄而读，斯得之矣。"如此说来，要探讨《拟邺中》的撰写年代，我们也只能从《拟邺中序》入手去考察。"序"云："建安末，余时在邺宫，朝游夕宴，究欢愉之极。天下良辰美景，赏心乐事，四者难并。今昆弟友朋，二三诸彦，共尽之矣。古来此娱，书籍未见，何者？楚襄王时有宋玉、唐景，梁孝王时有邹、枚、严、马，游者美矣，而其主不文；汉武帝徐乐诸才，备应对之能，而雄猜多忌，岂获晤言之适？不诬方将，庶必贤于今日尔。岁月如流，零落将尽，撰文怀人，感往增怆。"这一段话提示我们：一是作者经历过一段"朝游夕宴""欢愉之极"的享乐生活，这一段生活已经成为过去式，诗人对这段生活无限怀恋；二是当年一起游宴的主要人物中已经有人离世，所以作者才会"撰文怀人，感往增怆"。

　　作为高门士族子弟，谢灵运一生都衣食无忧、生活奢侈。相对来说，"朝游夕宴""欢愉之极"的生活主要集中在下面三段时间。一是青少年时代与族叔谢混等人的乌衣之游。谢灵运十五岁时回到了建康城内谢氏府邸乌衣巷，与族叔谢混、从弟谢瞻、谢晦、谢曜、谢弘微等度过了数年游乐生活。《宋书·谢弘微传》云："（谢）混风格高峻，少所交纳，唯与族子灵运、瞻、晦、曜、弘微以文义赏会，常共宴处，居在乌衣巷，故谓之乌衣之游。混诗所言'昔为乌衣游，戚戚皆亲侄'者也。其外虽复高流时誉，莫敢造门"。二是与庐陵王刘义真等人的京师之游。《宋书·谢灵运传》云："庐陵王义真少好文籍，与灵运情款异常。少帝即位，权在大臣，灵运构扇异同，非毁执政，司徒徐羡之等患之，出为永嘉太守。"《宋书·庐陵王传》云："义真聪明爱文义，而轻动无德业。与陈郡谢灵运、琅邪颜延之、慧琳道人并周旋异常，云得志之日，以灵运、延之为宰相，慧琳为西豫州都督。徐羡之等嫌义真与灵运、延之昵狎过甚，故使范晏从容戒之。义真曰:'灵运空疏,延之隘薄,魏文帝云鲜能以名节自立者。但性情所得,未能忘言于悟赏,故与之游耳。'"三是与从弟谢惠连等人的"山泽之游"。《宋书·谢灵运传》云:"灵运以疾东归,而游娱宴集,以夜续昼,复为御史中丞傅隆所奏,坐以免官。是岁,元嘉五年。灵运既东还,与族弟惠连、东海何长瑜、颍川荀雍、泰山羊之,以文章赏会,共为山泽之游,时人谓之四友。惠连幼有才悟,而轻薄不为父方明所知。灵运去永嘉还始宁,时方明为会稽郡。灵运尝自始宁至会稽造方明,过视惠连,大相知赏。时长瑜教惠连读书,亦在郡内,灵运又以为绝伦,谓方明曰:'阿连才悟如此,而尊作常儿遇之。何长瑜当今仲宣,而饴以下客之食。尊既不能礼贤,宜以长瑜还灵运。'灵运载之而去。"

这三个时段的游乐体验,都有可能成为《拟邺中序》中"朝游夕宴""欢愉之极"的素材和背景。"山泽之游"之时,以谢灵运为核心。那么有可能是谢灵运自比为曹丕,以族弟谢惠连、友人何长瑜、荀雍、羊之等人比附邺下文人。但是,"山泽之游"的成员并没有人离世,不符合"撰文怀人,感往增怆"的条件,应该排除。由于同样的原因,"当是与庐陵周旋时所拟"的看法也应该否定。

假设京师之游果然是"朝游夕宴""欢愉之极"的原型,那么,刘义真是当然的领袖,组诗应该是以刘义真比附曹丕,以谢灵运、颜延之、慧琳道人比附邺下文人。顾绍柏先生即持这种观点,他说:"刘义真是灵运诸人的领袖,正如曹丕是邺中文人的领袖一样,因此灵运一再称颂曹丕而无微词;如果《平原侯植》这首诗是写曹植遭受曹丕迫害从而影射刘义真无辜被害,那就会造成主题的分裂,这不符合灵运的本意。"[①] 的确,诗人并没有借曹植以隐喻刘义真。同时,诗人也并非要借曹丕以隐喻刘义真。组诗涉及八人,除了曹丕曹植兄弟之外,邺下文士都已经"零落",面对当年"朝游夕宴"之时的作品,组织者主持者"魏太子"写序以缅

---

① 顾绍柏《谢灵运集校注》,第156页。

怀过去，抒发感伤之情。而刘义真早已离世，是诗人怀念的对象，并不符合组织者主持者的标准。同样的道理，谢混虽然是"乌衣之游"中的领袖人物，但他在义熙八年（412）下狱而死，也不能作为组诗的组织者和主持者。

如此看来，乌衣之游、京师之游和"山泽之游"都不能完全对应《拟邺中序》。长期以来，我们都过分依赖于《拟邺中序》，过分夸大了《拟邺中序》的作用。以上分析表明，要探讨《拟邺中》的撰写年代，不能只是胶着于《拟邺中序》。诗人在现实中的体验和情感只是为《拟邺中序》的写作提供了一个参照背景而已。根据对《拟邺中》的写作环境、写作动机的考察，本书作者推断《拟邺中》完成于乌衣之游解散之后，大约在义熙十一年前后。理由如下：

六朝时期，模拟的风气兴盛。《宋书·谢灵运传》云："灵运少好学，博览群书，文章之美，江左莫逮。"自然不会服气古人。谢灵运对于同样出身于高门士族的西晋诗人陆机非常推重。日本学者藤井守先生认为："由谢灵运乐府诗与陆机乐府诗关系之深，完全可以推想谢灵运的全部乐府诗都是模仿陆机作品而创作的。"[①] 包括曹植诗歌在内的建安五言诗与《古诗十九首》双峰并峙，陆机模拟了《古诗十九首》中的十二首，获得了极高的声誉。那么，模拟邺下文士之作对于谢灵运来说自然具有非同寻常的吸引力。一般来说，用功摹拟的情况，大都发生在青少年时代。

义熙八年（412）八月谢混死，尚在刘毅军中任职的谢灵运作有《赠安成》致谢瞻。义熙十一年（415）至义熙十二年（416），谢灵运集中创作了多首给同族兄弟的赠答诗。义熙十一年夏天有《赠安成》致谢瞻，同年十月有《赠从弟弘元》寄谢弘元。义熙十二年有《愁霖》寄谢瞻，有《赠从弟弘元时为中军功曹住京》寄谢弘元。以上诗歌中追忆当年乌

---

① 藤井守《谢灵运的乐府诗》，宋红编译《日韩谢灵运研究译文集》，广西师范大学出版社，2001年版，第69页。

衣之游，为乌衣之游的风流云散而不胜感慨。《答中书》其二云："伊昔昆弟，敦好间里。我暨我友，均尚同耻。仰仪前修，绸缪儒史。亦有暇日，啸歌宴喜。"《赠从弟弘元时为中军功曹住京》其四云："契阔群从，缱绻游娱。历时阅岁，寒暑屡徂。接席密处，同轸修衢。孰云异对，翔集无殊。"这里不仅有对"朝游夕宴""欢愉之极"之生活的无限怀恋之情，其中也隐含着时光飘忽的感叹，此与《拟邺中序》中的情感大体吻合。也许组诗《拟邺中》与以上提及的家族诗完成于同一时期吧。

今天我们把谢灵运称为山水诗人，但从现存作品看，在谢灵运49年的人生中，山水诗的写作开始于永初三年（422），这一年诗人38岁。在此之前诗人很少有山水描写，也看不出诗人在山水描写方面的才华。《拟邺中》中山水描写成分不仅很少而且质实朴素，不似后期所作。也许我们会理解为诗人之所以这样写，是为了模仿邺下文士诗歌的原貌。但对照后可以发现，谢灵运拟诗中的山水描写远远少于邺下游宴诗。仅以曹丕、曹植诗歌为例，曹丕《芙蓉池作诗》中写道："双渠相溉灌，嘉木绕通川。卑枝拂羽盖，修条摩苍天。惊风扶轮毂，飞鸟翔我前。丹霞夹明月，华星出云间。上天垂光彩，五色一何鲜。"曹丕《于玄武陂作诗》云："野田广开辟，川渠互相经。黍稷何郁郁，流波激悲声。菱芡覆绿水，芙蓉发丹荣。柳垂重荫绿，向我池边生。乘渚望长洲，群鸟欢哗鸣。萍藻泛滥浮，澹澹随风倾。"诗中描绘了西园美丽的夜景，有动有静，有声有色，让人赏心悦目。谢灵运《拟魏太子》中云："百川赴巨海，众星环北辰。照灼烂霄汉，遥裔起长津……澄觞满金罍，连榻设华茵。"其中，"百川"四句是比兴手法，不是纯粹写景。最后两句也不是对具体景色的描绘。曹植《公宴诗》云："清夜游西园，飞盖相追随。明月澄清影，列宿正参差。秋兰被长坂，朱华冒绿池。潜鱼跃清波，好鸟鸣高枝。神飙接丹毂，轻辇随风移。"水清木华，美景可画。谢灵运《拟平原侯植》中写道："朝游登凤阁，日暮集华沼。倾柯引弱枝，攀条摘蕙草……平衢修且直，白杨信袅袅。"相比之下，邺下游宴诗更加清丽明秀，而谢灵运的拟作更显素朴质实,这与他后期芙蓉出水般的山水诗迥然不同。如此,我们估计《拟邺中》应该写作于诗人对山水描写还不纯熟的38岁之前。

　　据此,笔者认为,谢灵运《拟邺中》完成于乌衣之游解散数年之后,大约在义熙十一年(415)前后。

◎ 附论篇

第十二章　谢朓《拜中军记室辞随王笺》释证

南齐永明十一年（493）十一月，谢朓写作了《拜中军记室辞随王笺》。此笺被后人视为谢朓的代表作之一，不仅全文收入《南齐书·谢朓传》和《南史·谢朓传》，同时被选入《昭明文选》。后世文人墨客无不对此笺予以高度评价，王世贞《艺苑卮言》用"绝妙好辞"四字予以概括。张溥《汉魏六朝百三家集题辞》曰："集中文字，亦唯文学《辞笺》《西府赠诗》两篇独绝，盖中情深为言益工也。"《孙批胡刻文选》卷四载孙月峰语曰："一往韶秀，全是诗材。拳拳之心，溢于言表，足见古人情谊之不薄也。又离合之情，俱见亲切。中间点缀，绝妙诗情。"① 翻检当今的有关论著，在涉及此笺之时，大多沿用旧说，认定此笺以高妙的写作技巧抒发了谢朓对故主随王萧子隆的真挚情感。然而，让人费解的是，谢朓写作此笺前后，出现了一次政治上的大"变脸"，也就是从早年的追随随王萧子隆，转变为此后的阿附西昌侯萧鸾。谢朓后期的人生际遇和创作生涯都与这一次转变关系密切。永明十一年十一月，谢朓既然已经接受了萧鸾集团的任命，同意担任新安王记室参军，为何又要给故主随王子隆写一篇充满深情的笺呢？既然对子隆充满了深情，为何在子隆次年正月回到

---

① 本条资料之出处系曹融南先生大札告知，特此致谢。

京城之后，再没有与其交往的记载？随王子隆被杀之后，谢朓为何不曾露面？齐明帝萧鸾乃是心胸狭窄阴险狠毒之人，他何以会听任谢朓首鼠两端，在随王子隆与自己之间两面讨好？为何萧鸾不仅默许谢朓向自己的政敌深情款款，并且从此开始引之以为心腹？

或许那种认定《拜中军记室辞随王笺》旨在表现作者对随王萧子隆拳拳之心的观点，有简单化表面化之嫌。本章拟通过对谢朓写作《拜中军记室辞随王笺》前后历史事实的考察，辨析谢朓与随王萧子隆、明帝萧鸾之间的种种纠葛，探究谢朓在永明十一年冬季出现政治大"变脸"的内在原因，从而揭示《拜中军记室辞随王笺》中隐而未彰的涵义。①

一

在永明十一年之前，谢朓先后在豫章王萧嶷、尚书令王俭、文惠太子、随王萧子隆等人属下任职。《南齐书·谢朓传》载："祖述，吴兴太守。父纬，散骑侍郎。朓少好学，有美名，文章清丽。解褐豫章王太尉行参军，历随王东中郎府，转王俭卫军东阁祭酒、太子舍人，随王镇西功曹，转文学。"永明年间，谢朓在京城之时，还经常出入于竟陵王萧子良的藩邸，为著名的"竟陵八友"之一。他与竟陵王萧子良及沈约、萧衍、王融等人都建立了深厚友谊。当然，永明年间对他最为赏识、私人关系最为密切的郡王并不是竟陵王萧子良，而是随王萧子隆。《南齐书·武十七王传》载："随郡王子隆，字云兴，世祖第八子也。有文才。初封枝江公。永明三年，为辅国将军、南琅邪彭城二郡太守。明年，迁江州刺史，未拜，唐宇之贼平，迁为持节、督会稽东阳新安临海永嘉五郡、东中郎将、会稽太守。迁长兼中书令。子隆娶尚书令王俭女为妃，上以子隆能属

---

① 本章中的谢朓诗文引自曹融南《谢宣城集校注》（上海古籍出版社，1991年版）。除特别说明外，相关生平事迹诗文系年采自该书附录四《谢朓事迹诗文系年》。

文，谓俭曰：'我家东阿也。'俭曰：'东阿重出，实为皇家蕃屏。'未及拜，仍迁中护军，转侍中、左卫将军。"齐武帝既然以萧子隆为南齐皇室的曹子建，那么当代刘桢只能非谢朓莫属。永明四年（486），萧子隆还是一个12岁的少年，武帝就安排谢朓"历随王东中郎府"，意在让萧子隆通过与谢朓的交流切磋，能够在文学素养方面有所提高。永明六年（488），谢朓"转王俭卫军东阁祭酒、太子舍人"，应该有许多与萧子隆谋面的机会。永明八年（490），萧子隆任荆州刺史，谢朓任"随王镇西功曹，转文学"。据《南齐书·武十七王传》载："八年，（子隆）代鱼复侯子响为使持节、都督荆雍梁宁南北秦六州、镇西将军、荆州刺史，给鼓吹一部。其年，始兴王鉴罢益州，进号督益州。九年，亲府州事。"到了永明九年（491）萧子隆"亲府州事"之时，谢朓也在春日赴荆州。从永明九年春到永明十一年夏，萧子隆与谢朓过从甚密。《南齐书·谢朓传》载："子隆在荆州，好辞赋，数集僚友，朓以文才，尤被赏爱，流连晤对，不舍日夕。长史王秀之以朓年少相动，密以启闻。世祖敕曰：'侍读虞云自宜恒应侍接。朓可还都。'"

诸王与属下的文士之间原本是君臣关系，相互之间的地位并不平等。但在现实生活中，因为种种原因，诸王与个别文士之间会建立起良好的私人关系。曹魏时代的陈思王曹植与杨修、丁氏兄弟之间，刘宋时代的庐陵王刘义真与谢灵运、颜延之之间，萧齐时代的齐竟陵王萧子良与王融之间、随王萧子隆与谢朓之间，都有这种特殊的关系，他们的友情也为政治史和文学史增添了一段佳话。

谢朓与随王萧子隆之间的情谊凭借着谢朓的诗文而被后人广泛传颂。永明年间，谢朓创作中与随王子隆相关的作品甚多，其中有《随王鼓吹曲十首》，原注曰："齐永明八年，谢朓奉镇西随王教，于荆州道中作。均天以上三首颂帝功，校猎以上三曲颂藩德。"另外，还有《奉和随王殿下》（十六首）、《杜若赋（奉随王教于座献）》《游后园赋（奉随王教作）》《谢随王赐〈左传〉启》《谢随王赐紫梨启》《为随王东耕文》等。

在《暂使下都夜发新林至京邑赠西府同僚》等诗中，也透露了诗人对随王和同僚的恋恋难舍之情。集中表现谢朓对随王深情的当推其永明十一年完成的《拜中军记室辞随王笺》。《南齐书·郁林王本纪》载："十一月，辛亥，立临汝公昭文为新安王，曲江公昭秀为临海王，皇弟昭粲为永嘉王。"《南齐书·谢朓传》载："迁新安王中军记室，朓笺辞子隆。"笺曰：

> 故吏文学谢朓死罪死罪。即日被尚书召，以朓补中军新安王记室参军。朓闻潢污之水，愿朝宗而每竭；驽蹇之乘，希沃若而中疲。何则？皋壤摇落，对之惆怅；岐路东西，或以呜唈。况乃服义徒拥，归志莫从。邈若坠雨，飘似秋蒂。朓实庸流，行能无算。属天地休明，山川受纳。褒采一介，搜扬小善。舍耒场圃，奉笔兔园。东泛三江，西浮七泽。契阔戎旃，从容宴语。长裾日曳，后乘载脂。荣立府廷，恩加颜色。沐发晞阳，未测涯涘；抚臆论报，早誓肌骨。不悟沧溟未运，波臣自荡；渤澥方春，旅翮先谢。清切蕃房，寂寥旧荜。轻舟反溯，吊影独留。白云在天，龙门不见。去德滋永，思德滋深。唯待青江可望，候归舻于春渚；朱邸方开，效蓬心于秋实。如其簪履或存，衽席无改，虽复身填沟壑，犹望妻子知归。揽涕告辞，悲来横集，不任犬马之诚。

今日的文学史家多认为笺中深情回忆了当年在随王麾下的欢愉生活，感谢随王对自己的知遇之恩，希望今后还会有为随王效劳的机会。

在前引例子中，诸侯王与其友人之间的交往几乎都以悲剧告终。建安时代，杨修于建安二十四年（219）被曹操杀害，《三国志·曹植传》载："太祖既虑终始之变，以杨修颇有才策，而又袁氏之甥也，于是以罪诛修。"裴注引《曲略》曰："修临死，谓故人曰：'我固自以死之晚矣。'其意以为坐曹植也。"丁氏兄弟亦在黄初年间被曹丕杀害，《三国志·曹植传》载："文帝即王位，诛丁仪、丁廙并其男口。"事后曹植写有《野田黄雀行》来哀悼丁氏兄弟。萧子良与王融"特相友好,情分殊常",永明十一年,王融因为拥立萧子良而被杀。《南齐书·王融传》载:"世祖疾笃暂绝,子良在殿内,太孙未入,融戎服绛衫,于中书省阁口断东宫仗不得进,欲立子良。上既苏,太孙入殿,朝事委高宗。融知子良不得立,乃释服还省。叹曰:'公误我。'……郁林深忿疾融,即位十余日,收下廷尉狱……诏于狱赐死。时年二十七。临死叹曰:'我若不为百岁老母,当吐一言。'融意欲指斥帝在东宫时过失也。融被收,朋友部曲参问北寺,相继于道。"元嘉时代,庐陵王刘义真被杀之后,谢灵运对他依然惦念不忘。《宋书·谢灵运传》载:"庐陵王义真少好文籍,与灵运情款异常。"《文选》卷三十二李善注《过庐陵王墓下作》云:"文帝问曰:'自南行来,何所制作?'对曰:'《过庐陵王墓下作》一篇'。"杨修、丁氏兄弟对曹植,谢灵运、颜延之对刘义真,王融对萧子良,可以说从始至终情真意切。倘若他们在黄泉之下与故主相逢之时,他们内心是坦然的,他们至死也没有改变对故主的情感,没有做有愧于故主之事。甚至杨修、丁氏兄弟、王融都是为故主而牺牲了自己的生命。

与他们相较,谢朓则完全不同。作于永明十一年十一月的《拜中军记室辞随王笺》几乎就是谢朓与随王子隆交往历程中的绝唱。就在这个冬天,谢朓转变了政治立场,依附于西昌侯萧鸾。作为萧鸾的"笔杆子",他为萧鸾集团起草了许多公文,也写作了一些歌功颂德的文字。永明十一年十一月之后,史籍中再没有谢朓与随王子隆继续来往的记载,谢朓的诗文中也没有出现过随王子隆的名字。甚至在随王子隆被杀害后,谢朓也没有露面。据《梁书·文学传》载:"齐随王子隆为荆州,召(庾於陵)为主簿,使与谢朓、宗夬抄撰群书。子隆代还,又以为送故主簿。子隆寻为明帝所害,僚吏畏避,莫有至者。唯於陵与夬独留,经理丧事。"别人畏避,尚可以理解。谢朓既然当初"尤被赏爱",自己也说过"抚臆论报,早誓肌骨"的话,为何此时形同陌路,让人纳闷。《南齐书·谢朓传》载:"高宗辅政,以朓为骠骑咨议,领记室,掌霸府文笔。"

此时的谢朓正在萧鸾手下任职，正是春风得意之时。谢朓的《始出尚书省》作于随王子隆死后不久，诗中有"零落悲友朋"一句，有人认为这就是追悼随王子隆和王融等人的，以此来证明谢朓不忘旧情。即使此说能够成立，谢朓悲伤的情绪也并不浓烈。诗中云："零落悲友朋，欢愉宴兄弟。"悲伤和欢愉是同时交替出现的两种情感。况且，诗中的怀旧之情稍纵即逝，并不是诗歌的重点。相较之下，沈约在本年度写作了《伤王融》①，诗云："元长秉奇调，弱冠慕前踪。眷言怀祖武，一篑望成峰。途艰行易跌，命舛志难逢。折风落迅羽，流恨满青松。"不仅敢于公开悼念王融，且在诗中流露出难抑之悲伤，实属难能可贵。

《南齐书·谢朓传》赞曰："高宗始业，乃顾玄晖。"追溯起来，谢朓背叛故主随王子隆、依附明帝萧鸾的行为应该始于永明十一年十一月担任中军记室，而《拜中军记室辞随王笺》正好创作于这次大"变脸"之际。不论如何，那种认定《拜中军记室辞随王笺》意在表现对随王依恋之情的说法值得推敲。

二

从永明十一年七月齐武帝去世，到建武元年（494）十月宣城公萧鸾即皇帝位，这一年多时间中，政治舞台上的主角是萧鸾，他是多种政治势力博弈中最后、最大的赢家。在齐武帝大渐之际，萧鸾集团与郁林王集团相互联手，共同对付萧子良集团。此时，萧鸾自己心中明白，在齐武帝帝位的传递中，他自己并不具备争夺皇位的资格。挫败萧子良集团的图谋，协助郁林王夺得帝位，这是他通往帝位的唯一通道。

永明十一年正月，文惠太子去世。四月，武帝立文惠太子长子萧昭业

---

① 据刘跃进先生考证，沈约《伤王融》作于永明十一年，见刘跃进《门阀士族与永明文学》，三联书店，1996年版，第259页。

为皇太孙,居东宫。七月,武帝病重,中书侍郎王融等密谋让竟陵王萧子良继位。据《南齐书·武十七王传》载:"世祖不豫,诏子良甲仗入延昌殿侍医药。子良……日夜在殿内,太孙间日入参承。世祖暴渐,内外惶惧,百僚皆已变服,物议疑立子良,俄顷而苏,问太孙所在,因召东宫器甲皆入。遗诏使子良辅政,高宗知尚书事。子良素仁厚,不乐世务,乃推高宗。诏云:'事无大小,悉与鸾参怀。'子良所志也。太孙少养于子良妃袁氏,甚著慈爱,既惧前不得立,自此深忌子良。"《南齐书》中说萧子良"素仁厚,不乐世务"的说法,并不为后人认同。曹道衡、沈玉成先生《中古文学史料丛考》中有《王融之死与萧子良》一节,论之甚详。① 《资治通鉴》卷一三八云:"会上不豫,诏子良甲仗入延昌殿侍医药,子良以萧衍、范云等皆帐内军主。"可见,萧子良欲以王融、萧衍、范云为心腹,与郁林王集团争夺帝位。支持郁林王继位的有武陵王萧晔、西昌侯萧鸾以及郁林王的亲信周奉叔、曹道刚等。其中最关键的人物非西昌侯萧鸾莫属。后来的梁武帝萧衍本来是萧子良所倚重的人物,但他却暗中投靠了萧鸾集团。武帝在弥留之际遗诏让子良辅政,西昌侯萧鸾知尚书事,这场斗争以子良集团的失败而告终。此后,竟陵王萧子良虽然名义上居于高位,实则成为政治斗争中的死老虎。次年四月他因过度忧伤而辞世。《南齐书·武十七王传》载:"帝常虑子良有异志,及薨,甚悦,诏给东园温明秘器,敛以衮冕之服。东府施丧位,大鸿胪持节监护,太官朝夕送祭。"《南史·齐武帝诸子传》云:"子良既亡,故人皆来奔赴,陆惠晓于邸门逢袁彖,问之曰:'近者云云,定复何谓?王融见杀,而魏准破胆。道路籍籍,又云竟陵不永天年,有之乎?'答曰:'……若不立长君,无以镇安四海。王融虽为身计,实在社稷,恨其不能断事,以至于此。道路之谈,自为虚说耳,苍生方涂炭矣,政当沥耳听之。'"

《南齐书·郁林王本纪》载:"八月,壬午,诏称先帝遗诏,以护军

---

① 曹道衡、沈玉成《中古文学史料丛考》,中华书局,2003年版,第396页。

将军武陵王晔为卫将军，征南大将军陈显达即本号，并开府仪同三司，尚书左仆射西昌侯鸾为尚书令。太孙詹事沈文季为护军将军。癸未，以司徒竟陵王子良为太傅。"当郁林王顺利继位之后，萧鸾集团开始了篡夺帝位的下一步行动。在新的历史阶段，萧鸾集团面对的问题主要有：一是全面控制少年皇帝，使之成为自己的傀儡；二是逐步控制和剿灭诸王势力，同时镇压高武帝功臣旧将中的异己力量。

郁林王集团并不是萧鸾篡夺道路上的最大阻碍，《资治通鉴》卷一三九卷载：郁林王时代，"朝事大小，皆决于西昌侯鸾。鸾数谏争，帝多不从；心忌鸾，欲除之"。次年七月，萧鸾就杀掉了郁林王，迎立新安王为帝，改元延兴。《南齐书·海陵王本纪》："延兴元年秋，七月，丁酉，即皇帝位。以尚书令、镇军大将军、西昌侯鸾为骠骑大将军、录尚书事、扬州刺史、宣城郡公。"《南齐书·明帝本纪》载："郁林王废，海陵王立，为使持节、都督扬南徐二州军事、骠骑大将军、录尚书事、扬州刺史，开府如故，增班剑为三十人，封宣城郡公，二千户。镇东府城。"此后，新皇帝更是被宣城公萧鸾玩弄于股掌之上。同年十月，萧鸾即皇帝位，改元建武。《南齐书·明帝本纪》载："寻加黄钺、都督中外诸军事、太傅、领大将军、扬州牧，增班剑为四十人，给幢络三望车，前后部羽葆鼓吹，剑履上殿，入朝不趋，赞拜不名，置左右长史、司马、从事中郎、掾、属各四人，封宣城王，邑五千户，持节、侍中、中书监、录尚书并如故。未拜，太后令废海陵王，以上入篡太祖为第三子，群臣三请，乃受命。"

对于萧鸾集团而言，篡夺路上最大的障碍来自于高武诸子。一部明帝萧鸾入篡的历史也就是一部屠杀高武子孙的血腥史。萧鸾的大屠杀开始于延兴元年（494）海陵王即位之后，一直延续到他自己去世之前。在诸王当中，他最先拿来祭刀的是鄱阳王萧锵和随郡王萧子隆。《南齐书·武十七王传》载："十一年，晋安王子懋为雍州，子隆复解督。郁林立，进号征西将军。隆昌元年，为侍中、抚军将军，领兵置佐。延兴元年，转中军大将军，侍中如故。子隆年二十一，而体过充壮，常服芦茹丸以自销损。

高宗辅政，谋害诸王，世祖诸子中，子隆最以才貌见惮，故与鄱阳王锵同夜先见杀。"《资治通鉴》卷一三九载："郁林王之废也，鄱阳王锵初不知谋。及宣城公鸾权势益重，中外皆知其蓄不臣之志。锵每诣鸾，鸾常屣履至车后迎之；语及家国，言泪俱发，锵以此信之。宫台之内皆属意于锵，劝锵入宫发兵辅政。制局监谢粲说锵及随王子隆曰：'二王但乘油壁车入宫，出天子置朝堂，夹辅号令；粲等闭城门、上仗，谁敢不同！东城人正共缚送萧令耳。'子隆欲定计。锵以上台兵力既悉度东府，且虑事不捷，意甚犹豫。马队主刘巨，世祖时旧人，诣锵，请间，叩头劝锵立事。锵命驾将入，复还内，与母陆太妃别，日暮不成行。典签知其谋，告之。癸酉，鸾遣兵二千人围锵第，杀锵，遂杀子隆及谢粲等。于时太祖诸子，子隆最壮大，有才能，故鸾尤忌之。"赵翼《廿二史札记·齐明帝杀高武子孙》条曰："宋子孙多不得其死，犹是文帝、孝武、废帝、明帝数君之所为。至齐高、武子孙，则皆明帝一人所杀，其惨毒自古所未有也……统计高帝后，唯豫章王疑有子，子廉、子恪、子操、子范、子显、子云等有后于梁，其余诸子及武帝、文惠诸子孙，大半皆被明帝之祸，且俱无后……齐明之忍心害理，亦已至矣……齐明之残忍惨毒，无复人理，真禽兽之不若矣！"①

从延兴元年（494）到永泰元年（498），短短四年间，高武子孙几乎被屠杀殆尽。高帝共十九子，被杀者八人：

鄱阳王萧锵，高帝第七子，延兴元年（494）被杀，时年二十六岁。

桂阳王萧铄，高帝第八子，延兴元年（494）被杀，时年二十五岁。

江夏王萧锋，高帝第十二子，延兴元年（494）被杀，时年二十岁。

南平王萧锐，高帝第十五子，延兴元年（494）被杀，时年十九岁。

宜都王萧铿，高帝第十六子，延兴元年（494）被杀，时年十八岁。

晋熙王萧銶，高帝第十八子，延兴元年（494）被杀，时年十六岁。

---

① 赵翼《廿二史札记》，中国书店，1987年版，第154页。

河东王萧铉，高帝第十九子，永泰元年（498）被杀，时年十九岁。

衡阳王萧钧，高帝第十一子，过继为衡阳王萧道度子。延兴元年（494）被杀，时年二十二岁。

武帝二十三子，被杀者十六人：

庐陵王萧子卿，武帝第三子，延兴元年（494）被杀，时年二十七岁。

安陆王萧子敬，武帝第五子，延兴元年（494）被杀，时年二十三岁。

晋安王晋陵王萧子懋，武帝第七子，延兴元年（494）被杀，时年二十三岁。

随郡王萧子隆，武帝第八子，延兴元年（494）被杀，时年二十一岁。

建安王萧子真，武帝第九子，延兴元年（494）被杀，时年十九岁。

西阳王萧子明，武帝第十子，建武二年（495）被杀，时年十七岁。

南海王萧子罕，武帝第十一子，建武二年（495）被杀，时年十七岁。

巴陵王萧子伦，武帝第十三子，延兴元年（494）被杀，时年十六岁。

邵陵王萧子贞，武帝第十四子，建武二年（495）被杀，时年十五岁。

临贺王萧子岳，武帝第十六子，永泰元年（498）被杀，时年十四岁。

西阳王萧子文，武帝第十七子，永泰元年（498）被杀，时年十四岁。

衡阳王萧子峻，武帝第十八子，永泰元年（498）被杀，时年十四岁。

南康王萧子琳，武帝第十九子，永泰元年（498）被杀，时年十四岁。

永阳王萧子珉,武帝第二十子,出继萧道度为孙。永泰元年(498)被杀,时年十四岁。

湘东王萧子建,武帝第二十一子,永泰元年(498)被杀,时年十三岁。

南郡王萧子夏,武帝第二十三子,永泰元年(498)被杀,时年七岁。

文惠太子四子,全部被杀:

郁林王萧昭业,太子长子,延兴元年(494)被杀,时年二十二岁。

海陵王萧昭文,太子次子,延兴元年(494)被杀,时年十五岁。

巴陵王萧昭秀,太子第三子,永泰元年(498)被杀,时年十六岁。

桂阳王萧昭粲,太子第四子,永泰元年(498)被杀,时年八岁。

萧鸾集团为了巩固自己的统治,还采取了镇压武帝功臣旧将的行动。早在郁林王即位之初,萧鸾就对高武旧将多有怀疑。《资治通鉴》卷一三九载:"豫州刺史崔慧景,高、武旧将,鸾疑之,以萧衍为宁朔将军,戍寿阳。慧景惧,白服出迎;衍抚安之。"据《南齐书·王敬则传》载:"帝既多杀害,敬则自以高、武旧臣,心怀忧恐。帝虽外厚其礼,而内相疑备,数访问敬则饮食体干堪宜,闻其衰老,且以居内地,故得少安……永泰元年,帝疾,屡经危殆。以张瑰为平东将军、吴郡太守,置兵佐,密防敬则。内外传言当有异处分。敬则闻之,窃曰:'东今有谁?只是欲平我耳!'"忍无可忍的王敬则终于铤而走险,以武力相抗争。不久在战斗中阵亡。同年七月,萧鸾也离开了人世。

从永明末年开始,萧鸾经过逐步经营,最终登上了权力之巅。当年围绕在萧子良周围的"竟陵八友"在时代的风云中分化瓦解,各奔东西。王融为拥立萧子良而殒命;萧衍则成为萧鸾集团中的重要人物;沈约和范云虽然曾经和萧子良关系亲近,但并不是萧子良集团中的铁杆人物,他们在郁林王时代一度外放,后来成为梁武帝萧衍的开国功臣。永明十一年冬天，与随王子隆最为亲近的谢朓转而投靠萧鸾集团，日渐成为萧鸾的重臣。据《南齐书·谢朓传》载：永明十一年，谢朓"迁新安王中军记室……寻以本官兼尚书殿中郎"。隆昌元年，"高宗辅政，以朓为骠骑咨议，领记室，掌霸府文笔。又掌中书诏诰，除秘书丞，未拜，仍转中书郎"。建武二年夏，谢朓出任宣城太守。建武三年，谢朓"以选复为中书郎"。建武四年，"出为晋安王镇北咨议、南东海太守，行南徐州事"。永泰元年，"启王敬则反谋，上甚嘉赏之。迁尚书吏部郎"。东昏侯永元元年，始安王萧遥光谋夺帝位。"遥光又遣亲人刘沨密致意于朓，欲以为肺腑。朓自以受恩高宗，非沨所言，不肯答。"谢朓反遭诬陷，下狱而死。明人张溥《汉魏六朝百三家集题辞》说："呜呼！康乐、宣城其死等尔！康乐死于玩世，怜之者尤比于孔北海、嵇中散。宣城死于畏祸，天下疑其反复，即于吕布、许攸，同类而共笑也。"世人皆将谢朓视为性格懦弱、反复无常之人。其实，对于明帝萧鸾而言，谢朓何曾怯懦和反复，从他投靠萧鸾集团开始，他至死也没有背叛明帝萧鸾。谢朓这一生最对得起的人应该就是明帝萧鸾了。

虽然我们并不能说《拜中军记室辞随王笺》就是谢朓与随王子隆的绝交信，也不能说此信是在萧鸾的授意下写作的劝降书，毕竟，信中并没有直接涉及目前的时局和个人的政治立场，似乎只是放任个人情感的自然流泻。此时，谢朓对随王子隆的怀恋之情还是真实可信的。但是，从永明十一年冬天开始，谢朓的政治立场则已经发生了不可逆转的挪位，谢朓情感的天平也已经明显倾斜，他所仰慕的对象已经从昔日的随王子隆逐渐转向今日的西昌侯萧鸾。

三

笔者认为，谢朓的《拜中军记室辞随王笺》所包含的内容有三点，一是追忆自己与随王子隆之间的旧情；二是宣告自己即将在政治层面与随王子隆彻底切割；三是希望随王子隆在春天时离开荆州，回到京城建康来。纵观古今论者，大家的关注只在第一点上，相对忽略了后面两点。在本书作者看来，后两点特别是第二点才是此笺的要旨之所在。

其一，笺中追忆了昔日之情，这是古今读者的共识。"契阔戎旃，从容宴语。长裾日曳，后乘载脂。荣立府廷，恩加颜色"，生动再现了侯王与宠臣之间亲密无间的亲昵。谢朓用"抚臆论报，早誓肌骨"表达了他将报答子隆之志，也颇为感人肺腑。单单读这样的句子，自然会得出谢朓对随王子隆"拳拳之心，溢于言表"的结论来。此情此志也为历代的读者所激赏。但是，我们需要注意，这只是本笺的部分内容，并不是全部内涵。况且，情谊也好，誓言也罢，在永明十一年十一月都已经成为过去时。

通读谢朓文集，我们不难发现，谢朓对随王子隆更多的是感激他对自己的恩宠，并没有歌颂其在政治军事层面的英明。对随王在政治层面的平庸，谢朓也许早有清醒的认识。这或许就是他最终离开随王而投靠萧鸾的根本原因。对于西昌侯萧鸾，谢朓则极为敬仰。他在《为百官劝进齐明帝表》中写道："陛下文思体道，徇齐作圣。剪应龙于冀州，戮长蛇于沮水。荣光之瑞昭回，延喜之宝润色。天睠爰发，人谋咸赞。伏原陛下，仰答灵祇，弘宣景命，诞受多方，奄宅万国。"魏晋之际，阮籍写作《为郑冲劝晋王笺》，是何等的作难！谢朓今日又是何等的爽快。如果说这是官样文章，并不能反映谢朓的内心世界，那么，作于延兴元年（494）秋天的《始出尚书省》则是其心声的自然流露。他用"宸景厌昭临，昏风沦继体"写武帝辞世，废帝郁林王继位；用"纷虹乱朝日，浊河秽清济。防口犹宽政，餐荼更如荠"四句写郁林王的昏庸；用"英衮畅人谋，文明固天启"来写西昌侯萧鸾整顿朝纲的英明；用"青精翼紫软，黄旗映朱邸。还睹司隶章，复见东都礼"写萧鸾辅政，天下光明，萧齐时代重现了东汉盛况。对于自己"趋事辞宫阙，载笔陪旌棨"的职务变化，他似乎心安理得，问心无愧，自己认为自己"既秉丹石心"。这个"丹石心",绝对不能说是对随王子隆的,只能说是对西昌侯萧鸾的。当时人人皆知萧鸾有篡位之谋,据《资治通鉴》卷一三九载:"及宣城公鸾权势益重,中外皆知其蓄不臣之志。""宣城王虽专国政,人情犹未服。"朝廷名士中也多有不愿参与萧鸾政治阴谋的人。而谢朓不仅积极参与其中,同时又为萧鸾大唱赞歌,其政治立场与萧鸾集团保持了高度一致。

其二,今天我们所看见的题目《拜中军记室辞随王笺》是后人加上去的,笺中有"揽涕告辞,悲来横集"之语,《南齐书·谢朓传》曰:"迁新安王中军记室,朓笺辞子隆。"所以后人遂称此笺为《拜中军记室辞随王笺》或《辞随王笺》。"辞"字在笺中甚为重要。这里的"辞"是告辞、辞别之意。永明十一年夏天,谢朓在荆州已经与随王子隆作过告辞,此时的告辞与彼时的告辞已经有了迥然不同的意义。文章在介绍自己已经担任了中军记室之后说:"朓闻潢污之水,愿朝宗而每竭;驽蹇之乘,希沃若而中疲。何则?皋壤摇落,对之惆怅;岐路东西,或以鸣悒。况乃服义徒拥,归志莫从,邈若坠雨,飘似秋蒂。"明确说自己当年是有过"朝宗"之愿和"沃若"之想的,但现在已经由于力不从心而放弃了。所谓的"抚臆论报,早誓肌骨"也是说以前曾经有过这样的誓言,作者用"不悟"两字进行转折,自我否定了往日的志向。"沧溟未运,波臣自荡;渤澥方春,旅翮先谢"云云表明,作者志向的转变似乎并非由于某种客观因素,"自荡""先谢"云云应该是说做出这样的转变乃是作者自觉自愿的选择。本书姑且将这样的选择视为一种切割,一种在政治层面的与随王子隆的切割。

谢朓《酬德赋》云:"予寡迹而多悔,块离尤而独处。君纡组于名邦,贻话言于川渚。"曹道衡、沈玉成先生指出:"沈约'纡组于名邦',即隆昌元年出为东阳太守事……朓尝为'竟陵八友',初见忌于明帝。其后掌转而附明帝,遂得'事紫泥之密勿,腰青缃而容与',即掌霸府文笔事也。朓之由见疑而被宠，必有不可明言之处。"① 确如两位先生所言，谢朓曾经被萧鸾集团见疑。只是见疑的原因除了怀疑谢朓与竟陵王子良的关系外，更重要的是忌讳他与随王子隆之间的亲密关系。永明十一年夏天，谢朓还都。他的《暂使下都夜发新林至京邑赠西府同僚》作于初到建康之时，因为诗中尚沉浸在荆州的人事纠纷当中，还没有涉及朝廷巨变，其时武帝应该还没有去世，或者刚刚去世而尚未向公众发布噩耗。谢朓并不是萧子良集团中的成员，甚为明显。

谢朓过去与子良子隆兄弟关系密切，特别是与随王子隆过从甚密，这一点西昌侯萧鸾非常清楚。同时他也知道，谢朓只是一介文人，并没有什么政治军事方面的才能，不属于萧衍那样的智谋之士，也没有王融那样的政治野心和不轨图谋。在萧鸾谋继大统的过程中，自然需要争取到高门士族的大力支持。在王谢家族中，琅琊王氏家族中精英人物王融已经被杀，朝廷中身居高位的谢朓谢瀹兄弟也不愿意与萧鸾集团合作。据《南齐书·谢瀹传》载："高宗废郁林，领兵入殿，左右惊走报瀹。瀹与客围棋，每下子，辄云'其当有意'。竟局，乃还斋卧，竟不问外事也。明帝即位，瀹又属疾不视事……初，兄朓为吴兴，瀹于征虏渚送别，朓指瀹口曰：'此中唯宜饮酒。'瀹建武之初专以长酣为事，与刘瑱、沈昭略以觞酌交饮，各至数斗。"虽然"高宗废郁林"事件发生在隆昌元年，但谢朓兄弟"勿豫人事"的政治态度不是一朝一夕形成的。那么，如果能够争取谢朓进入自己阵营也很不错。况且谢朓乃是当时诗坛的代表人物，同时又是朝廷老将王敬则的女婿。所以，对于谢朓，萧鸾自然会积极拉拢他加盟自己的阵营。

从永明十一年七月到十一月之间，谢朓赋闲在家。此时，在谢朓的面前有两条路，一是从此不再进入官场，远走高飞，逍遥于东田庄园，了此一生。二是再次伺机进入官场。如果从此归隐林泉，他就不用为以前的交

---

① 曹道衡、沈玉成《中古文学史料丛考》，第404页。

往而自责悔恨。如果他想要进入官场,需要重新抉择,是站在故主随王子隆一边,或是站在当朝皇帝一边,还是站在掌握朝廷实权的萧鸾一边?从谢朓日后的表现看,他坚定地站到了萧鸾一边。在《酬德赋》中他说自己"窘迹而多悔",为过去的交往而后悔,过去交往最多的就是随王子隆,由此看来他自己也有主动投靠萧鸾集团之意。既然认识到自己过去的"错误",就应该有所改正。从见疑到被宠,一定有"不可明言之处",但那些内容我们已经无法知晓,我们所能看见的就是谢朓接受了萧鸾集团的任命,去担任新安王记室参军。同时,对故主随王子隆写了这样一封告辞信,在信中反复提示自己已经决定要与子隆在政治层面进行彻底切割。

其三,希望随王子隆离开荆州,早日回到京城建康来。《文选》李善注"唯待青江可望,候归舻于春渚;朱邸方开,效蓬心于秋实"两句曰:"冀王入朝而己候于江渚也。"联系当时的社会现实来看,"冀王入朝"四字不可等闲视之。"青江可望,候归舻于春渚","青江"也即是"春江"。一句之中两处"春"意,可见谢朓"冀王入朝"之心极为迫切。单独看"朱邸方开,效蓬心于秋实",谢朓效忠随王子隆之心似乎未变,但前面的"唯待"两字表明:只有你来到京城,我才会继续效忠于你。如果随王子隆春天不归,朱邸不开,后果如何,作者没有明说。

永明十一年冬天,让萧鸾最头痛的诸王有两位,一位是晋安王萧子懋,一位是随王萧子隆。《资治通鉴》卷一三九载:"雍州刺史晋安王子懋,以主幼时艰,密为自全之计,令作部造仗;征南大将军陈显达屯襄阳,子懋欲胁取以为将。显达密启西昌侯鸾,鸾征显达为车骑大将军;徙子懋为江州刺史,仍令留部曲助镇襄阳,单将白直、侠毂自随。显达过襄阳,子懋谓曰:'朝廷令身单身而返,身是天王,岂可过尔轻率!今犹欲将二三千人自随,公意何如?'显达曰:'殿下若不留部曲,乃是大违敕旨,其事不轻;且此间人亦难可收用。'子懋默然。显达因辞出,即发去。子懋计未立,乃之寻阳。"相较之下,随王子隆更是萧鸾的心腹大患。第一,随王甚有声誉。《南齐书·武十七王传》载:"高宗辅政,谋害诸王,世祖诸子中,子隆最以才貌见惮。"第二,随王当时占据着荆州。对建康而言,荆州的地理位置极为重要。在东晋南朝时期,南北分裂,一旦北方有强敌临境,荆州是京师建康的西大门。即使在南方地区内,如果控制了荆州地区,就可以顺流而下威胁建康。东晋时代,王敦、陶侃、庾亮、桓温父子等都是在镇守荆州之时,一度控制或影响朝廷政局。有鉴于此,刘宋和萧齐时代多由皇子或宗室担任荆州刺史。《宋书·临川王刘义庆传》载:"荆州居上流之重,地广兵强,资实兵甲,居朝廷之半,故高祖使诸子居之。"在永明末年的政治格局中,如何调动随王子隆离开荆州,一度成为让萧鸾棘手的问题。谁都知道,一旦随王子隆离开荆州,就无法拥兵自重、对抗朝廷。

《资治通鉴》卷一三九载:"西昌侯鸾将谋废立,引前镇西咨议参军萧衍与同谋。荆州刺史随王子隆,性温和,有文才;鸾欲征之,恐其不从。衍曰:'随王虽有美名,其实庸劣。既无智谋之士,爪牙唯仗司马垣历生、武陵太守卞白龙耳。二人唯利是从,若啖以显职,无有不来;随王止须折简耳。'鸾从之。征历生为太子左卫率,白龙为游击将军;二人并至。续召子隆为侍中、抚军将军。"从"鸾欲征之,恐其不从"云云来判断,萧鸾起初只是想调虎离山,将随王招到京城来,置于可以掌控之地,并不是马上杀掉他。从事后来看,随王子隆果然不出萧衍所料,只是徒有虚名,一步步被萧鸾等人引入彀中,成为瓮中之鳖、砧上之肉。据《南齐书·武十七王传》载:"隆昌元年,(子隆)为侍中、抚军将军,领兵置佐。"随王子隆已经离开荆州,来到朝廷任职了。这时的随王,既无智谋之士的辅佐,也被砍断了爪牙,对萧鸾已经无法构成大的威胁了。《南齐书·郁林王本纪》载:"隆昌元年春,正月,丁未,改元,大赦。加太傅、竟陵王子良殊礼,骁骑将军、晋熙王铄为郢州刺史,丹阳尹、安陆王子敬为南兖州刺史,征北大将军、晋安王子懋为江州刺史,临海王昭秀为荆州刺史,永嘉王昭粲为南徐州刺史,征南大将军陈显达进号车骑大将军,郢州刺史、建安王子真为护军将军。诏百僚极陈得失。又诏王公以下各举所知。戊申，以护军将军沈文季为领军将军。"隆昌元年正月，担任荆州刺史的临海王萧昭秀只是一个12岁的少年。也许12岁在萧鸾的眼里也不算小了，当年他将荆州刺史换为桂阳王萧昭粲，只有4岁。自从把随王子隆调离之后，荆州地区就完全掌握在萧鸾手中了。

明乎此，才能知道谢朓"冀王入朝"的分量。表面上看，在谢朓笺文写出的一个月之后，随王子隆果然就回到了京城。当然，作为随王子隆，他不至于幼稚到因为听到故吏谢朓的召唤就离开荆州，恐怕萧鸾对此也没有抱什么希望。但这里所透露出来的是，谢朓愿意与萧鸾集团进行合作，他的一片诚心还是让萧鸾颇为满意的。如此，我们才能理解萧鸾为何会听任谢朓在信中大抒"揽涕告辞"之情，并且在事后迅速地提拔并重用他。

此外，需要说明的是，"如其簪履或存，衽席无改，虽复身填沟壑，犹望妻子知归"，这一句初看起来，似乎表示出谢朓对随王子隆的一片深情，即使"身填沟壑"也心甘情愿。其实这句的意思是说，假如您还会念旧，在我死去之后，希望您能够关照我的妻子。其中丝毫没有要为捍卫随王而视死如归之意。

《南史·谢朓传》加上了这样一句："时荆州信去倚待，朓执笔便成，文无点易。"长期以来，大家都把此举看作谢朓文思之高妙，才气之横溢的表现。换一个角度看，谢朓写作此笺时带有一定的表演成分。试想，如果谢朓想给随王子隆写信抒发他的思念之情，他完全可以提前写好信再交给信使。从信使"倚待"云云来看，此信是在众目睽睽之下写出的。谢朓知道，萧鸾的耳目一定会把笺文内容汇报给主人。而这也正是谢朓希望看到的效果。在"执笔便成，文无点易"的背后，也许不能排除谢朓为了这篇笺文的遣词造句做过反反复复的推敲。《南齐书·谢朓传》载："迁新安王中军记室。朓笺辞子隆……寻以本官兼尚书殿中郎。"显然，就在写作此笺不久，谢朓荣升为尚书殿中郎，而当时的尚书令正是萧鸾。即使不能说此笺就是谢朓获得荣升的直接原因，是谢朓主动配合萧鸾篡位

"大业"的一次自觉行动，起码可以说此笺在谢朓升迁中并没有产生任何负面作用。

概言之，纵观谢朓36年的人生，对其最为赏识的上司有两位，一位是随郡王萧子隆，一位是齐明帝萧鸾。永明十一年冬天，经过数月来的思虑，谢朓在政治立场上发生了一次大转折，这就是从早年的倾心子隆，转变为"阿附齐明"。写作《拜中军记室辞随王笺》之时，虽然在情感层面上谢朓对随王子隆还有一定的依恋之情，但在政治层面上已经决定要为西昌侯萧鸾效劳了。所以，《拜中军记室辞随王笺》不仅仅是一篇追忆自己与随王子隆旧情之作，同时也是一篇宣告与随王子隆在政治层面切割的告别之作。

第十三章　庾信诗赋中的士族意识

庾信出身于梁朝贵族华望之家，早年在萧梁政权中如鱼得水。经历了侯景之乱和江陵之役之后，庾信的心态发生了巨大变化。庾信42岁出使北朝时被扣留在长安，从此再没有踏上南朝的土地，他后来身仕北朝，晚年位望尊显。但是，他早年形成的士族意识并没有随着命运的曲折变化而减弱。庾信后期政治情感中的很多矛盾和难以理解之处，都根源于他的士族意识。反映在他的创作上，庾信的诗赋中也具有明显的士族意识。在此前的研究中，已经有很多学者涉及庾信诗赋中的士族色彩，对此作出了或深或浅的论述。早在1966年，张可礼先生就认为："这种'故国之思'根本不是对祖国人民的怀念，而是在追念自己的'世德''家风'，是士族观点在文学中的表现，这种士族观点使庾信重视门第，重视虚伪的封建伦理，而对于祖国却完全置之度外。"① 张可礼先生的论点虽然带有特殊年代的特殊印记，但他敏锐地捕捉到了存在于庾信诗赋中的士族观点。到了90年代，刘志伟先生进而认为：梁亡不仅造成门阀士族国破家亡的厄运，也使魏晋南朝以来形成的门阀士族文化价值观念系统趋于坍塌。庾信

---

① 张可礼《如何评价庾信及其作品中的"故国之思"》，《文史哲》1966年2期。

等由南入北的士族文人产生了一种文化幻灭感。①……凡此种种，都说明庾信诗赋中的士族意识值得我们加以深入探究。遗憾的是，迄今还没有人从六朝士族文学发展史的角度对庾信诗赋中的士族意识予以系统的梳理。本书拟在前修时贤论述的基础上，就庾信诗赋中的士族意识谈一点个人的看法。②

一、歌咏祖德与自恋心态

述家风、陈世德，是士族文学的首要特征，所以庾信《哀江南赋》云："潘岳之文采，始述家风；陆机之辞赋，先陈世德。"西晋潘岳创作有《家风》之诗；西晋陆机《文赋》曰："咏世德之骏烈，诵先人之清芬。"陆机的《文赋》是一篇宣扬士族意识的创作论。陆机文集中有很多直接表现家族意识的作品，如其《祖德赋》《述先赋》等。庾信《哀江南赋》之正文也是以叙述自己的家风和祖德开篇的。《哀江南赋》是庾信的代表作之一，赋中包含了强烈的家族自豪感。《哀江南赋》一开篇，庾信即不无自豪地写道：

> 我之掌庾承周，以世功而为族；经邦佐汉，用论道而当官。禀嵩华之玉石，润河洛之波澜；居负洛而重世，邑临河而宴安。逮永嘉之艰虞，始中原之乏主；民枕倚于墙壁，路交横于豺虎；值五马之南奔，逢三星之东聚；彼凌江而建国，始播迁于吾祖。分南阳而赐田，裂东岳而胙土；诛茅宋玉之宅，穿径临江之府。水木交运，山川崩

---

① 刘志伟《走向文化反思的逻辑起点——从庾信看由南入北文士的文化幻灭感》，《西北师范大学学报》1994年1期。
② 本文庾信诗赋采用许逸民校点本《庾子山集注》（中华书局，1980年版）；除特别辨析外，庾信作品编年采用鲁同群的《庾信入北仕历及其主要作品的写作年代》（《文史》第十九辑，1983年版）。

竭，家有直道，人多全节；训子见于纯深，事君彰于义烈。新野有生祠之庙，河南有胡书之碣。况乃少微真人，天山逸民，阶庭空谷，门巷蒲轮；移谈讲树，就简书筠。降生世德，载诞贞臣。文词高于甲观，楷模盛于漳滨。嗟有道而无凤，叹非时而有麟。既奸回之蕞逆，终不悦于仁人。

检视相关典籍，我们看到庾信对自己贵族华望之家的陈述并非空穴来风。今天我们所能看到的涉及庾信家族的材料主要有如下几条：

1. 北周滕王宇文逌《庾信集》序曰："开府司宗中大夫、义城公庾信，字子山，南阳新野人也。若夫有周之时，掌庾原其得姓；皇晋之代，太尉阐其宗谱。焉奕氤氲，布在方策；国史家牒，世并详焉。八世祖滔，散骑常侍、领大著作、遂昌县侯。祖易，征士，隐遁无闷，确乎不拔；宋终齐季，早擅英声。父肩吾，散骑常侍、中令书。文宗学府，智囊义窟；鸿名重誉，独步江南。或昭或穆，七世举秀才；且珪且璋，五代有文集。贵族华望，盛矣哉。"

2. 《隋书·庾季才传》载："八世祖滔，随晋元帝过江，官至散骑常侍，封遂昌侯，因家于南郡江陵县。"

3. 《周书·庾信传》载："祖易，齐征士。父肩吾，梁散骑常侍、中书令。"

4. 《南齐书·庾易传》载："祖玫，巴郡太守。父道骥，安西参军。易志性恬隐，不交外物。建元元年，刺史豫章王辟为骠骑参军，不就……永明三年，诏征太子舍人，不就……建武二年，诏复征为司徒主簿，不就。"

5. 《梁书·庾黔娄传》载："黔娄少好学，多讲诵《孝经》，未尝失色于人……还为尚书金部郎，迁中军袁记室参军……迁散骑侍郎、荆州大中正。"

6. 《梁书·庾於陵传》载："七岁能言玄理。既长，清警博学有才思……始安王遥光为抚军，引为行参军，兼记室。永元末，除东阳遂安令，为民吏所称。天监初，为建康狱平，迁尚书工部郎，待诏文德殿。出为湘州别驾，迁骠骑录事参军，兼中书通事舍人。俄领南郡邑中正，拜太子洗马、舍人如故……俄迁散骑侍郎，改领荆州大中正。累迁中书黄门侍郎，舍人、中正并如故。出为宣毅晋安王长史、广陵太守，行府州事，以公事免。复起为通直郎，寻除鸿胪卿，复领荆州大中正。"

7.《梁书·庾肩吾传》载："肩吾，字子慎。八岁能赋诗……初为晋安王国常侍，仍迁王宣惠府行参军。自是每王徙镇，肩吾常随府。历王府中郎、云麾参军，并兼记室参军。中大通三年，王为皇太子，兼东宫通事舍人，除安西湘东王录事参军，俄以本官领荆州大中正。累迁中录事咨议参军、太子率更令、中庶子……太清中，侯景寇陷京都，及太宗即位，以肩吾为度支尚书。"

庾信祖先"掌庾承周"和"经邦佐汉"的详细事迹，今天已经很难考证清楚。其中"新野有生祠之庙，河南有胡书之碣"两句中的人物据林宝《元和姓纂》卷六记载是指庾会和庾告云。林宝云："后汉司空孟；五代孙淄，晋遂昌太守。长子会，为新野太守，百姓生为立祠；支孙庾告云，为青州刺史，羌胡为之立碑。"① 在晋室南渡之时，庾信的八世祖庾滔徙家于江陵。庾滔曾任东晋散骑常侍，封为遂昌县侯。庾信的三世祖庾玫，曾任巴郡太守。其二世祖庾道骥，曾任安西参军。其祖父庾易，为南齐著名隐士。庾信的大伯父庾黔娄，曾任散骑侍郎、荆州大中正等。其二伯父庾於陵，曾任散骑侍郎、荆州大中正、中书黄门侍郎、广陵太守、鸿胪卿等。其父庾肩吾，南朝著名诗人，曾任散骑常侍、中书令等。从门阀士族的角度看，在东晋时代，庾滔的家族只能属于"新出门户"行列。从庾滔至庾信，八代之间，庾氏家族人才辈出。进入南朝齐梁之际，庾氏家族虽然并不是王谢那样的"甲族"，但也是南朝士族中的少有的名门贵

---

① 唐林宝撰《元和姓纂》，中华书局，1994年版，第892页。

族。《梁书·庾於陵传》载："俄领南郡邑中正，拜太子洗马，舍人如故。旧事，东宫官属，通为清选，洗马掌文翰，尤其清者。近世用人，皆取甲族有才望，时於陵与周舍并擢充职，高祖曰：'官以人而清，岂限以甲族。'时论以为美。"据此判断，到了南朝梁代时，新野庾氏家族已经可以担任以往由甲族子弟把持的清贵之位。而在门第观念甚为严格的萧梁时代，时论竟然认可庾於陵的职务，这说明庾氏家族已经攀登到了接近于王谢甲族的高位。

《南史·文学传论》云："盖由时主儒雅，笃好文章，故才秀之士，焕乎俱集。"由于梁朝帝王喜好文学创作，梁武帝萧衍父子均为著名诗人，擅长诗赋创作的庾信父子深得皇室成员的恩幸。《梁书·庾黔娄传》载："东宫建，以本官侍皇太子读，甚见知重，诏与太子中庶子殷钧、中舍人到洽、国子博士明山宾等，递日为太子讲《五经》义。"庾信的伯父庾黔娄还是一位儒家学者，给太子所讲授的还是儒家的经典。到了庾肩吾和庾信父子，与皇室周旋时，则完全依赖于他们在诗赋文章方面的才华。《梁书·庾肩吾传》载："初，太宗在藩，雅好文章士，时肩吾与东海徐摛、吴郡陆杲、彭城刘遵、刘孝仪、仪弟孝威，同被赏接。及居东宫，又开文德省，置学士，肩吾子信、摛子陵、吴郡张长公、北地傅弘、东海鲍至等充其选。齐永明中，文士王融、谢朓、沈约文章始用四声，以为新变，至是转拘声韵，弥尚丽靡，复逾于往时。"《周书·庾信传》载："时肩吾为梁太子中庶子，掌管记。东海徐摛为左卫率。摛子陵及信，并为抄撰学士。父子在东宫，出入禁闼，恩礼莫与比隆。既有盛才，文并绮艳，故世号为徐、庾体焉。当时后进，竞相模范。每有一文，京都莫不传诵……寻兼通直散骑常侍，聘于东魏。文章辞令，盛为邺下所称。"齐梁时代在宫廷和贵族社会中盛行宫体诗。庾肩吾和庾信父子、徐摛和徐陵父子是宫体诗的代表性诗人，他们所开创的"徐庾体"是宫体诗派中的重要一支。

生活在萧梁时代的庾信，人生的道路一帆风顺，在仕途上青云直上。

据庾信《哀江南赋》载："王子滨洛之岁，兰成射策之年，始含香于建礼，仍矫翼于崇贤。游洊雷之讲肆，齿明离之胄筵。既倾蠡而酌海，遂测管以窥天。方塘水白，钓渚池圆。侍戎韬于武帐，听雅曲于文弦。乃解悬而通籍，遂崇文而会武。居笠毂而掌兵，出兰池而典午。论兵于江汉之君，拭玉于西河之主。"侯景之乱结束后，庾信也一度受到了梁元帝的重用，他在《哀江南赋》中自谓："谬掌卫于中军，滥尸丞于御史。"他的《小园赋》亦云："门有通德，家承赐书。或陪玄武之观，时参凤凰之虚，观受厘于宣室，赋长杨于直庐。"即使是在高级士族子弟中，庾信也属于春风得意者。

当此之时，高门大族子弟可凭借冢中枯骨之力，轻易占有清贵显位。唾手可及的功名富贵养成了士族子弟华而不实的性格，许多士族子弟皆有高人一等的自恋情结。庾信的性格中也具有高自期许、自命不凡的特征，有时会流露出士族子弟特有的傲慢做派。今天我们能够看到的庾信的表演并不多，但已有的几个片段足以让我们看清庾信的处事方式和性格特征。

据《南史·萧韶传》载："韶昔为幼童，庾信爱之，有断袖之欢。衣食所资，皆信所给。遇客，韶亦为信传酒。"汉代之后，古人常用"断袖之欢"代指同性恋行为，所以今人也把庾信的行为看作一种同性恋行为。当今社会中越来越多的人群对同性恋行为能够给予一定的宽容与理解。但是，应该指出的是，庾信与萧韶之间并不是一种同性恋行为。同性恋世界中的两个人应该是具有相同性取向的成年人，而那时的萧韶只是一个幼童，庾信的行为只是一种娈童行为。《宋书·五行志》载："自（西晋）咸宁、太康之后，男宠大兴，甚于女色，士大夫莫不尚之，天下皆相效仿，或有至夫妇离绝，怨旷妒忌者。"六朝时代，娈童癖盛行于贵族社会，是一种人性上的变态行为，是士族阶层道德腐化堕落的标志之一。青年庾信也沾染了当时士族社会的浮华放达行为。萧韶是梁宗室子弟，他竟然清贫到"衣食所资，皆信所给"的地步，我们从一个侧面也可以看到庾信家族的富裕程度。

我们再一次清楚地看到庾信的身影是在梁太清二年十月，这一次的庾信出现在《资治通鉴》中。据《资治通鉴》卷一六一载：

> （太清二年）辛亥，景至朱雀桁南，太子以临贺王正德守宣阳门，东宫学士新野庾信守朱雀门，帅宫中文武三千余人营桁北。太子命信开大桁以挫其锋，正德曰："百姓见开桁，必大惊骇。可且安物情。"太子从之。俄而景至，信帅众开桁，始除一舨。见景军皆著铁面，退隐于门。信方食甘蔗，有飞箭中门柱，信手甘蔗，应弦而落，遂弃军走。

一个人的一生虽然漫长，但是能够在时代大镜头中亮相的机会并不多。太清二年十月辛亥，历史的聚光灯凝聚在庾信身上，梁朝皇室和建康军民的希望都寄托在庾信身上。可惜，庾信的表现并不光彩。在大敌临阵的时候，他因畏惧退缩而独自逃跑。

侯景占领建康之后，庾信伺机找到了逃离建康的机会。一路上经历了千辛万苦，终于到达江陵。在途经江夏之时，与萧韶不期相遇。与昔年不同，萧韶现在已经贵为郢州刺史。《南史·萧韶传》记载："（萧韶）后为郢州，信西上江陵，途经江夏，韶接信甚薄；坐青油幕下，引信入宴，坐信别榻，有自矜色。信稍不堪，因酒酣，乃径上韶床，践蹋肴馔，直视韶面，谓曰：'官今日形容大异近日。'时宾客满坐，韶甚惭耻。"在古代文史研究中，有一种不太正常的现象：研究者往往会偏爱于自己的研究对象，会偏爱大诗人大作家，会为他们的某些失误开脱，会对他们的某些行为加以粉饰。庾信在这次宴会上突然发作的原因，《资治通鉴》中本来写得很清楚，因为萧韶"接信甚薄"，导致庾信心理失衡，借撒酒疯来释放他的不满情绪。他在宴会上的近乎于病态的发作，正好让我们看清庾信和萧韶在人格修养方面都有各自的缺陷。萧韶固然是得志便猖狂的小人，庾信何尝不是放荡不羁的浮华之徒。可是，也有学人非要从中去深入挖掘，寻找隐藏在蛛丝马迹背后的微言大义。《南史·萧韶传》载："（萧韶）初封上甲县都乡侯。太清初为舍人，城陷，奉诏西奔。及至江陵，人士多往寻觅，令韶说城内事，韶不能人人为说，乃疏为一卷，客问者便示之。湘东王闻而取看，谓曰：'昔王韶之为《隆安纪》十卷，说晋末之乱离。今之萧韶亦可为《太清纪》十卷矣。'韶乃更为《太清纪》。其诸议论，多谢吴为之。韶既承旨撰著，多非实录。湘东王德之，改超继宣武王，封长沙王，遂至郢州刺史。"有人据此认为，萧韶是一个信手篡改史实的小人。庾信方食甘蔗的细节，在别的史书上都没有记载，为什么偏偏会记载在《资治通鉴》中呢？其因就在于萧韶《太清纪》中添油加醋的记载，为《资治通鉴》提供了一个细节。萧韶之所以这样记载是在有意丑化庾信。庾信出于维护正义而大闹宴席，萧韶的难堪实为咎由自取。萧韶《太清纪》的记载是否属实，存在哪些不真实的记载，是另外一个史学问题。至于庾信在侯景军马到达朱雀桁之时是否弃军自退，这个史实不仅记载在《资治通鉴》中，同时也记载在《周书》和《北史》庾信本传中。《周书·庾信传》载："侯景作乱，梁简文帝命信率宫中文武千余人，营于朱雀桁。及景至，信以众先退。台城陷后，信奔于江陵。"《北史》记载与此相同。《资治通鉴》与它们的区别只是多记载了一个"方食甘蔗"的细节。说实在的，敌人兵临城下时，庾信是弃军自退还是坚守未退，这才是问题的关键。弃军自退前后是否在食甘蔗，只是一个无关宏旨的细枝末节。假设庾信这次没有弃军逃跑，而是一面口嚼甘蔗一面指挥战斗，那么"方食甘蔗"将会成为六朝名士风度中的又一千古佳话。

在《哀江南赋》中，庾信描绘了很多抵抗侯景乱军的英雄人物："护军慷慨，忠能死节。三世为将，终于此灭。济阳忠壮，身参末将。兄弟三人，义声俱唱。主辱臣死，名存身丧。狄人归元，三军凄怆。尚书多算，守备是长。云梯可拒，地道能防。有齐将之闭壁，无燕师之卧墙。大事去矣，人之云亡。申子奋发，勇气咆勃。实总元戎，身先士卒。胄落鱼门，兵填马窟。屡犯通中，频遭刮骨。功业夭枉，身名埋没。"然而，对于自己在朱雀桁前的所作所为，庾信从来三缄其口，避而不谈。庾信弃军自退，当为不争之事实，无法更改。这是萧韶《太清纪》无法编造的。萧韶如果公报私仇添加了一个吃甘蔗的细节，庾信完全可以在自己的诗文中予以澄清，还事实以真相。

  作为梁朝文坛的领袖人物之一，庾信是当之无愧的。据《朝野佥载》载："梁庾信从南朝初至，北方文士多轻之。信将《枯树赋》以示之，于后无敢言者。时温子升作韩陵山寺碑，信读而写其本。南人问信曰：'北方文士何如？'信曰：'唯有韩陵山一片石堪共语。薛道衡、卢思道少解把笔。自余驴鸣犬吠，聒耳而已。'"这则记载不一定可信，但即使是好事者杜撰的，也折射出庾信平日里的自负和狂傲。庾信《哀江南赋》云："陆士衡闻而抚掌，是所甘心；张平子见而陋之，固其宜矣。""陆士衡闻而抚掌"用《晋书·左思传》中的典故。《晋书·左思传》载："初，陆机入洛，欲为此赋，闻思作之，抚掌而笑，与弟云书曰：'此间有伧父，欲作《三都赋》，须其成，当以覆酒瓮耳。'"张衡是汉代南阳人，出身于贵族世家。他看见班固的《两都赋》，不以为然，自己创作了《两京赋》与之抗衡。庾信借张衡和陆机的典故，一方面代表了他对张衡和陆机的推崇，同时也反映出他对自己创作能力的高度自信。

  在南朝之时，庾信本来就是一个宫廷侍从文人。到了北朝之后，宇文氏集团也还是把他看作一个来自南方的士族文人。据《周书·苏绰传》载："自有晋之季，文章竞为浮华，遂成风俗。太祖欲革其弊，因魏帝祭庙，群臣毕至，乃命绰为《大诰》，奏行之。"可见，对庾信最擅长的宫体诗，北朝的最高统治者宇文泰不仅并不欣赏，反而意欲革除。宇文泰有意做出礼贤下士的举止来，只是出于巩固统治和强化政权的需要。但是，诗人庾信偏偏自视甚高，不满足于侍从文人的境遇。在侯景之乱中，相比于叛国投敌的萧正德诸人，我们不能苛责庾信。退守朱雀桁事件说明他没有临危不惧的心理素质和临阵指挥的军事才能，他只是一个士族文人而已。可是，庾信偏偏不肯承认这一点，他反复强调自己是一位"故时将军",当年曾经"论兵于江汉之君""谬掌卫于中军",是允文允武的全才。这就自大自恋到有点缺乏自知之明了。

战国时代的屈原是贵族文人的始祖。屈原《离骚》云:"帝高阳之苗裔兮,朕皇考曰伯庸……纷吾既有此内美兮,又重之以修能。"两晋时代的陆机和谢灵运等人也同样如此,既强调自己的高贵出身,又夸耀自己具有与众不同的才能。看来这是贵族文人为人作文的共同特征之一。庾信也和他们一样,他在诗赋中一面炫耀祖先的家风和世德,一面自视甚高,把自己看作文武双全的精英人物。

二、对梁朝士族生活的全景纪录

今天我们对唐开元全盛日的了解,一方面依赖于史书,一方面也依靠杜甫等人的"诗史"之作,杜甫的《忆昔》等作品为后人提供了感性的认知。而南朝梁武帝时代的盛世也记录在庾信等人的诗文中。庾信的诗赋为我们再现了萧梁全盛时期贵族阶层的生活状态和精神面貌。

庾信《奉和山池》云:"乐宫多暇豫,望苑暂回舆。鸣笳陵绝浪,飞盖历通渠。桂亭花未落,桐门叶半疏。荷风惊浴鸟,桥影聚行鱼。日落含山气,云归带雨余。"诗写庾信等文士陪同萧纲外出游览的情景。他们徘徊流连于宫殿附近的山川湖泽,陶醉在自然的美景中。"桂亭"句写岸上之景,"荷风"句写水中之境。"荷风惊浴鸟,桥影聚行鱼"精切明丽,有动态之美,是庾信诗中写景的名句。

庾信《哀江南赋》云:"于时朝野欢娱,池台钟鼓。里为冠盖,门成邹鲁。连茂苑于海陵,跨横塘于江浦。东门则鞭石成桥,南极则铸铜为柱。橘则园植万株,竹则家封千户。西赆浮玉,南琛没羽。吴歈越吟,荆艳楚舞。草木之遇阳春,鱼龙之逢风雨。五十年中,江表无事。"这一段全景式的勾勒,生动描绘了萧梁时代上流社会富足豪奢的生活。对于任何一个时代,不同的作者,都会从不同的角度、不同的立场看到相异的生活场景。站在贵族的立场上看，萧梁盛世的确是门阀士族阶层的天堂。如果说以上一段文字是一种大场面的鸟瞰，那么庾信创作于南朝的《春赋》则是对贵族生活细部的特写。赋云：

> 宜春苑中春已归，披香殿里作春衣，新年鸟声千种啭，二月杨花满路飞。河阳一县并是花，金谷从来满园树。一丛香草足碍人，数尺游丝即横路。开上林而竞入，拥河桥而争渡。出丽华之金屋，下飞燕之兰宫。钗朵多而讶重，髻鬟高而畏风，眉将柳而争绿，面共桃而竞红，影来池里，花落衫中。苔始绿而藏鱼，麦才青而覆雉。吹箫弄玉之台，鸣佩凌波之水。移戚里而家富，入新丰而酒美。石榴聊泛，蒲桃发醅，芙蓉玉碗，莲子金杯，新芽竹笋，细核杨梅。绿珠捧琴至，文君送酒来。玉管初调，鸣弦暂抚，《阳春》《渌水》之曲，对凤回鸾之舞。更炙笙簧，还移筝柱，月入歌扇，花承节鼓。协律都尉，射雉中郎，停车小苑，连骑长杨，金鞍始被，柘弓新张，拂尘看马埒，分朋入射堂。马是天池之龙种，带乃荆山之玉梁，艳锦安天鹿，新绫织凤凰。三日曲水向河津，日晚河边多解神。树下流杯客，沙头渡水人。镂薄窄衫袖，穿珠帖领巾。百丈山头日欲斜，三晡未醉莫还家。池中水影悬胜镜，屋里衣香不如花。

这是一篇贵族游春赋，当春天到来之时，万物复苏，美景如画，贵族人物徜徉在明媚的春光中尽情享乐。赋家重点描写的是新年二三月之间的自然景色和贵族生活。赋中写到了杨花满路、芳草萋萋、鸟声婉转、池鱼戏水的自然美景，也写到了人物，出现在画面上的全是贵族人物，他们出入于宜春苑、披香殿、金谷园、上林苑、金屋、兰宫等豪华场所。贵族青年们在自然的怀抱中或欣赏音乐、观看舞蹈，或骑马射箭、饮酒游戏。士族女子美丽而娇气，"一丛香草足碍人，数尺游丝即横路"，"钗朵多而讶重，髻鬟高而畏风"，"眉将柳而争绿，面共桃而竞红"；士族男子风流而闲适，多才如协律都尉李延年，貌美如射雉中郎潘安仁。其马"金鞍始被"，其箭"柘弓新张"。"马是天池之龙种，带乃荆山之玉梁"。当他们想听歌时，会有"绿珠捧琴至"；当他们想喝酒的时候，会有"文君送酒来"。在三月三日的曲水边，他们流杯饮酒，不醉不还家。在梁朝灭亡数十年后，颜之推在《颜氏家训》中再次描述了贵族子弟的情态。《颜氏家训·勉学》云："梁朝全盛之时，贵游子弟，多无学术……无不熏衣剃面，傅粉施朱，驾长檐车，跟高齿屐，坐棋子方褥，凭斑丝隐囊，列器玩于左右，从容出入，望若神仙。明经求第，则雇人答策；三九公宴，则假手赋诗。当尔之时，亦快士也。"① 《颜氏家训·涉务》云："梁世士大夫，皆尚褒衣博带，大冠高履，出则车舆，入则扶侍，郊郭之内，无乘马者……及侯景之乱，肤脆骨柔，不堪行步，体羸气弱，不耐寒暑，坐死仓猝者，往往而然。"② 对照庾信和颜之推的描写，我们可以看到：庾信描绘的是大乱之前的士族享乐情状，而颜之推则是在梁亡之后，对当年贵族生活的反思。庾信《哀江南赋》中用"宰衡以干戈为儿戏，缙绅以清谈为庙略"来写当时政治弊端。掌握着国家政权的士大夫阶层轻忽军事，沉溺于清谈之中。一个把持着政治经济文化命脉的社会阶层，如果集体以清谈为业，以豪奢为荣，其距离国破家亡的日子必然为期不远了。

梁武帝晚年的昏聩，宗室内部的争斗，士族阶层的腐化堕落，导致了侯景之乱发生后势如野火，迅速蔓延。庾信的《哀江南赋》等作品描述了江陵陷落之后士族子弟的遭遇。

庾信《拟连珠》其十九云："一马之奔，无一毛而不动；一舟之覆，无一物而不沉。"当大难接踵来临之后，玉石俱焚，士庶同哭。据《哀江南赋》记载，侯景之乱爆发之后，梁朝军队兵败如山倒，"闻鹤唳而心惊，听胡笳而泪下。拒神亭而亡戟，临横江而弃马。崩于钜鹿之沙，碎于

---

① 王利器《颜氏家训集解》（增订本），中华书局，1993年版，第148页。
② 王利器《颜氏家训集解》（增订本），第322页。

长平之瓦"。到了江陵陷落之时,"辞洞庭兮落木,去涔阳兮极浦。炽火兮焚旗,贞风兮害蛊。乃使玉轴扬灰,龙文折柱"。江陵破亡之后,北魏军队将俘虏的南朝贵族和下层民众一起赶往北国。《哀江南赋》为我们描述了他们背井离乡的狼狈相:"水毒秦泾,山高赵陉。十里五里,长亭短亭。饥随蛰燕,暗逐流萤。秦中水黑,关上泥青。于时瓦解冰泮,风飞电散。浑然千里,淄渑一乱。雪暗如沙,冰横似岸。逢赴洛之陆机,见离家之王粲。莫不闻陇水而掩泣,向关山而长叹。"王粲出身于名门,其曾祖父王龚和祖父王畅皆为汉三公,其父王谦为大将军何进长史。王粲17岁时以长安扰乱,流亡荆州;陆机祖父陆逊为吴国丞相,父亲陆抗为吴国大司马,陆氏家族是吴地四大家族之一。陆机21岁时,西晋平吴,十年后,陆机赴洛。庾信借用王粲和陆机的故事,写梁国贵族被俘北迁的惨烈情景。

庾信本人因为在江陵之役前出使北魏被扣,侥幸逃脱了被俘北上的折磨,但他的母亲、妻子和其他士民一样遭受掳掠之苦,一路上受尽了磨难。且他的二子一女在金陵之乱中相继丧生。被软禁在长安别馆当中的庾信,心情也极度悲伤。《哀江南赋》写自己的处境云:"钓台移柳,非玉关之可望;华亭唳鹤,岂河桥之可闻。""钓台移柳"用东晋大将军陶侃在武昌种植柳树的典故,说自己身在玉门关外,难以望见故乡的垂柳;"华亭唳鹤"用陆机的典故。陆机入洛,在北方奋斗多年,河桥之役失败之后,陆机被成都王杀害。陆机临刑前感叹:"华亭唳鹤,岂可复闻乎?"庾信借此典故,写自己被西魏扣留软禁在长安,自己的生命朝不保夕,对亲人的苦难爱莫能助,陷入万般无奈之境。

梁朝俘虏们经过长途跋涉,忍受着非人待遇,被驱入长安一带,沦落为北方贵族的奴婢。《隋书·庾季才传》载:"周太祖一见季才,深加优礼,令参掌太史。每有征讨,恒预侍从。赐宅一区,水田十顷,并奴婢牛羊什物等,谓季才曰:'卿是南人,未安北土,故有此赐者,欲绝卿南望之心。宜尽诚事我,当以富贵相答。'初,郢都之陷也,衣冠士人多没为贱。季才散所赐物，购求亲故。文帝问：'何能若此？'季才曰：'仆闻魏克襄阳，先昭异度，晋平建业，喜得士衡。伐国求贤，古之道也。今郢都覆败，君信有罪，缙绅何咎，皆为贱隶！鄙人羁旅，不敢献言，诚切哀之，故赎购耳。'太祖乃悟曰：'吾之过也。微君遂失天下之望！'因出令免梁俘为奴婢者数千口。"从此段记载可以窥视到当年的士族子弟在到达北方之后的命运，他们当中除了个别名士领袖之外，很多人成为奴仆贱役。庾信《枯树赋》是作者自伤之作："若乃山河阻绝，飘零离别。拔本垂泪，伤根沥血。火入空心，膏流断节。横洞口而敧卧，顿山腰而半折……载癭衔瘤，藏穿抱穴。木魅䐔睒，山精妖孽。况复风云不感，羁旅无归，未能采葛，还成食薇。沉沦穷巷，芜没荆扉。既伤摇落，弥嗟变衰。"借物喻人，写自己如同与本根断裂的大树一样，垂泪沥血，飘零他方。这种国破家亡的哀伤之情反映了入北南人的共同感受。

由南入北的士人中，受到特别礼遇者只是个别人物。王褒、庾季才等人因为是南朝士族中的精英人物，入北之后不仅避免了奴役之苦，反而成为魏周皇室的座上贵客。据《周书·王褒传》载："褒与王克、刘毅、宗懔、殷不害等数十人，俱至长安。太祖喜曰：'昔平吴之利，二陆而已。今定楚之功，群贤毕至。可谓过之矣。'又谓褒及王克曰：'吾即王氏甥也，卿等并吾之舅氏。当以亲戚为情，勿以去乡介意。'于是授褒及克、殷不害等车骑大将军、仪同三司。"《隋书·庾季才传》载："季才局量宽弘，术业优博，笃于信义，志好宾游。常吉日良辰，与琅琊王褒、彭城刘毅、河东裴政及宗人信等，为文酒之会。次有刘臻、明克让、柳䛒之徒，虽为后进，亦申游款。"可见，在北朝土地上，庾信与王褒、庾季才、刘毅、裴政、刘臻、明克让、柳䛒等流落北朝的南人羁士群体时常聚会，饮酒赋诗。庾信《哀江南赋》写自己在北朝的生活："践长乐之神皋，望宣平之贵里。渭水贯于天门，骊山回于地市。幕府大将军之爱客，丞相平津侯之待士。见钟鼎于金张，闻弦歌于许史。"庾信《奉和永丰殿下言志》诗云："来往金张馆，弦歌许史间。"再现了南朝士族精英入北之后的共同生活，他们不能割舍早年的贵族生活，又开始陪同新主子饮宴欢笑，赋诗作文。在北朝，庾信写作了大量的奉和、陪驾、侍从、应诏诗。题目中标出"赵王"者达到17首之多，其中的《和赵王看伎》《奉和赵王美人春日》等作品，还在延续着南朝时宫体诗赋的艳丽诗风。

当然，他们的内心深处并没有泯灭故国之思。北周大象二年（580），已经68岁高龄的庾信写作了《周大将军怀德公吴明彻墓志铭》，铭文云："江东八千子弟，从项籍而不归；海岛五百军人，为田横而俱死焉。呜呼哀哉！毛修之埋于塞表，流落不存；陆平原败于河桥，死生惭恨。反公孙之柩，方且未期；归连尹之尸，竟知何日？游魂羁旅，足伤温序之心；玄夜思归，终有苏韶之梦。遂使广平之里，永滞冤魂，汝南之亭，长闻夜哭。呜呼哀哉。"庾信后期为北周贵族官僚写了30多篇碑志，这一篇和其他篇都不一样。李兆洛《骈体文钞》曰："同病相怜，故言哀入痛，志文之绝唱也。"吴明彻本为陈朝将军，兵败被俘，仕周为大将军。铭文虽然是为吴明彻而书，其中也浸透了庾信自己的辛酸之泪。死者已矣，生者何堪？暮年的庾信依然难以消解"游魂羁旅"之憾，照样有"玄夜思归"之梦。

庾信的《哀江南赋》等诗赋中不仅有对梁朝全盛时代的贵族生活的描述，同时还忠实记录了侯景之乱和江陵陷落之后贵族子弟从天堂堕入地狱的过程，以及南人羁士来到北朝之后的不同境遇和复杂心态。庾信作品乃是梁朝覆亡前后士族生活和精神面貌的写真。这些作品中既有贵族诗人早年钟鼓馔玉的生活，也有中年时代痛彻肺腑的哀伤和陪侍新主的欢声笑语。

三、庾信后期的矛盾心态及其根源

东晋南朝时期，中国社会陷入长期的南北分裂状态。在华夏士人看来，北方地区被"非我族类"的夷狄占领，华夏文化的正统在江东地区一线传承。《北齐书·杜弼传》载高欢语曰："江东复有一吴儿老翁萧衍者，专事衣冠礼乐，中原士大夫望之以为正朔所在。"中原士族尚且如此，遑论南方士族。由于战争和外交等种种原因，南方士人进入北方地区并长期滞留北方者为数不少，其中既有心念故国者，也有卖身投靠腼颜仕敌者。到了后世，前者往往受人尊敬，而后者则时常遭人诟病。每当民族冲突和民族矛盾尖锐的时期，后者遭到的唾骂也越强烈。在这两者之间，并没有中间地带可以躲避。庾信自从梁承圣三年（554）42岁进入北朝之后，他的政治情感就充满了矛盾性和复杂性。这种矛盾性和复杂性导致了后人对他迥然不同的评价。在此，笔者拟就庾信政治情感中的矛盾性及造成这种矛盾性的根源予以解析。

矛盾性表现之一：庾信的政治情感依违于南朝梁和北朝魏周之间。

认为庾信是羁旅他乡而不忘故国的典型者，通常会拿庾信与他的朋友王褒做比较，从而来证明庾信能够坚持政治操守。前引《周书·王褒传》载："褒与王克、刘毅、宗懔、殷不害等数十人，俱至长安……于是授褒及克、殷不害等车骑大将军、仪同三司。常从容上席，资饩甚厚。褒等亦并荷恩昒，忘其羁旅焉。"许逸民先生评价庾信时就说："他在国家败亡，父母妻子惨遭虏掠之后，表达自己对故国乡关的怀念，抒发胸中的悲哀，不但是可以理解的，也是难能可贵的。如果和那个因'荷恩昒'而'忘其羁旅'的王褒比较起来，黑白妍媸，就是十分鲜明的了。"① 其实庾信与王褒同时"并荷恩昒"，至于王褒是否"忘其羁旅"是一桩千年公案，这里且不涉及。在一般读者的心目中，庾信是南士中乡关之思和羁旅之愁最强烈的一个，甚至在很多时候他表现得最为慷慨激昂。

清人陈祚明《采菽堂古诗选》云："北朝羁旅，实有难堪；襄汉沦亡，殊深悲恸。子山惊才盖代，身堕殊方，恨恨如亡，忽忽自失。生平歌

---

① 许逸民校点《庾子山集注·校点说明》。

咏，要皆激楚之音，悲凉之调。情纷纠而繁会，意杂集以无端。"① 庾信的悲凉之调主要表现在他的"乡关之思"当中。他的《哀江南赋》开门见山阐明了全赋的主旨："粤以戊辰之年，建亥之月，大盗移国，金陵瓦解。余乃窜身荒谷，公私涂炭。华阳奔命，有去无归，中兴道销，穷于甲戌。三日哭于都亭，三年囚于别馆。天道周星，物极不反。傅燮之但悲身世，无处求生；袁安之每念王室，自然流涕……追为此赋，聊以记言，不无危苦之辞，唯以悲哀为主。"自从太清二年（548）开始，北方鼙鼓动地而来，打破了南朝贵族醉生梦死的生活，也扭转了庾信个人的命运。到了"中兴道销"的甲戌，西魏攻占江陵，梁使者庾信被囚禁于长安别馆。这篇赋就是作者以悲哀之情感伤身世、思念梁室之作。赋中既有对自己辉煌家族世德的追忆，也有对梁时全盛时期歌舞升平景象的描摹；既有对梁朝覆亡之根源的追溯，也有对侯景叛乱之际刀光剑影的展现；既有对西魏军队铁蹄南下的铺叙，也有对南人辛酸血泪的倾诉。赋中揭露了梁末宫廷政治的黑暗，也展现出庾信这位高门贵族文人的复杂坎坷的人生阅历和痛苦哀怨的精神世界。后人把庾信的这种情感命名为"乡关之思"。《周书·庾信传》云："信虽位望通显，常有乡关之思。乃作《哀江南赋》以致其意云。"从此以后，《哀江南赋》几乎与"乡关之思"同时出现。明人张溥《庾开府集》题辞甚至认为："后羁长安，臣于宇文，陈帝通好请还，终留不遣。虽周宗好士，滕赵赏音，筑宫虚馆，交齐布素。而南冠西河，旅人发叹，乡关之思，仅寄于江南一赋。"② 在当今分析论述《哀江南赋》的文章中几乎没有不提及"乡关之思"的。庾信诗赋中的"乡关"已经不是一个具体的地理概念，它是庾信对42岁前江南贵族生活的历史记忆，那是一段永远不可能再次复现的士族生活。同时，"乡关之思"也是作为南人羁士的庾信在北方生命体验的结晶。

---

① 李金松校点《采菽堂古诗选》，上海古籍出版社，2008年版，第1080页。
② 许逸民校点《庾子山集注·张天如先生原序》。

其实不限于"江南一赋",乡关之思体现在庾信后期的大部分作品之中。庾信《怨歌行》云:"家住金陵县前,嫁得长安少年。回头望乡泪落,不知何处天边。胡尘几日应尽,汉月何时更圆。为君能歌此曲,不觉心随断弦。"江陵之役中不乏被胡人掳去的汉家女子,所以本诗中家住金陵嫁往长安的女子并不一定是虚构的人物。也有人认为庾信在此诗中以金陵女子自比。张玉穀《古诗赏析》卷二十一云:"此自道其来南留北之悲,特托之远嫁者耳。前四,点清自南来北,不得还乡之痛。五六,顶上申明其故,仍不作绝望语。后二,方以听歌心断作收。"无论是虚拟还是写实,都表现出庾信鲜明的政治情感,让人联想到庾信在塞北异域的凄凉境况。组诗《拟咏怀》中这样的情感随处可见。其三云:"倡家遭强聘,质子值仍留。自怜才智尽,空伤年鬓秋。"把自己出使西魏未归比拟为遭人强娶的风尘女子和被人扣留的人质,在时光的流逝中自伤自怜。其五云:"唯忠且唯孝,为子复为臣。一朝人事尽,身名不足亲。吴起尝辞魏,韩非遂入秦。壮情已消歇,雄图不复申。移住华阴下,终为关外人。"自己的家族一向以忠孝传家,自己又是梁朝的名臣。奈何由于政局的跌宕,独自飘零秦地,早年的壮情和雄图已经化为泡影。其七云:"榆关断音信,汉使绝经过。胡笳落泪曲,羌笛断肠歌。纤腰减束素,别泪损横波。恨心终不歇,红颜无复多。枯木期填海,青山望断河。"身处北国,与故国音信断绝。耳畔的胡笳羌笛惹人落泪。自己也如同红颜女子,欲归无望,渐渐走向香消玉殒。其十一云:"天亡遭愤战,日蹙值愁兵。直虹朝映垒,长星夜落营。楚歌饶恨曲,南风多死声。眼前一杯酒,谁论身后名。"在悲苦中再次回忆江陵之役,慨叹天亡梁朝。自己身名全毁,唯有借酒浇愁。其二十云:"在死犹可忍,为辱岂不宽?古人持此性,遂有不能安。其面虽可热,其心长自寒。"写自己在北朝忍耻苟活,心中万般痛苦,在人前却不得不强颜欢笑。其十八云:"寻思万户侯,中夜忽然愁……虽言梦蝴蝶,定自非庄周……乐天乃知命,何时能不忧?"按照当年在梁朝的发展趋势,庾信获得万户侯乃是囊中取物指日可待之事,现在想起来恍惚如同梦境。自己宽解自己应该乐天知命,却无奈忧愁缠绕,挥之不去。其二十四云:"无闷无不闷,有待何可待。昏昏如坐雾,漫漫疑行海。千年水未清,一代人先改。昔日东陵侯,唯见瓜园在。"终日苦闷无法解脱,神情恍惚,如在雾中如行海上。自己曾是昔日的王侯,今为一介长安布衣。在《拟咏怀》之外,庾信还写有一些赠给南朝旧友的五言短章。其《寄王琳》云:"玉关道路远,金陵信使疏。独下千行泪,开君万里书。"其《重别周尚书》云:"阳关万里道,不见一人归。唯有河边雁,秋来南向飞。"其《寄徐陵》云:"故人倘思我,及此平生时。莫待山阳路,空闻吹笛悲。"无不感情真挚,悲婉感人。以上诗篇均表现出诗人对命运的无奈,对南朝的强烈思念,甚至在有些诗句中摆出了"汉贼不两立"的架势。在中国古代,南北分裂的时期不短,南方贵族文士入北出仕的也不在少数。像庾信这样虽荷北朝恩昵而不忘故国的士人并不多见。看来,《周书》将庾信塑造为羁旅思归的典型并不是没有原因的。1949 年以来,甚至有学者曾经给庾信戴上了"爱国主义诗人"的桂冠。

与此相反,在另外一群人眼里,庾信乃是卖身求荣的无耻之徒。在不同的时代,皆有人对庾信其人深恶痛绝。唐初王通在《文中子·事君》中说:"徐陵、庾信,古之夸人也,其文诞。"唐人崔涂《读庾信集》诗云:"四朝十帝尽风流,建业长安两醉游。唯有一篇杨柳曲,江南江北为君愁。"清人全祖望《题哀江南赋后》云:"甚矣,庾信之无耻也!失身宇文,而犹指鹈首赐秦为天醉,信则已先天醉矣,何以怨天?"在部分古人眼里,庾信最主要的"罪状"是左右逢源,曲身仕敌,失去了政治道德之节操。

被扣留在北朝之后,庾信对宇文氏集团的态度在逐渐转变。据鲁同群先生研究,庾信《哀江南赋》中称颂了不少忠贞爱国之士,"然而,《哀》赋中所歌颂的这些英雄,除王僧辩死于陈霸先之手外,其余全死于与侯景叛军的作战之中。西魏大军进攻江陵时,江陵士民所作的悲壮抵抗,赋中竟无一言及之……其中缘由，自不难思而得之"。① 据笔者考证，庾信《哀江南赋》当完成于北周明帝元年（557）至明帝武成二年（560）之间（详见本章附录）。显然，身处北朝的庾信，在小心地为自己铺设着日后的道路。如果说在《哀江南赋》中没有揭露西魏军队对南朝民众惨无人道的屠杀，是他怕为自己招来杀身之祸，那么，在另外一些诗文中，他则是主动向北朝统治者示好，为北朝统治者歌功颂德。

北周武帝保定元年（561），庾信被任命为司水大夫。他为此创作了《忝在司水看治渭桥》。诗云：

> 大夫参下位，司职渭之阳。富平移铁锁，甘泉运石梁。
> 跨虹连绝岸，浮鼋续断航。春洲鹦鹉色，流水桃花香。
> 星精逢汉帝，钓叟值周王。平堤石岸直，高堰柳阴长。
> 羡言杜元凯，河桥独举觞。

诗中写建桥工程浩大，渭桥如同彩虹连接两岸交通。"春洲鹦鹉色，流水桃花香"两句写春景明媚如画，透露出作者的心情甚佳。"钓叟值周王"句用姜太公遇到周文王的典故，"固是与他正在渭水修桥有关，但亦未尝没有以钓叟自比、以周文王喻周武帝之意"。②

北周武帝建德四年（575），庾信升迁为司宪中大夫，他为此在正月初一写作了《正旦上司宪府》一诗。诗云：

> 诘旦启门栏，繁辞涌笔端。苍鹰下狱吏，獬豸饰刑官。
> 司朝引玉节，盟载捧珠盘。穷纪星移次，归余律未殚。
> 雪高三尺厚，冰深一丈寒。短笋犹埋竹，香心未起兰。

---

① 鲁同群《庾信传论》，天津人民出版社，1999年版，第171页。
② 鲁同群《庾信传论》，第196页。

> 孟门久失路，扶摇忽上抟。栖乌还得府，弃马复归栏。
> 荣华名义重，虚薄报恩难。枚乘还起疾，贡禹遂弹冠。
> 方垂莲叶剑，未用竹根丹。一知悬象法，谁思垂钓竿。

这是庾信在北朝所写的少有的兴高采烈之作。感叹自己仕途久不得志，现在终于受到了朝廷的重用，有扶摇直上的快感，有弃马归栏的欣喜。面对朝廷的恩典，自己决心做一名秉公执法的刑官。"荣华名义重，虚薄报恩难"等句表明当他面对浩荡皇恩之时感恩戴德之情。以前思想中残存的隐居之想，至此已经彻底扬弃了。

北周政权是鲜卑人建立的国家，作为一个"夷狄"政府，在军事上非常强大，但在文化建设方面不仅远远落后于南方的梁陈政权，甚至也不如东方的北齐政权。如果没有庾信、王褒等南方的士族诗人，北周的礼乐文化制度几乎是一片沙漠。缺乏完备的礼乐制度对于封建国家而言是有失体面的，于是武帝组织了以庾信为核心的文学之臣为朝廷制作了六代之乐。《隋书·乐志》曰：

> 周太祖迎魏武入关，乐声皆阙。恭帝元年，平荆州，大获梁氏乐器，以属有司。及建六官，乃诏曰："六乐尚矣，其声歌之节，舞蹈之容，寂寥已绝，不可得而详也。但方行古人之事，可不本于兹乎？自宜依准，制其歌舞，祀五帝日月星辰。"于是有司详定……虽著其文，竟未之行也。及闵帝受禅，居位日浅。明帝践阼，虽革魏氏之乐，而未臻雅正。天和元年，武帝初造《山云舞》，以备六代。南北郊、雩坛、太庙、禘袷、俱用六舞……建德二年十月甲辰，六代乐成，奏于崇信殿。群臣咸观。其宫悬，依梁三十六架。朝会则皇帝出入，奏《皇夏》。皇太子出入，奏《肆夏》。王公出入，奏《骜夏》。五等诸侯正日献玉帛，奏《纳夏》。宴族人，奏《族夏》。大会至尊执爵，奏登歌十八曲。食举，奏《深夏》，舞六代《大厦》《大护》

《大武》《正德》《武德》《山云之舞》。于是正定雅音，为郊庙乐。创造钟律，颇得其宜。宣帝嗣位，郊庙皆循用之，无所改作。

倪璠在庾子山集"郊庙歌辞"后按曰："《隋书》所采，皆子山之辞。《周书》云：'天和元年冬十月，初造《山云舞》，以备六代之乐。建德三年冬十月，六代乐成。'集中有《贺新乐表》。是周武帝时郊庙燕射，使子山作辞也。"在今本庾信诗集中，郊庙歌辞和燕射歌辞占有一定的比例。庾信创作的郊庙歌辞又分为"周祀圜丘歌"（12首）、"周祀方泽歌"（4首）、"周祀五帝歌"（12首）、"周祀宗庙歌"（12首）、"周大祫歌"（2首）五个部分；燕射歌辞即"周五声调曲"，名下包括宫调曲5首、变宫调2首、商调曲4首、角调曲2首、徵调曲6首、羽调曲5首。仅仅看列出的名目我们就知道，为了北周的礼乐建设事业，庾信为此倾注了多少心血。庾信自觉地在歌辞中为北周帝王涂脂抹粉、歌功颂德，其《周五声调曲》序曰："元正飨会大礼，宾至食举，称觞荐玉，六律既从，八风斯畅，以歌大业，以舞成功。"因为庾信在北周礼乐文化建设方面的重要贡献，庾信深受北周帝王的赏识。从此，在周武帝眼里，庾信成为朝廷不可或缺的重要人才。

《北史·庾信传》载：北周建德四年（575），南朝陈氏与周通好，"南北流寓之士，各许还其旧国。陈氏乃请王褒及信等十数人。武帝唯放王克、殷不害等"。庾信失去了这次回到南方的最后机会。武帝留下庾信和王褒，是不是征求过他们的意见，我们不得而知。即使征求庾信和王褒的意见，他们也不一定愿意回到南朝去。他们曾经是萧梁的大臣，萧梁已经灰飞烟灭。目前的陈朝，固然占有萧梁的大部分土地。但作为高门大族的庾信和王褒一向看不起寒素出身的人。在庾信的思想深处，他从来不曾认同自己是一个陈朝人。

北周建德六年，即北齐幼主承光元年（577）正月，年仅八岁的齐太子即位。北周兵攻入邺城，齐王公以下皆降，北齐灭亡。庾信特意作《贺平邺城表》，表云："百年逋诛，遂穷巢窟；三代敌怨，俄然扫荡……平定寓内，光宅天下。二十八宿，止余吴越一星；千二百国，裁漏麟洲小水。"庾信还创作了《奉和平邺应诏》，诗云："天策引神兵，风飞扫邺城。阵云千里散，黄河一代清。"古人说黄河千年一清，黄河清则圣人出。庾信把周武帝比为至圣之君。庾信不仅为北周灭齐而欢欣鼓舞，也为北周尚未能平定南方地区而深感遗憾。在他眼里，被陈氏统治的江东地区，并不是他的故国。盼望着大周帝国能够早日统一海内，光照天下。他的政治立场已经完全站在北周统治者一边。

庾信入北之后，与北朝最高统治者交往频繁，关系密切。据《周书·庾信传》载："世宗、高祖并雅好文学，信特蒙恩礼。至于赵、滕诸王，周旋款至，有若布衣之交。群公碑志，多相请托。唯王褒颇与信相埒，自余文人，莫有逮者。"据《周书·王褒传》载，明帝之时，"褒与庾信才名最高，特加亲待。帝每游宴，命褒等赋诗谈论，常在左右"。据《周书·文闵明武宣诸子传》载："赵僭王招，博涉群书，好属文，学庾信体，词多轻艳。"宇文泰幼子滕王宇文逌"少好经史，解属文"，亲自为庾信编辑诗文集。宇文逌《庾信集》序云："屡聘上国，特为太祖所知，江陵名士，唯信而已。绸缪礼遇，造次推恩，明帝守文，偏加引接，武王英主，弥相委寄。密勿王事，多历岁年……晋国公庙期受托，为世贤辅，见信孝情毁至，每自悯嗟，尝语人曰：'庾信，南人羁士，至孝天然，居丧过礼，殆将灭性，寡人一见，遂不忍看。'其至德如此，被知亦如此……余与子山，夙期款密，情均缟纻，契比金兰。"可以看到，最高统治者宇文泰、宇文护、周明帝、周武帝等无不对庾信礼贤下士，赵王宇文招和滕王宇文逌更是以庾信为师，向他学习诗文写作的技巧。

在北朝的庾信并没有放弃当年的壮情和雄图，他渴望在北方的天空中重新飞翔，但他身上带着家族优美门风和萧梁旧臣带给他的沉重枷锁，让他无法飞得更高更远。

如此，我们看到了一个矛盾中的庾信，"胡尘"与"汉月"本来是对立的，可是庾信却游走在"汉月"之下、"胡尘"之中。如同那个来自金陵的佳人，庾信一方面为"汉月何时更圆"而哭泣，一方面又在对眼前的"长安少年"顾盼多姿，风情万种，缱绻缠绵。于是，看见庾信哭泣哀伤者，以他为思念故国的典型；看见庾信醉游欢娱者，以他为无耻之尤。双方都不难从庾信的作品中找到自己需要的证据。

矛盾性表现之二：庾信隐遁之志的持守与放弃。入北之后，庾信一方面反复表明自己有隐居之志，一方面又在田园之作中主动求官。

庾信在《小园赋》中透露了自己的归隐意向。他表示自己只需要一个容身之所："若夫一枝之上，巢夫得安巢之所；一壶之中，壶公有容身之地。况乎管宁藜床，虽穿而可坐；嵇康锻灶，既暖而堪眠。岂必连闼洞房，南阳樊重之第；绿墀青锁，西汉王根之宅。余有数亩敝庐，寂寞人外，聊以拟伏腊，聊以避风雨。"管宁是汉魏之际的高士，曹魏政权多次征召，管宁不为荣华富贵所动；嵇康是魏晋之际的名士，他不与司马氏政权合作，在《与山巨源绝交书》中说自己进入官场有"七不堪""二不可"，无法忍受官场的污浊。眼下，庾信表示要以管宁和嵇康为师，不与宇文氏集团为伍。他对自己的数亩弊庐似乎已经很满意，对于那种"连闼洞房""绿墀青锁"的大型士族庄园已经不再奢想了。庾信在《哀江南赋》中说，当年南下江陵之后，"诛茅宋玉之宅，穿径临江之府"。倪璠注曰：

> 《渚宫故事》曰："庾信因侯景乱，自建康遁归江陵，居宋玉故宅。宅在城北三里，故《哀江南赋》云。后杜甫诗：'曾闻宋玉宅，每欲到荆州。'李商隐诗：'可怜留着临江宅，异代应教庾信居。'是其证矣。"按：庾氏本新野人，今赋所云，自滔徙居江陵即是宋玉旧宅，非信始居也。

可见，庾信家族在江陵郊区拥有一个庄园，这个庄园从东晋317年建立算起,到庾信出生已经将近两百年了。宋玉是先秦时代的楚国大夫,著名文人,宋玉故宅一定会有很多文人学士神往,也有很多强权豪族觊觎。两百年来,时局变幻,天地翻覆,但庾氏家族能够保持自己的庄园不易其主,可见其家族势力之强盛。庾氏家族之拥有江陵宋玉故宅,只有王谢家族占有建康乌衣巷可以媲美。现在的庾信,永远地离开了故国,离开他的庄园。在《小园赋》里他表明自己"非有意于轮轩""本无情于钟鼓",一心一意在田园生活中寻找生命的乐趣:"一寸二寸之鱼,三竿两竿之竹。云气荫于丛著,金精养于秋菊。枣酸梨酢,桃榹李薁。落叶半床,狂花满屋。名为野人之家,是谓愚公之谷。试偃息于茂林,乃久羡于抽簪。虽有门而长闭,实无水而恒沉。三春负锄相识,五月披裘见寻。问葛洪之药性,访京房之卜林。草无忘忧之意,花无长乐之心。鸟何事而逐酒?鱼何情而听琴?"在这个雅致的小园中,有小鱼在池水中游动,有翠竹在屋前生长,各种鲜花争奇斗艳。主人和农夫一起劳作,似乎是生活在一个世外桃源中。其《奉报赵王惠酒》云:"梁王修竹园,冠盖风尘喧。行人忽枉道,直进桃花源。"把自己的居所比喻为安宁幸福的桃花源。"愚公之谷"也出现在《拟咏怀》十六中。诗云:

横石三五片,长松一两株。对君俗人眼,真兴理当无。
野老披荷叶,家童扫栗跗。竹林千户封,甘橘万头奴。
君见愚公谷,真言此谷愚。

庾信所戏言的"愚公之谷"应该就是庾信小园的所在地。这首诗中,庾信也是从小园开始写起,这里有三五片山石,有一两株松树。有千竿竹子,有万株柑橘。他生活在愚公谷内,过着和普通农人一样的日子。庾信的《奉报穷秋寄隐士诗》云:

王倪逢啮缺,桀溺偶长沮。藜床负日卧,麦陇带经锄。

> 自然曲木几，无名科斗书。聚花聊饲雀，穿池试养鱼。
> 小村治涩路，低田补坏渠。秋水牵沙落，寒藤抱树疏。
> 空枉平原骑，来过仲蔚庐。

倪璠注曰："以诗末二句解之，当是报赵王也。"全诗写自己栖居于山野之中，每日耕作之余，静心读书，有时也会饲鸟养鱼，过着与世无争的日子。有意思的是，他把赵王宇文招也写成自己的同类，自己与赵王宇文招之间的关系就如同王倪与啮缺、桀溺与长沮一样。应该是赵王虽然贵为王侯，平时也愿意把自己打扮成隐士的样子，喜欢让别人把自己看作世外高人。庾信这样写是为了投其所好。

看起来在庾信入北初期，具有一定的隐遁志向。很多时候，他也把自己塑造成一位愚公谷中的野人。可是，后来庾信自己并没有坚持下去，他放弃了隐居之念，主动向北朝统治者求官。吴先宁先生认为："庾信的隐遁思想，有个发展的过程。在入北之初近十年的时间里，他作品中的隐遁之念表现得非常强烈而迫切。但到了后来，这一主题就逐渐淡化甚至消失。到了建德二年他真的赋闲家居时，本来应该说，这是他实现了多年的夙愿……庾信从以前的仕而求隐转成隐而求仕了。"[①] 庾信《归田》诗云：

> 务农勤九谷，归来嘉一廛。穿渠移水碓，烧棘起山田。
> 树阴逢歇马，鱼潭见酒船。苦李无人摘，秋瓜不直钱。
> 社鸡新欲伏，原蚕始更眠。今日张平子，翻为人所怜。

诗写自己躬耕垄亩，播种谷物，疏通水渠，放火烧荒，日子安宁舒适，心境恬淡自然。但是诗中的"苦李无人摘，秋瓜不直钱"，似乎含有不能为

---

① 吴先宁《乡关之思和隐遁之念——庾信后期作品两大主题论析》，《辽宁大学学报》1990年4期。

世所重的失落情绪。结尾两句借张衡归田之典，写自己反为他人所怜惜。如果说这首诗中的放弃隐居之心态还不是十分明显的话，那么下面两首就说得再清楚不过了。庾信《幽居值春》诗云：

> 山人久陆沉，幽径忽春临。决渠移水碓，开园扫竹林。
> 攲桥久半断，崩岸始邪侵。短歌吹细笛，低声泛古琴。
> 钱刀不相及，耕种且须深。长门一纸赋，何处觅黄金。

全诗写自己隐居已经很久了，每天参加劳作。"短歌吹细笛，低声泛古琴"表明在隐居生活中也可以找到一些乐趣。但是结尾却把自己比作风华绝代的美女，表示自己像汉武陈皇后一样，目前幽闭于冷宫中，愿出千金求人写赋，重新获得君王的宠爱。其希望改变现状、结束隐居生涯的愿望呼之欲出。他的《卧疾穷愁》诗云：

> 危虑风霜积，穷愁岁月侵。留蛇常疾首，映弩屡惊心。
> 稚川求药录，君平问卜林。野老时相访，山僧或见寻。
> 有菊翻无酒，无弦则有琴。讵知长抱膝，独为梁父吟。

诗人在隐居中生活越来越贫穷潦倒，只能与野老山僧为伍，想大醉却没有美酒，想弹奏却没有琴弦。看来作者已经厌倦了田园生活。作为士族出身的庾信无法安贫，他不能坚守隐居之"道"。结尾处把自己比作躬耕垄亩待时而飞的诸葛亮，明白表露出诗人的求官之意。

隐遁不仕本来是庾信入北之初的主动选择。作为富有崇高声望的江南士族，作为梁朝的使者，在庾信出使期间，故国被西魏侵占。此时的庾信主动选择终生隐遁不失为一种明智的抉择。隐遁，只有隐遁才可以继续保持庾氏家族数百年来"家有直道，人多全节"的光荣传统，而且在中国文化中，隐居不仕是一种高尚行为，庾信的祖父庾易就是一位"隐遁无闷"的大名士,朝廷屡招不起,由此而名满天下。当然,作为江陵士族,庾易并不存在物质匮乏的问题,而庾信的隐居是以物质的贫乏为代价的。如果进入北朝的庾信能够忍受物质的贫穷,坚持隐居下去,就可以保全名节,就会受到后世人们的敬仰。身处夷狄统治之下,能够坚贞不屈,他将不仅成为与其祖父齐名的大隐士,而且会成为苏武式的民族英雄。可惜这样安贫乐道的生活,庾信并未能长久坚持下去。

在庾信的作品中有不少隐居诗文。在不同的时期,庾信对待隐逸有不同的态度。总体说来,庾信的隐居乃是一种政治姿态,他没有将自己设计的隐居事业进行到底。这和古代的高士是不同的,和隐逸诗人陶渊明也不一样。葛晓音先生指出:"撷取田园生活的日常细事以写隐居之乐,虽自陶渊明始,但陶诗一意贯穿,取材不杂,景、事、情、理化为一片真趣。而庾信诗则以田园生活的环境描写及细节琐事的堆砌为主,使隐居的意趣由深层转为表层,由诗人的内心对自然的彻悟,变成了外在的隐居姿态的渲染。"[①] 陶渊明看透了官场的黑暗,为了心灵的慰安而选择了隐居生活,他的隐居发自内心,"心远地自偏";庾信是为了保全家族和自己的声誉,被动地选择了隐居。因为他自己并不能安心隐居,所以经常要摆出一种隐居姿态来。透过他的自我标榜,我们会发现其思想深处并没有放弃对于功名利禄的欲求。所以,庾信在入北的前期表示自己要坚持隐居,在诗文中渲染并显摆自己的隐居生活。后来又主动放弃了隐居生活,要求做官。

从历时性的角度看,说庾信在进入北朝的前期隐遁思想比较明晰,到了后期隐遁思想逐步淡化,是没有错的。但从共时性的角度看,庾信在北朝的数十年间,他的思想上一直存在着隐居与入仕的矛盾。前面说到庾信的《小园赋》中有对小园的描绘,也有对隐逸生活的向往。但同时在这篇赋中,作者也表露出隐逸生活并不能让他快乐。作者说自己"心则历陵枯木,发则睢阳乱丝",表明庾信此赋写于入北时间不久,人在北国,

---

① 葛晓音《山水田园诗派研究》,辽宁大学出版社,1993年版,第89页。

心中还有南方战乱的惊悸。他的心中既有"山崩川竭，冰碎瓦裂，大盗潜移，长离永灭"的家国之恨，也有"关山则风月凄怆，陇水则肝肠断绝"的乡关之思。连他笔下的小园景色也充满了忧愁，"草无忘忧之意，花无长乐之心"，"风骚骚而树急，天惨惨而云低"。他心中的愁苦压抑太深重了，不是小桥流水般的田园生活所能释放的。庾信进入北周官场多年之后，也未能消解出仕与归隐的矛盾。庾信《望野》诗云：

> 试策千金马，来登五丈原。有城仍旧县，无树即新村。
> 水向兰池泊，日斜细柳园。涸渚通沙路，寒渠塞水门。
> 但得风云赏，何须人事论。

能够策"千金马"驰骋在"五丈原"的时候，应该是庾信在北方官场春风得意之日。即便是此时的庾信，也有向往自然、回避人事的念头。这首诗中的"风云"，容易让人想到汉高祖刘邦的"大风起兮云飞扬"中的风云之气，理解为大丈夫的千秋功名。倪璠注曰："《后汉书·二十八将论》曰：'然咸能感会风云，奋其智勇。'言古佐命之臣，风云相感，为可叹赏。至于人事盛衰，不足论也。"今天也有学者解释为："意即但求高官美宦，无须考虑所事为新君旧君。"[①] 但联系萧子良《游后园》诗中的"丘壑每淹留，风云多赏会"来看，"风云"还是以指大自然为妥。庾信《山斋》云："直置风云惨，弥怜心事乖。"其《和裴仪同秋日》云："霜天林木燥，秋气风云高。"其中的"风云"皆指大自然界的风云。庾信入北之后，"人事"也是非常复杂的，起初是宇文泰集团与西魏皇族的争斗，后来是宇文护与孝闵帝、明帝、武帝之间的较量。虽然说争斗发生在高层，宇文护与三位帝王的争斗都是他们自己家的事情，与庾信这个南人羁士没有太多的关系，但毕竟身处刀光剑影之中，需要时时小心，刻刻提

---

① 鲁同群《庾信传论》，第 267 页。

防。所以当庾信踏上五丈原，怀古思今，心中难免会出现抽身而退的念头。庾信《预麟趾殿校书和刘仪同》云："连云虽有阁，终欲想江湖。"麟趾学士中大家的出身和水平参差不齐，其中混杂有卑鄙之徒。《周书·于翼传》载，这样的局面连北周大臣于翼也感到不妥，对皇帝说："恐非尚贤贵爵之义。"对于这样的差事，庾信并不感恩戴德，反而意欲归隐江湖。庾信《对宴齐使》诗云：

> 归轩下宾馆，送盖出河堤。酒正离杯促，歌工别曲凄。林寒木皮厚，沙回雁飞低。故人傥相访，知余已执珪。

大同十一年（545），庾信兼通散骑常侍，出使东魏。那时的自己意气风发，在外交场合理直气壮，举止得体。文章辞令之美，深为邺下之士折服。现在自己屈节作了北周的大臣，面对齐国的使者，身份的变化让庾信自感羞愧难当。"故人傥相访，知余已执珪"当中充满了内疚之痛和自责之情。

庾信生命中的这种矛盾性和复杂性导源于他的士族人生观。庾信生命中的这样一种矛盾性与分裂性，似乎让人难以理解，不知道庾信到底想要追求什么。在庾信自己则是一种自然的行为。发生这种现象的主要根源就在于他的士族意识。在他的生命中，故国之思的惆怅是真实的，屈身仕周以求闻达于天下也是真实的；安贫乐道、隐居不仕以保持全节是真实的，放弃隐居主动求官也是真实的。不论何时，不论何地，庾信的目的没有改变，那就是为了家族的利益而立身扬名。

时空在转换，政局在变幻，个人的身份在变化，唯一不变的是庾信立身扬名的信念。《哀江南赋》的主旨正如我们上节所述，意在乡关之思。这一点从正文中是看得很清楚的，古今也向无异词。到了20世纪90年代，鲁同群先生在众说之外，提出了一种新说法。他认为：《哀江南赋》的主旨在于向北朝朝廷求官："庾信在《哀江南赋》中为什么要称述祖先，称述自己的文才武略？为什么要强调自己曾经是一个将军？结论很明确：一是为了表示对目前处境的不满，二是为了向北朝统治者求官。"①"《哀江南赋》之主旨并非'乡关之思'更无可疑。作者创作此长篇杰构的根本目的，乃是为了向北周朝廷求官，以改变自己'从官非官，归田不田'的窘困处境。"② 我们不能认同《哀江南赋》的主旨在于求官的见解，假如庾信要用《哀江南赋》来向北朝朝廷求官，则不应该用"哀江南"这样的题目；假如说他对梁元帝异乎寻常的批判意在向北朝朝廷示好，他应该想到这样做也许会起到反作用。一个对于故主过于苛刻无情之人，并不能为社会道德所认可，新君主也不见得会喜欢这种人。最重要的是，如果庾信想要向北朝朝廷求官，他可以直接上表去告白，而不应该借助于赋这种富有文学色彩的文体来表达。即使想要用赋来表述，也应该表述得清楚明白一点，不应该像现在这样写得隐约又含蓄，不仅宇文氏家族的人难以读懂，后世的读者也难以猜测。与此同时，我们也认为鲁同群先生的观点有其可取之处。虽然《哀江南赋》的主旨是在表述其乡关之思。但是，《哀江南赋》的确有一条副线，流露了庾信希望能够获得实际官职，从而在北朝实现自己建功立业的愿望。在《哀江南赋》中，作者对自己祖德的追述含有此意；作者对自己"论兵于江汉之君""谬掌卫于中军"的描绘也含有此意，对"故时将军"的念念不忘也含有此意。《哀江南赋》不仅真切地反映了南北朝时期的一段历史巨变，其中也融合着诗人希冀解除"咸阳布衣"的念头。正如鲁同群先生所解析，在《奉和赵王西京路春旦》《卧疾穷愁》《幽居值春》《竹杖赋》等作品中无不包含着同样的功业追求。

庾信的人生观并不是一种个别现象，反映了六朝时代士族阶层共同的价值取向。早在西晋时期，陆机的士节就受人诟病。陆机《谢平原内史

---

① 鲁同群《庾信传论》，第160页。
② 鲁同群《庾信传论》，第174页。

表》:"臣本吴人,出自敌国……遭国颠沛,无节可纪。"《晋书·陆机传》载陆机"好游权门,与贾谧亲善,以进趣获讥。"现在我们所看到庾信也是如此。其实不仅是陆机与庾信两人,在整个两晋南朝时期,为了保持门第不坠,不重士节者甚众,特别是在高门大族中这一现象尤为突出。赵翼《廿二史札记·江左世族无功臣》曰:"六朝最重世族……其时有所谓旧门、次门、后门、勋门、役门之类,以士庶之别,为贵贱之分,积习相沿,遂成定制……而所谓高门大族者,不过雍容令仆,裙屐相高,求如王导、谢安柱石国家者,不一二数也。次则如王宏、王昙首、褚渊、王俭等,与时推迁,为兴朝佐命以自保其家世,虽市朝革易,而我之门第如故,以是为世家大族,迥异于庶姓而已。此江左风会习尚之极敝也。"六朝高门士族首先考虑的不是国家利益,也不是朝廷利益,而是自己的家族利益。南朝王朝更迭之时,需要王谢子弟传递国玺,在王谢子弟眼里,这只不过是把一家物交于另外一家而已。不论王朝如何更替,门阀大族烈火烹油般的荣华富贵不会改变。庾信在梁朝的同僚颜之推曰:"计吾兄弟,不当仕进;但以门衰,骨肉单弱,五服之内,傍无一人,播越他乡,无复资荫;使汝等沉沦厮役,以为先世之耻;故靦冒人间,不敢坠失。兼以北方政教严切,全无隐退者故也。"① 正如王利器先生指出:"当改朝换代之际,随例变迁,朝秦暮楚,'禅代之际,先起异图','自取身荣,不存国计'者,滔滔皆是;而之推殆有甚焉。他是把自己家庭的利益——'立身扬名',放在国家、民族利益之上的。"② 颜之推的家族同样属于南朝高门大族,他本人也与庾信经历类似。在江陵之乱中他被俘北上长安,后来他冒死逃亡邺下。在北齐的统治下,为了家族的利益、为了立身扬名、为了让子孙免于贫穷生活而不得不接受北朝官职。前引庾季才语中亦说:"今邺都覆败,君信有罪,缙绅何咎?"士族子弟把自己与朝廷与君王切

---

① 王利器《颜氏家训集解》(增订本),第599页。
② 王利器《颜氏家训集解》(增订本)《叙录》,第3页。

割得一清二楚。庾信、王褒等高门士族中的南人仕宦于北朝，失身于他们早年不屑的"夷狄"，都是出于同样的情况，基于同样的理由。并不是说所有的士族人物都不讲士节，只是说作为接受了儒家传统思想教育的社会精英，两晋南朝的高级士族在国家与家族的利益面临冲突的时候，往往更加看重家族门第的兴衰和个人功业荣誉的得失。

面对巨大的历史变动，庾信在《哀江南赋》中感慨道："昔三世而无惭，今七叶而始落。"庾信感叹到了自己的时代，家道衰落，愧对列祖列宗，于是一心谋求改变。庾信《和张侍中述怀》云："何时得云雨，复见翔寥廓。"即使在北朝最阴暗的日子里，庾信并没有自暴自弃。庾信《咏雁》诗云："南思洞庭水，北想雁门关。稻粱俱可恋，飞去复飞还。"为了谋取稻粱，为了家族的振兴，庾信放弃了隐遁思想，走上了求官的道路。在庾信生命中的那些矛盾，从士族意识的角度来思考就可以理解。他的功业追求是士族意识的必然反映，他的乡关之思是士族意识的折射，他的隐遁之念中同样蕴含着士族意识。其《哀江南赋》云："呜呼！山岳崩颓，既履危亡之运；春秋迭代，必有去故之悲。天意人事，可以凄怆伤心者矣。况复舟楫路穷，星汉非乘槎可上；风飚道阻，蓬莱无可到之期。"这里的"星汉"和"蓬莱"是指士族的理想世界。山岳可以崩毁，四季不停运转，唯一不变的是对"星汉"和"蓬莱"的向往。具体地说，那就是让自己的家族再现往日的辉煌，永远享有钟鸣鼎食的簪缨生活。庾信清楚，由于时代变迁，他难以达到那个理想的世界，但这是他一生努力的方向。

庾信后期的政治抉择表现出明显的矛盾性和复杂性。在政治情感方面，一方面因为离开故国而哭诉痛苦，几乎痛不欲生；一方面与新朝权贵周旋款至，契若金兰，并且为北朝政权歌功颂德；在处世态度方面，既想隐遁不仕，以保全节操，又主动要求做官，长期摇摆于出仕与隐逸之间。庾信后期政治生命中的这种矛盾性和复杂性来源于他的士族人生观。通过个人的努力，建立功名，耀祖光宗是庾信一生不变的追求。庾信矛盾的人生观不是一种个别现象,再现了六朝士族阶层在政治道德领域重家轻国的共同价值取向。

陆机是庾信《哀江南赋》"古典"中涉及最多的历史人物之一。与陆机相关的典故,仅在《哀江南赋》中就前后四次出现:"潘岳之文采,始述家风;陆机之辞赋,先陈世德。""钓台移柳,非玉关之可望;华亭唳鹤,岂河桥之可闻。""陆士衡闻而抚掌,是所甘心;张平子见而陋之,固其宜矣。""逢赴洛之陆机,见离家之王粲。莫不闻陇水而掩泣,向关山而长叹。"可以看出,庾信在自觉地向陆机学习,继承了西晋以来士族文学的传统。从士族文学发展史来观察,两晋是士族文学的成熟期和兴盛期,南朝则是士族文学的消退期。也有人把六朝文学看成一个相对独立的单元。站在六朝士族文学的平台上,陆机是士族文学的开创者,庾信则是士族文学的继承者。庾信自觉地承担起士族文学的重任,为士族文学的发展做出了自己的贡献。庾信用他的《哀江南赋》和组诗《拟咏怀》等名篇为六朝士族文学画上了一个句号。在庾信的身后,大唐的曙光即将升起,唐代诗人的脚步已经临近了。唐代虽然依旧重视门第出身,但是,毕竟与六朝的情况完全不同。况且,唐代并没有出现以表现士族意识为中心的著名诗人。从这个意义上说,庾信也是中古士族文学的终结者。

附: 庾信《哀江南赋》作年辨正

关于《哀江南赋》的写作年代,因为赋中有"暮齿"等词语,再加上"诗圣"杜甫在其《咏怀古迹》中说"庾信平生最萧瑟,暮年诗赋动江关",在其《戏为六绝句》中说"庾信文章老更成,凌云健笔意纵横",一般人都认为此赋是庾信晚年所作。直到目前,学术界对于《哀江南赋》的创作年代并没有一致的看法。纵览各家之研究,在论证《哀江南赋》之创作年代时,大家无不关注其中的两段文字。一是序文开篇第一段:

粤以戊辰之年，建亥之月，大盗移国，金陵瓦解。余乃窜身荒谷，公私涂炭。华阳奔命，有去无归，中兴道销，穷于甲戌。三日哭于都亭，三年囚于别馆。天道周星，物极不反。傅燮之但悲身世，无处求生；袁安之每念王室，自然流涕。昔桓君山之志事，杜元凯之平生，并有著书，咸能自序。潘岳之文采，始述家风；陆机之辞赋，先陈世德。信年始二毛，即逢丧乱，藐是流离，至于暮齿。《燕歌》远别，悲不自胜；楚老相逢，泣将何及。畏南山之雨，忽践秦庭；让东海之滨，遂餐周粟。下亭漂泊，皋桥羁旅，楚歌非取乐之方，鲁酒无忘忧之用。追为此赋，聊以记言，不无危苦之辞，唯以悲哀为主。

以上文字中，关注的重点是其中的"三日哭于都亭，三年囚于别馆""天道周星，物极不反"两句。

二是全赋结尾的部分：

且夫天道回旋，生民预焉。余烈祖于西晋，始流播于东川。泊余身而七叶，又遭时而北迁。提挈老幼，关河累年。死生契阔，不可问天。况复零落将尽，灵光岿然。日穷于纪，岁将复始。逼迫危虑，端忧暮齿。践长乐之神皋，望宣平之贵里。渭水贯于天门，骊山回于地市。幕府大将军之爱客，丞相平津侯之待士。见钟鼎于金张，闻弦歌于许史。岂知灞陵夜猎，犹是故时将军；咸阳布衣，非独思归王子。

在以上文字中，论者关注的重点是其中的"零落将尽，灵光岿然"和"幕府大将军之爱客，丞相平津侯之待士"两句。

20世纪以来具有代表性的观点可概括为以下六种：

1. 陈寅恪先生《读〈哀江南赋〉》（1939年昆明《清华学报》第13卷第1期）认为作于周武帝宣政元年（578）十二月。陈寅恪先生认为：

"西魏之取江陵在梁元帝承圣三年甲戌,即西魏恭帝元年(554)。岁星一周为周武帝天和元年丙戌即陈文帝天嘉七年(566)。是岁子山年五十三,虽或可云暮齿,然是年王褒未卒,子山入关与石泉齐名,苟子深健在,必不宜有'灵光岿然'之语明矣。若岁星再周则为周武帝宣政元年戊戌,即陈宣帝太建十年(578)。是年子山已由洛州刺史征还长安为司宗中大夫,年已六十五岁,即符暮齿之语,且其时王褒已逝,灵光独存。任职司宗,身在长安,亦与践望长乐宣平等句尤合。又据其'日穷于纪,岁将复始'之语,则《哀江南赋》作成之时其在周武帝宣政元年十二月乎?"

2. 王仲镛先生《〈哀江南赋〉著作年代问题》(《中华文史论丛》1984年第4辑)接受清人倪璠的观点,认为作于周武帝天和年间(566—572)。

3. 鲁同群先生《庾信传论》(天津人民出版社,1997年版)认为作于周明帝元年(557)十二月。鲁先生认为"《哀江南赋》作于557年十二月,似可无疑",其主要证据有:第一,庾信赋中云"三日哭于都亭,三年囚于别馆",作者据此断定:"子山出使西魏是在554年,后数三年,《哀江南赋》当作于557年。"第二,"不仅敬帝之死在《哀江南赋》中没有提到,凡557年以后之事,无论是国家大事或子山个人的私事,赋中均无一言及之。这些都从反面提示我们:《哀江南赋》的写作时间不可能在557年之后。"第三,如果将作赋时间定在557年,对赋末某些语句的解释可免牵强之弊。他认为"幕府大将军之爱客,丞相平津侯之待士"中的大将军指宇文泰,丞相指宇文护。①

4. 牛贵琥先生《庾信入北的实际情况及与作品的关系》(《文学遗产》2000年5期)认为倪璠之说最为切近,进而确定作于568年十二月。牛先生认为江陵败亡是梁元帝承圣三年,一周星十二年即566年,丞相应指宇文护,宇文护于572年被诛,"我们可以把《哀江南赋》的写作年代

---

① 鲁同群《庾信传论》,天津人民出版社,1997年版,第106页—第110页。

大致定在公元566至572年之间"。"北周诸王中和庾信有密切关系的是滕王、赵王、卫王……只有卫王直是武成初拜为大将军,保定初又进位柱国,故赋中大将军只能指卫王。"

5. 林怡博士《庾信〈哀江南赋〉创作时间新考》(《中国典籍与文化》2000年4期)认为作于北周天和元年(566)十二月。林怡博士认为,566年,庾信丁母忧而守丧及北周政局令庾信失望,激发他写作此赋。

6. 胡政博士《〈哀江南赋〉作年考辨》(《文学遗产》2004年5期)认为作于周孝闵帝元年(557)十二月。首先,作者认为周星是指"北周运祚":"按照中国古代五行的说法,周代是木命……则'周星'当是指'岁星'(木星)。岁星为'天之贵神,所在必昌',其盈缩和国运是有关系的……因此,'周星'也可以代指'北周运祚'。'天道周星'当是庾信在北周出现岁星的情况下,对其预示出的北周国运昌盛发出的感叹。其下句'物极不反'也是指北周国运不衰,而不是指梁朝的灭亡。"同时,作者认为"大将军"指明帝宇文毓:"因为和宇文护发生冲突,孝闵帝和明帝先后遇害,武帝也是在诛杀宇文护后才开始真正掌权的。在这种特殊的历史环境下,能被庾信排在宇文护前面的,也只能是北周君主,因为他们的地位至少在名义上高于宇文护。因此,我们可以断定《哀江南赋》当作于周孝闵帝元年(557)十二月至周明帝武成元年(559)八月间。'幕府大将军'指的是周明帝宇文毓。"最后作者断定作于周闵帝元年(557)十二月。

以上六种观点或可归纳为北周前期说(鲁同群、胡政)、北周中期说(王仲镛、牛贵琥、林怡)和北周后期说(陈寅恪)。其中陈寅恪先生的观点影响最大,许多通行的文学史著作皆采用此说。

在前修时贤的启发下,据笔者的初步考证,庾信《哀江南赋》当创作于北周明帝元年(557)至明帝武成二年(560)之间。

其一,在《哀江南赋》赋中,要判断其创作年代,最重要的依据是

"幕府大将军之爱客，丞相平津侯之待士"。特别是其中的"丞相平津侯"尤为关键。"丞相"是泛指北朝贵族还是特指某一个历史人物呢？涉及这个问题的学者都认为是特指，并且一致认为是指宇文护。宇文泰是西魏的实际统治者和北周的缔造者，在宇文泰556年死后，其侄宇文护大权独揽，成为北周事实上的丞相。据《周书·晋荡公护传》载："凡所征发，非护书不行，护第屯兵禁卫，盛于宫阙，事无巨细，皆先断后闻。"正如胡政博士所论："庾信入北后共有三人作过丞相，他们是西魏时的宇文泰和大象二年（580）五月后的杨坚和王赞。《周书·晋荡公护传》载：'自太祖为丞相，立左右十二军，总属相府。太祖崩后，皆受护处分。'则宇文护之职也相当于丞相。宇文泰不可能是庾信所称的'丞相平津侯'……此赋作于该年十二月。而宇文泰死于太平元年（556）十月……王赞和杨坚也不可能是庾信赋中的'丞相'，因为他们担任丞相时，庾信已经将作品结集，且庾信和他们无交往记载。因此，'丞相平津侯'只能是指宇文护。"①

在确定了"丞相"之后，还得确定"幕府大将军"是谁。有人认为专指宇文泰（鲁同群），有人认为是指周明帝和周武帝（清人陆繁弨、倪璠），还有人认为专指周明帝（胡政），还有人认为是指宇文直（牛贵琥）。本书认同"大将军"是特指宇文泰之说。

既然我们认定"丞相"是特指的，那么"大将军"也应该是特指，不应该是泛指北周贵族。如果是特指，"大将军"为数众多，但是有资格排在宇文护前面的大将军并不多。牛贵琥先生认为是指卫王宇文直，并不可信。"如以'大将军'指宇文直，并谓赋作于568年，更是有悖情理，因为567年10月左右宇文直因兵败于陈而'坐免官'直到573年预谋杀宇文护后才重新分官加爵。"② 那么有资格排在他前面的只有四人：第一

---

① 胡政《〈哀江南赋〉作年考辨》，《文学遗产》，2004年5期。
② 林怡《庾信〈哀江南赋〉创作时间新考》，《中国典籍与文化》，2000年4期。

个是宇文泰,他曾任过骠骑大将军,"魏帝遣著作郎姚幼瑜持节劳军,进太祖侍中、骠骑大将军、开府仪同三司、关西大都督、略阳县公,承制封拜,使持节如故"。(《周书·文皇帝纪》)第二个是孝闵帝,他曾任过大将军,"孝闵皇帝讳觉,字陀罗尼,太祖第三子也。母曰元皇后。大统八年,生于同州官舍。九岁,封略阳郡公……魏恭帝三年三月,命为安定公世子。四月,拜大将军"。(《周书·孝闵帝纪》)第三个是周明帝,他也曾任过大将军,"世宗明皇帝讳毓,小名统万突,太祖长子也。母曰姚夫人。永熙三年,太祖临夏州,生帝于统万城,因以名焉。大统十四年,封宁都郡公。十六年,行华州事。寻拜开府仪同三司、宜州诸军事、宜州刺史。魏恭帝三年,授大将军,镇陇右"。(《周书·明纪》)第四个是周武帝,他同样曾任过大将军,"高祖武皇帝讳邕,字祢罗突,太祖第四子也。母曰叱奴太后。大统九年,生于同州,有神光照室。幼而孝敬,聪敏有器质……年十二,封辅城郡公。孝闵帝践阼,拜大将军,出镇同州。世宗即位,迁柱国,授蒲州诸军事、蒲州刺史"。(《周书·武帝纪》)

孝闵帝在位不足一年,正月即位,九月被宇文护杀害。而《哀江南赋》写于"岁将复始"的年底,故"大将军"不可能指他。"大将军"也不应该指周明帝和周武帝。如果是君主,哪怕是名义上的君主,也应该用君主来称呼他。胡政博士认为大将军是指周明帝,因为明帝武成元年(559)八月以后,其皇帝的名分得到了宇文护的肯定,所以此赋当作于周孝闵帝元年(557)十二月至周明帝武成元年(559)八月间,他说:"君主'天王'的名号并没有得到尊重……孝闵帝在即位后甚至死后,均是被称为'略阳公'的……由于周明帝在即位前曾经任大将军之职,假如《哀江南赋》作于此时,庾信是很有可能这样称呼他的。"① 该说也有值得商榷之处,既然闵帝因为被封为"略阳郡公"而被时人称之为"略阳公",那么明帝在皇帝的名分得到宇文护肯定之前,他和当年的孝闵帝

---

① 胡政《〈哀江南赋〉作年考辨》。

处境完全一样。依照前面的推理，明帝以前被封为"宁都郡公"，也应该称之为"宁都公"才合乎事理。相对于使用"大将军"这样一个宽泛的称呼，"宁都公"的所指会更为明晰。

从庾信42岁入北到572年宇文护被周武帝诛杀为止，西魏与北周的实际统治者只有两位，一位是宇文泰，一位是宇文护。庾信入北以来经历了西魏与北周的转换，不能只谈北周而不涉及西魏。北周前期（572年之前）的实际统治者是丞相宇文护，而西魏时代的实际统治者则是宇文泰。所以如果用"大将军"宇文泰和"丞相"宇文护正好就涵盖了庾信556年42岁入北到572年58岁的这一段时光。既然"丞相平津侯"是指宇文护，那么"大将军"只能是指宇文泰。而且，只有宇文泰可以名正言顺地排在宇文护之前。

此外，周武帝在572年诛杀宇文护，到了建德三年（574）诏复宇文护先前所封官爵，谥曰荡，依礼改葬。如果庾信此赋写于北周天和七年（572）至武帝建德三年（574）之间，为了避嫌，不应该歌颂丞相宇文护。如果该赋写作于武帝建德三年之后，应该首先写出周武帝才对。如果用"大将军"指周武帝，那么"丞相"就应该是武帝执政时代的丞相。

推论1：庾信此赋写作于大将军宇文泰卒后丞相宇文护掌权时代，也就是556年至572年。

其二，对"天道周星，物极不反"的理解。学术界对于"天道周星"的理解有三种：

一种是陈寅恪先生的看法：因为"岁星一周""王褒未卒"，不应有"灵光岿然"之语，若果"岁星再周"即符合文意。显然，"岁星再周"之说难圆其说，正如鲁同群先生所论："'天道周星，物极不反'……重点是在强调'物极不反'，意即梁亡不可复兴，不宜胶着于岁星十二年一周天，并由此出发推算《哀》赋的写作年代……按照陈先生的计算方法，子山应该说'天道再星，物极不反'才语意明确，而不宜只说一句'天道周星',让后世学者猜哑谜。做算术。"①

此外,"灵光岿然"语出汉王延寿《鲁灵光殿赋》:"自西京未央、建章之殿,皆见隳坏,而灵光岿然独存。"灵光与未央、建章同样属于宫殿名称。在庾信赋中不应该用"灵光岿然"指王褒或其他朋友,应该是指自己的亲属,并且笔者认为应该是指庾信的兄弟们。据《元和姓纂》卷六记载:"庾肩吾,梁度支尚书,生衡、信、译、揿……开元征士齐人,云衡之后也。"② 可见,庾信有兄弟四人,他们分别是哥哥庾衡,弟弟庾译和庾揿。梁朝灭亡之后,庾信的母亲被俘虏北上长安,晚年一直和庾信生活在北方。庾信的哥哥和两个弟弟估计是在战乱之前就因病去世或者是在战乱当中牺牲了,是故庾信在赋中发出了这样的感叹。

另一种是胡政博士的看法:"周星"当解作"岁星",又代指"北周运祚"。此说打破了长期以来人们以"周星"为岁星一周的思维定势,有助于启发读者从不同的角度去理解庾信原意。胡文引述庾肩吾诗"周星疑更落,汉梦似今通"来解说"周星"并非仅有"十二年"一种含义,很有新意。但是,我们也要看到庾肩吾诗中的"周星"是与"汉梦"相对而言的,而庾信赋中单独使用"周星",同样是"周星",但两处的意义是有一定区别的,不适合将两者等量齐观。并且从原文前后意思来看,作者一直是就萧梁政权来说的,不可能中间插入一个歌颂北周政权的句子。

还有一种是以清人倪璠为代表的传统看法,倪璠注"天道周星,物极不反"一语曰:

> 《左氏传》曰:十二年,是谓一终,一星终也。杜注:岁星十二岁而一周天。《正义》曰:直言一星终,知是岁星者……故知是岁

---

① 鲁同群《庾信传论》,第104页。
② 唐林宝撰《元和姓纂》,中华书局,1994年版,第893页。

星。岁星,天之贵神,所在必昌……是周星之时,物极必反也。梁元帝江陵败后,竟不能复,故下云但有身世王室之悲也。

上引学者中王仲镛、牛贵琥、林怡三位先生皆认同这种观点,将"天道周星"理解为"岁星一周"。因为一周星十二年,于是断定此赋写于566年,距离554年的江陵之役正好十二年。笔者认为这种对"天道周星"的理解并不恰切。"周星"指岁星,岁星运行一周是十二年,这是没有问题的。问题在于,"天道周星"不等于"岁星一周",岁星运行一周等于十二年与庾信写作《哀江南赋》没有直接关联。在"天道周星"中,"天道"是一个名词,"周星"如果解释为"岁星一周(十二年)",就成为"天道——岁星一周",没有任何意义。要理解"天道"的含义还需要另辟蹊径。正好在赋中还出现过一次"天道",即"天道回旋,生民预焉"。在笔者看来,"天道周星"与"天道回旋"是近义语。"天道周星"中的"周"由量词活用为动词,"天道周星"即"天道运转着岁星",天道使岁星在作周而复始的运行。岁星的运转以十二岁为一周期,并不代表世间万物皆以十二岁为一个周期。岁星有岁星的运行规律,十二岁之后返回原点;万物有各自的运行规律,并不是都要在十二岁时返回到原点。梁朝在太清年间侯景之乱中深受重创,在554年的江陵之役中已经死而待僵,名虽存而实已亡。到了556年陈霸先代梁之后,梁朝已经成为一个历史名词。所以,从历史现实来看,早在556年,梁朝就已经"物极不反"了,根本用不着等到"岁星一周"的566年才去做出这样的判断。也就是说,如果原文是"岁星一周,物极不反",就可以理解为此赋写作于566年,而现在是"天道周星,物极不反","天道周星"是一种自然现象,是一种天体(木星)运行的自然规律。在任何一个时间任何一个地点都可以说"天道周星",说"天道周星"也如同《哀江南赋》中说"春秋迭代"一样,并不一定是特指某一时间段或时间点。

推论2:"天道周星"不等于"岁星一周",不能标志江陵陷落十二年之后的天和年间,更不是指二十四年之后的建德年间。所以《哀江南赋》写作于566~572年的中期说(王、牛、林说)和写作于578年的后期说(陈寅恪说)似乎不能成立。

其三,对于"三日哭于都亭,三年囚于别馆"的理解。鲁同群先生的考证中有三点值得关注:一是庾信从出使西魏被留至作赋之时有被囚于别馆三年的经历。二是《哀江南赋》完成于结束囚禁生活之后的557年十二月。三是《哀江南赋》中没有涉及557年以后的事,也可以作为该赋完成于557年十二月之后的证据之一。我们认为:鲁先生考证的庾信有被囚于别馆三年的经历,是庾信生平研究中非常重要的成果。有了这样的结论,再加上《哀江南赋》中说"有妫之后,遂育于姜。输我神器,居为让王",足以证明该赋写作于557年十月陈武帝代梁自立之后,因此我们可以得出:

推论3:《哀江南赋》的完成不会早于557年十月之前,那么推论1中的"556~572年"应该修改为:《哀江南赋》当完成于557~572年。

但是,我们无法根据上述鲁先生的论断得出《哀江南赋》一定写作于557年十二月的结论。正如牛贵琥先生所论:"'三年囚于别馆'只不过是他在赋中追记的经历之一,不能就认为是写赋的截至日期。鲁文还认为《哀江南赋》中没有梁敬帝被害和557年以后的事,所以应作于敬帝被害之初。这点也很牵强。《哀江南赋》序中说得清楚,本赋内容是'悲身世''念王室',着力在总结梁亡的教训。不可能也不必要事事都写。"①

第四,对"咸阳布衣"的理解。《哀江南赋》结尾处说:"践长乐之神皋,望宣平之贵里。渭水贯于天门,骊山回于地市。幕府大将军之爱客,丞相平津侯之待士。见钟鼎于金张,闻弦歌于许史。岂知灞陵夜猎,犹是故时将军;咸阳布衣,非独思归王子。"这一段话首先写自己在长安的生活,谈笑有将军丞相,往来皆金张贵族。最后感叹自己只是一个梁朝

---

① 牛贵琥《庾信入北的实际情况及与作品的关系》,《文学遗产》2000年5期。

的"故时将军",只是一介"咸阳布衣"。庾信入北之后,在西魏恭帝元年即拜使持节、抚军将军、右金紫光禄大夫、大都督。次年进车骑大将军、仪同三司。表面上看起来,可谓"位望通显",实际上并非如此。据鲁同群先生考证:"在西魏授给庾信的官职中,抚军将军是勋官,右金紫光禄大夫是散官,大都督、车骑将军是戎号。也就是说,这些都只是虚衔,而非实职。"① 这样的情况一直延续到561年,庾信49岁时,才被任命为司水大夫。也就是说,在561年之前,因为庾信出身士族家庭,本人又是杰出的才秀之士,在南朝的政治地位和社会声望都很高。庾信出使北朝之后,宇文泰集团为了北朝的政治利益,为了拉拢南方士人,对庾信等南人羁士表面上很客气,并给予他们一些虚头衔,但从内心不仅没有把他们看成自己人,甚至一些北朝贵族自己文化水平有限,对于汉族文人甚为蔑视。司水大夫虽然级别不高,但从此开始,标志着北朝朝廷结束了对庾信的考察,把他看作自己队伍中的一员了。为此庾信也很高兴,特意写作了《忝在司水看治渭桥》来表明自己欣喜的心情。

推论4:561年,庾信担任司水大夫,结束了"在官非官"的布衣生涯。所以,如果《哀江南赋》作于561年之后,则不能自称"咸阳布衣"。561年庾信已经担任司水大夫,年底不会写作此赋。是故《哀江南赋》当完成于557~560年。

依据以上四条推论,本书最后的结论为:庾信《哀江南赋》当完成于北周明帝元年(557)至明帝武成二年(560)之间,也就是庾信45岁至48岁之间。

---

① 鲁同群《庾信传论》,第131页。

第十四章　陈寅恪士族理论述评

陈寅恪先生的学问融汇中西，贯通古今，博大精深，渺无际涯，涉及中国史学、文学、哲学、宗教学、民族学、语言学、敦煌学等学科领域，被学术界誉为"伟大的中国史学家"[1]，"是三百年甚至一千年乃得一见的学术大师"[2]。这样伟大的学者，其理论、学说是否还有可以商榷之处呢？陈寅恪先生撰写的王国维先生纪念碑云："先生之著述，或有时而不章。先生之学说，或有时而可商。惟此独立之精神，自由之思想，历千万祀，与天壤而同久，共三光而永光。"陈寅恪先生对王国维先生的评语，也同样适合于后人眼里的陈寅恪先生。那么，上述语录也可以倒过来表述为：先生独立之精神，自由之思想，历千万祀，与天壤而同久，共三光而永光。而先生之学说，或有时而可商。这样的理解当没有偏离陈先生的原义吧。陈寅恪先生在学术史上的伟大贡献，世人论之甚多。20世纪80年代以来，陈寅恪研究成为一门显学，出版了多种传记类作品和研究性论著，发表了数百篇学术论文，也有人称之为"陈学"。在充分肯定陈先生学术贡献的同时，有人涉及对陈先生某些具体观点的批评，但一般都安放在长

---

[1] 崔瑞德编《剑桥中国隋唐史·导言》，中国社会科学出版社，1990年版。
[2] 何兹全《独为神州惜大儒》，见岳南《陈寅恪与傅斯年》，陕西师范大学出版社，2008年版。

文的最后，作为"辩证"的点缀。在陈寅恪先生的思想体系中，士族阶级观是其中颇为重要的一种观念，虽然已经有相关的几篇文章①，但还没有引起学术界的足够重视。本人在拜读陈寅恪先生有关汉魏两晋研究著作之时，感悟良多，收获甚丰。同时，对陈先生的汉晋士族阶级观有一点不同看法②，今冒昧抛出自己粗陋的感想，以就教于各位大雅君子。

一、另一种"阶级"观

对于生活在20世纪后半叶的中国大陆地区的人来说，"阶级"是一个耳熟能详的词语。如果要问什么是"阶级"？大家通常会以下面这段话作为"阶级"的标准定义："所谓阶级，就是这样一些集团，这些集团在历史上一定社会生产体系中所处的地位不同，对生产资料的关系（这种关系大部分是在法律上明文规定了的）不同，在社会劳动组织中所起的作用不同，因而领得自己所支配的那份社会财富的方式和多寡也不同。所谓阶级，就是这样一些集团，由于他们在一定社会经济结构中所处的地位不同，其中一个集团能够占有另一个集团的劳动。"③ 与此不同的解释都会在"阶级斗争"盛行的年代中被视为异端邪说。陈寅恪先生也喜欢说"阶级"，但他的"阶级"与上述"阶级"的定义并无共同之处。上述"阶级"特别强调人民的作用，认为人民，且只有人民群众才是创造世界历史的动力，姑且称之为人民阶级观，而陈寅恪先生则特别强调士族的历

---

① 例如，李浩《陈寅恪士族理论的被误读》，载其《唐代三大地域文学士族研究》（中华书局，2008年版）；林济《陈寅洛论士族文化世家及其意义》，载《华中师范大学学报》，2003年3期等。
② 陈寅恪先生所谓的"中古"一般是指魏晋南北朝隋唐时期，其《隋唐制度渊源略论稿》《唐代政治史述论稿》和《陈寅恪魏晋南北朝史讲演录》等著作构成了此时期研究的丰碑。他的士族阶级学说贯穿于整个汉魏六朝和隋唐阶段。限于笔者对南朝和隋唐士族阶级现象非常陌生，是故将本文题目限制在平日稍有涉猎的汉晋阶段。
③ 列宁《列宁全集》29卷，人民出版社，1956年版，第382页—第383页。

史作用,姑且称之为士族阶级观。

对于陈寅恪先生的士族阶级观,有两种不同的看法。一种意见认为它体现了陈寅恪先生在方法论上的高度,是沟通两个阶级史学之间的桥梁。万绳楠先生说:"这次整理魏晋南北朝史的听课笔记,我惊异地发现:阶级分析和集团分析(实际上也是阶级分析)的观点与方法,竟贯穿在陈老师的全部讲述之中。第一篇便是《魏晋统治者的社会阶级》。这可说明陈老师研究历史,在方法论上达到了何种高度。可以这样说:陈老师不仅是我国近代资产阶级史学的开创者和奠基人,而且是从资产阶级史学过渡到马克思主义史学的桥梁。"① 另一种意见则认为由于著者的"忽略",致使其著述未能遵守通行的学术规范,"混用"了"阶级"这个重要的词语。胡戟先生说:

> 作为一个20世纪的学者,著述应遵守的通行学术规范中,有一点陈寅恪先生似有所忽略,即使用已为人公认的专业用语概念范畴,不甚严密。比如"阶级"一词,已有了严格的经济学、政治学、社会学上的意义……而陈的论著中,无论早期、晚期,仍均按汉语传统把阶级当做等级的意义运用,除了在《东晋南朝之吴语》中用为"社会阶级""士族阶级",在《唐代政治史述论稿》中用为"士大夫阶级",在上引《东晋南朝之吴语》一文中还用为"北语阶级""吴语阶级"。这些似应有阶层、集团、群体、人众的区别,选择适当词语表述为好,混用一个"阶级",容易引起概念上的混乱。②

以笔者之拙见,在以上相左的分析中,不论是肯定者还是批评者,都没有正确领悟陈寅恪先生的士族阶级观。万绳楠先生的"桥梁"说,自然出

---

① 万绳楠整理《陈寅恪魏晋南北朝史讲演录·前言》,黄山书社,1987年版。
② 胡戟《陈寅恪与中国中古史研究》,《历史研究》,2001年4期。

于学生的好意，想表明老师的进步性。但在持人民阶级观的人看来"桥梁说"拔高了士族阶级观。而在持士族阶级观的人看来，"桥梁说"贬低了士族阶级说。按照人民阶级观来看，陈寅恪先生所说的"阶级"实际上不是一个阶级。因为我们习惯于把阶级分为两个对立的社会集团。在封建社会，只有两个对立的阶级，一个是以帝王将相为代表的封建地主阶级，另外一个是广大的受剥削受压迫的农民阶级。地主阶级与农民阶级之间的矛盾构成了社会的主要矛盾。陈寅恪先生所谓的"阶级"只是一个阶层，在魏晋南北朝时期，这个所谓的"阶级"其实只是贵族阶层，当时称之为"门阀""士族""世族"等。列宁关于"阶级"的定义，陈寅恪先生不是不知道；"严格的经济学、政治学、社会学上的意义"的"阶级"，陈寅恪先生也不是不知道；"通行学术规范"及"公认的专业用语概念范畴"，陈寅恪先生也不是不知道。只是在陈寅恪先生看来，人民阶级观中的阶级并不是真正意义上的阶级，真正意义上的阶级就是他自己所使用的阶级，只有它才是最适当的词语。"士族阶级""士大夫阶级""北语阶级""吴语阶级"这些在后人眼里容易引起概念上混乱的词语，在陈寅恪先生那里区分得很清楚。也许，"士族阶级"和"士大夫阶级"比较好理解，两者都是从政治、文化上区分的，他们是同一阶级的两种称呼，也就是我们习惯上所谓的中古时代的门阀士族阶层。"北语阶级"和"吴语阶级"为何又从语言的角度来区别呢？陈寅恪先生在《东晋南朝之吴语》中说："南北所以有如此不同者，盖江左士族皆操北语，而庶人操吴语；河北则社会阶级虽殊，而语音无别故也……东晋南朝官吏接士人则用北语，庶人则用吴语，是士人皆北语阶级，而庶人则皆吴语阶级。"① 原来，"北语阶级"是指江左士族阶层，"吴语阶级"则指南方庶人阶层。可见，陈先生的"社会阶级"是以士族作为分界线的。

　　陈寅恪先生在六朝隋唐历史研究中倾注了大量心血，他的学说中有三

---

① 陈寅恪《陈寅恪史学论文选集》，上海古籍出版社，1992年版。

个重要概念，一是文化，一是种族，一是门第。后两个问题都与文化关系密切。关于种族问题，他说："全部北朝史中凡关于胡汉之问题，实一胡化汉化之问题，而非胡种汉种之问题，当时之所谓胡人汉人，大抵以胡化汉化而不以胡种汉种为分别，即文化之关系较重而种族之关系较轻，所谓有教无类者是也。"① 在种族与文化的关系中，他认为文化比种族重要。关于门第问题，陈寅恪先生说："门阀一端乃当时政治社会经济文化有关之大问题。"② "夫士族之特点既在其门风之优美，不同于凡庶，而优美之门风实基于学业之因袭。故士族家世相传之学业乃与当时之政治社会有极重要之影响。"③ 在门阀与文化的关系中，陈先生认为门阀士族是一个阶级，这个阶级的核心力量是文化士族或曰儒学大族。士族阶级决定了中国社会和中国文化的历史走向。

阶级本来指台阶。《后汉书·文苑传下》曰："阶级名位，亦宜超然。"此处的"阶级"是指尊卑上下的等级。《晋书·张载传》曰："今士循常习故，规行矩步，积阶级，累阀阅，碌碌然以取世资。"这里的"阶级"与"阀阅"意义接近，陈寅恪先生的"阶级"一词就是从此处发展而来的。陈寅恪先生何以自觉选择士族阶级观而没有接纳人民阶级观呢？其间的原因主要有两点。

一是出于维护和发扬中华民族文化的动机。陈寅恪先生论种族也好，论门第也好，皆与中国文化相关。陈先生所谓的文化主要是指汉代以来形成的儒家文化。其《唐代政治史述论稿》上篇云：种族及文化"此二问题实李唐一代史事关键之所在，治唐史者不可忽视者也"。④ "北朝胡汉之分，不在种族，而在文化，其事彰彰甚明，实为论史之关要"。⑤ 门第问

---

① 陈寅恪《隋唐制度渊源略论稿·唐代政治史述论稿》，三联书店，2001年版，第79页。
② 陈寅恪《金明馆丛稿初编》，三联书店，2001年版，第55页。
③ 陈寅恪《隋唐制度渊源略论稿·唐代政治史述论稿》，第260页。
④ 陈寅恪《隋唐制度渊源略论稿·唐代政治史述论稿》，第183页。
⑤ 陈寅恪《隋唐制度渊源略论稿》，第46页。

题也与文化密切相关。他说:"所谓士族者,其初并不专用其先代之高官厚禄为其唯一之表征,而实以家学及礼法等标异于其他诸姓。"① "在六朝初期所谓高门,不必以高官为唯一之标准……非若六朝后期魏孝文之品目门第专以官爵之高下为标准也。"② 出于对国家民族的责任感,他在学术研究中对种族和文化问题给予特别的关注,拳拳爱国之心溢于言表。另一方面是意图通过强调这一点来拯救现世人心,其用心良苦。传统的儒家知识分子都以"为天地立心,为生民立命,为往圣继绝学,为万世开太平"为自己的追求,陈寅恪先生虽然以学术作为终生事业,但他也自觉地把学术看作上述大事业中的一个组成部分,以传播中华文化作为自己的使命。"盖自汉代学校制度废弛,博士传授之风气止息以后,学术中心移于家族,而家族复限于地域,故魏晋南北朝之学术、宗教,皆与家族、地域两点不可分离。"③ 他还说:"东汉以后学术文化,其重心不在政治中心之首都,而分散于各地之名都大邑。是以地方之大族盛门乃为学术文化之所寄托。中原经五胡之乱,而学术文化尚能保持不坠者,固由地方大族之力,而汉族之学术文化变为地方化及家门化矣。故论学术,只有家学之可言,而学术文化与大族盛门常不可分离也。"④

一是与陈先生的高贵的门第出身相关。陈寅恪先生出身于义宁陈氏家族。祖父陈宝箴(1831—1900),清末著名政治家,1895 年任湖南巡抚,推行新政。戊戌变法失败后,遭革职永不录用的处分。父亲陈三立(1852—1937),光绪十二年进士,因参与戊戌变法被革职处分。隐居江西义宁,清末同光体诗派的代表人物。在这样的家族中成长起来的陈寅恪先生对于门第、阶级非常敏感。

陈寅恪先生的门第情结不仅表现在日常生活中,同时也体现在他的学

---

① 陈寅恪《隋唐制度渊源略论稿·唐代政治史述论稿》,第 259 页。
② 陈寅恪《金明馆丛稿初编》,第 148 页。
③ 陈寅恪《隋唐制度渊源略论稿》,第 20 页。
④ 陈寅恪《金明馆丛稿初编》,第 147 页,第 148 页

术研究中。这一点已有多位学者指出。如："胡适曾说，陈寅恪有'遗少'气，不如说他身上有着浓厚而深刻的'世家子'情结更符合实际……沉溺于父、祖一辈的历史，追惜家族或家族以外的已逝去的荣光，将一己之学问寄托于深层的历史之思，是陈寅恪不表露于行而显露于心的'世家子'情结的一个缩影。故此，我们从陈氏不少的史著中，可以发现这样一个有趣的现象，即陈寅恪考镜家族或朝代源流与个人身世，非常典型也非常精彩……注重出身、讲求源流，贯彻于陈氏史著，再明显不过地表达了陈寅恪寄托遥深的史家情怀。"[1] "无法抹掉祖先显赫历史的铭印和与生俱来的名士气质，使陈寅恪一生自觉或不自觉地恪守着'物以类聚，人以群分'的准则。这种气质无论是在他的学术研究里还是待人处世中都留下了刀刻一般的痕迹。详考'家世风习、历史源流'，实为陈寅恪中年后治史一大心得及手法，其运用之娴熟与得心应手，每有精论。"[2]

中国社会在1949年到十一届三中全会之前，特别重视阶级、阶级矛盾和阶级斗争。近三十年来，"阶级"一词已经逐渐淡出人们的视野。我们认为，从社会历史看，阶级社会中自然存在着阶级、阶级矛盾和阶级斗争，这是不以人的意志为转移的。同时，人是一切社会关系的总和，一切社会关系并不等于阶级关系，阶级关系只是诸多社会关系中的一种。在现实生活中，除了阶级的视角之外，还可以有不同的视角，例如国家、阶层、民族、宗教、性别、地域等。从不同的视角观察社会，会得出不同的结论。

同样，陈寅恪先生所创立的士族阶级观也有其存在的价值。在观察历史的时候，运用这样的观念可以看见许多别人看不清楚、看不深刻的历史现象。目前，学术界普遍认为：陈寅恪先生的士族文化世家的论述从文化本位角度研究中国文化与中国社会的发展，涉及学术文化的继承发展，也

---

[1] 王晓清《学者的师承与家派》，湖北人民出版社，2007年版，第147页。
[2] 陆耀东《陈寅恪的最后20年》，三联书店，1995年版，第64页。

涉及国家制度与民间社会发展的各种问题,其意义超出了中古史的范畴,开辟了一个新的历史研究领域。① 其中的一些论述已经成为史学和文学研究中的共识,如:"东汉以后学术文化,其重心不在政治中心之首都,而分散于各地之名都大邑。是以地方之大族盛门乃为学术文化之所寄托。中原经五胡之乱,而学术文化尚能保持不坠者,固由地方大族之力,而汉族之学术文化变为地方化及家门化矣。故论学术,只有家学之可言,而学术文化与大族盛门常不可分离也。"② 20世纪80年代以来撰写的关于魏晋南北朝隋唐的博士学位论文和学术专著,无不受到了陈寅恪先生思想的沾溉,许多涉及文学与士族关系的著作都是在陈先生士族理论指导下完成的。

从另外一个角度看,任何学说和理论的合理性都有一个度,如果超出了这个度,夸大了这种理论,则会带来一些问题。人民阶级观是这样,士族阶级观也是这样。如果研究者心中先存有一个以门第出身作为衡量人物标准的理念,又过分夸大士族阶级的作用和地位,其所论也不一定与历史事实完全吻合。在阅读陈寅恪先生的著述时,在以下两个问题上,笔者不敢苟同陈先生的高见,一个是士族阶级门风之特点,另一个是曹操集团与司马氏集团的阶级成分问题。以下分而述之。

二、士族阶级的门风之特点

陈寅恪先生有一段名言:"夫士族之特点既在其门风之优美,不同于凡庶,而优美之门风实基于学业之因袭。故士族家世相传之学业乃与当时之政治社会有极重要之影响。"③ 这段名言是对士族阶级的最高礼赞,可以想象得到陈先生是充满深情与赞赏说出这段话的。笔者认为这段话是陈

---

① 林济《陈寅恪论士族文化世家及其意义》,《华中师范大学学报》,2003年3期。
② 陈寅恪《金明馆丛稿初编》,第147页,第148页。
③ 陈寅恪《隋唐制度渊源略论稿·唐代政治史述论稿》,第260页。

寅恪先生士族阶级观的核心思想。那么，首先的问题是，究竟什么样的门风才是优美的？陈先生说："东汉之中晚世……主要之士大夫，其出身则大抵为地方豪族，或间以小族，然其大多数为儒家之信徒也。职是之故，其为学也，则从师受经，或游学京师，受业于太学之博士。其为人也，则以孝友礼法见称于宗族乡里……故其学为儒家之学，其行自必合儒家之道德标准，即仁孝廉让等是。质言之，《小戴记·大学》一篇所谓修身齐家治国平天下一贯之学说，实东汉中晚世士大夫自命为其生活实际之表现。一观《后汉书·党锢传》及有关资料，即可为例证。"①"东汉外廷之主要士大夫，既多出身于儒家大族，如汝南袁氏及弘农杨氏之类，则其修身治家之道德方法亦将以之适用于治国平天下，而此等道德方法皆出自儒家之教义……此范围即家族乡里，此标准即仁孝廉让。以此等范围标准为本为体。推广至于治民治军，为末为用。总而言之，本末必兼备，体用必合一也。"② 以上所言即是对门风优美的具体阐释，我们可以初步归结为：其学为儒家修齐治平之学，其行必合儒家之道德标准。门风优美的家族可以汝南袁氏及弘农杨氏为例。

本书根据以上定义去查对汉魏两晋士族流变史，却难以得出士族门风优美的结论。而且，从陈寅恪先生的其他论述中也可以看到历史事实与这一结论之间的冲突处。从士族门风的角度着眼，汉魏之际士族门风与两晋南朝迥然不同。让我们先看两晋南朝士族之门风。

第一，从西晋开始，渐渐地衡量士族的标准与儒学脱离了关系，所谓士族日渐成为世代达官显贵之家族的代名词。所以陈寅恪先生说："所谓士族者，其初并不专用其先代之高官厚禄为其唯一之表征，而实以家学及礼法等标异于其他诸姓……凡两晋、南北朝之士族盛门，考其原始，几无不如是。"③"在六朝初期所谓高门，不必以高官为唯一之标准……非若六

---

① 陈寅恪《金明馆丛稿初编》，第48页。
② 陈寅恪《金明馆丛稿初编》，第51页。
③ 陈寅恪《隋唐制度渊源略论稿·唐代政治史述论稿》，第259页。

朝后期魏孝文之品目门第专以官爵之高下为标准也。"① 也就是说，在汉魏时代，衡量是否是士族的主要标准有二，一是位高权重，二是具有儒学素养。陈先生认为具有学术文化特征的士族才是真正意义上的士族，这样的士族也可以称为"文化士族"，因此，陈先生的士族阶级实际上是文化士族阶级。儒学及其实践之礼法特征保证了其家族门第之得以成立及维持不坠。据"其初""考其原始""在六朝初期"等字眼可知，士族门风的优美主要表现在东汉到西晋时代，到了"用其先代之高官厚禄为其唯一之表征"之时门风有了变化。同时，即使是在"其初"，也并不是所有的士族门风都是优美的，只有那些文化士族家族才具有优美的门风。

第二，两晋南朝士族多放弃了儒学思想，走上了儒玄双修、儒玄佛并存之路，甚至有些家族表面尊奉儒学、实质是崇拜鬼道。即使是文化士族，在两晋时代也不能保证其门风之优美。陈先生说："东西晋南北朝时之士大夫，其行事遵周孔之名教（如严避家讳等），言论演老庄之自然。玄儒文史之学著于外表，传于后世者，亦未尝不使人想慕其高风盛况。然一详考其内容，则多数之世家其安身立命之秘，遗家训子之传，实为惑世诬民之鬼道，良可叹也。"②

如果把两晋的士族分为三类，则其言行皆符合儒家行为规范者为第一类；行事尚遵守周孔之名教，而言论上奉行老庄之自然者为第二类；以惑世诬民之鬼道作为其安身立命之秘者为第三类。正如陈先生所说，第三类并非只是琅琊王氏等少数门阀士族，而是"多数之世家"，那么，第二类几乎囊括了当时所有的高门大族，生活在两晋时期而没有受到玄风浸染的士族渺然难寻。如果以第一类作为参照，那么第三类不用说了，即使是第二类，其士族之门风似乎也不能用"优美"概括。由此可知，陈先生所说的门风优美的士族，只是所谓的文化士族（或曰儒家大族），而文化士

---

① 陈寅恪《金明馆丛稿初编》，第148页。
② 陈寅恪《金明馆丛稿初编》，第44页。

族只是汉晋之际士族阶级中的部分家族。

第三，即使是个别家族能够遵守儒学，也只是齐家之学，与原始儒学治国平天下的追求并不相同。讲究家学及礼法固然是儒家学说中的重要内容，但不是儒家学说的全部。从礼的角度说，仁与礼是并列的。从家的角度说，修齐治平是一个整体。如果修己是内圣之道，齐家与治国平天下是外王之道，那么，部分宋明理学家只是在内圣上作功夫，放弃了外王，不是完整的儒学。中古时代的门阀士族放弃了治国平天下，只是在齐家上下功夫。虽然口头说自己在坚持儒学，其实是在儒学的幌子下，经营自己的家族。

第四，治国平天下是士人的共同追求，不是儒家大族的专利。王夫之说："天下兴亡，匹夫有责。"匹夫的出身之地并不重要，出身于豪门世族也不重要。从地域来说，永嘉之后，王导及其侨姓士族联合吴地士族共同推举司马睿建立了东晋政权，为保存中国文化做出了历史贡献。沦陷于"五胡"之手的北方士族同样对保存中国文化做出了巨大贡献。陈寅恪先生论述河陇区域在文化学术史上所具有之特殊性质时说："唯此偏隅之地，保存汉代中原之文化学术，经历东汉末、西晋之大乱及北朝扰攘之长期，能不失坠，卒得辗转灌输，加入隋唐统一混合之文化，蔚然为独立之一源，继前启后，实吾国文化史之一大业。"[①] 如果以胡汉而论，推翻了蒙古贵族统治建立明帝国的朱元璋和推翻满清统治建立了中华民国的孙中山先生，都不是世家大族子弟。

第五，许多门阀士族子弟不仅不是道德高于凡庶的表率，还是带坏社会风气的典型。出身于士族家庭，有机会接受良好的教育，可以从小学习儒家的仁义礼智学说，有条件成为一个高尚的人健全的人，但是教育不是万能的，个人的品质不能完全与读书多少挂钩。即使是同样的门第、同样的教育，也可能培养出不同样的人才。晋宋之际谢晦兄弟的人生选择就是

---

① 陈寅恪《隋唐制度渊源略论稿》，第22页。

明证。《宋书·谢瞻传》载，谢瞻对谢晦说："吾家以素退为业，不愿干预时事，交游不过亲朋，而汝遂势倾朝野，此岂门户之福邪？"

读《晋书》《世说新语》等书，能够看见许多品行高尚的士族精英，同时也有许多出身于士族的无耻之徒。范文澜先生说："封建统治阶级的所有凶恶、险毒、猜忌、攘夺、虚伪、奢侈、酗酒、荒淫、贪污、吝啬、颓废、放荡等等龌龊行为，司马氏集团表现得特别集中而充分。封建统治阶级当然也有它的道德观，但在司马氏集团里，封建道德是被抛弃得很干净的。"① 陈寅恪先生也说："礼法为儒家大族之优点，奢侈为其劣点。节俭为法家寒族之优点，放荡为其劣点……故西晋一朝之乱亡，乃综合儒家大族及法家寒族之劣点所造成者也。"② 司马氏及其集团的骨干成员何曾等人无不出身于士族阶级。我们当然不能把凶恶、险毒、猜忌、攘夺、虚伪、奢侈、酗酒、荒淫、贪污、吝啬、颓废、放荡等等龌龊行为都送给士族阶级。我们认为，士族阶级中有正人君子，也有无耻小人。何曾被视为礼法之士的典型。但据博士秦秀揭发，他骄奢过度，是悖谬丑恶的典型。

此外，史书上对此期士族诗人的人格多有讥评。陆机、潘岳依附于权贵贾谧。《晋书·陆机传》说陆机"好游权门，与贾谧亲善，以进趣获讥"。有意思的是，在陆机眼里，包括自己的家族，吴四大家族无不"文德熙淳懿，武功侔山河。礼让何济济，流化自滂沱"（陆机《吴趋行》）。孙绰，《世说新语·品藻》云："孙兴公、许玄度皆一时名流。或重许高情，则鄙孙秽行。或爱孙才藻，而无取于许。"注引《续晋阳秋》曰："绰虽有文才，而诞纵多秽行，时人鄙之。"谢灵运，《宋书·谢灵运传》载："灵运为性偏激，多愆礼度，朝廷唯以文义处之，不以应实相许。自谓才能宜参权要，既不见知，常怀愤愤。"《宋书·五行志》载："陈郡谢灵运有逸才，每出入，自扶接者常数人。民间谣曰：'四人挈衣裙，三人

---

① 范文澜《中国通史》第 2 册，人民出版社，1978 年版。
② 陈寅恪《金明馆丛稿初编》，第 146 页。

捉坐席'是也。此盖不肃之咎，后坐诛。"陆机潘岳为了家族利益而不惜好游权门，谢灵运因为出身高贵而狂傲偏激，最后皆招致杀身之祸。

从陈寅恪先生的论述中可以看见，从史料中也可以看出，两晋南朝士族之门风似乎不宜用"优美"一词来予以概括。所以陈寅恪先生所谓的士族优美之门风当主要指东汉世家大族而言。东汉一朝的士风在桓、灵二帝时期有了明显变化。桓灵之时形成了一个特殊的群体——党锢之士。所以东汉士风以汉桓帝即位分为两个时段。

在第一个时段内出现了诸多"经明行修之人"。正如顾炎武《日知录》卷十三《两汉风俗》指出："汉自孝武表章六经之后，师儒虽盛，而大义未明，故新莽居摄，颂德献符者，遍于天下。光武有鉴于此，故尊崇节义，敦厉名实，所举用者莫非经明行修之人，而风俗为之一变。至其末造，朝政昏浊，国事日非，而党锢之流、独行之辈，依仁蹈义，舍命不渝，风雨如晦，鸡鸣不已。三代以下，风俗之美，无尚于东京者！"表面上看，陈寅恪先生所说的"士族之特点既在其门风之优美"与顾炎武的"风俗之美，无尚于东京者"意思相同，皆指士人接受了儒家学说之后，表现出经明行修的美德，其实两者之间还是有区别的。顾炎武所说的是士人，陈先生所说的士族。

儒学士族或曰文化士族只是世家大族之中的一种，不能用儒学士族取代所有的士族。蒙思明先生指出，东汉政权下士族的形成有三条途径，一是凭借其经济势力，二是凭借其政治势力，三是累世学术之家。他说："盖两汉学术集中经学，经学大家累世传业，如同其他工艺技巧之成为世业一样。"① 赵翼《二十二史札记》中有《累世经学》条，记载了一些传授、弘扬儒学的世家大族，孔氏、伏氏、桓氏等家族世代经学，门徒众多，名震天下。一些四世三公的家族也传授经学。弘农杨氏，安帝时杨震为司徒。《后汉书·杨震传》云："自震至彪，四世太尉，德业相继，与

---

① 蒙思明《魏晋南北朝的社会》，上海人民出版社，2007年版，第22页。

袁氏俱为东京名族。"杨氏家族自杨宝开始世代习欧阳《尚书》。汝南袁氏，章帝时，袁安为司徒。自袁安到袁逢、隗，四世为三公者四人。《后汉书·袁安传》载，灵帝时，"中常侍袁赦，隗之宗也，用事于中。以逢、隗世宰相家，推崇以为外援。故袁氏贵宠于世，富奢，甚不与它公族同"。袁氏家族从袁安祖父袁良开始世代习《孟氏易》。

东汉时期，儒学并不是儒学大族的专用品，儒学属于全社会。《后汉书·儒林列传》论曰："自光武中年以后，干戈稍戢，专事经学，自是其风世笃焉。其服儒衣，称先王，游庠序，聚横塾者，盖布之于邦域矣。若乃经生所处，不远万里之路，精庐暂建，赢粮动有千百，其著名高义开门受徒者，编牒不下万人，皆专相传祖，莫或讹杂。"推究以儒学起家的士族，开始时无不始于凡庶之士。即使出身贫寒者，也有可能因为学习儒学而成为名士。陈寅恪先生也说："魏晋之际虽一般社会有巨族、小族之分，苟小族之男子以才器著闻，得称为'名士'者，则其人之政治及社会地位即与巨族之子弟无所区别，小族之女子苟能以礼法特见尊重，则亦可与高门通婚，非若后来士族之婚宦二事专以祖宗官职高下为唯一之标准者也。"[①] 可见，非士族出身的士人也有优秀者，这样的士人在道德上、学问上并不输于门阀子弟。即使门第不够高、门风不够"优美"的家族也可以培养出优秀人才。据《后汉书·赵壹传》载，赵壹出身于边鄙地区，清贫之家，其《刺世疾邪赋》对"故法禁屈挠于势族，恩泽不逮于单门"的社会现象极为不满。赋中诗云："势家多所宜，咳唾自成珠。被褐怀金玉，兰蕙化为刍。贤者虽独悟，所困在群愚。"对于这样的小人物，司徒袁逢和河南尹羊陟不以门第取人，对其才学大为欣赏，经过他们的褒扬，赵壹"名动京师，士大夫想望其风采"。

也有一些儒学大家以儒学为沽名钓誉之工具。《汉书·儒林传》里所说："自武帝立《五经》博士，设科射策，劝以官禄，迄于元始，百有余

---

① 陈寅恪《隋唐制度渊源略论稿·唐代政治史述论稿》，第259页。

年，传业者浸盛，枝叶蕃滋，一经说至百余万言，大师众至千余人，盖禄利之路使然也。"那些自以为掌握了儒学、世代以儒学相传的家族中也不乏以儒学作为敲门砖的人，不乏把儒学看作一门手工艺的人。他们表面上讲的和实际上做的完全是两码事。

第二个时段也就是汉末桓灵之世。东汉末期，社会上有三大矛盾。一是外戚与宦官交相擅权乱政。延熹二年（159）、建宁元年（168）和中平六年（189），宦官集团三次发动突然袭击，分别谋杀了外戚大将军梁冀、窦武、何进。袁绍捕杀宦官，结束了东汉社会宦官与外戚交相擅权乱政的局面。二是清流士人与浊流势力的较量。延熹九年（166）、建宁二年（169）两次发生党锢之祸，清流士人遭到了残酷镇压。所谓的清流是接受了原始儒学思想的知识分子，清流士人在东汉中期逐渐形成，党锢之士是清流士人在桓灵之世的代表。清流士人在黑暗的环境中，与浊流势力展开了激烈斗争。三是农民阶级与地主阶级的矛盾，最后导致黄巾起义在中平元年（184）爆发，东汉帝国陷入风雨飘摇之境。据《后汉书·党锢列传》载：

> 逮桓、灵之间，主荒政缪，国命委于阉寺，士子羞与为伍，故匹夫抗愤，处士横议，遂乃激扬名声，互相题拂，品核公卿，裁量执政，婞直之风，于斯行矣……流言转入太学，诸生三万余人，郭林宗、贾伟节为其冠，并与李膺、陈蕃、王畅更相褒重。学中语曰："天下模楷李元礼，不畏强御陈仲举，天下俊秀王叔茂。"又渤海公族进阶、扶风魏齐卿，并危言深论，不隐豪强。自公卿以下，莫不畏其贬议，屣履到门……自是正直废放，邪枉炽结，海内希风之流，遂共相标榜，指天下名士，为之称号。上曰"三君"，次曰"八俊"，次曰"八顾"，次曰"八及"，次曰"八厨"，犹古之"八元""八凯"也。窦武、刘淑、陈蕃为"三君"。君者，言一世之所宗也。李膺、荀翌、杜密、王畅、刘祐、魏朗、赵典、朱宇为"八俊"。俊

者,言人之英也。郭林宗、宗慈、巴肃、夏馥、范滂、尹勋、蔡衍、羊陟为"八顾"。顾者,言能以德行引人者也。张俭、岑晊、刘表、陈翔、孔昱、苑康、檀敷、翟超为"八及"。及者,言其能导人追宗者也。度尚、张邈、王考、刘儒、胡毋班、秦周、蕃向、王章为"八厨"。厨者,言能以财救人者也。

不容否认,清流党人领袖大多出身于儒学大族。窦武,《后汉书·窦武传》载:"窦武,字游平,扶风平陵人,安丰戴侯融之玄孙也。父奉,定襄太守。武少以经行著称,常教授于大泽中,不交时事,名显关西。"李膺,《后汉书·党锢列传》载:"李膺,字元礼,颍川襄城人也。祖父修,安帝时为太尉。父益,赵国相。膺性简亢,无所交接,唯以同郡荀淑、陈寔为师友。"陈蕃,《后汉书·陈蕃传》载:"陈蕃,字仲举,汝南平舆人也。祖河东太守。"其中也有没有记载其家庭出身的,如王畅,《后汉书·王畅传》载:"王畅,字叔茂。少以清实为称,无所交党。初举孝廉,辞病不就。"范滂,《后汉书·党锢列传》载:"范滂,字孟博,汝南征羌人也。少厉清节,为州里所服,举孝廉,光禄四行。"还有出身于贫贱家庭和非良家子者,如郭林宗,《后汉书·郭太传》载:"郭太,字林宗,太原界休人也。家世贫贱。早孤……就成皋屈伯彦学,三年业毕,博通坟籍。善谈论,美音制。乃游于洛阳。始见河南尹李膺,膺大奇之,遂相友善,于是名震京师。"岑晊,《后汉书·党锢列传》载:"岑晊,字公孝,南阳棘阳人也。父豫,为南郡太守,以贪叨诛死。晊年少未知名,往候同郡宗慈,慈方以有道见征,宾客满门,以晊非良家子,不肯见。"

由此可见,汉末清流的队伍以儒家大族为主体,同时也吸纳了出身于社会下层的士人。所以,汉末清流不等于儒学大族。当士人自觉地结成这个群体的时候,不是以家庭出身作为标准,否则就不会出现"匹夫抗愤,处士横议"的局面了。他们抗议的浊流恶势力中,不仅有阉宦阶级,还包括与清流对立的外戚,甚至也包括部分为富不仁的世家大族。据《后汉书·王畅传》载："（王畅）寻拜南阳太守。前后二千石逼惧帝乡贵戚，多不称职。畅深疾之，下车奋厉威猛，其豪党有衅秽者，莫不纠发。会赦，事得散。畅追恨之，更为设法，诸受赃二千万以上不自首实者，尽入财物；若其隐伏，使吏发屋伐树，埋井夷灶，豪右大震。郡中豪族多以奢靡相尚，畅常布衣皮褥，车马羸败，以矫其敝。"王畅眼里的浊流也包括那些"豪右""豪族"。

即使是从陈寅恪先生的论述中也可以看到，士族的门风并不一定能够用"优美"予以概括，但陈先生还是坚持使用了这样的字眼，从中我们不难体会到他对士族阶级的偏爱与回护、同情，其心情是可以理解的，但是似乎与历史事实并不相符。所谓士族的优美门风只是存在于一段时期内（主要是东汉时代），存在于一部分士族家族（主要是儒学大族）中，如果用它来指代整个士族阶级的门风似乎有以偏概全之嫌，并且这样的优美门风在两晋南朝士族阶级中呈现日渐消弭之势。

三、曹操及曹魏政权的阶级性

陈寅恪先生在《书世说新语文学类钟会撰四本论始毕条后》一文中，将曹操视为阉宦阶级的代表，把袁绍、司马懿列为士大夫阶级的代表，认为曹魏与司马氏集团的斗争是阉宦阶级与士大夫阶级之间的较量。他说："东汉之中晚世，其统治阶级可分为两类人群，一为内廷之阉宦，一为外廷之士大夫。阉宦之出身大抵为非儒家之寒族……主要之士大夫，其出身则大抵为地方豪族，或间以小族，然其大多数为儒家之信徒也……魏为东汉内廷阉宦阶级之代表，晋为外廷士大夫阶级之代表。故魏、晋之兴亡递嬗乃东汉晚年两统治阶级之竞争胜败问题……（司马氏）取而代之，尽复东汉时代士大夫阶级统治全盛之局……夫曹孟德者，旷世之枭杰也。其在汉末，欲取刘氏之皇位而代之，则必先摧破其劲敌士大夫阶级精神上之堡垒，即汉代传统之儒家思想，然后可以成功。读史者于曹孟德之使诈使贪，唯议其私人之过失，而不知此实有转移数百年世局之作用，非仅一时一事之关系也。"①

对此，田余庆先生曾经说："陈寅恪先生……从袁绍、曹操交争看到社会阶层高低差别的实质，这是他识见卓越之处。但是陈先生将这一阶层差别的分析一直贯穿到几十年后的司马氏和曹氏之争之中，而忽视了昔日较低社会阶层代表的曹氏势力业已转化为皇权这一极为重要的事实，因而他对曹马党争的分析，就显得有些牵强，似不尽符合历史实际。"② 在拜读陈寅恪先生的大作之时，笔者亦有同样的感触，拟接续田先生的高论，狗尾续貂，谈点浅见。

曹操的祖父曹腾系东汉宦官首领，其父系曹腾养子，故陈琳《为袁绍檄豫州》云："（曹）操赘阉遗丑，本无懿德。"我们认为曹操固然出身于阉宦家族，但他一生的行事并不是在为宦官阶级服务。曹操的一生可以建安元年（196）"挟天子以令诸侯"分为前后两个阶段。

在第一个阶段中，从他"年二十，举孝廉为郎，除洛阳北部尉"，正式登上东汉末年的历史舞台开始，一直到建安元年。此前朝廷中的斗争主要是清流士人与宦官、外戚等浊流势力的斗争。曹操坚定地站在清流士人一边，与浊流势力展开了激烈的斗争，赢得了清流士人的肯定与拥护。据《后汉书·党锢列传》载，党人领袖何颙评价曹操说："汉家将亡，安天下者必此人也。"在清流士人对汉帝国绝望之后，对曹操寄予厚望。

从实际行动看，曹操也并不是阉宦阶级的代表，而是清流士人的代表。《三国志·魏书·武帝纪》裴注引《魏武故事》载曹操令曰："……后征为都尉，迁典军校尉，意遂更欲为国家讨贼立功，欲望封侯作征西将军，然后题墓道言'汉故征西将军曹侯之墓'，此其志也。"联系曹操在此期作为来看，并非虚言。

---

① 陈寅恪《金明馆丛稿初编》，第48页—第49页。
② 田余庆《东晋门阀政治》，第340页。

曹操所棒杀的不仅有豪强，也有宦官。《三国志·魏书·武帝纪》裴注引《曹瞒传》曰："太祖初入尉廨，缮治四门。造五色棒，县门左右各十余枚，有犯禁，不避豪强，皆棒杀之。后数月，灵帝爱幸小黄门蹇硕叔父夜行，即杀之。京师敛迹，莫敢犯者。近习宠臣咸疾之，然不能伤，于是共称荐之，故迁为顿丘令。"

曹操少习儒家经学。《三国志·魏书·武帝纪》裴注引《曹瞒传》曰："后以能明古学，复征拜议郎。"

能够为党锢士人伸冤。《三国志·魏书·武帝纪》裴注引《曹瞒传》曰："先是大将军窦武、太傅陈蕃谋诛阉官，反为所害。太祖上书陈武等正直而见陷害，奸邪盈朝，善人壅塞，其言甚切；灵帝不能用。"曹操虽然是中常侍曹腾之孙，其上书为党人理冤还是冒着生命危险的。据《后汉书·党锢传》载："熹平五年，永昌太守曹鸾上书大讼党人，言甚方切。帝省奏大怒，即诏司隶、益州槛车收鸾，送槐里狱掠杀之。于是又诏州郡更考党人门生故吏父子兄弟，其在位者，免官禁锢，爰及五属。"

黄巾起义暴发后，拜骑都尉，参与镇压起义军。《三国志·魏书·武帝纪》载："光和末，黄巾起。拜骑都尉，讨颍川贼。"今天我们可以把他视为镇压农民起义的刽子手。在当时，按照封建国家的标准，他是国家的英雄。

曹操多次拒绝参与废除汉帝的活动。据《三国志·魏书·武帝纪》载："顷之，冀州刺史王芬、南阳许攸、沛国周旌等连结豪杰，谋废灵帝，立合肥侯，以告太祖，太祖拒之。"后来，"袁绍与韩馥谋立幽州牧刘虞为帝，太祖拒之"。

初平元年（190），董卓窃取国家权力之后，曹操不与董卓合作，潜逃东归，开始建立义兵。据《三国志·魏书·武帝纪》载："卓表太祖为骁骑校尉，欲与计事。太祖乃变易姓名，间行东归。太祖至陈留，散家财，合义兵，将以诛卓。"

在建安元年之前，曹操没有流露出不逊之志。即使用封建君臣的正统观念来要求，曹操的作为完全符合封建时代的臣节。正因为这样，世家大族的代表人物杨彪、孔融都会与他合作。

第二阶段，从建安元年直到建安二十五年去世。建安元年（196），迎汉献帝于洛阳，又奉帝迁都于许昌，拜司空，封武平侯。从此挟天子以令诸侯，日渐成为北方地区的实际统治者。建安五年（200）官渡之战，消灭袁绍势力，逐步统一北方地区，之后他又在为统一天下而奋斗。建安十三年，拜丞相，统帅大军南征，被孙权、刘备联军击败于赤壁，此后转而经营北方。建安十八年，封魏公。建安二十一年，进封魏王。建安二十五年正月，在洛阳病逝。

陈寅恪先生所说的"实有转移数百年世局之作用"主要是指曹操的求贤三令。在陈先生之前，顾炎武已有相似议论。《日知录》卷十三《两汉风俗》曰："而孟德既有冀州，崇奖跅弛之士，观其下令再三，至于求负污辱之名、见笑之行，不仁不孝、而有治国用兵之术者。于是权诈迭进，奸逆萌生，故董昭太和之《疏》，已谓当今年少，不复以学问为本，专更以交游为业；国士不以孝悌清修为首，乃以趋势求利为先。至正始之际，而一二浮诞之徒，骋其智识，蔑周、孔之书，习老、庄之教，风俗又为之一变。夫以经术之治、节义之防，光武、明、章数世为之而未足；毁方败常之俗，孟德一人变之而有余。后之人君，将树之风声，纳之轨物，以善俗而作人，不可不察乎此矣。"据《三国志·魏书·武帝纪》载：

> （建安）十五年春，下令曰："自古受命及中兴之君，曷尝不得贤人君子与之共治天下者乎！及其得贤也，曾不出闾巷，岂幸相遇哉？上之人不求之耳。今天下尚未定，此特求贤之急时也。'孟公绰为赵、魏老则优，不可以为滕、薛大夫'。若必廉士而后可用，则齐桓其何以霸世！今天下得无有被褐怀玉而钓于渭滨者乎？又得无盗嫂受金而未遇无知者乎？二三子其佐我明扬仄陋，唯才是举，吾得而用之。"

（建安十九年颁）十二月，令曰："夫有行之士未必能进取，进取之士未必能有行也。陈平岂笃行，苏秦岂守信邪？而陈平定汉业，苏秦济弱燕。由此言之，士有偏短，庸可废乎！有司明思此义，则士无遗滞，官无废业矣。"

　　（建安二十二年颁）裴注引魏书曰：秋八月，令曰："昔伊挚、傅说出于贱人，管仲，桓公贼也，皆用之以兴。萧何、曹参，县吏也，韩、陈平负汙辱之名，有见笑之耻，卒能成就王业，声著千载。吴起贪将，杀妻自信，散金求官，母死不归，然在魏，秦人不敢东向，在楚则三晋不敢南谋。今天下得无有至德之人放在民间，及果勇不顾，临敌力战；若文俗之吏，高才异质，或堪为将守；负污辱之名，见笑之行，或不仁不孝而有治国用兵之术：其各举所知，勿有所遗。"

　　让世人诟病的求贤三令乃是在战乱年代提出的，"今天下尚未定，此特求贤之急时也"，它并不能表明曹操对儒家德才观念的唾弃。曹操在《庚申令》中明确说："治平尚德行，有事赏功能。"德行者仁义廉耻之行也；功能者治国用兵之术也。唐魏徵曾说："乱世唯求其才，不顾其行。太平之时，必须才行兼备，始可任用。"（吴兢《贞观政要》）魏徵是深受儒学思想熏陶的封建良相，其看法具有代表性。如果把人才的德行与才能分类，可以分出四级。第一级，德行与才能兼备；第二级，有德行而无才能；第三级，有才能而无德行；第四级，德行与才能皆无。不要说曹操，相信任何一位有作为的统治者都会选择第一级人才。如果第一级人才不足，那么比起第二级人才来，第三级人才更加实用。事实上，据《三国志·魏书·毛玠传》载："太祖为司空丞相，玠尝为东曹掾，与崔琰并典选举。其所举用，皆清正之士，虽于时有盛名而行不由本者，终莫得进。"曹操集团中的重要人物基本上都是德才兼备，很少有有才无行之辈。

　　从求贤三令看，曹操对东汉以来世家大族把持选举、压抑出身低下的现状是不满的。但这并不能说明曹操对儒家学说的反对。儒学学说经过汉武帝时代的改造成为"儒术"之后，是一种为统治者服务的操作系统。任何时代的统治者都不会放弃儒术中对自己政权有用的成分。在中国历史上没有任何一种学说可以取代儒术的作用，退一步说，即使是阉宦阶级建立了政权也同样会采用儒家三纲五常学说来治理国家。其实作为封建皇帝来说，阉宦阶级是对他的皇权威胁最小的集团。宦官集团为非作歹也好、祸国殃民也好，他们知道自己不能做皇帝，他们只能依附于皇帝。从这个角度说，宦官集团是最忠于皇权的。

出身于宦官家族的曹操不是一位儒士，出身于世家大族的袁绍、司马懿也不是真正的儒士。陈寅恪先生也认定司马懿是一位"坚忍阴毒"的历史人物。① 原始儒学作为一种理论体系，当它落实到现实中的时候，一定会被扭曲变形。原始儒学与两汉经学不同，统治者的儒术与原始儒学的距离更远。两汉魏晋南朝的士族阶级所信奉的儒家学说与原始儒学也有很大的差距。如果一个政治人物恪守儒家的所有教条，在现实政治、军事中只能成为喜剧人物。陈寿评价曹操说："汉末，天下大乱，雄豪并起，而袁绍虎视四州，强盛莫敌。太祖运筹演谋，鞭挞宇内，揽申、商之法术，该韩、白之奇策，官方授材，各因其器，矫情任算，不念旧恶，终能总御皇机，克成洪业者，唯其明略最优也。抑可谓非常之人，超世之杰矣。"可谓知言。在曹操和袁绍、司马懿三位历史人物中，我个人感觉曹操虽然与两汉经学相违背，但他与原始儒学的思想最为接近。② 《三国志·魏书·武帝纪》载建安八年令曰："丧乱已来，十有五年，后生者不见仁义礼让之风，吾甚伤之。其令郡国各修文学，县满五百户置校官，选其乡之俊造而教学之，庶几先王之道不废，而有以益于天下。"其教育思想完全是儒家的人伦道德学说。仁义礼让之风、圣王治世之道是他教育思想的核

---

① 陈寅恪《金明馆丛稿初编》，第49页。
② 孙明君《曹操与儒学》，《文史哲》，1993年2期。

心内容。曹操的诗歌体现了其政治理想。曹操《对酒》云：

> 对酒歌，太平时，吏不呼门。
> 王者贤且明，宰相股肱皆忠良。
> 咸礼让，民无所争讼。
> 三年耕有九年储，仓谷满盈。
> 斑白不负戴。雨泽如此，百谷用成。
> 却走马，以粪其土田。
> 爵公侯伯子男，咸爱其民。
> 以黜陟幽明。子养有若父与兄。
> 犯礼法，轻重随其刑。
> 路无拾遗之私。囹圄空虚，冬节不断。
> 人耄耋，皆得以寿终。恩泽广及草木昆虫。

原始儒家主张"修己以安百姓"（《论语·宪问》），意在创造一个太平世界。此太平世界分为两个阶段，"王道之始"（见《孟子·梁惠王上》）是其初级阶段，"大同世界"（《礼记·礼运》）是其高级阶段。曹操的《对酒》以诗的形式表现了这种理想的社会形态。本诗"采用颂的形式，模拟躬逢其盛者的口吻，以极大的热忱，讴歌太平时代的终于到来，从而表达了诗人颇带浪漫色彩的政治理想"。① 试将《礼运》中的"大同"世界、孟子的"王道之始"与曹操的"太平时"予以比较，其相似之处非常明显：

1. 政治清明，人民知礼守法，安居乐业。"大道之行也，天下为公，选贤与能，讲信修睦。"（《礼运》）"对酒歌，太平时，吏不呼门，王者贤且明，宰相股肱皆忠良。咸礼让，民无所争讼。"（《对酒》）

---

① 陈贻焮《论诗杂著》，北京大学出版社，1989年版，第25页。

2. 五谷丰登，物产丰富，人民无养生丧死之憾。"货恶其弃于地也，不必藏于己。"（《礼运》）"谷不可胜食也……鱼鳖不可胜食也……林木不可胜用也。"（《孟子·梁惠王上》）"三年耕有九年储，仓谷满盈……雨泽如此，百谷用成。却走马，以粪其土田。"（《对酒》）

3. 社会秩序安定，窃贼不作，路无拾遗。"是故谋闭而不兴，盗窃乱贼而不作，故外户而不闭。"（《礼运》）"路无拾遗之私。囹圄空虚，冬节不断。"（《对酒》）

4. 人与人之间友善和睦，老有所终，幼有所长。"故人不独亲其亲，不独子其子，使老有所终，壮有所养，幼有所长。矜寡孤独，废疾者，皆有所养。"（《礼运》）"谨庠序之教，申之以孝悌之义……颁白者不负戴于道路矣。"（《孟子·梁惠王上》）"爵公侯伯子男，咸爱其民，以黜陟幽明。子养有若父与兄。人耄耋，皆得以寿终。"（《对酒》）

5. 生态平衡思想的萌芽。"不违农时……数罟不入洿池……斧斤以时入山林……鸡豚狗彘之畜，无失其时……百亩之田，勿夺其时。"（《孟子·梁惠王上》）"恩泽广及草木昆虫。"（《对酒》）从三者对比中可以看出《孟子·梁惠王上》与《对酒》所表现的还是有阶级有差别的过渡阶段；《礼运》描绘的乃是平等自由而泛爱众的公天下社会。曹操理想的社会形态与儒家理想社会之间的关系是显而易见的。曹操《度关山》云：

> 天地间，人为贵。立君牧民，为之轨则。
> 车辙马迹，经纬四极。黜陟幽明，黎庶繁息。
> 於铄贤圣，总统邦域。封建五爵，井田刑狱。
> 有燔丹书，无普赦赎。皋陶甫侯，何有失职。
> 嗟哉后世，改制易律。劳民为君，役赋其力。
> 舜漆食器，畔者十国。不及唐尧，采椽不斫。
> 世叹伯夷，欲以厉俗。侈恶之大，俭为共德。
> 许由推让，岂有讼曲？兼爱尚同，疏者为戚。

本诗和《对酒》一样,所写的是曹操的政治理想和治国之道。曹操是一位诗人,更是一位政治家,他的诗歌与汉魏政治关系密切,本诗就是一个范例。此诗劈空提出,"天地间,人为贵",表明曹操对人的重视,此与原始儒家人与天地参的观念一脉相承。他主张"立君牧民,为之轨则",反对"劳民为君,役赋其力",正是孟子民本思想的再现。民本思想固然不同于今日的民主政治,它是以君为本位的。所谓的"民为邦本,本固邦宁"强调的重心在于存社会、安国家。但在封建时代,这种思想自有其积极意义,至少它在一定程度上重视民的利益,较之于扰民、害民的弊政毕竟是一种进步。曹操对君民关系的认识,基本上符合儒家传统政治思维模式。

陈寅恪先生说:"当东汉之季,其士大夫宗经义,而阉宦则尚文辞。士大夫贵仁孝,而阉宦则重智术。"① 让人感觉是比照着曹氏父子说的。其实,士族文人蔡邕等也是尚文辞的,曹操集团中出身于士族的谋士们皆是重智术的,袁绍和司马氏父子无不是重智术的。在那个弱肉强食、群雄逐鹿的年代,如果仅有仁孝之性而缺乏智术,只有死路一条。

如果说在曹操的时代,对世家大族采用了利用和限制的双重政策,那么到了曹丕时代,采用"八议"和九品官人法,完全倒向世家大族一边。在魏国建立之后,如果还说曹魏集团依然属于阉宦阶级,就没有什么道理了。此时的曹魏集团与司马氏集团并不属于两个对立的阶级,曹魏政权也是士族阶层的代言人,他们之间的斗争只是一家一姓与另一家一姓之间的斗争。实际上,西晋建国之后延续了曹魏的制度和方略,就是明证。陈寅恪先生以为:"(司马氏)终于颠覆魏鼎,取而代之,尽复东汉时代士大夫阶级统治全局之盛。"② 似乎值得商兑。门阀士族特权的法律化的标志之一就是"八议"入律,而这个制度正是在曹魏时代制定的。据《唐六

---

① 陈寅恪《金明馆丛稿初编》,第48页—第49页。
② 陈寅恪《金明馆丛稿初编》,第49页。

典》注云："八议有魏、晋、宋、齐、梁、陈、后魏、北齐、后周及隋，皆载于律。"八议是指议亲、议故、议贤、议能、议勤、议贵、议功、议宾。"所谓封建刑法中的'八议'就是法律上公开保护贵族、官僚、地主的等级特权，使他们在触犯刑法时得以减轻或免除其刑罚的一种法律制度……八议制度集中表现了封建刑法是特权法的这种阶级本质。"[①] 曹丕黄初元年（220）实行九品官人法，将士人依照家世、才能、德行分为上上、上中、上下、中上、中中、中下、下上、下中、下下九等，郡内小中正官报州大中正官，大中正官报司徒，最后由中央按品第任用。创立于曹魏的九品官人法，一直被西晋、东晋和南朝所采用，保障了士族阶级的特殊地位。魏晋之际的门阀士族之所以弃魏附晋，其因复杂，但有一点可以肯定，其原因决不是因为魏属于阉宦阶级而晋属于士族阶级。

概之，曹操并不是阉宦阶级的代表，而是汉末清流士人的代表。曹魏集团与司马氏集团并不属于两个对立的阶级，魏国建立之后的曹魏政权也是士族阶层的代言人。

陈寅恪先生的士族阶级观乃是有别于人民阶级观的另一种思想观念。运用士族阶级观可以看到人民阶级观所忽视的一些历史现象。在中国中古门阀士族盛行的时代，士族阶级是一种特殊的社会集团。陈寅恪先生的士族阶级观对于提醒学术界对于门阀士族的重视与研究，具有重要意义。但是，不宜将士族阶级的历史作用过分夸大。士族阶级的门风似乎不宜用"优美"予以概括，曹魏集团与司马氏集团之间的斗争并不是阉宦阶级与士族阶级之间的较量。

---

① 王立民主编《中国法制史》，上海人民出版社，2003年版，第156页。

第十五章　黄节与汉魏六朝诗歌之笺注

黄节先生（1873—1935），原名晦闻，字玉昆，号纯熙，广东顺德人。中国近现代史上著名的反清志士、国学名师和爱国诗人。

1873年2月19日，黄节先生出生在一个富商家庭，从小受到了传统文化的熏陶。1895年，他受业于顺德名儒简朝亮，与同窗好友邓实等人以匡世扶危相勉励。1905年，黄节先生在上海与章太炎、马叙伦等创立国学保存会，他变卖家产，设立藏书楼，搜集明清间禁书数十种，陆续编印为《风雨楼丛书》。同时又创办《国粹学报》，以"保种、爱国、存学"为宗旨，宣传反清革命思想。1909年，黄节先生加入中国同盟会。1911年广东光复，他为广东都督胡汉民代拟《誓师北伐文》。1912年曾任广州第一中学校长。1913年参加南社，与苏曼殊等同为南社中的中坚人物。之后他长期致力于学术研究，任教于北京大学、清华大学等校。袁世凯复辟帝制期间，他频频撰文抨击君主立宪之弊，被袁氏党羽视为眼中钉。1920年，山西督军阎锡山聘他为山西教育厅长。1922年，北洋政府聘他为国务院秘书长，他皆坚辞不就。1923年春，大元帅孙中山聘黄节先生为元帅府秘书长，他于3月抵粤任职，旋即辞职北上。1928年出任广东教育厅长，因对时局不满，于次年辞职，再次回到北京大学任教。1931年"九一八"事变后，他忧心国家大事，对日寇的侵略行径义愤填膺。

1932年行政院长汪精卫电召出席所谓"国难会议",1933年第一集团军总司令陈济棠邀任广东教育厅长,皆被他断然拒绝。1935年1月24日,黄节先生病逝,后归葬广东白云山御书阁畔。①

黄节先生早年就以诗励志,声闻于岭表南北,享誉于中华诗坛。他与梁鼎芬、罗瘿公、曾习经合称岭南近代四家,他的诗作结集为《蒹葭楼诗集》。其诗沉郁顿挫,刚柔并济,兼有唐诗的文采与宋诗的气骨。清末著名诗人陈三立先生评曰:"格淡而奇,趣新而妙,造意铸语,冥辟群界,自成孤诣。庄生称藐姑射之神人,'肌肤若凝雪,绰约若处子'。又杜陵称'一洗万古凡马空'。诗境似之。"②何耀光先生评曰:"顺德黄晦闻先生,以诗鸣世……先生之诗,内蕴忠爱,外涵万汇,足以正人心而辅名教。"③

黄节先生从青少年时代就打下了深厚的国学基础,显示出过人的才华。1907年至1908年,他先后在广州南武公学和两广优级师范讲授国学。1917年,应校长蔡元培之聘任北京大学教授,专门讲授中国古代文学。1929年起兼任清华研究院国学导师、北京师范大学文学教授。丁文江等人所撰的《传略》中说:"先生于学弘窥而约守,著述鸿富,于诗学尤纯湛深造……所著《黄史》《国粹丛编》,皆分期刊入《国粹学报》中。《中国文学史》《周秦诸子学》《中国通史》《读杜私言》各若干卷。《诗旨》一卷、《变雅》一卷、《诗学》一卷、《诗律》一卷、《汉魏乐府风笺》十二卷、《魏武帝诗注》一卷、《魏文帝诗注》一卷、《魏明帝诗注》一卷、《曹子建诗注》二卷、《阮步兵诗注》一卷、《谢康乐诗注》《谢宣城诗注》《鲍参军诗注》,皆已刊。《顾亭林诗注》,则未完稿。其

---

① 黄节先生的生平事迹主要采自马以君编《黄节诗集·黄节年谱》。《黄节诗集》,中国人民大学出版社1989年版。
② 陈三立《蒹葭楼诗序》,转引自马以君编《黄节诗集》,第4页。
③ 何耀光《蒹葭楼诗续稿序》,转引自马以君编《黄节诗集》,第304页。

《蒹葭楼诗》二卷。"① 大体而言,黄先生一生的著述或可以分为三类,一是政论文章,二是诗歌创作,三是学术著作。② 仅就诗学研究领域而言,黄先生既有诗学理论著作,也有多种古代诗歌的笺注本。前者可以《诗学》(北京大学出版部1918年版)为代表。《诗学》是20世纪最早的一本中国诗学批评史,在中国诗学史研究方面具有开创性。早在清宣统二年(1910)以《诗学源流》为名由粤东编译公司铅印出版,以后经过了两次修订,1921年后遂成为定本,风行海内外。③ 后者可以汉魏六朝诗歌笺注为例证,黄先生注有《汉魏乐府风笺》《魏文帝魏武帝诗注》《曹子建诗注》《阮步兵咏怀诗注》《鲍参军诗注》《谢康乐诗注》等。以上六部著作皆于20世纪20年代出版,50年代又由人民文学出版社校正出版,其中《阮步兵咏怀诗注》在1984年再版。2008年1月,中华书局用北京大学、清华大学原来的讲义本为底本,参照人民文学版,经过加工整理,分四册出版了《黄节诗学选刊》。

黄节先生逝世之初,门人吴宓先生撰文说:"黄先生之说诗,乃本于精确之研究,丰备之学识,而来为正当之说明,并发挥高深之义理。注重精神而事实无缺,广搜材料而论断极慎……此则其所笺注诸家之诗,均可征信。"④ 在间隔60多年之后的今日,黄节先生在汉魏六朝诗歌笺注方面的成就早已为学术界所公认,他所完成的笺注本依然是当代学者们进行中古文学研究时的基本文献。令人遗憾的是,在吴宓先生之后,对黄节先生在汉魏六朝诗歌笺注的体例、方法、目的等方面的成就,还鲜有人进行系统地整理和研究。笔者不才,固然难以窥测黄节先生学问之奥堂,愿意在

---

① 转引自王森然《近代名家评传》(二集),三联书店,1998年版,第276页。
② 以上书目中或许有一部分只是讲义,未能正式出版。此外,今天通行的《谢宣城诗注》为黄节先生的弟子郝立权先生所注。
③ 程中山《〈诗学〉的成书年代及其版本考略》,《学术研究》2006年10期。
④ 吴宓《最近逝世之中国诗学宗师——黄节先生学述》(续),《大公报》1935年1月28日第4版。

梳理前贤高见的同时，将一己之浅见呈现于读者诸君，以期达到抛砖引玉之目的。

一、以古注古

在人民文学出版社和中华书局出版的黄节笺注本前，编辑部都加了一个"出版说明"："黄节的笺释，取材宏博，态度谨严：首先在每一种曲辞前面，详述源流，每题都作了必要的解释。笺注部分，其中已见《昭明文选》的间用李善注而加以补正；此外，引用《文选》五臣注或《玉台新咏》吴兆宜注、《古诗选》闻人倓注，也有所抉择。音释部分，根据古韵相通的原理来分析每诗的用韵，引证颇为详确。每诗的后面援引古今各家评说，可以帮助读者对于诗义加深了解。"（黄节笺释《汉魏乐府风笺》，人民文学出版社，1958年版）"诗注仿照李善注《文选》体例，注明用词出处，间或解释字义。另外采集史传和各家成说来考证诗的本事和阐发诗的主题，对于读者了解诗意方面，有一定的帮助。"（《魏武帝魏文帝诗注》，人民文学出版社，1958年版）"注释引证的材料极丰富，而取舍这些材料又极谨严。这是一个较好的曹集注本。"（《曹子建诗注》，人民文学出版社，1957年版）"黄节的注是取蒋师爚注做底子，集合各家的注释和评语而加以折中，在阮诗的注本中，比较详备。它主要的优点是能够结合历史事实来阐明诗意，虽未必完全正确，至少可以做读者的参考资料。"（《阮步兵咏怀诗注》，人民文学出版社，1959年版）"注文体例：凡《文选》所录的取李善注，另做补注以求详尽；此外由黄氏创注，搜寻博洽，对于有关佛经的注文，尤虚心采择；注后附录各家评述，多能阐发谢诗境微。这是谢诗较精的注本。"（《谢康乐诗注》，人民文学出版社，1958年版）"鲍诗本有清同治年间钱振伦注，后附鲍照妹鲍令晖诗，内容是一部分采取《文选》李善注，一部分采取《玉台新咏》吴兆宜注，李吴两家所未注的，由钱注补充。黄节取钱氏注本，再作补注而益以各家的评说。这是鲍诗较完善的注本。"(《鲍参军诗注》，人民文学出版社，1958年版）"黄节是近代较早全面研究汉魏六朝诗的学者，也是影响较大的一位。他的研究，善于博采前人之长，对唐李善以来特别是明清以来学者的研究成果多有甄别吸纳，又能自出新见，时有发明。不少著述精审明密，至今仍是研读中国古典诗学的重要参考资料。"（《汉魏乐府风笺》，中华书局，2008年版）

黄先生笺注本的特点，在以上"出版说明"中已经分析得清楚而到位。从中我们不难看到黄先生的笺注与《文选》李善注之间的密切关系，他不仅在解释词语时援引李善注，而且从笺注体例到笺注方法都沿用了李善注的模式。李善所采用的乃是征引式注释，也可以称之为"以古注古"法。这种方式在中国古代长期流行，到了清代更是兴盛一时。梁启超先生说："校勘之学，为清儒所特擅，其得力处真能发蒙振落，他们注释功夫之所以能加精密者，大半因为先求基础于校勘。"① 清代学者在辑佚、校勘、考证、辨伪、笺释、评论方面各有建树。从李善《文选》注到清儒的校勘学都对黄先生产生了深刻影响，也可以说黄先生的笺注是对中国古代传统注释学的继承与光大。

在采用部分古注的基础上，黄先生加入了大量的补注和创注。以阮籍《咏怀》其一的笺注为例，注"夜中不能寐，起坐弹鸣琴"曰："王粲《七哀诗》：'独夜不能寐，摄衣起抚琴。'"注"薄帷鉴明月"曰："《释名》：'帷，围也。'《广雅》：'鉴，照也。'《毛诗》：'月出照兮。'《古诗》：'明月皎夜光。'"注"清风吹我衿"曰："刘桢诗：'清风凄已寒。'繁钦《定情诗》：'凄风吹我衿。'《尔雅》：'衿谓之袸。'注：衣小带。"注"孤鸿号外野"曰："《广雅》：'号，鸣也。'《楚辞·九章》：'鸟兽鸣以号群兮。'王逸注：'号，呼也。'《左传》师己曰：'……公在

---

① 梁启超《中国近三百年学术史（十四）》，《饮冰室合集（10）》，中华书局，1989年版，第224页。

外野。'"注"翔鸟鸣北林"曰:"《毛诗》:'鴥彼晨风,郁彼北林。'魏文帝《善哉行》:'飞鸟翻翔舞,悲鸣集北林。'曹植诗,'孤雁飞南游',又'翔鸟薄天飞'。"注"徘徊将何见"曰:"《楚辞·九叹》:'徐徘徊于山阿兮。'"注"忧思独伤心"曰:"《毛诗》:'我心忧伤。'"在以上注释中,只有《广雅》中的两条注采自《文选》李善注,其余都是黄先生的自注。古籍笺注不仅仅是一个正字和释词的工作,它涉及文字学、音韵学、训诂学、词义学、语法学、修辞学等不同的学科内容,它要求笺注者对相关的文字训诂、名物掌故、地理沿革、典章制度、历史背景、人物交游、作者生平等方面都应该有深入的了解,没有丰富的知识和扎实的功底就无法完成经得起历史考验的笺注。需要指出的是:在前引"出版说明"中编辑使用了"较好的""较精的""较完善的"等用语,它只是反映出编辑职业所特有的谨严,并不是说黄先生的笺注本的水平还不够高。我们也可以说:虽然黄先生的汉魏六朝诗歌笺注不是完美的,但迄今还没有出现从整体上超越黄先生的笺注本,说黄先生的笺注本已经成为古代诗歌笺注中的经典之作并不为过。

在笺注中,黄先生能够理性地面对前人的成果,大到一个版本,小到一个词语,他都会指明前人的工作,体现出不掠人之美的君子风范。以阮籍诗集校注为例,黄先生在序言中首先回顾了自己得到蒋东桥注本的经过,对蒋氏的注疏表现出由衷的敬意:"以癸亥之春,南归过武林,访诸君贞壮湖上。得见仁和蒋东桥所注阮嗣宗《咏怀诗》,假归卒读,窃叹东桥是事感我无穷……东桥举全诗八十二首,欲表嗣宗千古不明之志,信能突过崇贤否乎?不为义门所讥乎?余安敢重注?"同时,黄先生又说:"东桥是注为益讵少?然有附会失实者,有为旧说所误者,有未明嗣宗用古之趣者。苕苕千载,余取而重注者,其视东桥所得几何?顾余宁讥后人。余于此时不重注嗣宗诗,则无以对今之人……余是以欲揭其志,尽余所能知者,以告今之人。"(《阮步兵咏怀诗注》自叙)他实事求是地指出蒋氏的不足之处,阐明自己重注的理由,感情诚恳,光明磊落。

对黄先生的笺注，靳极苍先生曾经有过"注词不顾句，即解词不解句"的批评："也就是说，虽把句中的某个词有根有据地注释了，可是这注释在这句中合适不合适，却不予以考虑，于是对讲通这句常常是不起作用，甚至是有妨碍的。谨以我的老师黄节所著的《汉魏乐府风笺》为例……这样笺注是旧时注者所共同遵守的方式、方法，是为古书服务。"靳文举《汉乐府·相和曲·江南》为例，黄先生笺"江南可采莲，莲叶何田田"为："《尔雅》：'江南曰扬州。'《楚辞》：'目极千里兮伤春心，魂兮归来哀江南。'田田，莲叶貌。"靳先生指出：《尔雅》所称之扬州，乃古九州之扬州，疆域很广，非秦汉后之扬州。《楚辞》中的"伤春心""哀江南"和此歌也不相合，对理解此句不但无益，而且有害。① 不可否认，李善征引式注释在解释词语之时的确有一定局限性，不能清楚地指明本词与所引之词之间的区别，这样的问题在黄先生的笺注中有时也同样存在。但是，似乎不能因此就认定黄先生的笺注是在为古书服务，确切地说，黄注乃是在为有一定古文修养的读者服务。黄节先生在20世纪前期所面对的北京大学等校的学生，他们在古代文学方面已经具备较高的修养，这是其他一般学子们所无法比拟的。另外，如果用现代学术的标准来衡量，黄先生的笺注中也有个别不符合学术规范之处。比如在引用别人的说法时只注明了作者，却未注明作者的时代、书名以及卷数等。

总而言之，黄节先生以一人之力，笺注了多部汉魏六朝诗歌典籍，且注释取材丰富，考订精审，态度谨严，在20世纪的学术史上并不多见。在现代学术的发轫期，黄先生的笺注本引领了中国古代诗歌笺注学的新方向。"以古注古"的方法体现了黄节先生对前人治学传统的认同，也体现了他学识的渊博和心胸的广阔。

---

① 靳极苍《注释学刍议》，山西人民出版社，2000年版，第44页。

二、彰显其志

文学作品的笺注不能只是停留在文字训诂层面，也应该上升到义理层面。这就要求注者不仅要学识渊博，同时也要有属于自己的见解。有些注者"第求典实，无与诗心"，从而使诗人"隐志不彰"（《鲍参军诗注》补注自序），有鉴于此，黄先生自己则"于其事不敢妄附，于其志则务欲求明"（《阮步兵咏怀诗注》自叙），不仅探求诗中之典实，亦竭力揭示诗人之隐志。由于黄节先生能够运用自己的知识体系和判断价值去解释事件的来龙去脉，去解剖古代诗人的心志，从而提出了一系列有异于前人的新观点。

黄先生在部分诗篇之后会选择一些前人的评论，然后采用按语的形式提出自己的看法，有时提出商榷，有时断然否定。例如阮籍《咏怀》其一注云："蒋师爚曰：'案此刺善笺忧生之嗟也。徘徊风月间，号者自哀，鸣者自乐，忧思者以何自见乎？以琴见焉。弹毕而无可见矣，心以是伤，怀以是咏也。'〔节案〕末二句盖用曹植《杂诗》：'形景忽不见，翩翩伤我心。'意指上孤鸿翔鸟言之，蒋说恐非。"而在《咏怀》四十七注中，黄先生则明确地说："此篇解者俱失……此诗悲生命之不辰，而追念其父之节操也。"在对具体诗篇的评论中，黄先生提出了一些具有普遍价值的观点。其一，他主张结合历史事实来说明诗意。他在阮籍《咏怀》七十七注中曰："蒋师爚以此诗刺赵王伦杀石崇事……蒋氏可谓失考之甚矣，此与其五十七诗谓有所不足于郑冲，同一谬误，失于附会而不自知，读阮诗者所宜以之为戒也。"其二，他主张联系相关诗文去判断该诗的题旨。如阮籍《咏怀》二十二注在引述了阮籍《清思赋》后指出："其所云云，皆以道言，可与此诗相表里。"《咏怀》二十三注曰："嗣宗《大人先生传》云：'大人微而弗复兮，扬云气而上陈。召太幽之玉女兮，接上王之美人。'亦诗所谓仙者四五人也。蒋师爚谓指司马氏及其用事之人，殊凿。"其三，在认识历史人物之时，黄先生主张不能着眼于一时一事，而要统观该历史人物的一生。例如关于曹操的《短歌行》，黄先生首先引述了陈沆之评："此即汉高《大风歌》思猛士之旨也……王者不厌士，故天下归心。说者不察，乃谓孟德禅夺已萌，而沉吟未决，畏人讥嫌，感岁月之如流，恐进退之失据。试问篇中《子衿》《鹿鸣》之诗，契阔燕谈之语，当作何解？且孟德吐握怀贤之日，犹王莽谦恭下士之初，岂肯直吐鄙怀，公言篡逆者乎？其谬甚矣！"然后说："陈氏此论，未统观魏武前后之为人也。"以上数点说起来并不难，但要落实到每一首诗歌评论中则很不容易。黄先生不仅这样要求别人，也在这样要求自己。

　　黄先生对汉魏六朝诗歌的嬗变以及此期重要的诗人都有高屋建瓴的论述。在《诗论》中分别有"汉魏诗学""六朝诗学"两章对中古诗歌流变大势加以描述。他指出："以六朝之词藻，上承汉魏而下开唐宋，凡诗之体格无不备于是时。"① 在汉魏六朝诗人中，黄先生似乎对阮籍情有独钟。他提出："魏晋之间，以阮籍别为一派，与陈思相匹。"② 而阮籍诗歌在"感发人心"方面尤为突出："念参军沉抑藩府，康乐未忘华胄，其诗虽工，其于感发人心，不若嗣宗为至。"（《阮步兵咏怀诗注》自叙）阮籍诗歌能够"感发人心"的根本原因在于诗人继承了《诗经·小雅》的真精神："钟嵘有言，嗣宗之诗源于《小雅》，夫《雅》废国微。谓无人服《雅》而国将绝尔。国积人而成者，人之所以为人之道既废，国焉得而不绝……嗣宗其《小雅》诗人之志乎。"（《阮步兵咏怀诗注》自叙）在分析阮籍精神世界时，黄先生说："古人有自绝于富贵者矣，若自绝于礼法，则以礼法已为奸人假窃，不如绝之。其视富贵有同盗贼，志在济世，而迹落穷途。情伤一时，而心存百代。如嗣宗岂徒自绝于富贵而已邪？"（《阮步兵咏怀诗注》自叙）我们知道，鲁迅先生在《魏晋风度与

---

① 黄节《诗学》，北京大学出版部1925年版，第5页。
② 黄节《诗学》，北京大学出版部1925年版，第5页。

文章及药与酒之关系》中有一段著名的论述："魏晋时代，崇奉礼教的看来似乎很不错，而实在是毁坏礼教，不信礼教的。表面上毁坏礼教者，实则倒是承认礼教，太相信礼教……于是老实人以为如此利用，亵渎了礼教，不平之极，无计可施，激而变成不谈礼教，不信礼教，甚至于反对礼教——但其实不过是态度，至于他们的本心，恐怕倒是相信礼教，当作宝贝，比曹操司马懿们要迂执得多。"① 黄先生的著作于 1926 年在北京大学出版部刊行，鲁迅先生的文章是 1927 年夏天在广州的演讲，即使不能说鲁迅先生吸收了黄先生的观点，起码可以说两人见解相同。阮籍等人以反抗礼教出名，两位先生都认为真实的原因是在于礼法已为奸人所假窃，这个看法透过表面现象，抓住了问题的实质，得到了学术界的广泛认同。

曹植作品"骨气奇高，辞采华茂"，一向在中国诗史上占有重要的地位。黄先生说："陈王本《国风》之变，发乐府之奇，驱屈宋之辞，析扬、马之赋而为诗，六代以前莫大乎陈王矣。至其闵风俗之薄，哀民生之艰，树人伦之式，极情于神仙而义深于朋友，则又见乎辞之表者，虽百世可思也。钟记室品其诗，譬以人伦之有周孔，至矣哉。"（《曹子建诗注》序）黄先生之所以认可"诗圣曹植"之说，最根本的原因在于他从曹植诗歌中读到了"闵风俗之薄、哀民生之艰、树人伦之式"的内在精神。同时，"义深于朋友"一语也敏锐地发现了曹植在中国古代友情诗发展史上的杰出贡献。

黄先生从多方面指出了谢灵运与鲍照之间的区别："宋代词人，则以谢灵运鲍照为首。而谢源于陈思，鲍源于二张……若夫七言之作则以六朝之大，唯鲍照一人，最为遒宕。"② "参军沉抑藩府，康乐未忘华胄"一语强调了中古文学中所存在的士族文学与寒士文学并峙的现象。时刻不忘自己的华胄出身乃是谢灵运诗歌最明显的特征之一，他的为人行事及诗歌写

---

① 鲁迅《而已集》，人民文学出版社，1973 年版，第 94 页。
② 黄节《诗学》，北京大学出版部，1925 年版，第 5 页。

作都与他的贵族意识密不可分。黄先生还说："嗟夫！康乐之诗，合《诗》《易》、聃、周、《骚》《辩》、仙、释以成之。其所寄怀，每寓本事。说山水则苞名理。康乐诗不易识也，徒赏其富艳。"(《谢康乐诗注》序）其中"说山水则苞名理"等语句指明了谢灵运山水之作的深层意蕴，对谢灵运研究具有指导意义。他还说"参军生不逢辰，忧危辞多，功名志薄，又遇猜主，故隶事过隐，而善自辞。章法奇变，有类《楚》《骚》。"(《鲍参军诗注》补注自序）这也准确地概括了鲍照诗歌中的思想内容与艺术特色。

在长期的封建时代，学者们看重的是文人士大夫的作品，对民间作品或者视而不见，或者肆意曲解。这种现状到了"五四运动"以后，才有了根本的改变。在《汉魏乐府风笺序》中，黄先生指出："汉世'声''诗'既判，'乐府'始与'诗'别行，'雅'亡而'颂'亦仅存，唯'风'为可歌耳……短箫铙歌乃军中马上所奏，汉制尚不可登之殿廷，况仿为之耶！是故魏'雅'亦亡矣。兹篇所采，皆汉魏乐府'风'诗，故曰'风笺'。"黄先生的《汉魏乐府风笺》1923年在北京大学出版部印行，开了学术界重视民间文学作品的先河。

黄先生的观点或有可商兑之处，但他的论断都建立在深入研究的基础之上，有实事求是之心，无哗众取宠之意。限于是笺注之作，不能展开长篇大论，但在那吉光片羽之中，黄先生都能发幽阐微，切中肯綮，遗泽后学。相比之下，今人的专著动辄数十万字上百万字，名为皇皇巨著，而其中的含金量却让人难以恭维。

三、以诗救世

黄节先生生活在清末这个大变革、大动荡的时代。在晚清的政治舞台上，黄节先生积极投身于文化救国事业，著书立说，呐喊呼吁，"风雨如晦，鸡鸣不已"，是一位众人瞩目的反清志士。在那个"政弛道衰，时同典午"(《阮步兵咏怀诗注》诸宗元序)的年代里,他把自己封闭在象牙塔之内,成天在读诗讲诗作诗。在一般人眼里,他似乎已经成为超越红尘、隐遁远栖的世外高人。黄先生《岁暮吟》云:"坐观群儿戏北郭,一若雄鸡戴金距。日以同类伤爪觜,不如猎狗逐狡兔。我独治诗思远古,陈王阮公谢鲍句。上及乐府诗三百,发为文章用笺注。岁阑百事尽废除,欲理性情与人与。可怜人共叹饥寒,群儿又作鱼龙舞。"此诗写于1926年农历年底,当时正值军阀混战、民不聊生之时,诗歌表明这个时期的黄先生并没有忘记现实,他依然在忧国忧民。

黄先生在《阮步兵咏怀诗注自叙》中说:"世变既亟,人心益坏,道德礼法尽为奸人所假窃。黠者乃藉辞图毁灭之。唯诗之为教,最入人深。独与此时学者求诗则若饥渴。余职在说诗,欲使学者籀诗以明志而理其性情,于人之为人,庶有裨也……天若命余重振救之,舍明诗莫繇。"(《阮步兵咏怀诗注》自叙)他还说:"夫诗教之大关乎国之兴微,而今之论诗者,以为不急,或则沉吟乎斯矣,而又放傲于江湖裙裾屐间,借以为揄扬赠答者有之,诗之衰也,诗义之不明也……诗教浸微,国故垂绝,愿与邦人诸友,商榷乎斯旨,倘亦有不可废者欤。"① 吴宓先生分析道:"可知黄先生之目的,乃欲借诗以理正人之性情,使人皆知所以为人,然后国乃强,世乱乃止。"② "黄先生生平以诗为教,盖将以正民志,立国本。由陶冶个人性情,进而淬厉道德,改善风俗,期于明耻笃行,尚勇合群,以保我国家民族之生命,而绵续先哲教化之德泽,诚今之人师也。"③ 非常明显,黄先生笺注古籍并不是为了寻找个人精神上的安慰,也不是单纯为了笺注而笺注,他的终极追求乃在于以诗救世。他认为,诗之为教,入人最

---

① 黄节《诗学》,北京大学出版部,1925年版,第1页。
② 吴宓《最近逝世之中国诗学宗师——黄节先生学述》(续),《大公报》1935年1月28日第4版。
③ 吴宓《最近逝世之中国诗学宗师——黄节先生学述》,《大公报》1935年1月27日第4版。

深,要改变国故垂绝、人心益坏的现实,就得依靠诗歌中蕴含的内在力量去改变人们的性情和道德,通过以诗救人达到以诗救国,最后实现以诗救世,让世界进入到一种理想的社会形态。这样的理念导源于儒家思想,《毛诗序》中早就说过:"正得失,动天地,感鬼神,莫近于诗。先王是以经夫妇,成孝敬,厚人伦,美教化,易风俗。"在笔者看来,这样的动机高尚而纯粹,但是其可行性却值得反思。儒家的诗教说讲了几千年,何曾达到过儒士们所企望中的理想社会?文学作品在一定程度上会影响人的思想观念,但这种可能性不能过分夸大,更不能把所有的改良社会的希望都寄托在文学上。诗歌的天地浩瀚无垠,政治、道德、教化等等只是其中的一个组成部分。诗歌并不是、至少不单纯是道德的载体,而以诗为教的观念却明显夸大了文学作品的社会功用。即使诗歌可以担当一定的教化功用,那么它所能教化的人群也很有限。对诗歌与政治之间有没有关系,不同的人向来持有不同的看法。至于诗歌是否可以起到救世的作用,怀疑者应该更众。这样的事实,黄节先生不可能不明白,然而他却选择了知其不可为而为之,他用宗教承担般的精神坚守着自己的主张。他所说的"天若命余重振救之"等话,自然会让人想到孟子那种"舍我其谁"式的自信。纵观黄先生的一生,他始终自觉地继承了原始儒家的社会责任感和历史使命感,也继承了儒家对诗歌教化功能的重视。早年活跃在晚清政治舞台上的黄节先生是一位志士仁人,之后埋头于象牙塔中的黄节先生照样是一位仁人志士。即使我们可以怀疑以诗救世的实际效果,但我们不能不敬佩他的人格和他的意志。

同样是进行学术研究,有没有这样的抱负和追求,效果是大不一样的。如果缺失了这份使命感和责任心,一个人很容易变得疏懒,很容易放弃自己的研究计划。我们知道,注诗是一项枯燥而艰涩的工作,黄先生曾说:"鲍诗之注,盖有二难……则非深理全诗,莫知其误。盖自唐以来,读鲍诗者鲜,篇什多佚。文字之伪异,完本既不可得,诸本校夺,何所适从。况有诸本悉误者。如《吴歌》'观见水流还',则亦无从校夺。注者之难，此其一也。参军生不逢辰，忧危辞多，功名志薄，又遇猜主，故隶事过隐，而善自造辞。章法奇变，有类楚骚……注者第求典实，无与诗心，隐志不彰，概为藻语。此其二也。"（《鲍参军诗注》补注自序）文字之伪异，诗心之难求，岂止鲍诗如此。他还说："余自辛酉为谢诗作注，据《宋书》本传，考其诗，知弱侯所编，后先失序。乃次康乐之行事，重编其诗为四卷。注成，已阅四年。甲子夏复为删补，而点易者又十之二三。盖已三易稿矣……唯四年来搜寻而未得者，归濑、三瀑布、两溪，不详何地。诸书方志，勤求殆遍。溪壑沿褫，旧名易湮，则诚憾已……康乐诗不易识也。"（《谢康乐诗注序》）所不易识者岂徒康乐之诗。除了注诗本身的不易外，黄先生工作的环境也异常艰苦："余以饥寒交困，风雪穷冬，茅栋孰忧？妾御求去，故乡路阻，妻孥莫保，暮齿已催，国乱无已，而独不废诗。"在这种环境下，黄先生依然"中夜勤求""穷老益力，虽心藏积疾，不遑告劳"。（《阮步兵咏怀诗注》自叙）可以说，以诗救世的高尚动机和坚定信念是支撑黄先生进行学术研究的精神支柱。如果没有这样的动机和信念，则很难战胜自己，战胜环境，取得辉煌的学术成绩。

凡是抱有教化观的学者通常会用有色眼镜去透视古代诗人，会对诗歌做出一定程度的曲解。可贵的是，在研究中，黄先生坚持以科学的态度存是纠误，一丝不苟。在唐人的《文选》注中，吕延济等人对阮籍诗歌进行歪曲，试图把每一首诗都"引喻于昏乱，附会于篡夺"，黄先生对他们的做法不以为然，以《咏怀》其一的笺注为例："《文选》六臣注吕延济曰：'夜中，喻昏乱。'吕向曰：'孤鸿，喻贤臣孤独在外。翔鸟鸷鸟，以比权臣在近，谓晋文王。'……此皆嫌于臆测，而诸家又多以此篇为八十二首之发端……陈沆乃刺取三十八首，分上中下三篇，曰悼宗国之将亡，曰刺权臣，曰述己志。此皆强与区分，无当于阮公作诗之旨，窃不敢从。"黄先生注诗解诗皆从实际出发，并没有用自己的道德观去削足适履，曲解诗义。

在商品经济和市场经济的当今社会，黄节先生的治学态度和治学方法不仅没有过时，而且具有一定的现实意义。吴宓先生说："（黄先生）以说诗视为天命之职责，其意至诚，使吾侪读此文者莫不深切感动。则彼以学问为消遣，视教授仅为职业者，何足以知黄先生。"① 在此，吴宓先生把学者分为两等，第一等学者以学术"为天命之职责"，第二等学者"以学问为消遣，视教授仅为职业"。我不知道，在当今之世，以学术"为天命之职责"者还有多少。一个学者，能够遵守相关的职业道德就已经很不错了。在今天，一些所谓的学者已经沦落到了第三等：放弃了基本的职业道德，视学术为沽名钓誉之工具。在学术泡沫泛滥、学术腐败盛行的今天，要不要持守学术良心，要不要坚持学术道德，是每一个学人首先要面对和正视的问题。

张尔田先生曰："盖善诗者或不善注诗，不善诗者又或假注诗掩其不善诗。说古之诗如牛毛，求今之诗乃麟角，两者交相诟。"（《鲍参军诗注序》）黄节先生不仅善于写诗而且善于注诗，同时尤为重要的是，他同时也是一位仁人志士，在他身上，志士、诗人、学者始终融为一体。黄节先生对汉魏六朝诗歌的笺注"取材宏博，态度谨严"，是 20 世纪古籍整理、研究中的典范之作。其"以古注古"的方法，"于事不敢妄附，于志则务求其明"的治学态度，以诗救世的精神，在新世纪的古代文学研究和整理工作中依然具有重要的指导意义。

---

① 吴宓《最近逝世之中国诗学宗师——黄节先生学述》（续），《大公报》1935 年 1 月 28 日第 4 版。

第十六章　日本学者六朝诗歌研究一瞥

近年来，中国学术界对日本同行的中国古典文学研究状况极为关注，已经出现了多篇这方面的文章。① 但是，专门介绍日本学者六朝文学研究的文章，笔者还没有看到。日本国内有关中国六朝文学研究的综述性文章，笔者只找到了一篇发表于1980年的短文，即松本幸男先生的《我国关于中国中世文学研究的八十年（1900—1980）》，该文最初发表于《立命馆文学》第422.423号《思想的动向》（1980），后收入作者的《魏晋诗坛研究》（朋友书店，1995年版）一书。2007年，笔者在九州大学担任外国人教师，对日本学者关于中国六朝诗歌的研究有了一点粗浅了解。本书参照松本幸男先生文章和国内学者已有的成果，结合自己的所见所闻，特撰此文。

---

① 例如，戴燕的采访纪要《历史与现状——漫谈日本的中国古典文学研究》（《文学遗产》1999年1期），尚永亮的《日本汉学研究的特点及其启示意义》（《中州学刊》2005年9期），陈友冰的《日本近百年来中国古典文学研究历程及相关特征》（《汕头大学学报》2007年3期）等。

一、研究阶段与研究队伍

日本学术界对中国学的研究经历了两次大的变化。第一次变化发生在明治时代（1868—1911）；第二次变化发生在 1945 年日本战败之后。因此，明治以来的日本中国学研究可以 1945 年为界分为前后两个时期。

第一个时期内，传统的"汉学""经学"改为"东洋学"。日本学者泊功说："一直到江户时期汉学始终为日本学术的最高境界。但进入明治时代之后，日本将中国看成'落后'的国家，汉学已不再作为达到'先王之道'的学问，随之汉学渐渐地分成几门客观的、科学的学术领域。"[①] 1894 年，在那珂通世等人的建议下，与"西洋史"相对应，在中学课程中设置了"东洋史"。文学不再从属于经学，成为一种独立的科目。

1889 年东京大学出版《史学杂志》，1910 年京都大学出版《艺文》期刊，1911 年东亚学术研究会出版《东洋研究》，1916 年京都大学出版《史林》。当时日本中国学研究的中心，一个是东京，一个是京都。这样的情况一直持续到 1945 年之后才有了根本性的改变。松本幸男先生说："战前的六朝文学研究是不够热烈的。这是与把中国古典与自己国家的文化一样看作国汉（日中）的构想相对应的。以经学为中心的汉文学的价值观，无论如何难以对六朝文学做出准确的评价。如果要提出新的看法，必须要对旧的汉文学和近代的外国文学研究采用不同的尺度。"

此期著名的中国文学专家有狩野直喜、铃木虎雄、青木正儿、斯波六郎、吉川幸次郎等先生。狩野直喜（1868—1947），京都大学教授。他虽然不以六朝文学研究为重点，但他作为著名汉学家、京都学派创始人，对后辈学者有较大影响。铃木虎雄（1878—1963），京都大学教授。主要著作有《陶渊明诗解》等。青木正儿（1887—1964），京都大学教授。其作

[①] 泊功《浅论近代日本汉学与对中国的东方学话语》，《深圳大学学报》，2006 年 5 期。

品结集为《青木正儿全集》（10卷）。斯波六郎（1894—1959），广岛大学教授。主要著作有《文选李善注所引尚书考证》《文选索引》《陶渊明诗译注》《中国文学之孤独感》等。斯波六郎先生在六朝文学研究方面（特别是在《文选》研究领域）贡献巨大，被誉为日本20世纪第一位六朝文学研究专家。吉川幸次郎（1904—1980），京都大学教授，有《吉川幸次郎全集》27卷。在此需要说明的是，以上诸位先生著述甚丰，其中部分成果完成于1945年之后。

据松本幸男先生介绍，在1945年之前，日本学术界关于六朝文学的研究成果比较少。儿岛献吉郎先生1909年出版了《支那大文学史》（岩波书店），将中国文学发展历程分为"胚胎、发达、全盛、破坏、弥缝、浮华、中兴、模仿、集成"九个时期，该书是日本较早的中国文学史著作。有关竹林七贤的研究一度成为此期研究的热点，发表了多篇论文。在纯文学研究方面，出现了铃木虎雄先生等人的文章，例如铃木虎雄先生的《对五言诗发生时期的疑问》（《史林》4—2，1919年版）及《魏晋南北朝时代的文学论》（《艺文》10—10、11、12、21，1919、1920年版）等。

虽然此期六朝文学研究的人数较少，文章数量不算多，但本期研究者的素质很高，文章具有极高的学术价值，为后来的日本中国文学研究奠定了良好的基础。

1945年之后，六朝文学的研究进入到一个新的时段。第二次世界大战结束后，日本称霸亚洲的帝国梦破灭了，学者们开始理性地看待世界。此期最大的变化就是把明治维新以来的东洋学变为中国学，中国学成为日本世界学术研究中的一个分支。1945年以来，在日本的中国古代文学研究中，有两个重镇，一个是六朝文学研究，一个是唐代文学研究。从这个角度来看，日本学术界对六朝文学的重视程度超过了中国本土学者。

松本幸男先生说："随着新型大学制度的实施，发表了很多新的研究成果，学界在改变以东京为中心的倾向方面在战后有了很大的进步。如此，在1950年日本中国学会的《日本中国学会报》发刊，在它前后各大学的纪要，或者研究会的机关杂志陆续创办。尤其是京都大学的《中国文学报》、广岛大学的《中国中世文学研究》是中国文学的专业期刊，与六朝文学相关的论文较多，有一定的研究深度。"此期有代表性的著作如下：网佑次先生的《中国中世文学研究——主要以南齐永明时代为中心》（新树社，1960年版），小尾郊一先生的《中国文学所表现的自然和自然观》（岩波书店，1962年版），铃木修次先生的《汉魏诗的研究》（大修馆书店，1967年版），增田清秀先生的《乐府史的研究》（创文社，1975年版），森野繁夫先生的《六朝诗研究》（第一学习社，1976年版），林田慎之助先生的《中国中世文学评论史》（创文社，1979年版）。据松本先生的统计，单从文章的数量上看，1945年之前只有80多篇（本），第二次世界大战后（1945—1980）达到了937篇（本），相差甚多。

1947年6月，创立了全国统一的学会——东方学会，其机关杂志《东方学》于四年后的1951年3月创刊。1950年10月成立的日本中国学会，是以中国相关学术研究为目的，以从事中国哲学、中国文学、中国语学研究者为主的全国性综合学会。创立之初会员只有246名。到了2000年，个人会员2056名，社团会员61个。该学会每年都召开一次学术大会；每年发行一期机关杂志《日本中国学会报》。《东方学》和《日本中国学会报》是日本研究中国学术的最重要的两种期刊。

此时期活跃在六朝文学研究领域的学者数量大增，笔者耳闻的著名学者有：小尾郊一（1913—2004），广岛大学教授。主要著作有《中国文学所表现的自然和自然观》《文选》《真实与虚构——六朝文学》《谢灵运——孤独的山水诗人》《中国的隐遁思想》《沉思与翰藻：文选的研究》《陶渊明的故乡：随想旅行记》等。冈村繁（1922— ），九州大学教授。主要著作有《文选之研究》《陶渊明——世俗与超俗》等。《冈村繁全集》（中文版）2002年由上海古籍出版社出版。铃木修次（1923—1989），广岛大学教授。主要著作有《汉魏诗研究》等。石川忠久（1932— ），二松学舍大学教授，日本汉诗诗人。主要著作有《陶渊明及其时代》《石川忠久著作选》等。森野繁夫（1935— ），广岛大学教授。主要著作有《六朝诗研究——集团的文学与个人的文学》《王羲之传论》《谢灵运论集》等。兴膳宏（1936— ），京都大学教授，京都国立博物馆馆长。著作有《中国的文学理论》《异域之眼》《生于乱世的诗人们——六朝诗人论》《从古典中国眺望》《六朝诗人传》（主编）等。长谷川滋成（1938— ），广岛大学教授。主要著作有《陶渊明的精神生活》《孙绰研究》《东晋诗译注》等。川合康三（1948— ），京都大学教授。主要著作有《曹操》《文选》（合著）、《中国的自传文学》《中国的文学史观》《中国文学的样式——系统的诗学》等。釜谷武志（1953— ），神户大学教授。主要著作有《陶渊明》《六朝诗选俗训》等。佐竹保子（1954— ），东北大学教授。主要著作有《西晋文学论——玄学的影子和形似的曙光》等。佐藤利行（1957— ），广岛大学教授。主要著作有《西晋文学研究——以陆机为中心》等①。佐藤正光（1960— ），东京学艺大学准教授。主要著作有《南朝的门阀贵族与文学》等。

  1972年9月，日本田中角荣首相访问中国，中日邦交正常化。1978年8月中日签订和平友好条约。此后中日双方的交流开始变得频繁。中日两国之间留学生人数大量增加，一些日本学者开始去中国演讲、访问，中国部分学者也以客座教授、外国人教师、访问学者等身份赴日交流。中日联合召开了多次六朝文学会议。1979年10月第一届中日陶渊明学术研讨会召开，2000年8月第二届中日陶渊明学术研讨会召开，2006年10月中日六朝文学研讨会在北京大学召开。

  与西方具有形形色色的文学理论不同，日本国的中国文学研究似乎并不热衷于新方法的尝试。据说日本自明治维新以来，形成了以东京大学为主的东京学派和以京都大学为中心的京都学派。东京学派的实证主义精神

---

① 佐藤利行先生的《西晋文学研究——以陆机为中心》（中译本）2004年由中国社会科学出版社出版，已为大陆学界所了解。

主要继承了德国的兰克学派，京都学派则更多接受了清代乾嘉考证学。今天的研究界已经难以厘清两个学派之间的分野。正如尚永亮先生指出：日本汉学研究的特点，"一是重视文献资料的整理，注意编制各种别集索引和文人年谱；二是重视文本解读，深挖细探，以保证字句文义的准确无误，并培养研究者的实证精神和发现问题、解决问题的能力；三是注重运用比较学和传播接受学方法，对重点作家、作品展开多角度、多方位研究。"笔者最突出的感受是日本学者非常重视文献资料的整理工作，注重版本、训诂、考据以及资料索引等方面的研究。日本人性格中最大的特点是认真细致，这样的民族性格反映在学术研究中就是对细节的考索，对文献的深入探究。今天可以用电脑检索数据库去做的工作，日本学者此前已经用人工做了很多。他们会耐心地一点一点去寻找、查对，这样一种看起来很笨的功夫，正是学术研究所需要的基本功。他们的研究领域不仅涉及众多常见的经典，同时也延伸到一些生僻的典籍。如同多位学人所指出的那样，一般而言，日本学者的选题都很细密，多微观方面的观察和思考，擅长以小见大的论文体式。有些研究者皓首穷经去钻研一本书或一位作家，而对于这本书和这位作家之外的知识则相对缺乏。当然，对于成熟的杰出的研究者而言，并不是完全规行矩步、墨守成规，他们会在遵守基本学术规范的基础上，形成自己独特的学术个性。

二、六朝诗歌研究

第一，有关六朝诗歌的综合性研究。

小尾郊一先生的《真实与虚构——六朝文学》（汲古书院，1994年版）集中收入论文12篇。作者提出，汉代的赋为了让读者快乐，采用了空想的夸张的手法去展开描写。六朝在沿袭这种倾向的同时，又有了最初的反动，左思就主张赋要写实，他的赋有写实精神。后来的行旅、游览赋都继承了左思的精神去描写自然。从而，这个时代可以说是一个自觉地从虚构走向真实的时代。在诗歌方面也有同样的转变。兴膳宏先生的《生于乱世的诗人们——六朝诗人论》（研文出版，2001年版）是一本关于六朝文学的论文集，论文陆续写作于20世纪60年代到80年代末。松本幸男先生的《魏晋诗坛研究》涉及五言诗成立问题、曹氏诗坛、嵇康的身世和赠答诗、阮籍的生涯和咏怀诗等内容。森野繁夫先生的《六朝诗研究——集团的文学与个人的文学》（第一学习社，1976年版），把六朝文学分为集团文学与个人文学两类，分析了两个类型的发展演变。

福井佳夫先生的《关于六朝四言诗衰微的问题》（《日本中国学会报》第49集，1997年）提出六朝文章美文化的原因，不唯是摄取了辞赋的滋养，同时也吸取了诗歌的写法。佐藤大志先生的《六朝乐府诗的展开和乐府题》（《日本中国学会报》第49集，1997年）认为：乐府诗，特别是拟古乐府诗因为在东晋出现了断代，诸多古曲曲调失传，从而发生了巨大变化；刘宋初期，谢灵运等人的拟古乐府已经与模拟诗相差无几；刘宋中期，鲍照等人的拟古乐府是基于乐府题的较为自由的创作，唐代乐府题的运用与写作精髓皆来源于此；鲍照等人的创作，被南齐诗人作为团体文学游戏继承下来，并使其变成了乐府的一般性创作方法。

第二，有关建安诗歌和正始诗歌研究。

伊藤正文先生的《建安诗人及其传统》（创文社，2002年版）以建安诗人作为重点，研究了建安时代曹操的乐府诗，曹植、王粲、刘桢的生平与诗歌，并且研究了建安诗歌传统在南朝和盛唐时代的流变。铃木修次先生的《汉魏诗研究》（大修馆书店，1967年版）全书三章，第一章"楚辞·新声考"，第二章"乐府·古歌·古诗考"，第三章"建安诗考"。在第三章中作者分别对建安诗的概况、建安诗歌的题材与赋、建安时代的重要诗人进行了论述。川合康三先生的《曹操——横槊赋诗》（集英社，1986年版），全书从生平事迹和政治军事文学多方面论述了曹操的一生。

古川末喜先生的《建安·三国文学思想的新动向》（《日本中国学会

报》第 40 集，1988 年）认为曹丕《典论·论文》中的"文章经国之大业，不朽之盛事"并非文学独立的宣言，曹丕的"文章"实指诸子一家之言的著述。此时文学最大的变化可以说是自娱性文学观的形成，即文学创作和鉴赏成为作者和读者自娱的手段。当时文人所认识的文学已经近似于现代意义上的文学。当时文学评价的显著特点有两点：一是评论对象的扩大；一是对作家个性和文风评论的构成。龟山朗先生的《建安诗人送别的赠答诗》（《日本中国学会报》第 41 集，1989 年），作者认为王粲的三首四言赠别诗是"记载诗"的继续。曹植在继承王粲的四言赠别诗的基础上，利用了五言诗的表现力来写作赠别诗，他的《赠白马王彪》是赠别诗的集大成者。松浦崇先生的《论嵇康的"忧愤诗"》（《福冈大学研究所报》第 57 号，1981 年），[1] 作者认为嵇康写作忧愤诗的目的在于追求精神上的拯救。诗中期望精神安宁和长生的一节最清楚不过地显示了《释私论》哲学的影响，即通过坦白私情来挽救自己的罪过。他的《嵇康与楚辞》（《中国诗人论——冈村繁教授退官纪念论集》汲古书院，1986 年版），通过典故、表现形式、思想内容等方面，考察了嵇康与楚辞之间的关系。

第三，有关两晋诗歌研究。

佐藤利行先生的《西晋文学研究》以陆机和南人集团为中心，围绕他们的文学创作和文学活动，考察了西晋文学的特征和本质。

不论是中国还是日本，在六朝文学研究中，学者过多地关注那些大诗人。佐竹保子女士的《西晋文学论——玄学的影子和形似的曙光》（汲古书院刊，2002 年版）与时俗相反，作者选择了皇甫谧、夏侯湛、张华、束晳、张协、郭璞等六位诗人进行研究。此外，她的《从张华文学中所看到的〈老子〉的影子》（《日本中国学会报》第 49 集，1997 年），以张

---

[1] 此文之中文译文（彭恩华译），发表在《文艺论丛》第 20 集，上海文艺出版社，1984 年 6 月。

华的《鹪鹩赋》《女史箴》等文学作品为例，认为张华的诗文往往取材于《老子》的想法和形象。历代评论家说张华"儿女情多"，这一特点可能是在很大程度上受了重视"牝""静""柔软"的《老子》的影响。她的《西晋的出处论》(《日本中国学会报》第 47 集，1995 年)一文讨论晋代到南朝之间出处论的过渡情况。西晋初期的皇甫谧主张"出处同归"，文学家夏侯湛和儒士束晳均背离了皇甫谧"出处同归"的主张，撰写了富有个性的《设论》。夏侯湛的《设论》有滑稽文学的一面，束晳终究也没有接受皇甫谧的齐同思想。

"连珠"是一种开始于汉代的文体，历来研究者对这种文体关注甚少。高桥和巳先生提出，陆机《演连珠》的主题在于在政治上重视实际的政绩而排斥虚无，与当时流行的玄学对抗；记叙了不受困境与挫折影响的志士气概；以一种高人一等的优越感，批评凡夫俗子。佐竹保子女士的《陆机〈演连珠〉五十首考——其多元性和叙情性》(《日本中国学会报》第 55 集，2003 年)则提出了不同的看法，她认为，在连珠类作品中，陆机的《演连珠》和庾信的《拟连珠》被人视为截然相反的两个类型，其实这两篇作品之间有共同性与连续性。她还认为陆机的《演连珠》目的在于展现一种整体性和多元性，谋求从多元性的视角来提出多样性的观点，而这正是诗人内心矛盾的外在体现。

柳川顺子女士的《关于陆机拟古诗的创作动机》(《六朝学术学会报》第 2 集，2001 年)认为陆机所拟的古诗是第一古诗群，他创作拟古诗的动机在于代表南人向西晋贵族社会发起无言的挑战。她的《陆机乐府诗私论》(《文学研究》第 86 集，1989 年)认为陆机的乐府诗中有相当浓厚的咏怀色彩，表现出追求功名的内心世界。

孙绰是东晋玄言诗的代表人物，学术界对他的研究甚少。长谷川滋成先生的《孙绰研究》(汲古书院，1999 年版)是唯一的专著。作者全面地收集了有关资料，从孙绰的生平事迹与文学创作两个方面展开探讨，认为孙绰是一位憧憬理想之"道"的诗人。

在现代中国人的观念中,陶渊明被看作代表魏晋南北朝时代最高成就的诗人。在日本,陶渊明也是一位深受日本历代学人喜爱的诗人。松本幸男先生说:"在铃木虎雄的《陶渊明诗解》(弘文堂,1948年版)、斯波六郎的《陶渊明译注》(东门书房,1951年版)之后,出现了吉川幸次郎的《陶渊明传》(新潮社,1956年版),对渊明和他的时代进行了深入的发掘。最近冈村繁的《陶渊明》(NHK,1974年版)成为受人们关注的话题。"冈村繁先生有关陶渊明的新论引起了中日两国学者的普遍关注,其主要观点可以概括为:"揭发陶渊明身上'隐蔽着的世俗性'。具体而言,即背信弃义(五次出仕的反复)、攀附权贵(向高官乞求)、渴望世俗声名、自我中心、极端利己主义(归隐与出仕的原因)、任性(无原则的处世方法)、固执、虚伪、惶惑于富贵、永远的矛盾等。"[①]冈村繁先生对陶渊明世俗性的论述不乏新意,为研究陶渊明提供了一个新视角,然而多有偏颇之处。

上田武先生的《陶渊明的生活理念》(《日本中国学会报》第42集,1990年)认为陶渊明虽然终身追求"温""静"境界,但在实际生活中,尤其是在后半期,不得不经受与此境界相反的心灵震荡。支撑他晚年生活的是"固穷"一词,这个词已经失去了"真""善"那样指向未来的理念词语性质,它只是诗人忍受痛苦现实的支柱。大地武雄先生的《陶渊明的生死观》(《日本中国学会报》第43集,1991年),通过陶渊明的《挽歌》《自祭文》等作品,讨论了陶渊明的生死观。松浦友久先生的《"不羁"的诗人——陶渊明的另一幅画像》(《中国诗文论集——松浦友久教授追悼纪念》第21集,2002年)认为陶渊明是一个具有复杂的多重性格的诗人。陶渊明对"羁"与"不羁"的问题非常敏感,具有追求不羁的志向。

[①] 胡晓明《客观的了解如何可能——以冈村繁〈陶渊明新论〉为中心的讨论》,《东南大学学报》,2003年4期。

第四，有关南北朝诗歌研究。

关于谢灵运研究，宋红女士编译的《日韩谢灵运研究译文集》（广西师范大学出版社，2001年版），收集了从20世纪50年代到90年代的8篇日本学者的论文。宋红女士说："小尾郊一先生的《中国文学中表现的自然与自然观》……从哲学的角度入手研究中国山水文学的发生、发展和变化，无疑把握了纵贯于中国山水文学的主脉。这部著作从研究角度到观点、方法，都突破了旧的模式，给人耳目一新的感觉，这部著作的问世对日本汉学界的山水文学乃至谢灵运研究产生了极大的影响……日本的谢灵运研究不仅代不乏人，而且篇目甚夥。"①

晋宋之际诗歌发生了一次重大转变，由玄言诗转变为山水诗。通常我们把其中的原因归结为两个方面，一是江南秀美风景对北方南渡士族的触动，一个是玄理佛教对晋宋诗人的渗透。冈村繁先生的《"庄老告退、山水方滋"考——淝水之战的文化史意义》（九州大学《中国文学论集》第32号，2003年）一文，否定了以上两种原因，提出了第三种观点：谢灵运用庄园、山水诗来夸耀自己的贵族优越感。他认为，淝水之战表明了谢氏一族的无能无策与优柔虚荣。谢灵运具有贵公子的特权意识，他的山水文学旨在夸耀自己广大秀丽的庄园和贵族的才学。在贵族们失去了政治军事上的优越感之后，唯有文学——特别是山水文学才可以让他们显示自己的地位与虚荣。

森野繁夫先生多年来致力于谢灵运研究，先后整理出版了《谢康乐诗集》《谢康乐文集》，并发表了45篇谢灵运研究论文，作者将其中的18篇结集，以《谢灵运论集》（白帝社，2007年版）为题出版。论文集从谢灵运的传记和思想、创作等角度展开了全面论述。

向嶋成美先生的《围绕鲍照对偶表现的考察》（《日本中国学会报》第43集，1991年），作者认为在魏晋南北朝时代，诗人们为了使对偶表

---

① 宋红编译《日韩谢灵运研究译文集》，广西师大出版社，2001年版，第1页。

现趋于完善进行了不懈努力，鲍照是其中的佼佼者。鲍照在对偶表现方面追求新的手法，扩大了对仗句之间的对应词，考虑到了两联之间的关连性。

佐藤正光先生的《南朝的门阀贵族和文学》（汲古书院，1997年版），全书分为总论与分论两个部分，总论部分主要讨论了谢氏的盛衰和家风以及文学、谢氏的文学环境。分论部分涉及"谢混在文学史上的意义""晋朝末期的政治变动与贵族的处世态度——以谢灵运前半期的境遇为中心""刘氏政权下的谢灵运与其周围的环境""谢瞻谢灵运的文学及其周围——戏马台宴游与作品的考察""宋朝初期的政治与文学——谢灵运颜延之的行动与文学""晋宋间会稽地方的贵族政治——从谢安王羲之到谢灵运""宣城时期的谢朓"等章节。以往的研究侧重于内侧（作家）的研究，本书则侧重于外侧（作家的时代、家族、环境等）的研究，提出了不同于前人的看法。其中第七章以《宣城时期的谢朓》为题发表在《日本中国学会报》（第41集，1989年），作者说，如果将谢朓的作品与谢灵运的作品加以对照，可以发现谢朓多处借用了谢灵运的诗句。为了创造出与谢灵运类似的诗境，谢朓对宣城郡的规模和距离感加以非常主观的表现，导致了诗的表现与事实的矛盾。

庾信研究方面有矢嶋美都子女士的《庾信研究》（明治书院，2000年版），全书分为内编和外编两部分，以庾信在北方地区的羞耻感为中心，研究了庾信家族的家系和家风、庾信羞耻感的形成及其表现、通过修辞看庾信作为宫廷诗人的姿态、庾信作品对唐诗的影响等问题。另外还有一些论文从作品创作年代的推断、修辞的分析、主题等方面探讨了庾信的诗赋。

狩野雄先生的《西晋宫廷相和歌辞的一个侧面——围绕晋乐所奏的相和歌辞》（《日本中国学会报》第54集，2002年）将西晋宫廷音乐与前代进行对比，认为在西晋宫廷的相和歌辞中增加了七言句子，采用了曹植乐府，出现了与著名史传相关的歌辞，同时出现了礼赞本朝帝王的歌辞。

第五，比较研究。

这一方面较早出现的有丰田穰先生的《六朝诗与唐诗》（《斯文》24—12、1942年）、《从六朝诗到唐诗》（《东方学报》东京14—1，1943年），从唐诗研究的侧面涉及六朝诗歌。

铃木修次先生的多篇论文关注魏晋六朝诗歌对唐诗的影响，他的《唐代拟魏晋六朝诗的风潮》（《日本中国学会报》第37集，1985年）分别从初唐、盛唐、中唐、晚唐四个时期讨论了唐代诗人模拟魏晋六朝诗歌的风气，还讨论了中晚唐诗人仿效六朝民歌的作品，进而探讨了出现此一风潮的历史文化背景及其意义。作者认为，唐代诗人之所以仿效魏晋六朝诗是为了开拓新的发展方向。在复古中创新是文学创新的形式之一。他的《关于齐梁格和齐梁体》（《加贺博士退官纪念中国文史哲学论集》，讲谈社，1979年）探讨了齐梁格和齐梁体在唐代诗坛上的流变。作者认为中晚唐诗人的齐梁格不是律诗，也不是古体诗，而是一种打破了韵律的近体诗。

兴膳宏先生的《在枯木上开放的诗——诗歌意象谱系一考》，以作为负面意象的枯木为考察对象，从枚乘的《七发》开始，到庾信的《枯树赋》、卢照邻的《病梨树赋》以及杜甫的咏树诗，系统考察了汉唐时代枯树意象的流变。作者认为，某个诗歌意象的典型会在相当长的时期内左右后人的诗思，"然而，稍微变换一个角度来看，一个诗歌意象的典型就决不是由一个人的力量确立的。只有将那个意象作为赋予某物象以一定意味的变现，经历漫长的时间，积累众多诗人因袭的事实，才能形成一个典型的意识"。① 作者对中国、西洋、日本的相关文献都有充分的了解，各种材料信手拈来。

---

① 兴膳宏《在枯木上开放的诗——诗歌意象谱系一考》（蒋寅译），《南阳师范学院》，2007年4期。

川合康三先生的《宴会之歌》(《中国文学报》第 53 册，1996 年)，文章以建安诗歌为参照，顺流而下，研讨了石崇的《金谷诗序》、王羲之的《兰亭序》以及公宴诗在唐宋的流变，作者能够深入到作品的内部，对作品的体悟深刻独到，从相同中看见不同，提出了许多新的观点。比如作者认为曹植刘桢的公宴诗中的景色并非实际存在，主要起烘托喜庆气氛的作用。建安公宴诗保留有古代祭祀的要素，兰亭诗人只是把宴会看作社交的场合、文学的场合。

三、学术会议与刊物

日本与中国古代文学相关的学术会议数量不少，笔者在日本期间参加的学术会议有九州中国文学学术会议、中国文学学术会议、中唐文学研究会、六朝学术会议等不同名目。

日本中国学会是日本全国性的综合学会，它汇聚了日本对中国哲学、语言、文学为中心的多方面的学者。《日本中国学会报》自创刊半个世纪以来，一直延续了当年的评审制度，历届论文评审委员会聘请专家对来稿进行认真、严格的评审。正因为有这样严格的制度，《日本中国学会报》作为研究中国问题的学术杂志在世界上享有良好的声誉。该刊一个重要的特点就是重视新人新作，以 2006 年度的《日本中国学会报》（第 58 集）为例，共刊发论文 20 篇。其中 4 篇是特别邀请稿，只有在专业领域内颇有造诣的教授才能享此殊荣。其余 16 篇中，教授 1 人，助教授 1 人，另外 14 人均为年轻的讲师和博士生。很多学者都是因其论文刊登在该杂志而为学界所知。近年来刊物附录中设有《学界展望》栏目，对过去一年的学术研究加以回顾和总结。

除了全国性的综合学会之外，还有日本六朝学术学会、中唐文学会、中国古典小说研究会等断代或专门学术研究会。日本六朝学术学会成立于 1997 年 4 月。日本六朝学术学会有自己的刊物《六朝学术会报》，集中刊发关于六朝历史与文学方面的研究成果。

此外，还有各地区的学会和各大学的学会。九州地区有九州中国学会。会刊名为《九州中国学会报》。各大学也有自己的学会和学术刊物。以九州大学为例，既有文学部的《文学研究》，也有九州大学中国文学会的《中国文学论集》。九州大学中国文学会每年举办六次中国文艺座谈会。会议以本校师生为主，也包括附近院校的对中国文学研究感兴趣的学人。至2008年1月26日召开的是第233回座谈会。

笔者参加了多次日本方面召开的大小学术会议，深感日本和我国的学术会议有许多不同。以2007年11月的第11回六朝学术学会大会为例，大会下午1点开始，由京都大学教授川合康三教授与会长石川忠久教授进行简短的致辞，前后不过几分钟。日本的学术会议直奔主题，会场中不设中国式的主席台，也没有与会议无关的上级领导讲话。代表发言1点10分正式开始。3点10分至3点30分代表合影留念。4点40分大会结束。先后有四位会议代表发言，第五位是会议特邀代表做纪念演讲。这次六朝学术会议在东京"汤岛圣堂"中举行，会场内是破旧的学生课桌。在这个领域内最为知名的专家们和初窥学问奥堂的青年学子济济一堂，平等而认真地进行讨论。据说，近年来年轻学者的研究报告有增多的趋势，年轻人都把能在大会上发表自己的研究成果视为一次很好的学习机会，因此他们都能够踊跃参加。

目前世界范围内的中国古代文学研究队伍大致可以分为三个方阵，一是以汉语为母语的中国学者，二是西方世界的学者，三是亚洲地区汉字文化圈内的周边国家的学者。第一个方阵以中国大陆地区和港台地区为中心，第二方阵以美国、法国等国学者为代表，第三方阵以日本、韩国为代表。作为中国人，与外国学者最大的不同就在于面对自己祖先留下的丰富遗产时，先天具有的那份敬意与温情。相应的，也有"只缘身在此山中"的遗憾，了解和学习"他山之石"，对深化我们的研究大有裨益。日本学者处在中国学者与西方学者之间，虽然他们从明治时代开始就在做"脱亚入欧"的努力，奈何他们无法抹去从古代就深受中国文化影响的历史痕迹，不论是江户时代的汉学也好，还是后来的东洋学、中国学也好，他们在世界的中国文学研究中是一个值得重视的方阵。回顾过去，日本学者在中国六朝文学研究方面也和其他领域一样，取得了巨大的成就。学习他们的经验，借鉴他们的方法，对提高我们的研究水平具有一定的积极意义。

征引书目

一

司马迁：《史记》，中华书局，1975年版。
班固：《汉书》，中华书局，1983年版。
范晔：《后汉书》，中华书局，1965年版。
陈寿：《三国志》，中华书局，1982年版。
房玄龄：《晋书》，中华书局，1982年版。
沈约：《宋书》，中华书局，1987年版。
萧子显：《南齐书》，中华书局，1983年版。
姚思廉：《梁书》，中华书局，1987年版。
姚思廉：《陈书》，中华书局，1982年版。
李延寿：《南史》，中华书局，1987年版。
司马光：《资治通鉴》，中华书局，1956年版。
余嘉锡笺疏：《世说新语笺疏》，上海古籍出版社，1993年版。
范文澜注：《文心雕龙注》，人民文学出版社，1978年版。
曹旭集注：《诗品集注》，上海古籍出版社，1994年版。
《太平御览》，中华书局，1960年版。

《艺文类聚》，中华书局，1982年版。

萧统编：《文选》，中华书局，1981年版。

郭茂倩：《乐府诗集》，中华书局，1982年版。

桑世昌：《兰亭考》，商务印书馆，1936年版。

葛立方：《韵语阳秋》，上海古籍出版社，1984年版。

赵翼：《廿二史札记》，中国书店，1987年版。

严可均辑：《全上古三代秦汉三国六朝文》，中华书局，1958年版。

逯钦立：《先秦汉魏晋南北朝诗》，中华书局，1983年版。

黄节：《黄节诗集》，中国人民大学出版社，1989年版。

黄节：《汉魏乐府风笺》，中华书局，2008年。

郝立权：《陆士衡诗注》，人民文学出版社，1958年版。

金涛声点校：《陆机集》，中华书局，1982年版。

姜亮夫：《陆平原年谱》，古典文学出版社，1957年版。

刘运好：《陆士衡文集校注》，凤凰出版社，2007年版。

黄葵点校：《陆云集》，中华书局，1988年版。

黄节：《谢康乐诗注》，人民文学出版社，1958年版。

顾绍柏：《谢灵运集校注》，中州古籍出版社，1987年版。

袁行霈：《陶渊明集笺注》，中华书局，2003年版。

曹融南：《谢宣城集校注》，上海古籍出版社，1991年版。

许逸民：《庾子山集注》，中华书局，1980年版。

王利器：《颜氏家训集解》（增订本），中华书局，1993年版。

张少康集释：《文赋集释》，人民文学出版社，2002年版。

林宝撰：《元和姓纂》，中华书局，1994年版。

张彦远撰，刘石校点：《法书要录》，辽宁教育出版社，1998年版。

邹志方点校：《会稽掇英总集点校》，人民出版社，2006年版。

《宋元方志丛刊》，中华书局，1990年版。

胡应麟：《诗薮》，上海古籍出版社，1979年版。

黄宗羲：《明文授读》，清康熙己卯年四明张氏味芹堂刊本。

郭茂倩：《乐府诗集》，中华书局，1979年版。

马承源：《上海博物馆藏战国楚竹书》（一），上海古籍出版社，2001年版。

曹道衡、沈玉成：《中古文学史料丛考》，中华书局，2003年版。

二

刘师培：《中国中古文学讲义》，上海古籍出版社，2000年版。

陈寅恪：《陈寅恪史学论文选集》，上海古籍出版社，1992年版。

陈寅恪：《金明馆丛稿初编》，三联书店，2001年版。

陈寅恪：《隋唐制度渊源略论稿·唐代政治史述论稿》，三联书店，2001年版。

陈寅恪：《魏晋南北朝史讲演录》，黄山书社，1987年版。

闻一多：《闻一多论古典文学》，重庆出版社，1984年版。

钱穆：《中国学术思想史论丛》卷三，安徽教育出版社，2004年版。

范文澜：《中国通史》（全四册），人民出版社，1978年版。

蒙思明：《魏晋南北朝的社会》，上海人民出版社，2007年版。

钱钟书：《管锥编》，中华书局，1979年版。

王瑶：《中古文学史论》，北京大学出版社，1986年版。

唐长孺：《唐长孺文存》，上海古籍出版社，2006年版。

汤用彤：《魏晋玄学论稿》，上海古籍出版社，2005年版。

蒙思明：《魏晋南北朝的社会》，上海人民出版社，2007年版。

宗白华：《中国美学史论集》，安徽教育出版社，2000年版。

缪钺：《诗词散论》，陕西师范大学出版社，2008年版。

陈贻焮：《论诗杂著》，北京大学出版社，1989年版。

施蛰存：《北山四窗》，上海文艺出版社，2000年版。

曹道衡、沈玉成：《南北朝文学史》，人民文学出版社，1991年版。

曹道衡：《汉魏六朝文学论文集》，广西师大出版社，1999年版。

徐复观：《中国艺术精神》，春风文艺出版社，1987年版。

余英时：《士与中国文化》，上海人民出版社，1987年版。

《兰亭论辩》，文物出版社，1977年版。

罗宗强：《魏晋南北朝文学思想史》，中华书局，1996年版。

罗宗强：《玄学与魏晋士人心态》，浙江人民出版社，1991年版。

章培恒等主编：《中国文学史新著（上卷）》，复旦大学出版社，2007年版。

田余庆：《东晋门阀政治》，北京大学出版社，1991年版。

毛汉光：《中国中古政治史论》，上海书店出版社，2002年版。

徐公持：《魏晋文学史》，人民文学出版社，1999年版。

李文初：《汉魏六朝文学研究》，广东人民出版社，2000年版。

顾农：《文选论丛》，广陵书社，2007年版。

张可礼：《东晋文艺综合研究》，山东大学出版社，2001年版。

钟优民：《陶学发展史》，吉林教育出版社，2000年版。

葛晓音：《汉唐文学的嬗变》，北京大学出版社，1990年版。

葛晓音：《山水田园诗派研究》，辽宁大学出版社，1993年版。

葛晓音编选：《谢灵运研究论集》，广西师范大学出版社，2001年版。

詹福瑞：《南朝诗歌思潮》，河北大学出版社，2005年版。

王钟陵：《中国中古诗歌史》，江苏教育出版社，1988年版。

骆玉明：《南北朝文学》，安徽教育出版社，1991年版。

胡大雷：《玄言诗研究》，中华书局，2007年版。

胡大雷：《中古文学集团》，广西师范大学出版社，1996年版。

鲁同群：《庾信传论》，天津人民出版社，1997年版。

梅家玲：《汉魏六朝文学新论——拟代与赠答篇》，北京大学出版社，2004年版。

刘跃进：《门阀士族与永明文学》，三联书店，1996年版。

钱志熙：《魏晋南北朝诗歌史述》，北京大学出版社，2005年版。

傅刚：《魏晋南北朝诗歌史论》，吉林教育出版社，1995年版。

程章灿：《世族与六朝文学》，黑龙江人民教育出版社，1998年版。

李雁：《谢灵运研究》，人民文学出版社，2005年版。

左东岭等主编：《中国古代文艺思想国际学术研讨会论文集》，学苑出版社，2005年版。

王林然：《近代名家评传》，三联书店，1998年版。

梁启超：《饮冰室合集》，中华书局，1989年版。

靳极苍：《注释学刍议》，山西人民出版社，2000年版。

姜剑云：《太康文学研究》，中华书局，2003年版。

陈桥生：《刘宋诗歌研究》，中华书局，2007年版。

《魏晋南北朝文学与文化论文集》，南开大学出版社，2002年版。

吴大新：《红月亮：兰亭序解读》，西泠印社出版社，2005年版。

王立民主编：《中国法制史》，上海人民出版社，2003年版。

崔向东：《汉代豪族研究》，崇文书局，2003年版。

王晓清：《学者的师承与家派》，湖北人民出版社，2007年版。

陆耀东：《陈寅恪的最后20年》，三联书店，1995年版。

岳南：《陈寅恪与傅斯年》，陕西师范大学出版社，2008年版。

三

列宁：《列宁全集》（中译本），人民出版社，1956年版。

崔瑞德：《剑桥中国隋唐史》（中译本），中国社会科学出版社，1990年版。

宫崎市定：《九品官人法研究》（中译本），中华书局，2008年版。

谷川道雄：《中国中世社会与共同体》（中译本），中华书局，2002

年版。

《日本学者研究中国史论著选译》（中译本），中华书局，1992年版。

包弼德：《斯文：唐宋思想的转型》（中译本），江苏人民出版社，2001年版。

佐藤利行：《西晋文学研究》（中译本），中国社会科学出版社，2004年版。

宋红编译：《日韩谢灵运研究译文集》，广西师范大学出版社，2001年版。

后　记

梁启超先生与陈寅恪先生同为清华国学院导师，他们在20世纪的中国学术史上占有举足轻重的地位。陈寅恪先生在《读吴其昌撰梁启超传书后》中说："任公先生高文博学，近世所罕见。"然而涉及对"古今隐逸诗人之宗"陶渊明的评价时，两位先生看法存在分歧。陈寅恪先生在《陶渊明之思想与清谈之关系》中说："盖研究当时士大夫之言行出处者，必以详知其家世之姻族连系及宗教信仰二事为先决条件，此为治史者之常识，无待赘论也。近日梁启超氏于其所撰《陶渊明之文艺及其品格》一文中谓'其实渊明只是看不过当日仕途浑浊，不屑与那些热官为伍，倒不在乎刘裕的王业隆与不隆'，'若说所争在什么姓司马的，未免把他看小了'，及'宋以后批评陶诗的人最恭维他耻事二姓，这种论调我们是最不赞成的'。斯则任公先生取己身之思想经历，以解释古人之志尚行动，故按诸渊明所生之时代，所出之家世，所遗传之旧教，所发明之新说，皆所难通，自不足据之以疑沈修文之实录也。"梁陈两位先生对陶渊明隐居动机之价值判断中的是非曲直这里且不涉及。两位先生同为国学大师，在对古代人物的评价中形成相左的看法，乃是一种正常的学术现象，学术正是在百家争鸣中不断推进的。通过两位先生的论争，我们可以看到研究者想要摆脱"所出之家世"对其学术工作的影响其实并不容易，任公先生是这样，寅恪先生何尝不是这样？近年有学者引申说：陈先生认为梁先生不能真正地了解陶渊明的家世出身与其思想的关系，就是因为梁先生出身于寒门之故。应当承认，出身于世家大族的学者去研究魏晋高门士族，一定会有灵犀相通之体悟，会有切中肯綮之高论。

才疏学浅如我者，既没有显贵的郡望，也没有显赫的家族，更没有任何家学渊源。我的家乡在渭水支流葫芦河畔的一个小镇，如果在汉唐盛世，那一片土地属于一个闻名天下的古城：陇西成纪。那里也曾经天宝物华、地灵人杰，它是传说中伏羲的诞生地，也是汉代飞将军李广的故乡，同时也是李唐皇室郡望所在地。在唐代，陇西李氏被列为诸姓之冠，风光无限。连诗仙李白也自称陇西布衣，有人怀疑他是在攀龙附凤。可是在今天，大西北成为欠发达地区的代名词，我的家乡尤为荒僻。我的祖父是一个长工，我的外公是一个地主。"土地改革"中，年仅40岁的外公因无法忍受非人折磨而自杀身亡。我的父亲因为家境贫寒没有上过学堂，坚持自学而略识文字，后来成为邻县供销社的职员。我的母亲一生在田间劳作，从十余岁开始，母亲就背负着"地主女儿"的心理压力。我的身上同时流淌着长工和地主的血液。我上小学和初中之时，正赶上十年"文化大革命"，在浑浑噩噩中虚掷了少年时代的黄金岁月。即使在大学阶段，我也没有产生过以学术研究为终生职业的志向。大学毕业之后，相继考硕士生和博士生，也不是出于献身学术的高尚动机。自己本来天资驽钝，又缺乏坚实的专业基础和高远的志向。以这样的条件来从事学术研究，特别是从事对两晋士族文学的研究，其先天不足是显而易见的。不过，既然学术乃天下之公器，无论研究者出身之贵贱、才智之高下，都应该有言说的话语权。于是，我这个远离六朝古都的陇上学人，对两晋簪缨华望世家的历史与文学做出了一番匆匆的探访巡礼。其识见之平庸浅陋，亦在所难免矣。

曹丕《典论·论文》曰："年寿有时而尽，荣乐止乎其身，未若文章之无穷……而人多不强力，贫贱则慑于饥寒，富贵则流于逸乐，遂营目前之务，而遗千载之功。日月逝于上，体貌衰于下，忽然与万物迁化，斯志士之大痛也！"随着自己接近知天命之年，我对这段话的感触愈来愈深。虽然我没有过饥寒交迫的生命体验，也没有过富贵逸乐的生活享受，可我天天都被目前之务所缠绕，年近半百，一事无成。静夜自思，悔恨何及？1995年夏天，我离开北京大学博士后工作站，来到清华大学任教，转眼已经15年了。1999年，37岁的我幸运地晋升教授职称。"清华教授"是我早年不敢奢想的梦，自从获得了这一称号，我对自己的人生再没有任何奢求了。我很清楚，解决了职称问题，不代表自己在学术研究和教学上已经成为合格的清华教授，我知道我距离清华教授的水平还很遥远，需要自己用一生去努力接近它。我的专业思想和研究兴趣是在不断读书的过程中慢慢培养起来的。能够在大学里从事教学和研究工作，特别是能够从事自己喜欢的古代文史研究，的确是人生的至乐之境。别人只有一个世界，也就是生活于其中的当下世界；而研治文史的学者则拥有两个世界，在现实世界之外，还拥有一个古代世界。当下世界如同一张网，我们无不身陷在网的中央，无法摆脱周围的人事纠葛，一如东坡所言"我生天地间，一蚁寄大磨"。(《迁居临皋亭》)在古代世界里，我们照样可以认识很多人，接触很多事，由于没有利害关系，便可以从容地旁观古人之举止，对他们的行为指手画脚妄加点评。只要静心坐在一隅，摊开那些泛黄的书籍，身边那个喧嚣躁动、物欲横流的世界就会后退消隐，而那些白衣飘飘的古代文士会向我们走来。听他们诉说，看他们表演，陪他们歌哭，不仅会让人忘记了当下世界，也会让人看清眼前环境中的人，看淡现实世界中的事。历史固然不会重演，历史却会惊人地相似。可惜自己慧根太浅，俗气未脱，不能长久地沉浸流连在那个学术的世界中。

2004年5月，我申请到了国家社会科学基金项目"两晋历史与文学之关系研究"。随着阅读和思考的深入，我日渐意识到门阀士族问题是研究两晋历史的关键之所在，而两晋士族文学则是此期文学的主流，于是我决定围绕"两晋士族文学"来展开相关论文写作。按照原定时间，应当在2007年12月"交卷"。因为2007年度，我应邀在日本九州大学大学院担任外国人教师，教学任务较重，无法如期完成科研任务。经过申请，全国哲学社会科学规划办公室同意延期一年。该项目于2008年底以《两晋历史与文学之关系——以士族为中心》为题上交验收。2009年3月，我接到了限期修改的通知和5位同行专家的匿名鉴定意见。各位专家既充分肯定了文章的长处，也客观地指出了其中的不足，启我之思维，匡我之不逮。在采纳专家意见的基础上，我又对全文进行了一番推敲和修改，终于在数月之后顺利通过审查。在此，谨向匿名审阅的各位专家表示衷心感谢。呈现在读者诸君面前的这本小书，就是我这几年来在阅读、学习六朝士族文学过程中的一点札记。野人献曝，希望得到读者诸君的检验与批评。

为了保证每一章的质量，近年来我按照学术论文的框架进行构思和写作。其中部分章节以专题论文的形式先行发表。已经发表和即将发表的主要文章如下：1.《陆机诗歌中的士族意识》，《北京大学学报》，2005年6期；2.《谢灵运〈拟魏太子邺中集诗〉中的邺下之游》，《陕西师范大学学报》，2006年1期；3.《谢灵运的庄园山水诗》，《北京大学学报》，2006年4期；4.《陆机与陶渊明仕宦体验之比较》，《清华大学学报》，2006年6期；5.《二陆赠答诗中的东南士族》，《北京大学学报》，2007年5期；6.《咏新曲于故声——改造旧经典、再造新范型的陆机乐府》，《北京大学学报》，2008年3期；7.《陆机〈文赋〉创作论中的士族意识》，《文学评论》，2008年4期；8.《谢灵运〈拟魏太子邺中诗八首〉二题》，日本九州大学大学院人文科学研究院《文学研究》（第105集），2008年3月1日发行；9.《黄节与汉魏六朝诗歌笺注》，《文学遗产》，2008年5期；10.《两晋士族文学的特征》，《陕西师范大学学报》，2009年4期；11.《庄老告退，山水方滋——东晋士族文学的特征及其流变》，《北京大学学报》，2009年5期；12.《兰亭雅集与会稽士族的精神世界》，《陕西师范大学学报》，2010年2期；13.《庾信后期政治抉择中的矛盾性》,《北京大学学报》,2010 年 4 期;14.《陈寅恪士族理论述评》,《清华大学学报》,2010 年 4 期。此外,在《文史知识》和《古典文学知识》上也有多篇文章发表……用专题论文方式写作的优点是避免了对文学现象进行面面俱到的描述,能够就一个个具体问题展开较为深入的析论,能够凸显出作者的看法。其弊端是每篇论文各自为政,当整合为一本书的时候,章与章之间会有材料上、观点上的重复乃至抵牾之处。在后期修改中,我已经做了一些弥补,但效果还是不尽人意。

东瀛一年的教学生涯,既让我对日本学者的研究成果和治学方法有了一管之窥,也让我切身体悟到了古代士人的故园之思。我于 2007 年 3 月 30 日到达日本福冈,次年 4 月 1 日返回北京。我去的时候,正是樱花烂漫的季节。当我离开的日子,樱花再一度盛开。那一年,我时常念叨着王维的诗句:"每候山樱发,时同海燕归。"有时候,夜间走在福冈的巷道间,目睹那些神社庙宇和富有古典韵味的民居,会让人产生恍惚回到了六朝时代的错觉。

回思自己成长的经历,在人生的每一个阶梯上都依赖于恩师的搀扶。特别要感谢我博士生时代的导师霍松林先生和博士后时代的导师陈贻焮先生。作为学界泰斗的两位先生,道德文章天下闻名。我能够立雪于两位先生的门下,深感荣幸之至。在十年前的一个冬夜,陈先生驾鹤西去了,愿恩师的在天之灵长久安息。今年金秋季节,将迎来霍先生的 90 寿辰,祝恩师寿比南山、常著雄文。在这本小书的写作过程中得到了多位师友的教诲和帮助。为了查对谢朓《拜中军记室辞随王笺》中的几条材料,先后惊扰了身边的数位朋友,万般无奈之际,写信向素未谋面的上海师范大学曹融南教授求教。曹先生的《谢宣城集校注》嘉惠学林,功莫大焉。不久我就收到了耄耋寿星曹先生的回信,曹先生古道热肠,令人感切。感谢《北京大学学报》《清华大学学报》《陕西师范大学学报》主编多年来对我的扶持,感谢各位责任编辑为之付出的心血。在本书出版过程中,要感谢的师友太多,在此难以一一列举。对于师友们的高情厚谊,我时刻铭记在心。我唯有以不懈的努力去报答师长的关怀和亲友的关爱。

寒假中的校园最为静谧,学生们将浓浓的乡愁打进背包,匆匆回家过年了。甬道上不久以前降落的白雪,还没有完全消融。坐在我的书桌前,眼前是古雅的清华图书馆,蓝天上有几点寒鸦飞过。那棵老槐树枝桠纵横交错,如同一团凌乱的剪影,扭结交织在我的窗口。

我知道,生命的绿意正孕育在这枯藤老枝之中。

孙明君

2010年春节前夕于清华园新斋

补记

拙著《两晋士族文学研究》2010年在中华书局出版,合同到期后,蒙中州古籍出版社领导之厚爱,同意在该社出版。2018年,我在中州古籍出版社出版过一本学术文集《新斋小语》,责任编辑正是梁瑞霞女史。瑞霞精益求精,态度认真,给我留下了深刻印象。今番出版《两晋士族文学研究》邀请她继续担任编辑,她没有推辞就开始了我们之间的第二次合作。因为我忙于杂务,曾请我的博士研究生张逸文和硕士研究生张敏凡、杨宜霖三位同学作过一次校对,但主要的校对任务还是依赖于瑞霞和她的团队。完成这本小书的时候我正值生命的壮年,对未来还有一些憧憬,转眼之间又蹉跎了十余年,今年我已年满60岁,精力和视力都已经大不如前了。但愿肆虐了三年的新冠疫情早日结束,但愿自己有时间静下心来读一读书写一写文章。

孙明君

2022年5月30日